KB163400

조해일문학전집 4

임꺽정

일러두기

- 《조해일문학전집》은 한국문학사에 커다란 문학적 성취를 남긴 조해일의 작품 세계를 독자들에게 소개함과 동시에 문학적 의의를 정리하는 데 목표를 둔다.
- 《조해일문학전집》은 생전에 발표했던 중·단편과 장편소설, 그리고 웹사이트에 게시된 미발표 소설 등과 기타 작품으로 구성되어 있다.
- 《조해일문학전집》은 출간일(발표일) 기준 가장 최신 작품을 저본으로 정하였다.
- 맞춤법, 띄어쓰기, 외래어 표기는 현행 맞춤법과 표기법을 따랐다.
- 한글 표기를 원칙으로 하였고, 한자로만 된 단어는 '한글(한자)' 형식으로 수정하였다.
- 수정하면 어감이 달라지거나 문학적으로 허용되는 일부 표기(표현)는 원문대로 두었다.
- 간접 인용과 강조는 ' ', 대화와 직접 인용은 " ", 단편소설은 「 」, 장편소설과 잡지는 『 』, 미술 작품과 영화·연극 등은 〈 〉, 시·노래 제목은 ' '로 표기하였다.

임꺽정

간행사

– 조해일문학전집 발간에 부쳐

2020년 6월 19일 새벽, 조해일 선생이 우리 곁을 떠났다. 코로나19 바이러스의 창궐로 전 세계적으로 자유로운 이동이 멈춰 있는 가운데, 마스크를 쓰고 사회적 거리두기를 유지하던 시기였다. 그로부터 4년이 지났다.

조해일의 소설은 1970년대 한복판을 관통한다. 많은 사람에게 선생은 『겨울여자』(1976)를 쓴 1970년대 베스트셀러 대중 작가로 기억된다. 하지만 선생은 그러한 평가를 넘어, 등단작인 「매일 죽는 사람」과 「맨드롱 따또」, 「뿔」 등의 단편소설, 「무쇠탈」과 「임꺽정」 등의 연작소설, 「아메리카」와 「왕십리」 등의 중편소설, 『갈 수 없는 나라』 등의 장편소설 들을 지속적으로 발표한, 1970년대를 대표하는 작가로 활동하였다. 조해일은 감정을 배제한 객관적인 묘사와 절제된 문체로 산업화 시대를 살아가는 소시민의 일상성을 주목한 작가로 평가받는다. 특히 도시화 · 근대화의 과정에서 야기된 폭력성에 대한 성찰과 함께, 장편소설에서 보여준 우의(寓意)적 연애 담론이 대중적 교감을 형성한다. 선생의 작품은 '삶과 죽음, 도시와 인간, 노동과 소외, 여성과 남성, 폭력과 비폭력, 전쟁과 평화, 이성과 충동, 이상과 현실, 인간과 비인간, 억압과 저항' 등의 대립항을 주목하면서, 인본

주의적 상상력으로 산업화 시대 한국 사회의 풍경을 다채롭게 길어 냈다. 1970년대 한국 사회를 조망하고자 할 때 작가 조해일은 황석영, 최인호, 조세희 등과 함께 빼놓을 수 없는 '문학적 자산'이다.

문학사적 차원에서 조해일은 중편 「아메리카」로 미군 기지촌 풍경을 묘사하면서 제3세계적 시각의 획득과 반제국주의적 의식의 형상화를 성취한 작가라는 평가를 받는다. 장편소설 『겨울여자』 등은 대표적인 대중소설로서 상업주의적 코드 속에 파편화된 개인주의와 관능적 분위기 등의 대중적 요소를 함의하고 있다고 평가받는다. 또한 「뿔」의 지게꾼, 「1998년」의 우화적인 미래 공간, 「임꺽정」 연작의 역사 공간, 「통일절 소묘」의 환상적인 꿈 등에서 드러나듯, 새로운 소설적 기법과 비유적 장치, 주제 의식을 통해 함축적이고 다양한 세계를 주조한 것으로 평가받는다.

조해일의 소설에는 '역설(逆說)의 감각'과 '알레고리적 상상력'이 자리한다. '역설'은 세계의 복잡성과 다성성(多聲性)을 입체적으로 착목(着木)하는 방법이고, '알레고리'는 세계의 진실을 우회적으로 드러내기 위해 활용하는 대표적인 메타포다. 현실 세계의 표면적 양상이 감추어 둔 이면적 진실을 꿰뚫어 보기 위한 작가적 선택으로 '역설과 우의'의 방식을 선호한 것이다. 선생은 등단작인 「매일 죽는 사람」 이래로 말년작인 「통일절 소묘2」에 이르기까지, 50년 가까운 세월 동안 '자유와 민주, 평등과 평화, 인권과 노동'을 소중히 여기며 인간의 실존적 가치에 대해 탐색했다.

많은 작가의 말년작들이 자신의 과거와 현재를 조망하고, 무의식에 자리한 작가적 원형을 재조명하면서 자신의 문학세계를 마무리하는 방식을 보여준다. 이번 전집에 포함된 미발표 유고작 「1인칭 소설」 연작은 고백체 형식의 자전소설로 '문인 조해일' 이전에 '개인 조해룡(본명)'의 실존적 생애를 회고하며 '소설의 진정성'에 대해 회의(懷疑)함으로써 문학의 가치를 되짚어 보게 하는 작품이다. 만주에서의 생애 최초의 기억을 떠올리는 것으로 시작하여 해방을 맞아 서울로 이주해 살다가 6 · 25 전쟁을 맞아 부산까지 피난을 떠났던 이야기로 마무리되면서, 작가의 구술사적 욕망이 모두 드러나지는 못한 채 미완으로 종결된다. 하지만 1970년대 대표 작가로서 1940년대로부터 2000년대에 이르기까지, 문단과 강단 안팎에서 전업 작가로서 마주했던 소설가적 진실 추구에 대한 원형적 자의식을 보여준다는 점에서 유의미한 말년작이다.

선생의 작품은 도시적 일상으로부터 기지촌 여성 문제 고발, 불합리한 폭력의 양상 폭로, 환상성의 활용, 역사소설의 전용 등을 거치면서 정치적 알레고리를 배면에 깔고, 비인간적 현실에 대한 무기력한 지식인의 대응을 통해 1970~80년대적 체제 저항의 수사를 형상화한다. 탄탄한 서사성을 내장한 조해일의 문학은 1970년대를 넘어 지금에 이르기까지, 현실과 가상의 경계를 넘나들면서 소외된 개인이 일상과 현실을 벗어나 환상과 무의식의 세계로 탐닉해 들어가는 문학 내외적 현실을 성찰하게 한다. 조해일의 문학은 지금 여기에서 여전히 한국문학을 대표하는 현재진행형 유산(遺産)이다.

이제 우리는 아동문학과 수필, 희곡 등 비소설 장르의 작품을 제외한 선생의 모든 소설을 가능한 한 원형 그대로 보존하여 문학전집을 발간한다. 이 전집이 선생과 선생의 작품을 그리워하는 사람들에게 선생의 향기를 추억할 수 있는 매개체가 되기를 바라며, 문학을 공부하는 사람들에게 풍요로운 문학적 영감(靈感)으로 활용되기를 기대한다.

끝으로 선생의 저서를 전집으로 출판하는 데 물심양면으로 도움을 아끼지 않은 모금 참여자들과 전집 발간에 암묵적으로 동의해 준 유족에 감사를 전한다. 특히 간행의 시작과 끝을 책임져 준 죽심(문학의숲)에 진심으로 감사를 드린다.

독자 여러분들의 많은 관심과 성원을 기대한다.

2024년 6월

조해일문학전집 간행위원회

고인환, 고찬규, 김중현, 박균수, 박도준,

박연수, 서하진, 오태호, 주춘섭, 한희덕

차례

조해일문학전집 4권

간행사 004

무쇠탈 1 011
무쇠탈 2 031
무쇠탈 3 049
임꺽정에 관한 일곱 개의 이야기 066
통일절 소묘(統一節素描) 1 159
통일절 소묘 2 184
1998년 190
자동차와 사람이 싸우면 누가 이기나 217
1인칭 소설 233

해설 302

무쇠탈 1

1

결혼한 지 불과 3개월밖에 안 되는 신혼부부 윤충모와 차희숙에게 어느 날 갑자기 닥쳐온 재앙은 매우 상징적인 것이었다. 그리고 그것은 그 두 사람을 파멸로 이끄는 데 결정적인 역할을 하였다.

두 사람 모두 생존한 부모도 형제도 없었던 그들은, 스스로 돕는 도리밖에 없었으므로 연애기간인 동시에 결혼 준비기간이기도 했던 3년 동안에, 각각의 직장에서 받는 보수 중의 많은 부분을 떼어 착실히 저축하였던 덕분에 신혼살림은 자그마한 아파트에서 시작할 수 있었다. 비록 할부금을 앞으로도 십몇 년이라는 세월 동안 더 물어야 완전한 제 집이라고 할 수가 있게 되는 작고 옹색한 아파트에 불과했지만 그것이 온전한 그들 자신의 노력만으로 마련된 삶의 보금자리였으므로 그들은 그 어떤 훌륭한 저택에 살게 된 경우 못지않게 즐겁고 흡족한 기분으로 그 신혼생활을 출발하였다. 물론 그것은 그들이 서로 신뢰하고 사랑했으며, 그 신뢰와 사랑을 바탕으로 한, 삶에 대한 낙관적인 태도의 소산인 적극적 내핍 생활, 즉 그 장차 남편 쪽의 술 · 담배 · 커피 등 기호품 소비의 절대적 억제, 이따금 빈혈을 일으킬 정도의 극단으로 낮게 책정한 식비, 마찬가지 수준의 주거비, 교통비를 제외한 나머지 잡비 일체의 지출을 엄격하게 제한하는 거의 금욕적 노력과 그 장차 아내 쪽의 그와 맞먹는 노력의 대가였다. 차희숙은 3년 동안에 미장원엘 꼭 한 번 갔을 뿐이며 평소 즐기던 영화 구경도 꼭 한 번밖에 가지 않았다. 양장점 근처엔 발그림자도 하지 않았음은 물론이다.

결국 3개월밖엔 지탱하지 못하였지만, 그들의 신혼생활은 그 출발의 어려움만큼은 행복하였다. 기호품을 위한 지출이나 취미를 위한 지출도 그들은 이제 조금씩은 할 수 있게 되었으며, 새 옷도 한 벌씩 맞춰 입을 수 있게 되었다. 그리고 무엇보다 그들은 이제 사랑하는 사람끼리 한집에 살지 못한다는 고통에서 완전히 벗어났다.

그런데 그 재앙이 닥쳐왔다.

그날은 결혼 후 세 번째 맞는 남편의 봉급날이었다. 직장에서 먼저 돌아온 차희숙(그녀는 여교사였고 아직 그만둬도 좋을 만큼은 넉넉하지 못했으므로 계속 직장엘 나가고 있었다)은 시장에 가서 남편이 좋아하는 상추도 조금 사고 불고깃감으로 쇠고기도 한 근 사 왔다.

그러고는 사 온 상추를 한 잎 한 잎 정갈히 씻고 남편이 돌아오는 즉시 함께 구워 먹을 수 있도록 불고깃감도 양념에 재워 두었다. 아파트 앞 가게에 가서는 남편이 반주를 할 수 있게끔 삼학소주 2홉들이 한 병도 사 왔다. 그리고 앞치마까지 미리 두른 채 기다리고 있었다.

남편은 늦어도 6시 반까진 돌아올 것이었다. 그녀는 시간을 보았다. 6시 10분 전. 이젠 넉넉잡고 삼사십 분만 기다리면 남편은 돌아올 터이었다. 그녀는 직장동료들로부터 결혼선물로 받은 트랜지스터라디오의 스위치를 켰다. 어린이 프로그램인지 새맑은 목소리의 동요가 흘러나오고 있었다. 귓속이 별안간 맑아지는 것 같았다. 흡사 맑은 물에 씻기라도 하듯이. 아빠하아고 나아하고 마안든 꼬옻밭에 채애송화도 봉숭아도 하안창이입니다. 아아빠아가 매어놓은 새애끼주울 따라 나아팔꽃도 어울리게 피이었스읍니다. 그녀도 잘 아는 곡, '꽃밭에서'라는 동요였다. 그녀는 머릿속으로만 가만히 따라 불렀다. 어린이들의 그 시내같이 맑은 목소리를 아껴듣고 싶기 때문이었다. 그때 현관 도어에 노크소리가 났다. 그녀의 머릿속에선 동요가 소절 중간에서 뚝 끊기고 그녀의 작은 두 발은 분주히 도어 쪽으로 향했다. 기대에 차서 그녀는 물었다.

"누구세요?"

대답이 없었다. 그러나 그녀는 밖에 있는 사람이 누구인가를 이미 알고 있었다. 짐짓 대답을 안 함으로써 자기가 대답을 할 필요가 없는 사람임을 넌지시 말하려는 사람임을 알고 있었다. 남편은 종종 그랬던 것이니까. 그리고 문을 열라치면 자기인 줄 잘도 알아맞힌 아내를 칭찬하기 위해 아름다운 미소를 짓고 서 있는 그를 그녀는 종종 볼 수 있었던 것이니까. 그녀는 자동으로 잠기게 되어 있는 도어의 손잡이를 돌리며 문을 밀었다.

그때 그녀는 자기가 밀고 있는 문이 갑작스레 홱 가벼워지는 것을 느꼈다. 다음 순간 도어가 바깥쪽으로 와락 젖혀졌다. 그녀는 손잡이를 놓치면서 몸이 앞으로 고꾸라질 뻔하였고 밖으로부터는 세 사람의 처음 보는 남자가 그녀를 받아 안듯 하면서 거침없이 안으로 들어섰다. 맨 뒤에 선 남자가 도어를 빠르게 안으로 당겨 닫아 버렸다. 차희숙은 부지중 서너 발짝 뒤로 물러섰다. 그러면서 그녀는 겁에 질린 목소리로 부르짖었다.

"누, 누구세요? 당신들은……."

"우리?"

앞장을 선, 감색 양복에 물방울무늬의 넥타이를 반듯하게 맨 사내가 눈동자를 한 번 치떠 굴리더니 말하였다.

"우리는 신사들입니다. 젊은 아주머니."

"그런데……."

어째서 남의 집에 이렇게 무례하게 침입하느냐고 차희숙은 정신을 차려 물으려고 했다. 그러나 그녀가 말을 채 이을 사이도 없이 이번에는 테 없는 안경을 쓰고 머리를 가운데서 갈라붙인 사내가 짐짓 친절한 서기 같은 목소리를 지어내며 속삭이듯 말하였다.

"그런데 아주머니, 우리한테는 소용되는 것들이 좀 있거든요. 아주머니 댁에서 그걸 얻을까 해서요."

"네?"

"아, 아, 쉽게 알아듣게 해 드리자구. 우린 도둑이오, 아주머니. 이제부터 우리가 필요한 걸 찾아 갖겠소. 알아들으시겠소?"

하며 차희숙의 완연히 떨고 있는 눈동자를 찬찬히 들여다본 건 턱이 엄격하게 네모진, 문을 닫던 사내였다. 차희숙은 정신을 차릴 수가 없었다. 이럴 수도 있는 것인지, 자기가 악몽 속에 든 것이나 아닌지, 도무지 사태를 어떻게 판단해야 할는지를 알 수가 없었다. 이 사람들은 혹 악의 없는 장난꾸러기들은 아닐까. 지금 내게 농담을 하고 있는 거나 아닐까. 그녀는 정신을 가다듬고 비교적 냉담하게 들릴 목소리를 애써 만들었다.

"혹시 농담을 하구 계신 거라면 그만해 주세요. 무례해요."

그러나 물방울무늬의 넥타이를 맨 사내가 찬탄하여 마지않는다는 듯이 그녀 쪽을 향해 최대한 활짝 웃어 보이며 말했다.

"오! 아주머니는 몹시 유머러스하신 분이구만! 농담이라? 그 말이 몹시 마음에 드는데. 정말 마음에 들어. 그야말로 훌륭한 농담이로군. 응? 안 그래? 이 사람아."

그러며 그는 자기 옆에 선 네모진 턱의 사내를 돌아보았다. 그러나 네모 턱의 사내는 차디차게 차희숙에게 말하였다.

"아주머니의 이해를 분명하게 해 드리기 위해서 한 번만 더 말하지요. 우리는 도둑입니다. 아주머니, 이 점을 잊지 말도록 하세요. 우리한테는 칼도 있고 권총도 있습니다. 어이, 보여 드리지."

그러자 물방울무늬의 넥타이가 안주머니에서 장난감이 아닌 진짜 금속으로 된 권총을 꺼내 잘 구경해 두라는 듯이 이쪽저쪽으로 방향을 바꿔 가며 겨냥하는 시늉을 해 보였다. 그리고 무테안경의 사내는 바지 호주머니에서 무엇인가를 슬며시 꺼내더니 그것을 야릇하게 쥐고 엄지손가락을 맵시 있게 한 번 움직였다. 그러자 거기서는 쉭 하는 소리와 함께 날카롭고 흰 칼날 하나가 튕겨져 나왔다. 차희숙은 본능적으로 몸을 움츠렸다. 네모턱의 사내가 말했다.

"우리가 누군지 이제 아시겠지? 자 그럼 방 구경부터 좀 하자구. 신발은 신은 채가 좋겠군."

그들의 구두는 하나같이 반들반들 윤이 났다. 그러나 그것이야 어쨌건 그 사내들은 신발들을 신은 채로 저벅저벅 마루를 통과해서 차희숙을 밀세우고 안방으로 들어섰다. 차희숙은 사내들에게 몸을 밀리워 방 안으로 들어서면서도 몸부림 한번 쳐 보지 못했다. 한낱 검불처럼 스스로의 몸이 가볍고 힘없음을 느끼며 자기 자신이 마치 타인처럼 아득하게만 여겨질 따름이었다.

방 안에 들어선 그들은 우선 휘휘 한번 둘러보더니 마치 야외의 풀밭에나 놀러 온 사람들처럼 한가하게 그냥 신발들을 신은 채 방바닥에 앉았다. 그러고는 얼이 빠진 사람처럼 우두커니 서 있는 차희숙을 바라보며 물방울무늬의 넥타이가 말했다.

"아주머니, 그렇게 서 계시지만 말구 뭐 방석 같은 거라두 있으면 좀 내놓으시죠. 맨바닥에 앉았으려니 어쩐지 푸대접을 받는 기분이 슬그머니 드는데요."

그러며 그는 싱글싱글 웃었다. 차희숙은 꾸중을 듣고 놀란 아이처럼 황망히 방석 세 개를 꺼내 그들 앞에 내놓았다. 그들은 저마다 방석 한 개씩을 끌어다 엉덩이 밑에 깔았다. 물론 신발들을 신은 채로. 그러나 그녀는 자기가 정성 들여 만든 그 방석들이 심한 모욕을 당하고 있다는 생각도 하지 못했다.

"아주머니두 그리구 거기 좀 앉으시죠. 우린 금방 갈 사람들이 아니니까요. 그렇게 서 계시자면 다리깨나 아프실 겝니다."

네모턱이 말했다.

"그리구 자네는 부엌엘 좀 나가 보지. 뭐든 먹을 게 좀 있을 거 아냐. 저 아주머니한테 부탁했으면 좋겠지만 사람이란 일단 시야를 벗어나기만 하면 무슨 짓이든지 할 수가 있는 동물이거든. 특히 여자란 영특한 동물이니까."

"그럼 슬슬 한번 나가 볼까."

하고, 무테안경이 일어서서 부엌으로 나갔다. 차희숙은 무얼 좀 판단해 보려고 속을 끓였으나 아무런 판단도 할 수가 없었다. 다만 그녀는 네모턱의 지시대로 마치 최면술에라도 걸린 사람처럼 그 자리에 힘없이 쪼그리고 앉았다. 자기를 가리켜서 하는 말임에 틀림없는 '동물'이라는 모욕적 어휘에도 아무런 노여움도 느끼지 못하는 상태인 채.

"주인양반은 언제 돌아오죠? 우린 빠를수록 좋겠는데."

물방울무늬의 넥타이가 물었다.

"부인 혼자 있는 집에 들어와 앉아 있으려니 어쩐지 도의심이 손상을 입는 것 같군."

차희숙은 아무 대답도 하지 않았다. 그제야 비로소 남편이 돌아올 시간이 다 되었다는 생각이 났으나 바른대로 대답을 하는 것이 좋을는지 나쁠는지 그걸 헤아릴 수가 없었기 때문이다.

그때 부엌으로 나간 사내가 소리쳤다.

"야, 굉장하군! 멋있어! 파티를 할 수 있겠는데. 불고깃감두 있구 상추쌈도 있군! 게다가 소주가 한 병이야."

네모턱이 부엌을 향해 소리쳤다.

"그래? 그럼 어디 요리 솜씨 좀 보자구. 차려 들여와 봐!"

"오케이!"

차희숙은 암만해도 자기가 영특한 동물은 못 된다고 생각하였다. 영특한 동물이라면 이런 때 어떻게든 사태를 모면해 낼 뾰족한 꾀라도 궁리해 냄 직하건만 그런 뾰족한 꾀는커녕 자기는 지금 사태를 분별해 낼 아무런 능력조차 없는 채 그저 두렵고 떨리기만 하며, 그들은 야수(野獸)이고 자기는 그 앞에 발가벗고 선 한 나약한 존재에 지나지 않는다는 생각만이 두려움을 점점 더할 뿐이었던 것이다.

2

남편 윤충모가 돌아온 것은 사내들이 스스로 차린 밥상 주위에 둘러앉아 구워 낸 불고기로 우선 소주 한 잔씩을 마악 들이켜려는 참이었다.

도어에 노크소리가 나자 네모턱이 입으로 가져가려던 술잔을 가만히 상 위에 도로 놓으며 빠른 말씨로 차희숙에게 속삭였다.

"아주머니는 주인양반인가만 확인하세요. 아까처럼 누구세요, 하구만 물으면 돼요. 만일 주인양반이 아닐 경우엔 적당한 핑계를 대서 따 버리시도록. 우리 의사에 반하는 행동을 조금이라도 할 경우 우린 몹시 잔인해질 수도 있다는 걸 염두에 두시고."

그때 재촉하는 노크소리가 다시 들려왔다.

네모턱이 지시했다.

"자, 나가 보세요."

차희숙은 조바심쳤으나 결국 네모턱의 지시대로, 그리고 역시 최면술에 걸린 사람처럼 일어서서 도어 쪽으로 나갔다. 물방울무늬의 넥타이와 무테안경이 따라 나와서 각각 도어 옆의 양쪽 벽에 바싹 붙어 섰다. 차희숙은 떨리는 목소리로 물었다.

"누구세요?"

"나야 나. 당신한테서 누구냐는 심문을 받지 않고 들어갈 권리를 가진 사람."

차희숙은 이때처럼 남편이 밉고 얼간이처럼 여겨진 적은 없었다. 도어 왼쪽 벽에 붙어 섰던 무테안경이 손을 뻗쳐 재빨리 문을 땄다.

"동작이 뜨군. 남편 기다리다 잠이라두 들었었나?"

계속 농담을 걸며 들어서는 윤충모의 좌우에서 두 사내가 각기 무기를 들이대었다.

"경거망동하지 마시오."

물방울무늬가 말했다. 윤충모는 순간 무언가 깜빡 잊었다는 듯한 아둔한 표정이 되었다. 도어가 윤충모의 뒤에서 닫혔다.

윤충모와 차희숙이 두 사내에게 떠밀려 안방으로 들어서자 그냥 밥상 앞에 앉아 있던 네모턱이 주인처럼 말하였다.

"어서 오시오. 기다리던 참이오."

순간 윤충모는 다시 한번 아둔한 표정이 되며 사내들과 자기 아내를 번갈아 보았다. 네모턱이 다시 말했다.

"두리번거린댔자 여긴 틀림없는 선생의 자택이오. 혹 호수를 잘못 찾은 거나 아닌가 의심할 필요는 없고. 궁금해할 것 같아서 미리 말해 두는 거지만 우리 도둑이오. 아까 아주머니한테두 얘길 했소. 우리의 권리를 인정할 생각이면, 그리고 좀 도울 생각이면 가만히 있어 주기만 하면 고맙겠소. 만일 우릴 방해하구 싶다면 그땐 우리가 몹시 난폭해질 수도 있다는 걸 감안하구서 그렇게 하는 것이 좋을 거요. 선생은 혹 듣지 못했는지 모르지만 우리가 몹시 잔인하다는 평판이 자자한 건 다 사람들이 자중하지 못하구 우릴 성가시게 한 때문이오……. 사람의 목숨은 아주 귀한 것이오. 자기의 목숨을 소중히 여기는 건 그리구 도덕적으로도 훌륭한 태도라고 가르쳐져 오고 있고 나 또한 그렇게 생각하는 바요."

윤충모는 그러나 그때까지도 아둔한 표정을 채 풀지 못하고 있었다. 그는 아직도 사태를 의심하고 있는 모양이었다. 차희숙은 그제야 자기의 영특한 동물로서의 능력이 겨자씨만큼씩 회복돼 오는 것을 느꼈다. 그것은 우선 남편에 대한 미움이 섞인 우월감으로 나타났다. 그리고 그것은 또한 약한 수컷에 대한 본능적 경멸이었는지도 모른다.

그녀는 눈을 흘기며 재빠른 작은 말씨로 쏘아 주듯 소곤댔다.

"아유, 뭘 그러구 멍하니 서 있어요? 이 사람들은 강도란 말예요, 강도요."

윤충모는 애매하다는 원망이 담긴 눈으로 자기 아내를 돌아보았다.

"그러니 서 있지 않으면 나더러 어쩌란 말야."

"글쎄 누가 어쩌래요?"

"그럼 뭐야."

"아휴 나 참."

그러자 그때 두 사람의 그 은밀한 분쟁은 짐짓 모르는 체하며 물방울무늬와 무테안경은 밥상 앞으로 다가가 앉았다. 그리고 아까 들려다 만 소주잔을 집어 올리다가 무테안경이 윤충모들 쪽을 돌아보며 말했다.

"거기 그렇게 언제까지나 서서 버틸 생각 말구 저기 아랫목에 가서들 앉으시죠. 그렇게 문 가까이 계시면 혹 경거망동할 생각이 날지두 모르니. 노파심에서 하는 말이지만 두 분 중 누구 혹 다치시게라두 되면 거 뭐 좋겠습니까?"

그러자 윤충모가 비로소 좀 현명해 보이는 표정이 되며 선 채로 물었다.

"당신들은 도, 도대체 무슨 짓을 하려는 거요?"

그러며 그는 자기가 아직 자기네 안방에 신발을 신은 채 들어와 있다는 사실도 잊은 듯 무의식중에 구두 끝을 조금씩 움직이고 있었다.

소주잔을 들어 소주를 입속에 탁 털어 넣고 꿀꺽 삼키고 난 물방울무늬가 얼굴을 과장되게 찡그리며 젓가락을 불고기 접시로 가져가다 말고 고개를 쳐들며 말했다.

"우리가 하고 싶은 짓은 무슨 짓이든지 할 생각이오."

그것은 어리석은 사람에겐 이런 식으로 얘기하는 도리밖엔 없다는 듯한 딱 잘라 말한다는 식의 짜증기까지 섞인 말투였다. 윤충모는 점점 총명이 회복돼 오는 자신을 느꼈다.

그는 말했다.

"도대체 무슨 권리로, 그, 그렇게 하겠다는 거요?"

"도둑의 권리로 그렇게 하겠소."

물방울무늬가 말했다.

"도둑의 권리라니, 그런 권리가 어딨소? 당신들은 어, 어휘를 사용하는 데 있어서까지 양심이 없……."

그때였다. 네모턱이 윤충모 쪽은 쳐다보지도 않은 채 음울한 목소리로 내뱉은 것은.

"식사를 방해하지 마시오."

윤충모는 찔끔, 그 목소리에 위압감을 느꼈다. 차희숙이 남편의 옆구리를 꾹 찔렀다. 그리고 빠른 말씨로 속삭였다.

"아유, 가만 좀 있어요."

윤충모는 다시 아둔한 표정이 되었다.

"방금 말한 대로 저 아랫목에 가서 좀 앉아 계시죠."

하고 무테안경이 다시 지시했다. 윤충모와 차희숙은 풀이 죽은 표정으로 말없이 무테안경의 지시를 따랐다.

그들은 아주 천천히 식사했다.

"나눠 먹을 분량이 못 돼서 우리끼리 듭니다. 너무 서운하게 여기지 마십시오."

하고 물방울무늬의 넥타이는 목소리를 부드럽게 해 가지고 짐짓 인사까지 차렸다. 윤충모와 차희숙은 풀 없이 아랫목에 앉은 채 그들이 식사하는 모습만 아둔한 눈길로 바라보고 있었다. 무테안경이 바닥이 난 소주병을 들어 보이며 말했다.

"아주머니, 이런 거 또 어디 없습니까? 일러만 주시면 우리가 찾아다 먹죠. 혹 감춰 둔 양주 같은 게 있으면 더욱 좋구."

차희숙은 눈을 깜빡깜빡하며 잠시 망설이다가 애써 침착하게 말했다.

"그것뿐이에요. 대강 보셔서 아신 것처럼 우린 가난뱅이예요. 감춰 둔 양주 같은 게 어딨겠어요. 하지만 정 원하시면 소주 두세 병쯤 더 사다 드릴 순 있어요."

마지막 대목을 말하면서는 그녀는 자기가 제법 영특한 동물답다는 자신감을 잠깐 가져 보았었다. 그러나 그것은 금세 부끄러워할 일로 바뀌고 말았다. 물방울무늬 넥타이가 관대하게 빙그레 웃으며 그녀에게 충고하였던 것이다.

"아주머니, 우릴 갓난애 취급하지 마세요. 어른을 속일 만한 꾀를 생각해 보세요."

차희숙은 면박을 먹은 아이처럼 눈길을 내리깔고 말았다. 그때 윤충모가 발작을 일으킨 것처럼 벌떡 일어서며 소리쳤다.

"뭐야, 너희들! 뭘 우리한테서 뺏으려는 거야!"

그러자 네모턱이 벌떡 따라 일어섰고 윤충모의 턱에서 뻐 으스러지는 소리가 났다. 순간 무테안경은 날쌘 동작으로 몸을 날려 차희숙의 입술을 손바닥으로 덮어 버렸다. 윤충모는 벌레처럼 쓰러져서 꿈틀거렸다. 네모턱이 다가가 그의 멱살을 쥐어 일으켰다. 그리고 음울하게 말했다.

"다음번엔 주먹이 아니라, 칼루 배때기를 쑤셔 주마."

물방울무늬의 넥타이가 밥상 앞에 앉은 채 혀를 찼다.

"쯧쯧, 우둔한 친구들은 늘 저렇단 말야. 조금만 분별력이 있었다면 다치진 않는걸."

3

그들이 집 안을 뒤지기 시작한 것은 상 위의 먹을 것이란 먹을 것은 청소하듯 말끔히 먹어 치운 다음이었다. 담배 한 대씩을 피워 문 다음 그들은 잠시 휴식을 취하더니 아랫목에 다시 풀이 죽어 앉아 있는 윤충모 부부를 연민의 시선으로 일별하였다. 부부가 완전히 기가 죽어 있는 것을 확인하자 그들은 담뱃불들을 재떨이에 비벼 껐다. 그리고 일을 시작하려는 사람들의 태도로 사내들은 일어섰다. 그때 물방울무늬가 다시 한번 윤충모 부부를 힐끗 바라보더니 혼잣소리하듯 중얼거렸다.

"아무래두 저 두 분을 우리 쪽에서 미리 보호해 드리는 게 낫겠군."

그러며 그는 두리번거리다가 마루로 나가 잔빨래, 이를테면 속옷 나부랭이 같은 것들을 널기 위해 매어 놓은 나일론 빨랫줄을 걷어 가지고 들어왔다. 무테안경이 그에게로 마중하듯 다가가 호주머니에서 칼을 꺼내더니 그것을 둘로 잘랐다.

윤충모와 차희숙의 양손이 등 뒤로 모아져 결박 지어졌다. 그리고 사내들은 다시 벽에 걸렸던 세수수건을 떼어 두 사람의 입에 각각 재갈을 물렸다. 자기들이 쓰던 세수수건이 코 아래 얼굴 반을 덮고 목 뒤에서 꽉 졸라매어지는 순간 윤충모와 차희숙은 숨이 답답해지는 고통보다는 비로소 자기들이 당하고 있는 재난이 이제 돌이킬 수 없는 기정사실임을 선명히 알고 절망감에 사로잡혔다. 게다가 윤충모는 네모턱에게 맞은 턱 언저리가 소금에 절이기라도 하듯 쓰려 오기까지 했다.

두 사람을 그렇게 결박하고 재갈을 물리고 나서 사내들은 아주 천천히 일하기 시작했다. 그들은 우선 윗목에 놓여 있는 윤충모들의 캐비닛부터 열었다. 가난하고 남루한 내용물들이 드러났다. 윤충모가 지금 입고 있는 새 양복을 맞추기 전에 입던, 제 색을 잃은 지 오랜 단추 세 개짜리의 구식 양복이 한 벌, 변색해서 누른 기가 도는 칼라 좁은 흰 와이셔츠가 두 개, 여름용 나일론 잠바 하나, 남방셔츠 하나, 그리고 차희숙의 새로 맞춘 쥐색 투피스 한 벌, 구식 주름치마 하나, 얼룩덜룩한 원피스 하나, 다 낡은 겨울용 바둑무늬 코트 하나, 시장에서 사 입을 수 있는 싸구려 블라우스 두 개 등등이 옷걸이에 주렁주

렁 매달려서 제 주인들의 신산한 모습을 기웃기웃 내다보고 있었다. 물방울무늬의 넥타이가 참상을 목격한 것 같은 슬픈 표정을 지었다.

"이런! 이건 숫제 이재민 보따리로군."

그러나 무테안경은 잠자코 캐비닛 아래쪽의 서랍을 잡아 뽑았다. 무릎을 기운 윤충모의 겨울내의, 군에서 제대할 때 입고 나온 육군마크가 찍힌 팬티, 러닝셔츠 나부랭이, 차희숙의 꾸깃꾸깃한 슈미즈, 꿍쳐진 브래지어, 색이 바랜 팬티 나부랭이, 올이 나간 스타킹 등등 잡동사니들이 쏟아져 나왔다. 더 이상 참상을 보고 견딜 순 없다는 듯 물방울무늬의 넥타이는 눈을 감았다. 그러나 무테안경은 잠자코 그 속옷 나부랭이들 속으로 손을 넣어 더듬었다. 그러나 무테안경의 동작을 네모턱은 짐짓 한가한 태도로 내려다보고 있었다. 무테안경의 더듬던 손이 마침내 한 군데서 멈췄다. 그는 그 손을 천천히 속옷 나부랭이들 속으로부터 빼내었다. 붉은 칠이 입혀진 조그만 상자 하나가 쥐어져 나왔다. 그때 차희숙은 끙 소리를 내며 상체를 꿈틀댔다. 무테안경이 상자를 열었다. 그러자 그 속에서는 전등빛에 반짝하고 금속빛을 발하는 순금반지 하나가 얌전한 얼굴을 내밀었다. 그것은 윤충모가 차희숙에게 사 준 두 돈짜리 결혼반지였다. 차희숙이 조금이라도 닳을 것을 아껴 끼지 않고 넣어 둔 것이었다. 무테안경은 그것을 슬쩍 공중에 던져 올렸다가 받아서는 네모턱에게 던져 주었고 물방울무늬의 넥타이는 그것을 보자 더욱 슬픈 표정을 지었다.

"가엾은 두 분."

그렇게 중얼거리더니 그는 차희숙의 화장대 앞으로 걸어가 차희숙이 아직 한 번도 쓰지 않은 새 립스틱을 집어 마개를 빼고는 거울에 다 썼다.

금반지 하나—중량 미상.

그리고 시간이 감에 따라 거기에 덧붙여서 씌어진 것은 다음과 같은 것들이었다. 트랜지스터라디오 한 대—소니, 남자용 시계 하나—시티즌, 여자용 시계 하나—세이코, 만년필 하나—파카 21(아, 그것은 차희숙이 결혼식 때 떨리는 손으로 윤충모의 위 포켓에 꽂아 준 것이었다), 그리고 현금 3만 7580원. 현금 3만 7580원의 내력은 무테안경이 캐비닛 안의, 주머니가 달린 옷이란 옷은 모두 한 번씩 뒤져 본 결과 차희숙의 낡은 코트 주머니에서 찾아낸 7500원과 네모턱이 윤충모의 양복 안주머니에서 꺼낸 월급봉투 속의 3만 원, 그리고 화장대 위 빈 성냥갑 속에 들었던 동전 여덟 개를 합한 것이었다.

윤충모가 따로 쓰는 옆방으로도 갔던 무테안경은 그러나 맨손으로 돌아왔다.

"책 몇 권 있더군. 소설 나부랭이 몇 권하구 무슨 영어책 몇 권이야."

무테안경이 그러며 허무하다는 표정을 짓자 네모턱이 말했다.

"책은 소용없지. 쓸데없는 수치심 따위나 가르치는 게 고작이니까."

그리고 그들은 다시 야외의 풀밭에나 놀러 온 사람들처럼 한가하게 둘러앉았다.

"자, 이제 뭘 하지? 습득물은 적고."

물방울무늬가 말했다.

"글쎄, 섰다나 할까? 화투가 있었나?"

네모턱이 말했고,

"없던걸."

하고 무테안경이 고개를 흔들었다.

"그럼 하나 사 오지 뭐."

그러며 물방울무늬의 넥타이가 일어섰다.

"아주 그럼 소주두 두어 병 사 오라구. 오징어나 두어 마리하구."

네모턱이 일어서는 물방울무늬를 향해 말했다. 물방울무늬의 넥타이는 그들이 약탈한 현금 가운데 약간을 집어 들고 밖으로 나갔다. 마치 이웃 담뱃가게에 담배라도 사러 나가는 주인남자처럼 자유롭게. 그리고 잠시 후 그는 화투 한 목과 진로 소주 4홉들이 두 병, 마른 오징어 두 마리를 사 들고 돌아왔다. 그들의 표정은 밤샘이라도 하려는 노름꾼들의 그것처럼 되었다. 현금이 공평하게 분배되고 나머지 약탈품들은 방 한구석에 아무렇게나 밀쳐 두어졌다.

"가마안 있자."

하고 무테안경이 방 안을 둘러보더니 캐비닛 옆 구식 가죽 트렁크 위에 개어 얹은 이부자리 가운데서 담요 한 장을 꺼내 왔다. 윤충모들이 결혼하면서 새것으로 한 장 장만했던 그 신앙촌 담요는 노름바닥이 되었다.

그들은 한 잔씩 하면서 노름을 시작했다. 판돈이 대어지고 패가 돌려졌다. 물방울무늬가 심각한 눈빛으로 패를 조이더니 패를 향해 불쌍하다는 표정을 지어 보였다. 무테안경은 달콤한 표정을 짓고 있었다. 네모턱이 무표정하게 판 위에 지폐 한 장을 더 던졌다. 무테안경은 선뜻, 그리고 물방울무늬는 입맛이 당기지 않는다는 듯 마지못한 태도로, 지폐 한 장씩을 더 던졌다.

"까지."

하고 무테안경이 말했다. 판 위에 패들을 까 놓았다. 무테안경의 패는 나란히 솔이 두 장, 물방울무늬의 패는 매조와 난초, 네모턱의 패는 단풍과 국화였다. 판 위에 놓인 지폐들을 무테안경이 제 앞으로 쓸어 갔다. 판돈이 다시 대어지고 패가 돌려졌다. 네모턱은 패를 슬쩍 제 앞으로 쳐들어 보더니 잠자코 엎어 놓은 다음 다시 지폐 한 장을 질렀고 무테안경은 얼른 제 패를 본 다음 두 친구의 표정을 민첩하게 곁눈질했다. 물방울무늬는 심각한 표정으로 패를 조이더니 패를 향해 불쌍하다는 눈빛을 했다. 무테안경이 돈을 질렀다.

"두 장씩만 더 지를까?"

무테안경이 말했다. 네모턱은 잠자코 지폐 두 장을 더 질렀다. 일순 후회하는 빛이 잠깐 스쳤으나 무테안경도 결국 두 장을 더 지르고는 슬쩍 물방울무늬를 건너다보았다. 물방울무늬는 두 친구를 잠시 애원하는 표정으로 건너다보고 나서 마침내 망해도 좋다는 결심이 섰다는 듯 지폐 두 장을 판 위에 던졌다. 패들을 깠다. 무테안경의 패는 솔 한 장에 매조 한 장, 네모턱의 패는 목단이 나란히 두 장, 그리고 물방울무늬의 패는 홍싸리가 나란히 두 장이었다. 물방울무늬의 얼굴에는 달콤한 미소가 떠올랐다. 그는 판돈을 천천히 제 앞으로 쓸어

갔다. 판돈은 다시 질러지고 패도 다시 돌려졌다.

밤이 이슥하여 갔다. 노름판도 그럭저럭 끝이 나갔다. 대부분의 돈은 물방울무늬의 넥타이 쪽으로 옮겨 가 있었다. 차츰 심심해하는 표정이 무테안경과 네모턱의 얼굴에 떠돌기 시작했다.

이윽고 무테안경이 말했다.

"졸린데, 둘이서 하라구. 난 잠이나 한숨 자야겠어."

그러며 그는 그대로 팔베개를 하며 뒤로 벌렁 누워 버렸다. 그러자 네모턱도 잠자코 판을 물방울무늬 쪽으로 밀어 버렸다.

"그만하지."

그리고 그는 말했다.

"난 미인이나 차지해야겠군. 아까 보니 저 아주머니 꽤 미인이던걸."

그러며 그는 재갈 물리고 결박당한 채 아직 아랫목에 얌전하게 앉아 있는 차희숙 쪽을 힐끗 돌아보았다. 그리고 그는 천천히 자리에서 일어나 구두를 신은 채로 느릿느릿 차희숙들 쪽으로 다가왔다. 팔베개를 하고 누웠던 무테안경이 상체를 일으켜 세우며, 천재를 바라보듯 존경 어린 시선으로 제 동료를 쳐다보았다. 그리고 기대에 찬 표정으로 차희숙 쪽을 돌아보았다. 물방울무늬도 판돈을 챙기다가 이쪽을 향해 축복하듯 달콤하게 웃었다.

네모턱은 차희숙의 겨드랑이를 확 잡아 일으켰다. 윤충모의 눈에는 그들 세 사내의 얼굴이 순간 하나같이 거무튀튀한 무쇠처럼 여겨졌다.

무쇠탈 2

1

강도(强盜) 변장호(卞長浩)는 어느 날 그의 과업 중 참으로 야릇한 경험을 하였다. 그리고 그 경험은 그로 하여금 스스로의 강도 행각에 따른 여지껏의 일말의 죄책감을 불식하는 데 결정적인 역할을 하였다.

그가 그날 한강 변 맨션아파트 지구의 한 가구에 침입했을 때 그 가구에는 젊은 여주인 혼자만이 집을 지키고 있었다. 그는 상수도 검침원을 사칭했었다.

처음 벨을 두어 번 눌렀을 때는 아무런 응답이 없다가 재차 좀 세차게 두세 번 눌렀을 때에야 안쪽 어딘가의 문 열리는 소리와 함께 빠른 발짝 소리에 이어,

"네, 누구세요?"

하는 젊은 여인의 아름다운 목소리가 들려 나왔다.

"예, 수도 검침하러 나왔습니다."

하고 그는 짐짓 피곤하다는, 그래서 이렇게 오래 기다리게 하면 짜증이 난다는 목소리를 꾸며 내서 대꾸했다. 그러자 상냥스레 문이 열리며 한 아름다운 젊은 부인의 모습이 나타났다.

"들어오세요. 미안해요. 마악 목욕을 끝내던 참이라 좀 지체됐어요, 일하는 애도 나가 버리구요. 요즘 일하는 애들은 걸핏하면 보따리 싸 들고 나가 버리는 통에……."

부인은 좀 수다스러운 편인 모양이었다. 그는 문 안으로 들어서면서 힐끗 그 젊은 부인의 모습을 일별하였다. 그녀는 과연 방금 목욕을 마친 모양으로 젖은 머리칼과 상기된 얼굴, 그리고 속이 내비칠 듯한 얇은 실내의 차림을 하고 있었다.

그는 문을 닫고 신발을 벗는 시늉을 하다가 불쑥 주머니에서 칼을 꺼내 들었다. 스프링 장치가 되어 있는 날이 쑥 튀어 나가는 칼이었다. 그리고 그의 과업을 항상 성공적으로 이끄는 데 결정적인 역할을 해 온 칼이었다.

그는 나지막하게, 위협적으로 말했다.

"큰 소리 내지 마세요, 부인. 난 수도 검침원이 아니라 강돕니다."

그녀는 소리 없이 입을 벌리며 뒷걸음질 쳤다.

"아, 그렇게 놀라실 건 없습니다. 난 부인을 다치게 해 드릴 생각은 조금도 없으니까요. 제게 필요한 물건 몇 가지만 가져가면 그만입니다. 단, 방해만 하지 않으시면 됩니다."

그러며 그는 구두를 신은 채로 마루 위로 올라섰다. 마루에는 양탄자가 깔려 있어서 신발 밑의 감촉이 부드럽고 기분 좋았다.

그녀는 계속 뒷걸음질 쳐서 탁자와 소파 따위가 놓인 거실 쪽으로 물러가고 있었다. 그러며 입을 다물지 못한 채 그의 얼굴과 손에 쥔 칼을 겁에 질린 표정으로 번갈아 바라보았다. 그는 자기 손의 칼을 슬쩍 내려다보고 그것을 접어서 호주머니에 넣었다.

"부인 혼자신 것 같은데 보기 흉한 물건은 치우기로 하죠. 하지만 필요한 사정이 되면 이놈을 다시 꺼내는 데 그다지 오랜 시간이 걸리진 않을 겁니다. 그런 일이 없기를 바랍니다만."

그제야 젊은 부인은 처음의 놀람과 두려움이 다소나마 가라앉는 모양이었다. 아니면 눈앞의 사태를 현실로 인정할 여유가 생긴 것일까.

"……무, 무얼 가져가려고 그러는 거죠?"

하고 그녀는 비로소 떨리는 목소리로 입술을 움직였다.

"아, 뭐 그렇게 급할 건 없습니다. 천천히 챙기기로 하죠. 전 아마추어가 아니니까요. 바깥주인께서 돌아오실 때까진 시간도 아직 넉넉하구요. 퇴근하시는 대로 곧장 귀가하시는 걸 전제로 해도 아직 두어 시간은 좋이 남았으니까요. 그보다 목이 좀 마른데 뭐 시원한 마실 것 좀 없을까요? 염치없는 부탁입니다만."

하고 그는 슬쩍 거실 오른편으로 보이는 주방 쪽을 바라보았다. 식당을 겸하고 있는 듯한 그곳에는 식탁과 조리대, 찬장 등이 눈에 띄었고 한편 구석에 세워진 커다란 냉장고가 바라보였다.

젊은 부인은 무언가 빨리 적응해 보려는 표정으로 두 눈을 깜박이더니 이윽고 머뭇머뭇 주방 쪽으로 걸어갔다. 그리고 냉장고 문을 열었다.

"저…… 사이다로 드시겠어요, 맥주로 드시겠어요?"

"아, 물론 맥주가 있다면 맥주가 더 고맙겠습니다. 나중에 바깥주인께서 와 보시고 좀 서운해하실는진 모르겠지만."

그러며 그는 천천히 소파로 걸어가 앉았다. 잠시 후 그녀는 맥주 한 병과 유리컵 하나를 가지고 왔다. 그는 소파에 앉은 채로 말했다.

"아, 이왕이면 뭐 안주 될 만한 것도 좀 부탁드릴까요. 병 따는 것하구요."

그러자 그녀는 당황스레 자기의 실수를 깨달은 표정으로 맥주병과 컵을 탁자 위에 내려놓은 뒤 다시 주방으로 걸어갔다. 그리고 곧 치즈 몇 조각이 담긴 접시 하나와 병따개를 가지고 돌아왔다. 그는 그녀가 그것들을 마저 탁자 위에 내려놓기를 기다렸다가 말했다.

"자, 부인께서도 좀 앉으시죠. 제가 맥주 한 병을 다 마시는 동안 거기 그렇게 서 계시려면 좀 지루하실 텐데요. 저도 예의가 아니구요."

그러자 그녀는 조금 망설이는 눈치더니 말없이 그의 맞은편 의자에 앉았다. 무언가 마음속으로 생각을 끝낸 표정이었다. 그는 병마개를 땄다. 그리고 맥주를 컵에 따르려다가, 깜빡 생각이 못 미쳤었다는 듯 말했다.

"아참, 함께 드실 걸 그랬군요. 제가 그만 제 생각만 하고."

그러자 그녀는 비교적 냉정해진 목소리로 대꾸했다.

"전 술 못 해요."

"정말이십니까? 정말 한 잔도 못 하십니까?"

"네, 못 해요."

"그러실 리가 있나요. 요즈음 맥주 한 잔도 못 마시는 여자분이 어디 있습니까."

그때 그는 자기 귀를 의심했다. 실로 예기치 못한 대꾸가 그녀의 입술로부터 흘러나왔던 것이다.

"……이제 보니 댁은 강도가 목적이 아닌 모양이군요. 딴 목적이 있는 모양이군요?"

"예? 그게 별안간 무슨 말씀입니까? "

"물건을 훔치러 온 게 아니라 딴……."

"예?"

"……그런 거라면 사람을 그렇게 놀라게 하지 않고도 얼마든지 방법이 있잖아요?"

"무슨…… 말씀이시죠?"

"시치미 떼지 마세요. 그렇게 시치미 뗀다고 해서 누가 모를 줄 알아요?"

그녀는 이제 거의 자신만만한 억양마저 띠고 있었다. 뿐만 아니라 이쪽의 속셈을 다 안다는 듯한, 나무라는 시선마저 보내오고 있었다. 예기치 못한 일이 아닐 수 없었다.

"글쎄, 저로서는 통 무슨 말씀을 하고 계신 건지 모르겠는데요. 명명백백히 다시 한번 말한다면 전 분명 강돕니다. 값나가는 물건을 훔치러 온 강도죠. 주인들을 위협해서 꼼짝 못 하게 억압해 놓고 값진 물건을 유유히 털어가는 강도죠. 말하자면 제 직업은 주인을 무시하는 직업이라고나 할까요. 한데 절더러 시치미를 뗀다니 그게 무슨 말씀이십니까? 전 아직 강도질을 하면서 시치미를 떼 본 적은 한 번도 없습니다. 항상 저 자신이 강도임을 명명백백히 밝혀 왔죠. 조금 아까 부인께도 분명 말씀을 드렸을 텐데요."

그러나 그녀는 알 수 없게도 이제 입가에 묘한 웃음기마저 흘리고 있었다.

"농담도 재밌으셔라. 강도치곤 아주 멋쟁이 강도시네요. 자세히 보니 미남이시기도 하구요."

그는 놀라움을 금할 도리가 없었다.

"아니, 농담이라뇨? 제 말이 정말 아직 곧이 안 들리십니까?"

"글쎄, 조금 아깐 정말 놀랐지 뭐예요. 정말 무지막지한 강돈 줄만 알구."

"예?"

"너무 그렇게 멋 부리지 마세요. 멋을 지나치게 부리면 오히려 흉해 보일 수도 있다구요. 자, 이리 오세요. 솔직히 털어놓고. 그러잖아도 무슨 재미있는 일 좀 없나 하고 심심해하던 참예요."

"지금 무슨 오해를 하고 계신 것 같은데."

"오해는 무슨 오해예요. 그만 시치미 떼고 이쪽으로 오세요. 이리 내 옆으로요. 나 어디서 봤죠?"

"예? 어디서 보다뇨? 제가 부인을 어디서 봅니까? 여기서 지금 처음 뵙는 거죠."

"거짓말 마세요. 그런다고 내가 곧이들을 줄 아세요?"

"하, 나 이거. 부인, 그럼 부인께선 절 언제 보신 적이 있으십니까?"

"나야 언제 선생님을 봤겠어요. 선생님이 어디서 날 봤겠죠."

"글쎄, 제가 어디서 부인을……."

"그걸 내가 어떻게 알아요. 선생님이 알겠죠. 어디선가 날 보고 뒤따라와서 집을 알아 두었다가……."

"아, 이제야 뭘 오해하고 계신지를 알겠군요. 나 이런, 절 치한으로 오해하고 계신 모양이군요."

"능청 떨지 마세요. 그리고 이리 오세요. 그럴 수도 있는 거지 뭘 그러세요? 남자 대장부가 칼을 한 번 빼었으면 베어야죠."

"정말 단단히 오해를 하고 계시군. 부인, 다시 한번 말하지만 난 강돕니다. 부인의 몸을 탐내서 들어온 치한이 아니에요."

"좋아요, 그럼 강도라고 해요. 어차피 마찬가지니까. 자, 이리 오세요. 이리 와서 나부터 훔치세요."

"예?"

"뭘 그렇게 놀라세요? 강도라면서. 내 몸이 탐나지 않으세요? 금방 목욕까지 한 몸인데."

"……정말 허락해 주시는 겁니까?"

"어마, 멋있는 분인 줄 알았더니 순 졸장부시네요. 허락해 주시는 겁니까가 다 뭐예요, 허락해 주시는 겁니까가. 강도라면서. 자, 이리

와서 어서 날 훔치세요."

그녀는 이제 숫제 교태마저 짓고 있었다. 그는 이런 일은 생전 처음이었으며 터무니없다는 생각조차 들었으나 그녀가 그렇게 나오는 이상 구태여 주저할 건 없다고 생각하였다. 미상불 불쾌할 바 없는 일이었으며 망외의 보너스라고 생각하면 족할 터이었다.

그는 그녀가 앉은 긴 소파로 옮겨 앉았다. 그리고 다소 머뭇거리며 (왜냐하면 그는 아직 이 사태를 백 퍼센트 믿을 수가 없었으므로) 그녀의 부드러운 상체를 두 팔로 안았다. 그러자 그녀는 곧 매끄러운 두 팔로 그를 마주 안아 왔다. 얇은 실내의를 통해 그녀의 맨몸이 거의 그대로 느껴졌다. 온몸의 욕망이 눈을 뜨고 살아 일어났다.

그녀가 입술을 그에게로 가져왔다. 그는 그녀의 입술을 자신의 입술 속에 가두면서 대담하게 한 손을 그녀의 가슴 속으로 밀어 넣었다. 숨 쉬는 공처럼 알맞게 부푼, 매끄럽고 둥근 살이 만져졌다. 그리고 그 둥근 살 위의, 조그맣게 저항하는 돌기가 만져졌다. 순간 그녀는 가늘게 몸을 떠는 듯했다.

그는 사태를 확신했다. 그 둥근 살 위의 돌기를 엄지와 검지로 꼭 쥐어 비비면서 혀를 그녀의 열린 입속으로 밀어 넣었다. 거의 같은 순간에 그녀의 혀가 마중 나왔다. 부드럽고 달콤한 혀였다. 그는 그 달콤한 혀를 탐하면서 손바닥으로 그녀의 그 둥근 살을 힘껏 움켜쥐었다. 순간 그녀의 상체는 더욱 그의 가슴 쪽으로 밀착해 들어왔고 그녀의 혀는 힘 있게 그의 혀를 감아 안았다.

그때 탁자 위의 전화벨이 둔한 금속성으로 울려 댔다. 그러나 그녀는 전화벨 따위는 아랑곳없다는 듯이 계속 그의 혀를 놓아주지 않았다. 전화벨은 계속해서 울려 댔다. 그가 혀를 그녀의 혀로부터 간신히 떼어 내며 말했다.

"받아 보시죠. 바깥주인한테서 걸려 온 전환지도 모르지 않습니까."

"내버려두세요. 안 받으면 끊겠죠, 뭐. 또 누가 걸었건 나중에 강도의 협박 때문에 못 받았다고 하면 그만이죠, 뭐."

그리고 그녀는 다시 자신의 입술로 그의 입술을 덮었다. 마치 시간이 아깝다는 듯. 그도 더 이상 전화벨 소리에 신경을 쓰지 않기로 했다. 다시 그녀의 숨 쉬는 공을 손바닥으로 애무하면서 그녀의 달콤한 혀를 탐하기 시작했다.

전화벨 소리는 제풀에 지쳤는지 잠시 후 잠잠해졌다. 그리고 실내에는 이제 그들 두 사람의 코로만 쉬는 숨소리와 그들의 달아오르기 시작한 몸에서 발산하는 더운 열기만이 가득 차 갔다.

마침내 그녀가 달뜬 목소리로 속삭였다.

"우리 침실로 가요. 거기 침대가 있어요. 거기 가서 나를 실컷 훔쳐 줘요."

변장호는 그때 자신이 강도라는 사실을 잊었다.

2

그녀의 남편이 귀가한 것은 밤 10시가 훨씬 지나서였다.

그동안 변장호는 그녀의 호의에 힘입어 샤워도 즐겼고 그녀와 겸상으로 훌륭한 저녁 대접도 받았다. 그녀는 말했다.

"남편은 늦을 거예요. 천천히 놀다가 가세요. 또 강도 체면에 여자 혼자 있는 집에서 물건을 털어 갔단 소릴 듣는 것도 부끄럽잖아요. 나하고 카드놀이나 하면서 천천히 놀다가 우리 남편 술 취해 돌아오는 모습이나 구경하고 가세요. 정말 훔쳐 가고 싶은 물건이 있으면 그것도 그때 가져가구요."

혹시 무슨 계략에나 빠지는 것이 아닌가 하고 변장호는 잠깐 경계심을 느꼈으나 곧 내친김에 그래 보리라고 작정하였다. 여차직하면 호주머니 속에 든 무기(아직 그의 과업을 한 번도 실패로 이끈 적이 없는)를 꺼내면 될 터이었기 때문이다. 또 그는 그렇게 용무가 급하달 것도 없었다.

그는 그녀와 51점 따기 카드놀이를 하였다. 지는 쪽이 이기는 쪽에게 성의를 다한 키스를 제공하기였다. 물론 그녀의 제안이었고 그는 반대하지 않았을 따름이었다. 그리고 그들이 딴 점수의 합계가 1000점이 넘었을 때 그녀의 남편은 돌아왔다.

현관의 벨이 울렸을 때 그녀는 말했다.

"남편이 돌아왔나 봐요. 선생님은 그대로 앉아 계세요."

그리고 그녀는 카드를 내려놓고 사뿐히 소파에서 일어나 현관으로 걸어 나갔다. 그는 무료히 소파에 앉은 채로 다음에 올 사태를 기다렸다. 약간의 긴장감과 함께 여차직하면 무기를 꺼내 들 속셈을 차리면서.

현관 도어가 열리는 소리가 나고 누군가가 현관 안으로 들어서는 소리와 함께 무어라고 두런두런 수작을 주고받는 소리가 난 뒤를 이어 곧 거실 쪽을 향해 걸어 들어오는 두 사람의 모습이 보였다. 그녀 옆에 선 사내는 키가 약간 크고 얼굴이 흰 편인, 말쑥한 회사원 차림의 30대 남자였다. 눈가에 술기운이 약간 있어 보였다. 그러나 결코 취한 모습은 아니었다.

그는 소파에 앉아 있는 변장호의 모습을 발견하자 일순 걸음을 멈칫했다. 그리고 그녀 쪽을 돌아보았다. 그녀는 변장호의 존재에 대한 아무런 귀띔도 아직 하지 않았던 모양이었다. 그녀가 말했다.

"참, 손님이 계세요. 자신의 입으로 강도라고 말하는 손님이에요."

"뭐, 강도?"

그는 순간 별 재미나는 일 다 보겠다는 표정이 되며 변장호와 그녀 쪽을 번갈아 바라보았다.

"그래요, 저분이 분명 그랬어요. 자기 자신을 강도라고."

"야, 그 참 재미있는 양반이군."

하고 그는 눈을 크게 뜨고 바라보아야 할 일이라는 듯 둥그런 눈을 만들어 변장호 쪽을 바라보았다.

변장호는 자기가 나설 차례가 되었다고 생각했다. 소파에서 천천히 몸을 일으키며 그는 말했다.

"이 댁 바깥주인 되십니까?"

"예, 그렇습니다만."

그녀의 남편이 대답했다.

"이거 실례가 컸습니다. 부인 혼자 계신데 이렇게 무단히 들어와 있어서. 직업이 직업이라놔서요."

"선생은 그럼 정말 강도십니까?"

"부인 말씀을 잘 안 믿으시나 보군요. 그럼 제가 믿게 해 드리는 도리밖에 없죠."

그러며 변장호는 호주머니에서 민첩하게 칼을 꺼내 들었다. 그리고 맵시 있게 단추를 눌러서 날카로운 칼날이 쉭 소리를 내며 튀어나오게 했다. 전등 불빛에 반사되어 칼날은 위협적인 빛을 발했다.

"자, 이래도 안 믿으시겠습니까?"

그러자 그녀의 남편은 잠시 칼날 위에 시선을 고정시킨 채 두 눈을 껌벅거렸다. 마치 그것이 정말 칼날인가 아닌가를 감정이라도 해 보려는 듯이. 그리고 그는 곧 그것이 정말 칼날인 데 놀랐다는 표정으로 시선을 쳐들며 말했다.

"호오, 그럼 선생은 정말 강도시군요?"

그러나 그의 얼굴에는 조금도 겁을 집어먹은 표정 따위는 떠올라 있지 않았다. 커녕 진짜 재미있는 일을 만났다는 표정이었다. 이어 그는 말했다.

"한데, 그럼 무얼 가져가시려구? 탐나는 게 더러 있습디까?"

변장호는 맥이 풀리는 기분이었다. 이자들은 도대체 어떻게 돼먹은 작자들인가. 그러나 그는 다시 한번 의욕을 북돋아서 말해 보았다.

"탐나는 게 있다면 가져가는 걸 방해하지 않겠소?"

그러자 주인사내는 관대한 너털웃음을 웃었다.

"하하, 마음 놓고 가져가시오. 무엇이든지, 얼마든지. 다만 그 뾰족한 물건만은 이제 좀 치우시오. 사람을 다치게 할지도 모르는 물건이니까."

"다치는 게 두렵소?"

"하하, 물건은 없어지면 다시 구하면 그뿐이지만 사람은 다치면 상처가 남지 않소? 선생은 다치는 걸 좋아하시오?"

변장호는 일순 말문이 막혔다. 강도 앞에서 이렇게 뻔뻔한 자는 보다가 처음인 것이다. 그러나 계속 벙어리 시늉을 하고 있을 수는 없는 노릇이었다.

"좋소, 그럼 칼은 치우겠소. 그 대신 만일 내 일을 방해한다면 그땐 지체 없이 이놈을 다시 꺼내겠소. 난 이놈 다루는 법을 아주 오래 숙달해 온 사람이오."

주인사내는 다시 관대하게 웃었다.

"하하, 염려 마시오. 방해는 절대로 하지 않을 테니까. 탐나는 게 있으면 얼마든지 가져가시오. 내 마누라만 빼놓고."

그리고 그는 천연덕스런 표정으로 옆에 서 있는 자기 아내의 뺨을 소중하다는 듯 어루만졌다. 변장호는 순간, 네 마누라는 내가 벌써 훔쳤어, 하려다가 그만두었다. 그것은 훔친 것이라기보다 잠깐 얻었었던 데 불과하다는 반성이 뒤따랐기 때문이다. 그는 칼을 접어서 호주머니에 넣었다. 그리고 말했다.

"자, 그럼 우선 현금을 있는 대로 다 내놓으시오. 차고 있는 시계도 풀어 놓으시고. 그리고 부인께서도 집 안에 있는 현금이나 패물 따위를 남김없이 모두 가져오시오."

그러자 주인사내가 짐짓 엄숙한 표정을 지었다.

"하아, 그렇게 서두르실 것 없지 않소? 그렇게 살벌한 표정을 하실 것도 없구. 모처럼 우리 집을 찾아주셨는데 맥주라도 한잔 나누고 나서 우리 헤어져도 헤어집시다. 자, 그리 좀 앉으십시다. 남의 집처럼 생각하지 마시구. 저, 그리고 여보, 당신은 맥주 좀 가져오지. 맥주 좀 있든가?"

"네, 몇 병 있어요."

변장호는 어이가 없었으나 내친김에 일이 돼 가는 꼴이나 보자고 작정하고, 주인사내가 권하는 대로 마지못하듯 다시 소파에 엉덩이를 내려놓았다. 주인사내가 맞은편 소파에 걸터앉으며 자기 아내 쪽을 향해 말했다.

"참, 여보, 우리 맥주를 줄 게 아니라 양주 한 병 있었지? 그걸 줘. 그러잖아도 술이 좀 미흡했는데 아주 잘됐어. 뜻밖에도 집에서 좋은 술친구분을 만나게 될 줄이야 누가 알았겠어."

그리고 그는 변장호 쪽을 향해 의향을 묻듯,

"어떠세요? 양주 괜찮겠죠?"

하고 친근한 시선을 보내왔다.

"아, 좋죠."

하고 변장호는 내친김에 호기 있게 대답했다.

곧, 그가 이미 훔쳤었던 젊은 여주인에 의해 양주병과 얼음그릇, 유리잔 따위가 날라져 오고 올리브 열매, 접시에 담긴 치즈 따위가 날라져 왔다. 그리고 그 젊은 여주인도 그들과 합석했다.

주인사내가 술병을 쳐들며 말했다.

"자, 한 잔 받으시오."

변장호는 얼음 조각이 담긴 유리잔을 들어 그가 따라 주는 술을 받았다. 그리고 병을 옮겨 받아 그의 잔에도 술을 채워 주었다. 그가 다시 병을 넘겨받아 자기 아내의 잔에도 술을 따라 준 다음 말했다.

"자, 그럼 건배. 우리들의 강도 선생을 위해서."

젊은 여주인도 말했다.

"살살 털어 가시기를 빌면서."

변장호도 말했다.

"두 분의 건강과 안녕을 위해서."

그리고 그들은 세 개의 잔을 한군데로 모아 서로 부딪친 다음, 각기 자신의 입으로 가져갔다. 마치 오랜 지기들끼리의 우정 어린 술자리처럼.

술은 거듭 주고받아졌다. 그리고 술병은 늦지도 빠르지도 않게 가벼워져 갔다. 주인사내의 목소리가 차츰 혀 꼬부라진 그것으로 바뀌었다.

"하하, 기분 좋다. 이런 기분 좋은 술자리는 난생처음이로군. 여보, 강도 선생, 우리 밤새껏이라도 마십시다. 술은 또 얼마든지 있으니까. 밤새 마시다가 취하면 그냥 여기서 주무시고 가시구려. 가져갈 건 내일 가져가도 늦는 건 아니잖소? 얼마든지, 뭐든지 가져가시구려. 아깐, 내 마누라만 빼놓고 가져가라고 했지만 탐나면 마누라도 가지시구려. 뭐든지 나눠 가집시다, 까짓거. 개인의 권리? 재산권? 가족권? 또 무슨 무슨 권리? 흥, 그따위 것들은 개나 물어 가라고 합시다. 서로서로 편하게 살면 그만 아니겠소? 난 그 요즘 권리 타령하는 사람들 딱합디다. 그런 건 가져서 뭐에다 쓰겠다는 건지 모르겠습니다. 아까울 게 뭐가 있어요? 달라면 다 줘 버리지. 그게 무슨 대단한 거라고. 권리욕이라는 게 한낱 소유욕인데 먹고살 만하면 됐지 다른 게 뭐가 필요하겠소? 자, 필요하면 뭐든지 가지시구려. 내 이 예쁜 마누라도 가질 테면 가지시구려."

변장호는 그만 자제하지 못하였다. 어지간히 들어간 술 탓이었는지 모른다. 아니면 주인사내의 그 너무도 믿기 어려우리만큼 관대한 태도 때문이었는지 모른다. 그 관대한 태도 때문에 자신이 한 것에 스스로도 관대해져 버린 때문인지 모른다. 그는 헤프게 웃으며 말했다.

"헤헤, 그런데 실례지만 부인은 제가 벌써, 아까 낮에 슬쩍 실례해 버린걸요."

그러자 주인사내는 취안에도 경탄의 빛을 감추지 못했다.

"호오, 그게 정말이오?"

"헤헤, 안 믿어지시면 옆에 계신 부인께 직접 물어보시죠."

"옳지. 여보, 그게 정말이오? 이 강도 선생이 정말 그렇게 멋쟁이였소?"

"사실이에요."

젊은 여주인도 부인하지 않았다.

"하아, 이거 놀랐는걸. 정말 멋지군, 멋져. 두 손 번쩍 들었는데. 좋았어, 좋았다구."

"불쾌하지 않으십니까?"

"불쾌하긴, 정말 통쾌하오. 선생이 그렇게까지 멋쟁이 양반인 줄은 미처 몰랐소."

"헤헤, 정말입니까?"

"정말이다마다, 가만, 이렇게 하는 게 어떻소? 아깐 나 없는 자리에서 한 일이니까 미상불 내겐 흥미가 덜하고, 이왕이면 나도 보는 자리에서 다시 한판 벌여 보시지 않겠소?"

"예?"

"할 수 있겠소?"

"헤헤, 하지만 그건……."

"왜, 그건 어렵겠소? 그럼 강도 체면이 말이 아니잖소? 강도란 주인이 보는 데서 빼앗는 게 본업 아니겠소?"

"어려울 거야 없지만…… 헤헤, 글쎄 좀……."

"하아, 이거 실망인걸. 강도란 얼굴에 무쇠껍질을 쓴 사람인 줄 알았더니. 자, 용기를 내서 한번 해 보시오."

"헤헤, 글쎄…… 어떨는지."

"자, 이리 와 보세요. 아깐 참 멋지던데. 다시 한번 해 봐요, 우리."

젊은 여주인도 남편의 의견에 전적으로 찬성이라는 듯(남편의 머리 좋음을 칭찬하고 싶어 죽겠다는 표정으로) 교태를 지으며 나섰다.

변장호는 이제 거의 자기의 지각 작용을 신용할 수가 없었다. 도무지 사태가 어떻게 돼먹은 건지를 알아차릴 수가 없었다. 다만 젊은 여주인의 자극적인 몸짓에 이끌려 마침내 그녀와 한 몸이 되면서, 자기가 문득 강도질을 하고 있는 게 아니라 강도질을 당하고 있는 게 아닌가 하는 생각이 어렴풋이 들 뿐이었다.

주인사내가 말했다.

"야, 멋지군, 정말 멋져. 선생, 앞으로 우리 집 좀 자주 방문해 주지 않겠소?"

무쇠탈 3

근자 시중에 나돌기 시작한 기괴한 소문은 시민들을 전율과 공포의 감정 속으로 몰아넣었다. 무쇠로 만든 탈을 쓰고 무쇠 몽둥이를 휘두르며 닥치는 대로 시민들을 해코지한다는 한 정체불명의 괴한에 관한 소문이 그것이었다. 참으로 믿어지지 않는 소문이었으며 더욱이 근자와 같은 산업 사회에서는 있을 법하지 않은 어리숙한 구석조차 지닌 소문이었다. 복면을 한다면 왜 그 흔한 여자용 나일론 양말을 뒤집어쓴다거나 하는 것도 아닌 무쇠로 만든 탈이며, 흉기를 휘두른다면 어째서 이발소용 면도칼이나 자동소총도 아닌 무쇠 몽둥이란 말인가. 그러나 기이하게도 소문의 바로 그 어리숙한 구석이 오히려 이상야릇한 힘을 가지고 시민들의 마음속을 파고들었으며 시민들의 마음속에 일종의 원시적인 공포의 감정을 불러일으켰다. 그리고 그것이 한낱 맹랑한 소문에 그치지 않는다는 사실은 목격자들의 증언을 직접 들었다는 시민들의 확신에 찬 전언에 의해 차차 일반적인 지지를 얻기 시작했으며 이제 거의 움직일 수 없는 사실로 받아들여졌다. 목격자의 증언을 직접 들은 시민들이 목격자의 증언을 직접 들은 시민으로부터 들은 시민들을 낳았다. 또 새로운 목격자들을 낳았다.

"말도 말라구. 내 이 두 눈으로 똑똑히 봤다니까. 꼭 무슨 산소 용접할 때 쓰는 것 같은 무쇠로 만든 탈을 쓰고 야구 방망이만 한 무쇠 몽둥이를 휘두르는데 말야, 마치 곤봉이라도 다루는 것 같더라구."

"남자 여자 가리지도 않는다면서? 그저 닥치는 대로 퍽, 퍽이라면서? 예쁘장하게 생긴 젊은 아가씨 하나가 당하는 걸 봤다는데 머리통에서 그저 퍽 하는 소리 한 번 나고는 그뿐이라더군. 사람의 육체라는 게 참 별 볼 일 없는 건 별 볼 일 없는 모양이지?"

"별 볼 일 있는 거면 무쇠 몽둥이에 견디겠어? 아무튼 이거 세상이 종말이 가까워 오긴 가까워 온 모양이야."

"어젠 태권도 사범도 셋이나 목숨을 잃었다면서?"

"태권도 사범인들 별수 있나. 제아무리 맨주먹이 세다고 한들 무쇠 몽둥이를 당해?"

"쯧쯧. 맨주먹만 믿고 덤빈 자들이 어리석지. 태권도 사범이란 작자들 우쭐대다 당했군."

"태권도 사범들만이 아니래. 그저껜가는 시합 끝나고 숙소로 돌아가던 야구 선수들도 당했다는 거야."

"그야 나무 방망이가 무쇠 방망이를 못 당하지. 경찰관도 몇 명 당했다면서?"

"그런 얘기도 들리더군. 좌우간 무쇠 몽둥이를 휘두르는 솜씨가 가벼운 곤봉 다루는 것 같더라니까. 소름 끼치는 일이야."

시민들은 두 사람 이상만 모이면 전율을 감추지 못한 채 수군수군 그 두려운 소문에 대해 주고받았다. 행정부에 대한 비난도 높아 갔다.

"도대체 정부는 뭘 하고 있는 거야. 경찰력은 어디다 쓰려고 아끼는 거지? 경찰력만 가지고 안 되면 군대라도 풀면 될 거 아냐."

"괴한 한 녀석이 날뛴다고 군대까지 풀 수야 없겠지. 하지만 경찰력은 충분히 효과적으로 활용할 수 있을 텐데 도대체가 그럴 의사마저 없어 보이니, 원. 숫제 소문 자체를 무시하고 있는 거 아냐?"

"경찰관이 몇 명 당했다는 얘길 들으면 전혀 모른 체하고 있는 것만은 아닌 모양인데 아무튼 어정쩡하기 짝이 없어. 도대체 얼마나 어설펐길래 경찰관이 몇 명씩이나 당해, 당하길. 제아무리 무쇠 몽둥이를 휘두르며 날뛰는 녀석이라도 경찰력을 효과적으로 조직적으로만 활용했다면 그런 일이 있을 수가 있겠어?"

"그러니까 하는 얘기 아냐. 도대체가 녀석을 적극적으로 체포할 의사가 있는 건지 없는 건지. 이건 숫제 공식 발표 한마디가 없으니."

"그런 점에선 신문도 마찬가지야. 아직 정식으로 보도 한 줄이 없잖아."

"신문은 소문을 다루진 않는다는 뜻이겠지. 정부에서도 소문 따위에 가볍게 공식적인 행동을 취할 순 없다는 뜻일 테고."

"하지만 이제 이건 소문의 단계는 이미 지났잖아. 엄연한 목격자들의 증언이 있고 피해자들이 있잖아."

"정부 안엔 아직 피해자나 목격자가 없는 모양이지. 신문 쪽도 마찬가지고."

"환장할 일이군."

"정부 쪽에서 어쩌면 은밀히 손을 쓰고는 있는지도 모르지. 공식적인 행동을 취할 단계는 아니라고 판단했을진 모르지만 전혀 무관심할 수야 있겠어. 경찰관 몇 명이 당했다는 얘기도 그런 측면에서 해석해 볼 수 있을지 모르지."

"하기야 정부가 손을 쓴다고 해도 좀 난감하긴 하겠군. 뚜렷한 무슨 조직을 가진 범죄 집단도 아니고 정체불명의 괴한 녀석 하나가 동에 번쩍 서에 번쩍 날뛰고 있으니. 게다가 신출귀몰 쉽사리 종적을 잡을 수가 없는 모양이니까."

"그 무거운 탈을 쓰고 무거운 무쇠 몽둥이를 휘두르면서도 몸놀림은 마치 제비 같더라니까. 아무튼 무서운 놈임엔 틀림없어."

"그 녀석의 정체는 뭘까?"

"글쎄, 그야 자네나 나나 알 도리가 있나."

"미친 녀석일까?"

"그럴지도 모르지. 어쨌든 온전한 정신을 가진 녀석이고서야 그렇게 끔찍한 짓을 계속 저지를 수가 있을라구. 이건 사람의 목숨을 파리 목숨만큼도 안 여기니."

"하지만 아직 어린아이를 해코지했단 소린 없지?"

"그건 그래. 그 점은 신통하다고도 할 수가 있겠군."

"그런 점에선 순전히 미친 녀석이라고만 볼 수도 없을 것 같고 말야."

"하지만 어쨌든 온전한 정신을 지닌 녀석이라곤 볼 수가 없겠지. 하긴 요즘 온전한 제정신 가지고 사는 사람도 드물긴 하겠지만."

"이런 때 정부나 좀 올바른 행동을 취해 줘야 하는데 말야."

"누가 아니래나."

"아무튼 몸조심하게. 자네라고 당하지 말란 법 있나."

"이 친구, 악담하고 있는 건가?"

"이런 땐 악담이 덕담이 될지도 모르지."

"그럼 결국 악담은 악담이란 얘기군?"

"아무튼 몸조심하란 얘길세."

"자네도 몸조심하게. 자넨 특히 오래 살고 싶어 하는 사람 아닌가."

"글쎄, 요즘 같아선 그 소망을 일찌감치 단념하고 있는 게 속 편할는지도 모르지."

"이번엔 자네 자신한테 악담인가? 아니면 그것도 덕담인가?"

"아니, 이건 그냥 진담일세."

"음……. 하긴 세월이 하도 흉흉하니……. 자, 아무튼 서로 몸조심하세."

"그래 보세."

소문은 날이 갈수록 무성해 갔고 그 흉흉함을 더해 갔다. 희생자는 그 숫자가 기하급수적으로 늘어 갔고 목격자의 숫자도 기하급수적으로 늘어 갔다. 손톱을 맵시 있게 잘 다듬은 40대의 남자가 스탠

드바에서 맵시 있는 손놀림으로 칵테일잔을 집어 드는 순간에 두개골이 절반으로 줄어들었고 치과에 가서 스케일링을 마악 끝내고 나온 30대의 주부가 동창생을 만나 차를 마시면서 모처럼 만족스럽게 깨끗하고 고른 치열을 드러내 보이며 웃는 순간에 그 웃음과 함께 이빨 전체를 잃어버렸으며 애인을 위하여 필요한 지구력을 기르기 위해 남들보다 한 시간 일찍 잠자리에서 일어나 새벽의 신선한 공기를 가르며 강변로를 달리던 30대의 회사원은 애인과의 약속을 지킬 수 없는 처지가 되었다. 한 예쁘장한 여자 대학생은 한 우유부단한 중년 남자와의 택시 타기 경쟁에서 이기기 위해 재빠른 뜀박질 솜씨와 날렵한 순발력을 뽐내어 마악 택시의 도어 손잡이를 잡는 승리의 순간에 그 승리를 맛볼 대뇌중추를 파괴당했으며 아파트에 사는 한 주부는 가족들의 건강을 위해 햇볕 잘 쬐는 베란다로 가족들의 요와 이불을 들고 나가 작대기로 시원스레 먼지를 털어 내다가 다시는 가족들과 만날 수 없는 사람이 되었다. 역시 아파트에 사는 한 음악 애호가는 밤늦도록 새로 구입한 출력 좋은 스피커로 자신의 귀를 행복하게 하던 도중 애석하게도 다시는 그 기막힌 음질을 즐길 수 없는 사람이 되었으며 역시 아파트에 사는 또 한 주부는 남편에게 계속 변하지 않은 몸매를 보여 주기 위해 텔레비전 화면을 쳐다보며 에어로빅 댄스를 힘차게 따라 하던 중 가엾게도 다시는 살아 있는 자신의 몸매를 남편에게 보여 줄 수 없는 여자가 되었다. 또 자신과 가족의 죄를 씻고 배전의 행복을 얻기 위해 간절한 기도와 무엇보다 1000만 원의 특별 헌금을 하고 교회에서 돌아오던 순결한 영혼의(왜냐하면 방금 죄를 씻었으니까), 한 저임금 전자 부품 제조회사 경영주의 행복한 부인은 저만큼 자기 집의 정원 외등이 바라보이는 지점에서 번개처럼 하나님이 계시지 않는다는 사실을 깨닫지 않으면 안 되는 불상사를 당하고 즉시 자신의 망그러진 육체에서 빠져나온 영혼이 배교했으며 따라서 영원히 기도할 수 없는, 가엾이 배회하는 영혼이 되었으며, 같은 날 밤, 오로지 교회만을 위해 기도하고 교회만을 위해 노심초사하던 충직한 목사는 교세의 확장과 교회의 증축을 위해 하나님의 역사를 간구하던 검소한 수제품 침대 머리맡에서 별안간 악마의 공격을 받고 쓰러져 다시는 교회를 위해 노심초사할 수 없게 되었다. 희생은 그러나 여기에서 그치지 않았다. 한 중년남성은 허리의 둘레를 줄이기 위해 헬스클럽에 갔다가 본의는 아니되 더 이상 허리둘레 따위에 마음 쓸 필요가 없는 홀가분한 처지가 되었고 한 미혼여성은 사랑할 상대를 만나기 위해서가 아니라 훌륭한 조건을 가진 신랑감을 구하기 위해 코의 높이를 3밀리미터만 높이기 위한 성형외과 수술을 받고 나오던 중 영원히 신랑감을 구할 수 없는 가련한 처녀귀신이 되었으며 다른 시민과 의견이 다른 시민이 되지 않기 위해 텔레비전 시민 인터뷰 프로그램은 빼놓지 않고 열심히 시청하던 한 시민은 마침내 노상에서 텔레비전 방송국의 시민 의견 청취반을 만나 자신의 건전한 시민으로서의 확고부동한 의견을 자신 있게 말하려는 순간 그만 더 이상 다른 시민과 같은 의견을 가진 시민이 될 필요가 없게 되었다. 또 항상 풀잎을 노래하고 있어야만 그것도 풀잎처럼 소박하고 건강하게 노래하고 있어야만 풀잎을 노래하는 시인들끼리의 동질감과 연대감을 강화하고 풀잎을 노래하지 않는 시인들에 대한 배타적 우월감을 지속할 수 있다고 굳게 믿고 있는 한 시인은 또 한 편의 득의에 찬 풀잎에 관한 노래를 짓고 있던 중 애석하게도 더 이상은 풀잎에 관한 노래를 지을 수 없는 불귀(不歸)의 시인이 되었고 풀잎에 대해서는 생래적인 혐오감을 지니고 있는 한 시인은 풀잎의 자양을 빼앗아 화사하게 개화한 꽃의 신비로운 초월적 자태를 노래함으로써 풀잎 따위를 노래하는 시인들에 대한 역시 배타적 우월감을 지속할 수 있다고 믿으며 또 한 편의 초월의 노래를 짓고 있던 중 애석하게도 그만 저승의 시인이 되고 말았으며 돼지를 일인칭 화자로 내세워 돼지의 세계관을 반어적으로 펼쳐 보인 한 짤막한 소품을 읽고 그것을 쓴 작가에 대하여 돼지와 같은 세계관을 지닌 작가라고 시원스런 필봉을 휘두른 바 있는 한 양심 바른 평론가는 또 다른 돼지 작가를 마악 찾아낸 순간 안타깝게도 그만 그 새로 발견한 돼지 작가를 공개적으로 준열히 비판할 기회를 영원히 잃고 말았고 거짓말인 소설에서는 진실만 쓰며 소설 바깥세상에서는 거짓말을 일삼는, 진정한 의미의 소설가라고 할 수 있는 한 소설가는 새로운 의미심장한 대작 한 편을 구상하던 중 그만 불행하게도 그 새 대작을 집필할 수 없는 처지가 되었다. 인명의 손실에 경중을 가릴 수는 없는 노릇이지만 근자의 허망한 손실들 가운데서도 으뜸가는 손실이라 아니할 수 없다. 도대체가 괴한의 출몰은 무소부재인 것 같았고 그의 방자한 도륙질은 무소불능인 성싶었다.

신문들이 비로소 시중의 흉흉한 소문에 대해 관심을 보이기 시작했고 탐문 기사들을 싣기 시작했다. 그리고 행정부에서도 마침내 최초의 공식적인 담화문이 발표되었다. 그 주된 골자는 시민들의 동요 없기를 바람과 유언비어의 확산 자제, 그리고 수상한 자의 수상한 행적에 관한 시민의 신고 의무의 환기였다.

ㅈ은 출판사에서 퇴근하는 길에 친구들이 잘 나타나는 빈삼각 기원에 들렀다. 시중의 분위기 탓인지 전에 없이 한산했으나 낯익은 얼굴 몇이 보였다. 낯익은 얼굴들은 ㅈ을 향해 가엾다는 듯 고개를 끄덕여 보였다.

“쯧쯧. 집에 기어들어 가서 마누라, 새끼들이나 돌볼 일이지 여긴 뭣 하러 기신기신 나타나니?” 한 건 화학회사에 다니는 ㅅ.

“짜식이, 세상은 흉흉해도 바둑 맛은 못 버리겠던 모양이지?” 하고 눈길을 금방 바둑판 쪽으로 다시 옮긴 건 은행에 다니는 ㅂ.

“제까짓 게 무슨 바둑 맛을 안다고” 하며 역시 ㅂ의 맞은편에 앉은 채 눈길을 다시 바둑판 쪽으로 옮긴 건 사립 대학에서 영어강사 하는 ㅎ.

“미안하다. 집에 기어들어 가지 못해서 미안하고 바둑 맛을 못 버려서 미안하고 바둑 맛을 몰라서 미안하다.”

ㅈ은 주섬주섬 말대꾸를 하며 상대가 없는 ㅅ의 맞은편 자리에 앉았다.

“어쭈, 짜식이 며칠 못 보는 사이에 제법 느물느물해졌네” 한 건 바둑판에서 눈도 떼지 않은 ㅂ.

"수상한데. 세상이 흉흉해져서 살맛이라도 난다는 꼬락서니잖아" 한 건 마찬가지로 바둑판에서 역시 눈도 떼지 않고 돌 통에 손가락을 넣은 채 꼼지락거리고 있는 ㅎ.

"자, 어쨌든 기왕에 고수들 계신 델 기신기신 찾아왔으니 한 수 가르쳐 줄까? 그런데 요 며칠 뭐 하느라고 꿈쩍 안 했니?" 하며 돌 통의 뚜껑을 열어 흰 돌이 들어 있음을 확인하고 제 앞으로 끌어간 건 ㅅ.

"응, 여기저기 기웃기웃 구경 좀 하러 다니느라구" 하며 ㅈ도 나머지 돌 통 하나를 제 앞으로 끌어당겨 뚜껑을 열었다.

"뭐라구? 구경을 하러 다녀?" 겨우 착점할 곳을 정한 듯 돌 통에서 검정 돌 하나를 집어 들어 판 위로 가져가며 ㅎ.

"구경이라, 그래 재미난 구경 좀 많이 했니?"

상대방의 착점에 곁눈질을 보내면서 이번에는 얼굴을 돌려 괄목할 일이라는 듯 입을 약간 벌린 채 ㅈ쪽을 쳐다본 건 ㅂ. ㅈ은 돌 통에서 검정 돌 하나를 집어 판의 맞은편 오른쪽 귀의 화점에 가져다 놓으며 대꾸했다.

"응. 약간."

"어쭈, 뭐가 좀 있긴 있는 모양인데?" 하고 이번에는 ㅎ도 고개를 돌렸다.

"재미난 얘기가 있으면 좀 털어놔 보지 그래" 하고 ㅂ.

"그래, 바둑이야 어차피 둬 보나 마나니까 재미난 구경한 게 있으면 그 얘기나 해 봐라" 한 건 ㅅ.

"뭐, 별것도 없어." ㅈ.

"짜식, 재기는." ㅂ.

"인마, 얘기는 들어 두는 사람 있을 때 털어놓는 거야." ㅎ.

"글쎄, 뭐 별것도 없다니까. 택시 승강장에서 합승하려는 폼으로 앞쪽에 나서서 어물거리던 한 친구가, 택시가 조금 밀린 틈을 타 가지고 어물어물 행선지를 말하고 다니는 시늉을 하더니 방금 승객이 내린 택시 한 대에 냉큼 올라타는 순간에 퍽, 바쁜 친구였는지 행인들의 어깨를 제 어깨로 툭툭 치며 부리나케 걸음을 재촉하던 한 친구의 머리 위에서 퍽, 물건값만 물어보고 그냥 되돌아 나가는 손님의 등 뒤에 대고, '흥, 재수가 없으려니까' 하고 나가는 손님의 귀에다 들릴 정도의 목소리로 쫑알대던 한 양품점 점원 아가씨의 머리 위에서 퍽, 아파트 동네 입구에서 산나물을 보자기에 펴 놓고 팔고 있는 아주머니한테 산나물을 덤으로 더 내놓으라고 교양 있는 말씨로 설득하던 영양 좋은 한 중년부인의 머리 위에서 퍽, 이건 약간 재미있다면 재미있는데 곱상한 그림들을 전시해 놓고 옷맵시깨나 낸 부인 관람객들에게 일일이 한 점 한 점 작품 설명을 해 주고 있던 매우 지성적인 이마를 가진 한 화가의 바로 그 지성적인 이마에서 퍽, 별것 없어. 이런 정도야."

"기껏 보고 다녔다는 게 그런 정도냐? 난 또 내숭을 떨길래 뭐가 좀 있는 줄 알았지." ㅅ.

"그러게 말야. 별것도 아닌 걸 가지고 짜식이." ㅂ.

"야야, 공연한 기대를 품었던 우리가 잘못이지 뭘 그래. 얘 안목을 봐라, 안목을. 출판사를 한답시고 내놓는 출판물들을 보면 알조 아니냐, 알조." ㅎ.

"미안하다." ㅅ.

"짜식이, 낸다는 책은 고작 어쭙잖은 연애소설뿐이고. 그것도 잘이나 팔리면 몰라." 다시 ㅎ.

"연애소설도 연애소설 나름이지. 딱 부러지게 화끈한 연애소설만 골라서 내든지. 이건 뜨뜻미지근하게 어정쩡해 가지고 공연히 연애소설에다 쓸데없는 개똥도덕 따위나 풀어놓은 것만 내놓으니 될 게 뭐냐." ㅅ.

"출판사 사장이란 자식이 어쭙잖은 개똥도덕가연하고 있으니 그따위나 내놓지 별도리 있냐." ㅎ.

"야야, 그쯤 해 둬라. 개 너무 기죽이면 개 마누라 과부 될라." ㅂ.

"제발 웃기지 좀 마라. 이 뻔뻔한 놈이 그 정도 가지고 제 마누라 과부 만들 것 같냐?" ㅎ.

"아냐, 그건 알 수 없다구. 짜식이 제법 섬세한 때도 있더라구. 좀 봐주자. 가만, 나한테 좋은 아이디어가 하나 떠올랐다. 유머소설 어떠냐? 요즘 같은 때 유머 소설 내놓으면 히트할 거다." ㅂ.

"그거 괜찮은 아이디언데. 요즘 우리가 겪고 있는 이 해괴한 사건도 일종의 유머라고 할 수 있고." ㅅ.

"유머 같은 소리 하고 있네. 내가 보기엔 달콤한 로맨스다, 로맨스." ㅎ.

"바둑이나 두자."

ㅈ이 조용히 말했다.

"심각한 사태를 두고 우리가 너무 경망스러워지고 있는 것 같구나."

"어쭈? 짜식이 도망갈 구멍 찾는 재주 하나는." ㅂ.

"그것도 아주 의젓한 개똥도덕가 본연의 폼으로 돌아가서 말야." ㅅ.

"얘가 원래 내숭 까는 재주 하나는 일품이잖니." ㅎ.

"자, 그만 바둑이나 두자구."

ㅈ이 다시 조용히 말했다.

"난 사실 지금 조마조마하다구. 지금 이 순간 우리 누구의 머리 위에도 무쇠 몽둥이 벼락이 떨어지지 않나 해서."

순간 일동은 잠시 ㅈ의 표정을 닮으며 머쓱해졌다. 똑같은 심상(心像)에 사로잡힌 표정들이었다. 순간적인 공포의 표정들이 스쳐 지나갔다.

"짜식이 김 빼는 재주는." ㅂ.

"으이그, 저 내숭." ㅎ.

"그래, 알았다. 바둑이나 두자." ㅅ.

일동은 못 이기는 체 입을 다물고 짐짓 바둑판에 다시 몰두하는 시늉으로 돌아갔다. 그러나 한번 마음속에 떠오른 심상은 쉽사리 지워지지 않았다. ㅈ의 마음속에서 그 심상은 더욱 또렷한 모습을 하고 있었다.

바둑을 두 판 두고, 족발집에 들러 소주 몇 잔씩을 나눈 뒤 ㅈ은 친구들과 헤어졌다. 밤거리는 한산했고 택시 타기도 쉬웠다. 길들여진 대로 아파트 입구에서 택시를 내려 몇 발짝 아파트 구내를 향해 걷기 시작했을 때였다. 난데없이, 눈앞에 우뚝 막아서는 그림자가 있었다. 온몸에 전기가 흐르는 듯한 고약한 몸 떨림을 순간적으로 그는 맛보았다. 그리고 반사적으로 두 팔을 치켜올려 방어 자세를 취하며 그는 자신도 모르게 외마디 애원의 소리를 내질렀다.

"아, 잠깐, 잠깐만……."

무쇠 몽둥이가 그의 이마 부근에서 멈추었다. 무쇠탈에 가려 보이지 않는 괴한의 입이 말했다.

"무슨 할 말이라도 있느냐?"

"그, 그렇습니다."

"해 보아라."

"우, 우선 이렇게 한번 꼭 만나서……."

"만나서?"

"얘기를 해 보고 싶었습니다."

"별놈 다 있구나. 그럼 어서 해 보아라."

"우선 그 쇠몽둥이 좀 잠깐 내려 주시겠습니까?"

"거, 제법 당돌한 놈이로구나. 그러마."

"고맙습니다. 그럼 말씀드리겠습니다. 선생님께서는 이 나라 중산층의 도덕적 타락을 벌주시러 오신 분 같은데 맞습니까?"

"보다 보다 별놈 다 보겠구나. 부분적으론 옳게 보았다만 용어가 틀렸다. 도덕적 타락이 아니라 도덕적 마비야. 아니, 차라리 무도덕 상태야."

"아이구, 예, 선생님께서는 언어 감각이 아주 섬세하시군요."

"우아하지 마라."

"예?"

"너희들 유행어로 우라지게 아첨하지 말라는 뜻이다. 몰랐느냐?"

"아이구, 예, 미처 몰랐습니다."

"매우 어두운 놈이구나."

"예, 본시 좀……. 그런데 제가 방금 여쭌 말씀이 부분적으로만 옳다고 하셨는데 그렇다면 다른 더 큰 뜻이?"

"너 같은 어두운 놈이 헤아릴 일이 못 된다."

"혹시 그럼 정치적인 뜻이?"

"고작 헤아린다는 게 그거냐."

"그럼 혹시 폭력의 사상을?"

"에끼, 이놈. 날 고작 깡패쯤으로 여기느냐."

"선생님께선 어쨌든 수많은 인명을……."

"해코지했단 뜻이렷다?"

"죄송하지만 사실 아닙니까."

"큰 뜻을 펴는 데는 그만한 희생쯤 따르는 법."

"선생님께선 그럼 훌륭한 목적을 위해선 고약한 수단도 마다 않는……."

"이놈, 그따위 이분법은 내 사전엔 없다. 내겐 목적이 수단이고 수단이 목적이야."

"그렇습니까? 그럼 결국……."

"결국 뭐냐?"

"선생님께선 사람들을 죽이러 이 나라에 오신 겁니까?"

"허, 그 어두운 놈이 꼬치꼬치 따지긴……. 그렇다고도 할 수 있지."

"안 그렇다고 할 수도 있구요?"

"암."

"애매하십니다. 선생님께선 적어도 논리적인 분은 아니시군요."

"네깐 놈한텐 그렇게 보일 테지. 너처럼 아둔한 놈한텐. 너희들 그 논리라는 걸 가지고 얘기를 하는 경우에도 말이다. 출판업을 한다는 놈이 왜 그렇게 아둔하냐."

"예, 저도 제가 왜 이렇게 아둔한지 모르겠습니다."

"내가 네 눈을 뜨게 해 주랴?"

"아……."

ㅈ은 자신도 모르게 두 팔을 치켜 방어 자세를 취하며 괴한의 손에 지팡이처럼 쥐어져 있는 무쇠 몽둥이를 힐끗 바라보았다.

"그놈 겁도 많구나. 죽는 게 그다지 두려우냐?"

"산 자들은 다 마찬가지 아닙니까."

"그놈, 겁쟁이치고 뻔대긴. 삶과 죽음이 둘이 아니니라."

"전 그럼 살려 주십시오. 어차피 삶과 죽음이 둘이 아니라고 하셨으니 살려 주시나 죽이시나 마찬가지 아닙니까."

"아둔한 놈이 교활하긴. 내가 네놈을 지금 어디 죽인다고 했느냐. 네놈 눈을 띄워 주마고 했지."

"아, 전 또 그 말씀이 절 죽인다는 말씀인 줄만 알고……."

"출판업을 한답시고 서 푼짜리 싯줄이나 좀 읽은 모양인 게구나. 아둔한 주제에 알량한 말뜀을 하는 걸 보면. 자, 눈을 뜨게 해 주랴?"

"……."

"똑똑히 잘 보아라. 자……."

괴한은 지팡이처럼 짚고 있던 무쇠 몽둥이를 땅바닥에 내려놓고 두 손을 들어 천천히 얼굴에 쓴 탈을 벗어 올렸다. 순간 의심쩍게도 그 동작이 어딘가 낯익다고 ㅈ은 생각했다.

"자, 눈을 비비고 잘 보아라. 내가 누구냐?"

ㅈ은 순간 온몸이 얼어붙는 듯한 전율을 맛보았다. 뱀 한 마리가 그의 등줄기를 타고 미끄러졌다. 그는 눈을 비볐다. 그리고 탈을 벗어 올린 괴한의 얼굴을 다시 한번 두려운 눈으로 바라보았다. 다시 뱀 한 마리가 그의 등줄기를 타고 미끄러졌다. 그곳엔 매우 낯익은 얼굴이, 비루하고 겁많은 얼굴이, 의심 많고 잔꾀 많은 얼굴이, 그가 매일 거울에서 보는 그 자신의 얼굴과 똑같은 얼굴이 파리하게 탈바가지처럼 떠 있었다. 그는 사시나무처럼 온몸을 떨었다.

"똑똑히 봤느냐? 똑똑히 봤으면 네가 본 것을 사람들에게 가서 말하라."

괴한이 말했다.

임꺽정에 관한 일곱 개의 이야기

임꺽정 1

한때 조선팔도에 도둑떼의 들끓음이 거지 속옷에 이(蝨) 끓듯 하던 시절이 있었다. 그 가운데 임꺽정이라고 불리는 도둑이 그 개인의 역량에 있어서나 그 도당(徒黨)의 많고 형세 큰 점에 있어서 이름 높기가 당대 으뜸이었다.

도둑의 들끓음은 거듭되는 흉년과 과중한 납세로 인한 양민답게 살기 어려움, 당시의 상층 계급인 양반 벼슬아치들의 전횡(專橫), 그리고 왜구의 빈번한 침입으로 인한 조선 남자들의 전쟁 경험[그로 하여 생긴 인명경시(人命輕視), 도덕적 심성의 상대적 감소] 등에 그 원인이 있었으며, 임꺽정이라고 불린 도둑도 그러한 부류 중의 한 도둑 떼 괴수임에 틀림없었다. 그런데 그의 이름 높음에는 그 개인의 역량과 도당의 많고 형세 큰 점 외에도 또 다른 이유가 있었다. 잘 알려져 있다시피 조선팔도에서 그 짝을 달리 찾을 길 없는 천부의 힘과 높은 수준의 검술 외에도 백정의 자식이라는 그 미천한 일개 도둑의 인품됨이라고나 할까 의협됨이 널리 알려진 데에 또한 그의 이름 높음의 많은 까닭이 있었던 것이다. 이를테면 그는 도둑질을 할망정 가난한 양민들로부터는 감자 한 톨 빼앗지 않는다든지, 주로 양반, 관료들의 넉넉한 광이나 짐바리로부터만 빼앗는다든지, 도당을 다스리는 법도가 왕도와 같이 엄격 · 자애롭다든지 하는 소문들이 널리 알려진 것이 그것이었다.

최근 그러한 그의 인품됨이라고나 할까 의협됨의 편린을 살필 수 있는 새로운 일화 한 가지가 손에 들어왔기로 기왕의 임꺽정 이야기들에 이것을 보태고자 한다.

신사생(辛巳生) 뱀띠인 꺽정의 나이 서른아홉 살 때였다고 한다. 아마도 꺽정이 청석골로 들어가서 그때 이미 그 대강의 골격이 차려진 도둑 소굴의 두목이 된 뒤로 한두 해 지나서가 아닌가 싶다.

꺽정은 서울 남소문 안에 있는, 연줄 닿는 장물아비의 집에 잠시 머무르면서 어떤 목적의식 아래, 환로(宦路)는 물론 아예 세상에 몸을 내놓지 않는 몇몇 뜻있는 선비들을 수소문해 찾아다니고 있었다. 당시는 그 가렴주구가 극에 이르렀던 영중추부사(領中樞府事)이며 임금의 외숙인 윤원형(尹元衡)의 흔천동지(掀天動地)하던 권세가 한풀 꺾였다고는 하나 새로운 권력자로 등장한, 임금의 비(妃) 심씨(沈氏)의 외숙이며 대사간(大司諫)인 이량(李樑)의 침학(侵虐)이 또한 날로 심하여 뜻있는 선비들은 몸을 도사려 세상에 나서기를 마른 발로 젖은 데 딛듯 꺼리던 시기였다.

꺽정은 더러 남소문 안 장물아비의 인도를 받아 기생방에도 출입하며 세태에 귀를 기울이기도 하고 선비들의 동정을 탐문하기도 하며 때로는 그럴싸한 소문이 들리는 선비를 찾아다니기도 하던 중 하루는 남성밑골에 학식 높은 선비 한 사람이 숨어 산다는 소문을 듣고 수소문하여 찾아 나섰다. 집 찾기가 쉽지 않아서 해가 많아 떠난 걸음이 허순이라는 이름을 가진 그 선비의 집에 찾아 닿았을 때는 다 저물녘이었다. 야트막한 대문 앞에 서서 주인을 찾자 동자치인 듯 뵈는 늙수그레한 아낙 한 사람이 앞치마에 물 묻은 손을 훔치며 나와서 문을 열어 주었다.

"어느 댁에서 오신 뉘시라구 여쭐까요?"

그 아낙이 꺽정을 바라보며 물었다.

"황해도 청석골 사는 임꺽정이라는 사람이 찾아왔다구 하우."

아낙은 놀라는 빛이 완연했다. 그러나 내색 없이 들어갔다 다시 나와서 들어오시란다고 문 앞을 틔워 주었다. 아낙의 인도로 한 야트막한 퇴 앞에 서자 방 안에서 주인의 것이리라 짐작되는 목소리가,

"임 장사 게 오셨거든 들어오시구려."

하였다. 꺽정은 내심 이것 봐라, 하였다. 임꺽정이란 이름 석 자만 듣고도 사람이 안에 있으면서 없다고 따돌리거나 지레 겁을 집어먹는, 지금껏 찾아다녀 본 몇몇 선비들과는 다르다, 어쩌면 오늘은 사람을 바로 만나려나 보다, 하고 꺽정은 짐짓 맞받아,

"주인이 안에 계시거든 얼굴이나 좀 내미시구려."

하였다. 방문이 열리며 좀 야위었다 싶은 중년사내의 얼굴이 내밀어

졌다. 그리고 다시 그 안쪽으로 이쪽을 향하고 있는 두어 사람의 얼굴이 더 보였다. 주인으로 짐작되는 그 중년사내를 제외하고는 모두 외관을 갖춘 차림차림들이었다. 손님인 모양이었다.

"도둑의 수령두 예를 찾소? 자, 들어오시구려. 마침 벗들과 모여 임장사 말씀을 하구 있던 참이기두 하니."

그 중년사내가 마치 친근한 사이에게처럼 말하였다. 꺽정도 빙그레 웃으며 받았다.

"말이 고삐가 풀렸구려. 내 아우들이 들었으면 재갈을 물리려 들었겠소. 그리고 내 아우들에게 재갈을 물리우면 그 말은 죽소."

꺽정으로서는 드문 재담이었다. 그만큼 그는 이 방문이 가져올 결과에 대해서 미리 좋게 예측해 버리고 있었다.

"아따 엄포는 그만하시구 어서 들어오시구려. 하기야 여긴 임 장사 아우들은 고사하구 임 장사 손가락 힘 하나 당해 낼 재주 가진 사람두 없소. 모두 책이나 뒤지는 글방샌님들뿐이니까. 자, 들어오시구려."

"그럼 백정의 자식 꺽정이 선비님들 계신 자리루 들어갑네다."

"글쎄 들어오시우."

꺽정이 방 안으로 들어서자 앉았던 사람들이 앉은 채로 자리를 조금씩 드터 꺽정이 앉을 자리를 내주었다. 방이 매우 협착했다. 꺽정을 포함해서 방 안에 든 사람이 모두 다섯인데 온 방이 그들먹하였다. 꺽정이 여전히 빙그레 웃음기 띤 얼굴로 좌중을 둘러보며 말하였다.

"무슨 역적 칠 모의라두 하구들 계셨소. 임 아무개라는 도둑괴수 얘기를 다 하셨다니."

"하하하, 우리 같은 약골샌님들이 무슨 역적 칠 모의나 제대로 했겠소. 그저 임 장사의 선성을 너무 익히 들었기로 임 장사 기운 얘기, 검술 얘기, 또 임 장사의 인품 된 바, 의협 된 바의 얘길 푸념처럼 나누며 부러워들 했을 따름이지. 우리 같은 글방샌님들은 늘 그 기운이나 협기가 모자라 탄식이니 말이오."

꺽정이 문득 웃음기를 거두고 물었다.

"그 기운이나 협기를 쓸 데는 있으시우?

그러나 주인은 잠시 멈칫하며 꺽정의 똑바른 시선을 한동안 마주 받다가 슬쩍 말머리를 돌리었다.

"……차차 이야기하십시다. 그건 그렇구, 우리 피차에 인사가 늦었구려. 임 장사의 선성이야 우리가 익히 들어서 아는 바이구, 난 허순이라구 하우."

"들어 알구 왔소."

"듣다니 어디서 들으셨단 말이오?"

"다 듣는 수가 있소."

"허, 그 참. ……아무튼 피차 인사들이나 마저 합시다. 내 옆에 앉은 이가……."

"안명효요."

주인의 왼편에 앉은 체구가 자그마하고 얼굴이 흰 선비가 주인의 말을 받아 턱을 조금 당기며, 제 이름을 댔다.

"예, 임꺽정이우."

꺽정도 그 선비 쪽을 향해 고개를 조금 숙여 보이며 말하였다.

"이소종이오."

주인의 오른편에 앉은, 앉은키가 크고 입술이 푸른 선비가 역시 턱을 조금 당겨 보이며 말하였고,

"송천상이오."

하고 꺽정의 맞은편에 앉은 얼굴이 약간 얽고 하관이 빤 선비도 말하였다. 꺽정은 그때마다,

"예, 임꺽정이우."

하고 나중 대꾸를 하는 편이 되어서 마치 인사를 받는 셈같이 되었다. 일부러 그렇게 하려던 것은 아니었으나 그렇게 된 것이 미상불 꺽정으로서는 불쾌할 것도 없었다. 선비들은 그러나 그렇게 된 점이 마음에 불쾌한 듯하였다. 안명효라고 제 이름을 댄 선비가,

"원 이건 맞인사도 아니로군."

하고 좌중에 들릴 듯 말 듯 혼잣소리를 하였다. 나머지 두 선비의 얼굴빛도 좋아 보이지 않았다. 주인이 선비들의 그런 마음새를 알아채고 너털웃음을 웃으면서,

"허허허, 그, 도둑의 수령이 예를 모르긴 모르우. 허나 예가 무에 그다지 중하우. 나라의 도(道)가 뒤죽박죽인걸……."

하였다. 송천상이라고 제 이름을 댄 선비가 그래도 마음의 불쾌감이 걷히지 않는지,

"큰 도가 합당하지 못하기로소니 작은 도조차 부당히 운영돼야 할

법이 있소."

하고 끝내 석연해하지 아니하였다. 제 이름을 이소종이라고 댄 선비가 한술 섞듯 말하였다.

"……좌우지간 상하가 모두 큰일이오."

선비들이 양반과 상인의 예로써 불만을 삼는 게 분명함을 안 꺽정은 부아가 치밀었으나 이 집 주인을 만나러 온 것이지 손님 선비들을 상대하러 온 것이 아닌 만큼, 또 이 집 주인 선비를 만나러 온 목적이 목적인 만큼 지그시 누르고 있었다. 주인 선비 허순이 얼굴을 반듯이 펴고 이소종을 향하여 말하였다.

"하보다는 상이 큰일이오. 정치의 요체는 항시 상의 바른 도에 있소. 이렇게 나가다가는 백성이 모두 도둑떼가 되거나 언제 굶어 죽게 될지 모르오."

그러자 사사로운 감정에 잠시 사로잡혔던 세 선비의 표정에 공적(公的)인 어두움이 차차 드리워졌다. 안명효가 쓴 눈길로 천장께를 쳐다보고 있다가 얼굴을 바로 하며, 그러나 아무래도 꺽정이 마음에 쓰인다는 듯 서먹한 시선으로 꺽정을 한번 쳐다보고는 허순을 향하여 말하였다.

"이번에두 이량이 상총(上寵)을 독차지하려구 온갖 해괴한 물건을 다 그러모으는 모양입니다. 팔도의 관찰사들이 달달 볶인답디다."

이소종이 그 말을 받았다.

"어디 이량뿐이오? 영중추 윤원형이두 질세라 그러모은다지 않소."

송천상도 얽은 얼굴을 빛내며 말하였다.

"그 첩 난정(蘭貞)이란 년이 또한 요물덩이란 말이오. 대비전(大妃殿)의 온갖 구미를 알아 받드는 게 그년 아니오."

"아따, 그, 다 아는 얘긴 중언부언해 무엇 하우. 우리 임 장사 말씀이나 좀 들어 봅시다. 대당(大黨)의 수령께서 어찌 이런 모옥(茅屋)을 다 찾으셨는지……."

저마다 공분을 털어놓으려던 세 선비가 무료히 입들을 다물고 꺽정이 편을 쳐다보았다. 허순도 입가에 친근한 미소를 머금고 꺽정을 똑바로 바라보았다.

"난 허순이란 이름 가진 선비가 학식 높구 뜻깊단 말 듣구 왔소. 말씀을 들으려구 온 게지 지껄이러 온 게 아니우. 어서 하던 말씀들이나 계속하우."

꺽정은 성품이 직정적이고 속을 잘 감출 줄 모르는 사내였다. 아무리 방문 목적을 잃지 않기 위해 부아를 누르고 있다고는 하나 인사 까탈 잡은 세 선비에 관해 틀어진 심사가 쉬 바로잡힐 리 없었다. 그러나 주인 선비 허순은 중국의 교양으로 든든히 무장된 사람이었다. 선불리 손을 내뵈는 여타 선비들과는 좀 달랐다.

"허허허, 웬 데서 그런 거짓소릴 다 들으셨소. 학식 높구 뜻깊은 선비야 다 죽었지, 지금 어디 남아 있는 사람이 있소? 돌아간 조정암(趙靜菴) 같은 분으로 말하면야 선비루두 참 선비였구 재상으루두 참 재상이었지만 나 같은 거야 그저 선인들이 낸 먹자국이나 만지는 게 소임이오. 그는 그렇구, 좌우간 얘기를 들으러 오셨다니 듣기 바란 얘기가 무얼까, 그걸 우선 들읍시다."

"듣기 바란 얘기가 웬 따루 있겠소? 아무 얘기 들으려던 게지. 글 못 배운 놈이 글 아는 선비한테 듣는 게면 다 약이지."

"허, 그 참 어지간하시우, 숫제 생떼로구려. ……그럼 대접 삼아라두 내 얘기 하나 하리까? 들어 보시려우?"

"허시우."

"전라도 안냇골이란 데서 난, 신생아 잡아먹은 산모 얘기 들은 일 있소?"

"없수."

"그 얘기나 하리다. 끔찍한 얘기오. 들으시우. 안 생원, 이 생원, 송 생원두 들으시우."

그 아낙의 서방은 인근 대장간에 나가서 담금질 보는 용인(傭人)이었답니다. 한 아낙이 산월(産月)이 다 되었을 무렵에 그러잖아도 일감이 신통찮던 대장간에 일감이 딱 끊어져 그 서방은 하릴없이 단칸방에 누워 아낙의 부른 배만 쳐다보고 있게 되었더라우. 하루하루 일한 삯으로 받아 오던 보릿되도 자연 끊어져 산월이 다 된 그 아낙과 서방은 대장간에 일감 떨어져 못 나가던 날부터 꼬박 굶기 시작했답니다. 그 서방이 아마두 다른 주변 하날 변변히 차릴 줄 모르는 위인이었던 모양이우. 대장간 주인이라는 사람도 인정이라곤 요만치도 없던 위인인 모양이구. 그리고 이웃에서들도 그런 사정은 아마 까맣게 모르고 있었던 모양이우. 알았던들 그네들도 하루하루 목구멍에

풀칠하기 어려운 형편에 무슨 딴 도리야 있었겠소만. 한데 그 아낙과 서방이 굶기 시작한 날부터 사흘짼가 되던 날 느닷없이 관가에서 나졸들이 나와 그 서방을 덜컥 잡아가 버렸더라우. 세(稅)를 바치지 못하고 미뤄 온 게 사달이었다는구려. 서방은 치도곤 맞고 옥에 갇히고 아낙은 다 낳게 된 태아를 배 속에 지닌 채 굶주려 누워 있었던 모양이우. 일이 난 걸 이웃 사람들이 안 건 아낙의 서방이 관가에 잡혀간 뒤로 대엿새가 지난 후였답디다. 며칠이 가도록 아낙의 집에 인기척 하나가 없는 일이 수상쩍어서 이웃 사람들이 삽짝을 밀치고 들어가 보니 아낙이 부엌 바닥에 쭈그리고 앉아 무엇인지 조그만 뼈다귀 같은 걸 핥고 있더라우. 만삭으로 동산만치 부르던 아낙의 배는 언제 그랬더냐 싶게 홀쭉해져 있고 부엌 바닥엔 아낙이 방금 핥던 것과 엇비슷한 그만그만한 작은 뼈다귀들이 소복하더라는구려. 가마솥 뚜껑이 열려 있고 아궁이엔 불 땐 흔적까지 있더랍디다. 마음에 섬뜩 짚이는 일이 있어,

"무얼 먹소?"

하고 들어간 사람 중의 하나 묻자 아낙이 천연스레 대답하더라는구려.

"내가 배고파 누워 있으려니 열린 방문으루 살진 암탉 한 마리가 걸어 들어옵디다. 사람이 죽으란 법은 없는 게로구나, 하구 지금 잡아먹구 난 참이우. 살두 연하구 노리끼리한 게 아주 맛있는 놈이었소. 이제 좀 살겠소."

하구 말이오. 한 사람이 방 안으로 달려 들어가 보자 있어야 할 아이

가 없더라우. 사람들이 끔찍한 생각과 측은한 마음, 돌봐 주지 못한 죄책감과 끓어오르는 분노로 뒤엉켜 한동안 망연히들 섰다가 모두들 대장장이의 집으로 몰려들 갔더라우. 대장장이의 집에 불을 싸지르고 그러는 동안 사람이 불어나 큰 세력이 되어 관가로들 몰려갔는데 결국 그중의 수십 인은 잡혀서 옥에 갇히고 몇 명은 곤장 맞고 방면되고 나머지는 흐지부지 흩어지고 말게 되었답니다. 나중 그 일은 조정에까지 보고가 올라갔으나 그대로 쉬쉬 덮어 두기로 된 모양이우. 옥에 갇힌 자들은 방면이 된 모양이구. 아마 백성의 마음을 덧들일 걸 염려한 것 같소."

"자, 내 얘긴 끝났소. 감회들이 어떠시우?"
하고 허순은 짐짓 덤덤한 표정으로 좌중을 둘러보았다. 꺽정은 입을 꾹 다문 채 불이 펄펄 이는 눈으로 허순의 입께만 바라보고 있었고 세 손님 선비는 공분을 이기지 못한다는 듯 얼굴을 상기한 채 입들을 쫑긋거리었다. 마침내 이소종이 입을 떼었다.

"그 골의 원이 누구랍디까?"

허순이 대꾸하였다.

"김순행이라는 사람이랍디다."

"그자가 그럼 윤원형의 문하에 드나들던 자로구먼."

안명효가 아는 체하였고,

"천하에 죽일 놈 같으니라구."

송천상이 단죄(斷罪)하였다.

"임 장산 감회가 어떠시우?"

허순이 꺽정을 향해 눈을 바로 들며 물었다. 그 말이 들리는지 안 들리는지 꺽정은 불이 펄펄 일던 눈을 지그시 감아 버렸다. 주림에 눈이 뒤집혀 제 속으로 낳은 아기를 삶아 먹었다는 아낙에 대한 측은한 정과 대장간 주인의 인정머리 없음에 대한 노여움, 지방 관속들의, 그리고 조정에 들어앉은 자들의 가렴주구에 대한 분노로 가슴속이 뜨겁고 머릿속이 온통 후끈거렸다. 꺽정이 대꾸할 양을 보이지 않자 허순이 혼잣소리하듯 하였다.

"세월을 기다리는 도리밖에 없지."

그러자 꺽정이 눈을 번쩍 뜨며 버럭 소리를 내질렀다.

"제길 무슨 세월을 기다린단 말이우."

손님 선비 세 사람은 벼락이라도 치는 줄 알았는지 몸들을 일시에 움칫하였다. 그러나 허순은 고개를 숙이고 잠시 아무 말이 없다가 나직나직 말하기 시작하였다.

"여보시오. 임 장사, 우리 차근차근 말씀해 봅시다. 그러잖아두 난 임 장살 한번 만나 뵙구 싶었소. 임 장사가 지닌 뜻이 크다는 것두 대개 짐작은 하우. 보잘 데 없는 나 같은 서생을 찾아오신 뜻두 혹 지레짐작인진 모르겠으나 짐작하우. 임 장사가 나 말구두 여러 선빌 찾아보셨으리란 것두, 그 뜻두 나대룬 짐작하구 있소. 그리구 또 모두 실망하셨으리란 것두 짐작하우. 허나 또 잘못 찾아오셨소. 나두 제갈량은 못 되우. 이 난마(亂麻) 같은 판국을 바로잡을 아무 방책이 내게두 없소. 생각할수록 어렵기만 하구 그야말로 머릿속이 난마처럼 얽히

기만 하우. 간혹 모자란 지혜, 모자란 힘으루나마 무슨 방책을 세워 보려구두 했소만 그렇게 세운 방책이 과연 옳은 것이 될 겐지 어떤지 두 잘 알 수가 없었소. 정말 아무것두 모르겠소. 그래 무얼 좀 알게 될 때까지는 세월을 기다리기루 하구 있소. 그저 이렇게 뜻 맞는 사람끼리 모여 앉아 객담이나 하면서 말이우. 정말 나는 아직 그러한 일개 서생에 불과하우. 그렇지만 않던들 벌써 한번 내 발루 임 장살 찾아 갔을 게요."

"식은 소리 그만하우. 난 가우."

꺽정은 자리를 차고 일어섰다. 일찍이 힘의 결핍을 느낀 적은 없었으나 이때처럼 뜻의 결핍을 극심하게 느껴 본 적도 없었다. 무언지 불덩어리처럼 속이 뜨겁기만 하고 허순이 자기가 찾으려던 사람이 아님만 확실한 채 꺽정은 아무것도 헤아릴 수가 없었다. 이 사람이 아니야, 이 사람이 아니야, 하고 그는 열병에 든 사람처럼 속으로 뇌까리기만 하였다. 허순이 황망히 따라 일어서며 꺽정의 소맷부리를 잡았다.

"가시더라두 저녁이나 들구 가시구려."

그러면서 그는 일변 문밖을 향해 소리쳤다.

"여보, 부인, 어서 저녁상 들여오구려."

"예, 곧 들어갑니다."

밖에서 아낙의 목소리가 그렇게 대답했다. 꺽정은 그러나 허순이 잡은 소매를 뿌리치고 방문을 열었다. 그때 마침 아까 대문을 열어주던 그 아낙이 부엌에서 소반을 들고나오는 모습이 보였다. 꺽정은 멈칫했다. 동자치인 줄로만 알았던 그 아낙이 그러면 허순의 아내였단 말인가. 꺽정은 그리고 아낙이 들고나오는 그 선반 위에 얹힌 것이 멀건 보리죽 다섯 사발과 김치짠지 한 보시기인 것을 보았다. 꺽정은 관자놀이께가 뜨끈하여 오는 것을 느꼈다. 그러나 그는 내처 방문을 나서 신발을 꿰고 휭하니 걸어 나갔다. 주인 선비 허순과 손님 선비 세 사람, 그리고 소반을 들고나오던 허순의 늙은 아내는 넋 잃은 사람들처럼 그의 뒷모습을 바라보았다.

이튿날 아침 허순의 집에는 웬 짐꾼 한 사람이 찾아왔다. 이 댁이 허순이라는 이름 가진 선비님 댁이냐고 묻고 그렇다고 대답하자 말없이 지고 온 쌀 한 섬을 마루 끝에 내려놓고 갔다. 그리고 그로부터 며칠 후 전라도 아무 고을에 임꺽정이란 이름 가진 명화적(明火賊)이 나타나서 관아를 불 지르고 원의 목을 베어 말꼬리에 매달고 달아났다는 소문이 파다하게 났다.

임꺽정 2

임꺽정에 관한 여러 이야기 가운데 특히 잊기 어려운 것은 그가, 관가에 붙들려 가 모진 고생을 겪은 끝에 불쌍한 죽임을 당한 아비의 관짝을 옆구리에 끼고 산으로 묻으러 가는 대목이다. 아 대목은 임꺽정을 다룬 이야기 가운데서 아직까지는 가장 훌륭한 것으로 알려진 벽초의 소설 속에 나오는 대목이지만 그(임꺽정)의 힘, 그의 사람됨을 헤아리는 데는 더없이 적절한 대목이다. 그의 힘(아비의 송장이 든 관짝을 책보라도 끼듯 가볍게 옆구리에 끼었다)은 말할 것도 없거니와 그의 천성 가운데 하나인 생명 가진 것에 대한 거의 우악스럽다 할 사랑이 그 대목에서처럼 감동적으로 묘사된 곳은 벽초의 소설 안에서도 다른 대목에서는 결코 쉽사리 다시 찾아보기가 어렵기 때문이다. 물론 육친에 대한 그것이긴 하지만 그곳에서처럼 생명의 죽음에 대한 살아남은 생명의 슬픔과 분노와 사랑이 감동적으로 집약 묘사된 예를 우리는 알지 못한다. 생각해 보라. 억울하고 불쌍한 죽임을 당한 늙은 아비의 관을 책보 끼듯 옆구리에 끼고 산으로 묻으러 가는, 힘이 천하제일인 그 아들의 비장한 모습을.

죽음은 생명 가진 것에 가해지는 최악의 폭력이며 그것에 대한 슬픔과 분노는 사람 목숨의 존귀함과 그것에 대한 사랑을 확인하는 최대의 표현인 것이다.

그런데 우리는 정작 임꺽정 자신의 죽음에 관해서는 어딘지 사정을 은폐하려는 듯한 인상이 짙은 몇 개의 채 정리되지 않은 가설을 알고 있을 뿐이다. 벽초의 소설은 그의 죽음에 관한 이야기에는 도달하기도 전에 중단되어 있으며 여타 임꺽정을 다룬 몇 개의 이야기나 기록 가운데에서 우리는 지극히 진상이 모호한 몇 개의 가설과 만날 뿐이다. 이 점을 늘 안타까이 여겨 오던 필자는 최근 비교적 신빙할 만한 자료 몇 점을 얻어 동호인들과 그 기쁨을 나누고자 하는 성급한 마음을 누르지 못하고 우선 거칠기 짝 없는 대로나마 그 정리된 일부를 공개한다.

명종조(明宗朝)에 그 성망은 높았으나 평생 환로(宦路)에라곤 나간 적이 없는 선비 허순(許洵)의 『근기야록(近畿野錄)』이라는, 경기도 일원과 그 주변의 충분히 기록할 가치가 있으되 다른 서책에는 기록되지 않은 사실들을 모아 엮은 책자를 보면 임꺽정의 죽음은 기왕에 알려진 가설들과는 상당한 거리가 있다. 우선 그 책에는 꺽정이 관군에게 잡히기 직전에 맞은 화살의 숫자까지 명확히 기록돼 있다. 즉 서림의 배신(언제나 배신하는 자가 있는 법이라고 허순은 비평적 해설까지 덧붙이고 있다)으로 인하여 꺽정이 관군에 잡힌 바 되었을 때 그는 이미 스물일곱 대의 화살을 몸에 맞은 뒤라고 그 책은 기록하고 있다.

꺽정이 서림의 잔꾀에 빠져 거짓 흘린 정보를 곧이듣고 대사간(大司諫) 이량(李樑)에게로 간다는 봉물짐을 가로채러 나섰다가 함정에 든 것을 안 건 마악 거짓 봉물짐의 행차를 덮친 직후였다. 그리고 미리 매복해 있던 관군들로부터 벌떼 같은 화살의 집중사격을 받은 것이 바로 같은 순간이었다. 화살 몇 대가 꺽정의 등과 어깨에 박히었다. 꺽정은 불같이 노했다. 그대로 짓쳐 나가면서 우선 거짓 차린 봉물짐 행차의 호위군들부터 베어 버렸다. 그러나 화살은 계속 꺽정 한 사람을 겨냥하여 날아들었고, 그중 몇 대의 화살이 더 꺽정의 몸에 와 박혔다. 꺽정은 칼을 휘둘러 날아드는 화살을 차단하는 일방 궁지에 든 수하 두령들과 그 아래 부하들을 독려하여 곧 양쪽 숲으로부터 벌떼처럼 쏟아져나온 관군들을 맞아 힘껏 마주 싸웠다. 그러나 화살은 자기편 군사가 맞아 쓰러지는 것에 개의치 않고 계속 꺽정 한 사람 주변으로만 집중적으로 날아들었고, 수에 몰린 꺽정의 수하 두령들과 그 아래 부하들은 차례차례 쓰러져 갔다. 꺽정은 자기가 여기서 죽는다고 판단하였다. 그리고 그는 마지막 힘을 다해 영웅답게 싸웠다. 그의 칼 쓰는 품은 덫에 치인 맹수의 마지막 노호(怒號) 같았고 그의 두 눈에선 불이 철철 넘쳤다. 그리고 마침내 그가 스물일곱 대의 화살을 몸에 받고 쓰러졌을 때 그의 주변에는 관군들과 그의 부하들의 주검으로 시산혈해(屍山血海)가 이루어져 있었다. 그러나 그때까지도 꺽정은 아직 숨을 거둔 것은 아니었다.

허순의 『근기야록』에는 꺽정이 스물일곱 대의 화살을 몸에 받고 체포된 뒤 토포사(討捕使) 남치근(南致勤)과 나눈 일문일답이 자세하게 기록돼 있다. 옮기면 다음과 같다.

남치근 묻는 말에 대답할 수 있겠느냐?

임꺽정 대답 못 할 바 없다.

남치근 화살을 그렇게 맞고도 입을 열 힘이 남은 걸 보면 네 기운이 듣던 바와 다르지 않다는 걸 알겠다. 헌데 그 기운을 왜 바르게 쓰려 하지 않았는지 알 수 없구나.

임꺽정 난 내 기운 바르게 쓰다가 죽는다.

남치근 도둑 소굴 만들어 인명 살상하고 남의 재물 빼앗는 게 기운 바르게 쓰는 게냐?

임꺽정 나는 옳은 인명 살상한 적 없고 바른 재물 빼앗은 적 없다.

남치근 그러면 네가 살상한 인명은 모두 살상당해 마땅한 인명이며 네가 빼앗은 재물은 모두 빼앗겨 마땅한 재물이란 말이냐?

임꺽정 그렇다.

남치근 어째서 그러냐?

임꺽정 내가 빼앗은 재물은 모두 백성의 피땀을 짜내어 만들어 가진 재물이며 나는 그것을 빼앗아 본디 임자에게 돌려주었다. 내가 살상한 인명은 그러한 바르지 못한 재물을 가진 자거나 그것을 지키려던 자들이다.

남치근 만일 사실이 그렇다고 하더라도 그 일을 어찌해서 네가 해야만 한다고 생각했느냐? 너는 나라의 행정을 믿지 않느냐?

임꺽정 믿지 않는다. 나라의 행정이 바로 그 모든 그릇의 근원이 아니냐. 그리고 나 혼자서 해야만 하겠다고 생각한 일은 없다. 나와 뜻을 같이한 사람이 많다. 저기 죽어 넘어진 내 형제들이 모두 나와 뜻을 같이한 사람들이다.

남치근 형제들이라니, 저자들이 모두 너와 피를 나눈 동기간이란 말이냐?

임꺽정 피를 나눈 동기간만이 형제는 아니다. 네가 어찌 그것을 알겠느냐?

남치근 글쎄, 난 모르겠구나. 저자들과 그럼 모두 의형제라도 맺었더란 말이냐?

임꺽정 마음대로 생각하려무나.

남치근 음, 너는 관군에게도 대항하여 수없는 관군을 살상하기도 했는데 그것도 그럼 나라의 행정을 옳게 여기지 않은 까닭이란 말이냐?

임꺽정 그렇다.

남치근 참으로 아깝구나. 너 같은 용력 있는 사내가 하필이면 왜 그런 옳지 못한 생각에 빠졌더란 말이냐. 나라의 행정은 임금께서 지휘하는 일이며, 임금은 곧 하늘이 아니냐? 하늘을 믿지 못하겠다는 네 소견은 어리석기 짝이 없구나.

임꺽정 임금은 사람이 아니고 귀신이란 말이냐?

남치근 무엄하구나. 아무리 배우지 못한 자이기로소니, 그리고 도적질하던 자이기로소니 그런 말버릇이 어디 있단 말이냐?

임꺽정 네 입으로 방금 임금이 사람이 아니고 하늘이라 하지 않았느냐? 하늘에 귀신 말고 무에 있느냐?

남치근 그놈 정말 무식한 놈이로구나.

임꺽정 그래, 난 네 말대로 배우지 못한 놈이다. 하지만 임금이 귀신 아닌 사람이라는 건 안다. 헌데 배웠다는 너는 사람을 귀신이라 하느냐?

남치근 그놈 정 상대 못 하겠군. 지닌 용력을 아껴 죽기 전에 마음이라도 바로잡아 주렸더니 천성부터가 바로 박히질 않은 놈이로구나.

임꺽정 네놈이야말로 불쌍한 놈이다. 제가 무엇인 줄도 모르니 그에서 더 불쌍한 놈이 어디있겠느냐? 임금이란 바지저고리 같은 자를 받들고 그 밑에서 온갖 못된 짓을 일삼는 무리의 졸개가 되어 사람값도 못하며 분수도 모르고 우쭐대는 네놈이야말로 불쌍한 놈인 줄을 왜 모르느냐?

남치근 거 참 가당찮은 놈이구나. 네놈은 그럼 임금조차 부정한단 말이냐?

임꺽정 임금이라고 어디 다 임금인 줄 아느냐? 눈앞도 가리지 못하는 임금이 무에 임금이냐? 백성 굶주려 죽는 사정은커녕 눈앞의 간신배도 분간할 줄 모르는 임금이 그게 무슨 임금이냐?

남치근 그놈 도적인 줄만 알았더니 큰 역적놈이구나. 그럼 네놈은 도당이 커지면 임금까지 치러 들었겠구나,

임꺽정 내 죽는 마당에 무엇을 꺼려 말 못 하겠느냐, 우선은 너희 윤원형, 이량 등 간신배를 벌주는 게 뜻이었다면 궁극엔 너희 임금이란 자도 쫓아내려 했었다.

남치근 네놈이 어찌 하늘을 바꿀 수 있단 말이냐?

임꺽정 하늘이야 어찌 바꾸겠느냐? 네놈은 아까부터 하늘 하늘 한다만 임금이 어째 사람이아니고 하늘이냐?

남치근 그놈 참 먹통 같은 놈이로군.

임꺽정 임금이 만일 하늘이라면 어째서 눈앞의 간신배도 가려볼 줄 모르며 백성 굶주리고 구박받는 사정도 모른단 말이냐. 그리고 하늘이 어디서 소 잡는 놈 천대하고 갓 쓴 놈 우대하는 법 있더냐. 비 오면 소 잡는 놈도 비 맞고, 갓 쓴 놈도 비 맞지 않더냐. 또 어두우면 갓 쓴 놈도 더듬고 소 잡는 놈도 더듬지 않느냐.

남치근 그놈 아주 근본부터 역적놈일세. 나라의 법제까지 부인하다니. 이놈아, 반상의 구별은 나라의 법으로 정해진 제도가 아니냐?

임꺽정 나라의 법이라는 게 무에냐? 다 너희 놈들 좋자고만 꾸며 놓은 꿍꿍이속 아니냐?

남치근 이놈, 국법은 하늘이 정하는 것이다.

임꺽정 하늘이 정하는 것이면 어째서 하늘이 행하지 않고 너희 놈들이 행한단 말이냐? 너희 놈들이 하늘이란 말이냐?

남치근 이런 불학무식한 놈! 나라가 하늘을 대신하여 법을 펴고 시행하고 그 법에 따라 백성을 다스리는 것이다.

임꺽정 너희 놈들 몇이 바로 나라인 체하는구나. 내 구변이 모자라 네놈 그른 생각을 바로잡아 주지 못하는 게 한이다.

남치근 본디 불학무식한 놈이리라곤 짐작했다만 그처럼 먹통인 줄은 정말 몰랐구나. 그리고 이제 보니 배운 건 없는 놈이 속은 아주 시꺼먼 역적놈이구나. 나라의 법제까지 부인하고 임금까지 부정하는 놈일 줄은 정말 몰랐구나. 용력을 아끼고 뒷날 나라를 위해 쓰일 데가 있을까 하여 살려 두었더니 큰일 낼 놈이다.

임꺽정 내 운이 다한 걸 내가 안다. 다만 네놈들을 벌지 못하고 죽는 게 천추에 한이다. 쳐라.

남치근 얘들아, 베어라.

기왕에 나온 기록이나 가설들에는 임꺽정이 왕권에는 전혀 도전할 의사나 도전한 흔적이 없는 것으로 되어 있는데, 허순의 『근기야록』은 그와 반대의 입장을 취하고 있다는 걸 이상에서 명백히 보았을 것이다. 그런데 궁금한 일은 그러한 내용을 담은 책자가 어떻게 지금까지 훼손 하나 입지 않고 숨겨져 보존되어 왔는가 하는 일이다.

임꺽정 3

임꺽정과 엇비슷한 괴력의 소유자면서 또 본래의 신분도 임꺽정과 크게 다를 바 없는 천민 출신으로서 임꺽정과는 정반대의 길을 걸었던, 단지 피가(皮哥)라고만 알려진 한 인물과 꺽정이 조우한 적이 있었다는 사실은 비교적 널리 알려지지 않은 이야기에 속한다.

역시 허순의 『근기야록(近畿野錄)』에 실려 있는 그 대목을 필자의 약간의 상상력을 곁들여 소개하면 다음과 같다.

꺽정이 남소문안 장물아비의 집에 머무르면서 장물(이 말에 오해 없기 바란다. 장물이라고 어디 다 같은 장물이겠는가?)이 처리되어 그 대전(代錢)이 회수되기를 기다리고 있을 무렵이었다.

하루는 장물아비 한온이 꺽정과 겸상으로 아침상을 받고 앉은 자리에서 넌지시 꺽정의 호기심을 저울질해 보는 듯한 말을 꺼냈다.

"형님은 혹 이 세상에 형님과 짝될 만한 기운 있는 자가 또 있다면 어떡하시겠수?"

꺽정으로서는 귀가 번쩍 뜨이는 소리가 아닐 수 없었다. 그런 자가 있다면 마땅히 한패로 끌어들여 아직도 형세가 충분하다고 할 수 없는 청석골에 새 들보 하나를 장만함 직할 뿐 아니라 또한 우선 한 번 만나 겨루어 보고 싶다는 사내로서의 승부욕도 없지 않았던 것이다.

"그런 자가 있단 말인가?"

"글쎄, 혹 있다면 어떡하시겠수?"

"글쎄, 혹이 아니라 정말 있다는 겐가, 무언가. 그것부터 말하게."

"형님두 참 성급하시기두 하우. 그럼 생판 없는 말을 지어서 하겠수? 다 닿는 데가 있어서 하는 말이지."

"그럼 그런 자가 정말 있다는 겐가?"

꺽정은 수저를 든 채로 바싹 다가앉듯 했다.

"형님과 짝이 될 만한지 어떤지 딱히 알 순 없지만 어지간한 자가 하나 있긴 있수."

"어디에 있다는 겐가?"

"이량의 집에 있수."

"이량의 집에?"

이량(李樑)이라면 임금의 비(妃) 심씨(沈氏)의 외숙인 데다가 대사간(大司諫)인, 당대 제일의 세도가이자 탐관의 대명사이다. 그자가 하필이면 왜 그 이량의 집에 있단 말인가.

"그자가 그럼 이량의 집 문객이란 말인가?"

"문객이 아니라 노복(奴僕)이우."

"노복? 종이란 말인가?"

"그렇수. 그것두 보통 노복이 아니라 하는 일이 바루 이량의 신변 하날 호위하는 자라구 하우."

"으음, 전부터 있던 자라구 하던가?"

"아니우, 근래에 이량이 거두어들인 자라구 하우. 경상도 어느 고을의 관노였다구 하는데 고을 현감이 이량에게 아첨하기 위해 바친 모양이우. 이량의 총애가 이만저만이 아니라구들 하우. 그 고을 현감은 댓바람에 어디 부사룬가 영전이 되었다구 하구."

"자네 그자를 봤는가?"

꺽정은 아침상 받은 것도 잊고 있었다.

"소문만 듣구 보진 못하다가 어제야 봤수. 한번 내 눈으루 본 다음에 형님헌텐 알리려구 여직 입 안 떼구 있었수. 듣던 대루 어지간한 자입디다. 키가 칠 척은 넘는 데다가 팔뚝 하나가 어른 사내 다리통 하나만 하구 거기다 몸 놀리는 품은 어린아이처럼 가벼웠수. 이량의 행차 때에만 붙어 다니는 모양인데 어젠 동대문 밖 씨름 마당엘 나타났습디다. 기운 자랑이 하구 싶었던 모양이우. 씨름판에 나선 장정들을 한 손으루 젓가락 집듯 집어 던집디다. 그리구는 지껄인다는 소리가, 임꺽정이란 눔이 서울 장안에만 나타났단 봐라, ……그 담 말은 못 하겠수."

"상관없으니 어서 해 보게."

"차마 못 하겠수."

"글쎄, 해 보게."

"……그눔이 백정이라는데 내 그눔을 잡아서 오각을 떠 고깃간에 팔겠다……."

"허허, 그눔 참 입버릇 한번 모질구나. 그 임꺽정이 지금 서울 장안에 와 있다지 그랬나?"

"그눔 하두 기세가 등등하기에……."

"왜, 내가 당할 것 같기라두 하더란 말인가?"

"그런 건 아니우만."

"옳지, 자네가 화를 당할까 켕겼던 게로구먼. 아무튼 내 그자를 한번 만나야겠네. 만날 방도가 있을까?"

"그야 전혀 없진 않으우만."

"그럼 한번 주선해 보게. 내 그자를 수하루 삼아야겠네."

"수하를 삼겠다면 그자가 고분고분 말을 들을 성부르우?"

"그건 내게 맡기구 자넨 어서 주선이나 해 보게. 내가 그자를 수하루 삼거나 그자가 내 오각을 뜨거나 둘 중 하날 테지."

"형님두……."

"빠를수록 좋네."

"그럼 일을 한번 꾸며 보겠수."

"그러게. 서두르게 한번 만나 보기두 전에 혹 그자 신변에 무슨 일이라두 생기면 낭팰세."

꺽정은 그자가 밉다거나 자기를 두고 험한 소리를 지껄였대서 그 보복을 해야겠다거나 하는 생각은 조금도 없었다. 오히려 듣는 푼수로는 그가 기운 쓰는 품이 어지간하다는 점과 그자 신분이 천한 관노였으며, 지금도 종노릇을 하고 있다는 점에 이쪽 마음이 몹시 기우는 것을 느끼고 있었다. 무어라고 할까. 벌써부터 그자를 청석골의 한 식구나 다름없이 여기는 심정이라고 할까. 다만 그자가 하필이면 이량의 집, 그것도 이량의 신변 호위를 맡은 종이라는 점이 마음에 걸렸으나 제아무리 당대 제일의 세도가 집 종이라곤 해도 종래 종임에는 다를 바 없는 신분인즉 바른말로 타이르면 못 알아들을 귀머거리는 설마 아니지 싶었다. 꺽정으로서는 그저 한시바삐 그자를 우선 만나야겠다는 생각뿐이었다. 듣는 바로는 이량의 총애를 받고 있다고 하니 너무 오래되면 자칫 쥐꼬리만 한 권세 맛을 들여 사람을 건지기가 어렵게 될지도 모르는 일이기 때문이었다. 꺽정이 그자 신변에 무슨 일이라도 생기면 낭패라고 한 것은 다름 아닌 이를 염두에 두고 이름이었다. 물론 그새 혹 그자 몸에 병이라도 날 걸 염려한 말이기도 했지만.

그런데 장물아비 한온의 주선을 기다릴 것도 없이 그자[한온의 말로는 성이 피가(皮哥)라는 것밖에 모른다고 했다]를 만날 기회는 뜻밖에도 빨리 그리고 제발로 걸어오다시피 찾아왔다.

한온으로부터 아침상 머리에서 그자에 관한 얘기를 들은 바로 당일 저녁이었다. 꺽정은 왠지 마음이 싱숭생숭하기도 하고 한온의 집에 들러 머물 적마다 더러 출입하며 정을 들인 계집이 궁금하기도 하여, 이따금 발길을 들여놓던 기생방 나들이를 하였다. 땅거미가 진 뒤였고 아무도 데린 자 없이 혼자 나선 걸음이었다.

계집은 꺽정을 반색을 하며 맞아들였다.

"꿈자리가 좋더니 서방님 얼굴을 뵈오려고 그랬군요. 어서 드시어요."

꺽정은 방으로 들며 짐짓 눈을 부릅뜨는 시늉을 해 보였다.

"아니 서방님이라니, 언제 내가 네 서방이 되었더냐? 이 몸은 어엿한 처자식이 있는 몸이다."

"서방님두, 어디 정실부인만 사람이랍니까? 하룻밤을 잤어두 만리장성을 쌓는다는 말두 있는데. 제게 서방님이 서방님이 아니고 그럼 무엇이어요?"

"그래, 그사이 잘이나 있었느냐?"

"잘 있지 못했습니다. 서방님 다녀가신 뒤로 눈 한번 올바로 붙인 밤이 없습니다."

"어디, 그러기야 했겠느냐? 거짓말이 좀 지나치구나."

"거짓말이라구 하시니 제 손목을 좀 쥐어 보시어요. 그새 얼마나 야위었나."

"어디, 그래 볼까?"

꺽정은 계집의 손목을 쥐어 보았다. 본시 가느다랗기 실버들 같던 손목이었으므로 그새 더 야위었는지 어떤지 요량할 길이 없었다.

"난 모르겠구나. 하여간 그럼 네 말이 거짓이 아니라 하구 술상부터 좀 들이래라. 목이 몹시 컬컬하구나."

"예, 그런데 오늘은 웬일루 혼자시어요? 같이 오시던 분들은 모두 어쩌시구."

"오늘은 내 너와 단둘이서 호젓이 좀 마셔 보려구 혼자 왔다. 네 볼기두 좀 쥐어 볼 겸."

그러며 꺽정은 두툼한 손바닥으로 계집의 볼기를 투덕거려 주었다. 계집은 얼른 몸을 사리는 시늉을 했으나 미상불 싫지는 않은 기색이었다. 얼굴을 살짝 붉히며,

"술상 들이라겠어요."

했다.

술상을 받고 계집이 따라 주는 잔을 들어 마악 한 모금 목을 적신 참이었다. 옆방에 손님이 드는 기척이 들려왔다. 몹시 시끌덤벙하게 구는 품으로 보아 여럿인 것 같았고 점잖은 패거리는 아닌 성싶었다. 그중 한 자의 목소리가 유난히 크게 들려왔는데 꺽정의 귀를 잠시 멈칫하게 하였다.

"임꺽정이란 눔이 여길 드나들었더라지?"

성대가 굵고 유들유들한 목소리였다.

꺽정은 계집을 보고 물었다.

"저자가 누군지 목소리를 듣고 혹 모르겠느냐?"

계집은 고개를 갸웃했다.

"모르겠거든 나가서 어떤 자인지 좀 알아보구 오너라."

계집은 그러마고 대답하고 몸을 일으켜 잠시 나갔다가 들어와서 말하였다.

"이량 대감 댁 하인이라구 합니다. 성은 피가라구 하구 이름은 모른답니다. 이량 대감의 신변 호위를 맡은 하인으루 경상도 어느 고을

의 사또가 천거해 올린 자라 합니다."

꺽정은 내심 이놈 봐라 하였다. 신통하게도 길을 바로 찾아들었구나.

"여긴 처음이라더냐?"

"예, 처음이라 합니다."

"같이 온 자들은 어떤 자들이라구 하더냐?"

"모두 이량 대감 댁 하인들이라 합니다."

"하인배들이 출입하는 걸 마다 않으니 너희 집두 인심이 후한 편이로구나."

"어느 댁 하인들이라구 마다할 수 있겠습니까?"

"그두 그렇겠구나. 하긴 본시 하인배라구 해서 이런 집마저 출입을 마음대로 못 해서야 법이 아니지."

"하지만 세도갓댁 하인들은 여느 댁 양반 못지않은걸요."

"으음."

꺽정은 자신도 모르는 신음을 토해 내었다. 계집이 다시 술잔을 권하였다.

"괘념 마시구 어서 술이나 드시어요."

그때 옆방에서는 계속해서 시끌덤벙한 수작이 끊이지 않더니 다시 방금 그자의 유별나게 커다란 목소리가 벽을 건너 울려왔다.

"임꺽정이란 놈이 손으루 우그러뜨렸다는 청동화로가 저기 놓인 저놈만 한 것이냐?"

계집 하나가 대꾸하는 소리가 들렸다.

"예, 바루 그만한 것이어요. 같은 대장간에서 맞춰 온 똑같은 물건이랍니다."

"어디 그럼 이번엔 내 솜씰 한번 보거라. 제깟눔이 얼마나 우그려 놓았는지 모르겠다마는 나는 양 둘레를 아주 맞붙여 보이겠다."

"어디 한번 해 보셔요."

계집들이 부추기는 소리가 들려왔고,

"그러우, 형님. 어서 한번 해 보우."

사내들도 떠들썩하게 맞장구를 치는 소리가 들려왔다. 그리고는 잠시 그자가 하는 짓에 눈길들을 모으고 있는지 옆방으로부터는 아무 소리도 들려오지 않았다. 꺽정은 잠자코 계집이 따라 놓은 술잔을 들었다. 계집도 꺽정의 표정을 살피며 말없이 옆방의 동정을 기다리는 눈치였다. 마침내 끙하는 용쓰는 소리가 들려왔다. 이어 떠들썩하게 탄성을 지르는 계집들과 사내들의 목소리가 건너왔다.

"어마나, 우리 집 청동화로 하나가 또 못 쓰게 되었네."

"벙거지 우그러지듯했어."

"임꺽정이란 눔이 이 자리에 있었더면 코 납작해지는 꼴을 한번 보는걸."

"아암, 제 눔인들 우리 형님한테야 별수 있나."

꺽정은 생각 같아선 임꺽정이 여기 있다, 하고 당장 내달아 나서고 싶었으나 꾹 눌러 참았다. 같이 있는 패거리들 때문에 시끄러워질 것을 염려해서였다. 그자와 겨루어 누르는 일뿐이라면 상관없겠으나 그자를 타일러 청석골로 데려가자면 아무래도 곁에 있는 자들이 방해가 될 터이기 때문이었다. 더구나 낌새가 풋기운 쓰는 자가 아님이 분명하고 보면 그자를 깨쳐 청석골로 데려가야겠다는 생각은 더욱 굳어졌다.

꺽정은 넌지시 계집을 보고 일렀다.

"너 가서 저 피가란 자만 듣게 재주껏 말 좀 전해라. 임꺽정이 전하란다더라구, 서루 아무두 데리지 말구 단둘이 만나서 한번 겨루어 보구 싶단다구. 절대루 곁에 있는 자들이 듣게 해선 못 쓴다. 그리구 청동화로가 얼마나 우그러졌는지두 좀 보구 오너라. 내가 어디 있느냐구 물으면 좀 전에 다녀갔다구만 하구."

그리고 만날 시간과 장소를 일러 주었다. 기운을 그만큼 쓰는 자이면 이쪽 제의를 마다하진 않을 성싶었다.

계집은 이르는 소리를 귀담아듣고 방을 나가서 한참 만에야 돌아왔다.

"기회를 엿보기가 힘이 들어 좀 지체하였어요. 하지만 서방님 심부름은 실수 없이 이행하였으니 염려 마시어요. 청동화로는 저번 서방님이 우그려 놓으신 모양과 서루 엇비슷해 보였구요."

피가는 그다음 날 꺽정이 만나자고 한 장소에 어김없이 나타났다. 해가 어깨 위에 올 무렵이었고 북문 밖 인적없는 솔밭 어귀였다. 저만큼 모습이 보이기 시작했을 때 꺽정은 몸집을 보고 대뜸 그자가 피가임을 알아차릴 수 있었다. 먼발치로도 예사 몸집이 아니었던 것이다. 계집을 시켜 전한 대로 곁에 아무도 데린 자 없이 혼자였다.

꺽정은 마주 나서며 물었다.

"거기 오는 자네 성이 피가인가?"

그자도 꺽정을 발견하고 마주 다가오며 받았다.

"네눔이 그럼 임꺽정이란 도둑패의 괴수냐?"

꺽정은 어이가 없었으나 짐짓 눅쳤다.

"자네 그 입버릇 한번 고약함세. 어째 수인사부터 눔짜를 다는가?"

그러나 피가는 조금도 저어하는 기색이 없었다.

"도둑놈 괴수더러 그럼 존대를 해 올리란 말이냐?"

가까이 다가서는 걸 보니 피가는 꺽정보다 두어 살 아래로 보였다. 얼굴이 긴 말상이었고 턱은 든든해 보였으며 눈매는 제법 사람을 쏘아보는 힘이 있었다.

"눈은 뚫렸으되 사람을 알아볼 줄 모르는 눔이로구나. 그럼 얘기는 두었다 하구 기운부터 한번 겨루어 보겠느냐?"

"말 잘했다. 도둑눔을 알아보는 눈을 가져선 무엇하며 도둑눔과 무슨 할 얘기가 따루 있겠느냐? 어서 겨루어나 보자. 네눔이 기운을 얼마나 쓰는지 모르겠다마는 내 오늘 기필코 네눔 모가지를 비틀어 다시는 풋기운깨나 쓴답시구 껍적거리구 나다니지 못하게 해 놓구야 말겠다."

"오냐, 그럼 어서 한번 비틀어 봐라."

피가의 몸은 날래었다. 어느새 주먹이 날아들어 꺽정의 귓전에 바람소리를 일으켰다. 피하지 않았다면 그것은 정통으로 꺽정의 관자놀이를 쳤을 주먹이었다. 꺽정은 내심 감탄을 금치 못하며 자세를 바로잡았다. 주먹을 이렇게 빨리 쓰는 자를 전엔 만나 본 적이 없었던 것이다.

피가의 주먹은 연거푸 바람소리를 일으키며 꺽정의 안전으로 날아들었다. 그때마다 간발의 차로 그것을 피하며 꺽정은 피가의 몸 쓰는 움직임만 눈여겨보았다. 업수이 볼 상대는 결코 아님이 분명했다. 몸체의 움직임이나 팔다리의 움직임 어느 것 하나에도 허술한 구석이라곤 없었다. 피가도 몇 번의 헛손질을 거듭하자 상대가 결코 뜬소문의 임자가 아님을 간파한 모양이었다. 주먹을 거두고 꺽정을 노려보기 시작했다. 꺽정도 피가를 지그시 마주 쏘아보았다. 몸집 큰 두 사내의 불이 튈 듯한 시선은 그렇게 서로 엉켜 한동안 풀어질 줄을 몰랐다.

누가 먼저랄 것도 없이 두 사내의 몸이 한데 맞붙어 돌아가기 시작한 것은 그렇게 서로 한동안 말없이 노려보고 난 다음이었다. 그리고 그것은 마치 두 마리의 황소가 서로 뿔을 맞대고 엉켜 돌아가는 모습과 흡사했다. 그들이 발짝을 뗄 때마다 땅 꺼지는 듯한 소리가 났고 그들 주변의 공기는 그들이 내뿜는 콧김에 의해서 더워졌다. 한번은 얼굴에 수염이 무성한 쪽이 밀리는가 하면 한번은 얼굴이 긴 쪽이 밀렸고 다음번엔 얼굴이 긴 쪽이 얼굴에 수염 난 쪽한테 번쩍 들리는가 싶으면 그 다음번엔 수염 난 쪽이 긴 쪽한테 번쩍 들렸다. 어느 쪽이 낫고 어느 쪽이 못한지를 당사자들도 분간하지 못했다. 다만 서로 생전 처음 만나 보는 강적임을 서로의 움직임 하나하나에서 깨달으며 어떻게 해서든 상대를 누르려는 데만 전념했다.

승부는 좀처럼 끝나지 않았다. 해가 어깨 위에 있을 때 시작한 싸움이 두 사내의 한데 엉킨 그림자가 두 사내의 키를 넘어 길게 자빠졌을 때까지 끝나지 않았다. 두 사내의 몸은 땀으로 흠뻑 젖었다. 그리고 서로를 누르려는 힘에는 차츰 쉬고 싶다는 욕망이 깃들었다.

"잠시 쉬었다 하는 게 어떠냐?"

꺽정이 피가의 허리를 껴안은 채 말했다.

"그래, 좀 쉬었다 하자."

피가도 꺽정의 허리를 껴안은 채 대꾸했다. 두 사내는 서로의 허리에서 동시에 손을 떼었다. 그리고 각각 떨어져서 풀섶에 주저앉았다.

"너 아주 제법이로구나."

꺽정이 숨을 고르며 말했다.

"네눔두 제법이다."

피가 역시 가슴으로 숨을 드내쉬며 대꾸했다.

"난 여직 너만큼 기운 쓰는 잘 만나 본 일이 없다. 헌데 한 가지 모를 일이 있다."

"뭐냐?"

"너만 한 눔이 어째서 이량이 같은 간신배의 종노릇을 하구 있단 말이냐?"

"태어나기를 종으로 태어난 눔이 종노릇 하지 그럼 재상 노릇 하겠느냐? 그리구 종눔이 간신 충신 가리느냐?"

"네눔이 알아두 단단히 잘못 알았다. 태어나기를 종으루 태어나는 눔이 세상에 어딨느냐? 태어나기를 종으루 태어나는 눔은 어디 불알이라두 서너 쪽 된다더냐? 다 같은 사지 가지구 다 같은 이목구비 갖춘 다 같은 사람 아니냐? 양반의 새끼두 태어날 땐 계집 아랫두리루 태어나구 종눔의 새끼두 태어날 땐 계집 아랫두리루 태어나지 않느냐? 무에 달라서 종눔은 태어날 때부터 종눔이요 양반은 태어날 때부터 양반이란 말이냐?"

"네눔이 세상의 법도라는 걸 모르는 모양이구나. 세상의 법도가 그리되어 있는 걸 어떡한단 말이냐?"

"세상의 법도라는 건 하늘이 만든 건 줄 아느냐? 다 힘 없구 권세 없는 백성들 속여 먹기 위해 양반 벼슬아치들이 저희들 잇속 차려 만든 건 줄 모르느냐? 바루 지금 네가 상전으루 받들구 있는 이량이 같은 눔이 제 뱃속 차려 만들어 놓은 거란 말이다. 알겠느냐?"

"모르겠다. 네눔이 아마 날 꼬드겨 한패루 삼을 심산인가 분데 어림 반푼어치 없는 수작 마라. 내 눈엔 네눔 꼬락서니가 분수두 모르구 날뛰는 천둥벌거숭이루밖엔 보이지 않는다. 사람이면 분수를 지킬 줄 알아야지 네눔처럼 분수 모르구 날뛴다구 해서 무에 될 줄 아느냐? 난 내가 종눔으로 태어난 걸 원망하지 않는다. 난 내 분수를 알아. 게다가 난 요즈음 이 대감 댁 슬하에 들어와서 호의호식하구 있다. 전엔 꿈두 못 꿔 보던 옷 입구 먼발치서 냄새두 못 맡아 보던 음식으로 배를 불리구 있어. 무에 부족해서 네눔 꼬드김에 넘어가겠느냐?"

"네눔이 아주 단단히 몹쓸 맛을 들였구나. 간신배 무릎 밑에서 호의호식하구 지내는 게 그렇게두 좋으냐?"

"경상도 시굴 구석에서 아전 나부랭이 시중들 때에 비하면 백배는 지금이 좋다. 네눔두 생각 있으면 내 대감께 여쭈어 자리 하나 마련해 주마. 전비를 뉘우치구 대죄하겠다면 말이다."

"네눔 관노 시절 생각하구 생각 좀 돌리거라. 헐벗구 굶주린 시굴 백성들 보지두 못했느냐?"

"그야 다 저 못나서 헐벗구 굶주리는 게지 그게 어디 내 탓이냐? 내 알 바 없다."

"네 어미 아비 천대받으며 평생 고생하다 죽은 생각두 못 하느냐?"

"시끄럽다. 그야 팔자소관이었으니 낸들 어쩌겠느냐?"

"에끼! 이 못난 눔. 내 네눔 기운을 아껴 사람 좀 바로잡아 보렸더니 창자까지 썩은 놈이로구나. 네눔 그 기운 그대로 놔뒀다간 무슨 짓에 쓰여먹힐지 모르겠다. 어디 한 군데 부러뜨려 보낼 테니 그리 알아라."

"내가 네눔한테 할 소리다."

두 사내는 다시 벌떡 일어서 맞붙었다. 그리고 다시 땅거미가 질 때까지 엉켜 싸웠다. 둘의 기운은 어느 쪽이 더하지도 덜하지도 않았으나 결국 일신을 버리고 싸우는 자에게 일신을 위해서 싸우는 자가 마지막에는 견디지 못하였다. 꺽정이 피가의 두 무릎을 망가뜨려 놓았던 것이다.

꺽정은 도둑이 된 뒤로 이때처럼 슬퍼 본 적이 없었다.

임꺽정 4

가짜 임꺽정에 관한 이야기는 여러 가지가 있다. 대부분 임꺽정의 이름을 참칭(僭稱)한 좀도둑들에 관한 이야기들이다.

그러나 좀 유별난 가짜 임꺽정에 관한 이야기 하나가 최근 입수되었기로 대충 손을 보아 소개하기로 한다. 대충 손을 본다고 하는 것은 소개하기가 급하기 때문이다. 가짜치곤 좀 엉뚱한, 그래서 그냥 가짜라고만 부르기는 좀 서먹한 가짜에 관한 이야기다.

꺽정의 도당이 제법 골격을 갖춘 지도 두어 해 되어, 그의 이름이 조선팔도에 두루 알려질 만큼은 알려져 가짜 꺽정이 소동도 두어 번은 치른 뒤였다. 하루는 한 정탐꾼이 돌아와 다음과 같은 보고를 하였다.

"전라도 구례지방에 또 두령님의 이름을 파는 자가 나타났다 하우."

"또?"

꺽정은 눈썹을 치키었다.

"예, 이번엔 먼저 것들과는 달라서 아주 맹랑한 자인 듯하우. 백성의 재물은 손끝 하나 안 대구 관가의 재물만 털어 간다 하우. 그것두 아주 신출귀몰한 솜씨루 털어 간다 하우. 그리구 진짜 임꺽정이는 바루 제 눔이라고 사방에 소문을 퍼뜨리는 모양이우."

"음?"

꺽정은 귓속이 트이는 듯하였다.

"백성의 재물은 손끝 하나 안 대구 관가의 재물만 턴다? 그리구 제 눔이 진짜 임꺽정이라구 사방에 소문을 퍼뜨린다?"

"예, 아주 맹랑한 눔인 모양이우. 게다가 큰소리까지 친다구 하우. 제 눔 말구 또 임꺽정이란 자가 있거든 한번 나서 보라구."

"흐음, 그야말로 맹랑한 자로구나. 백성의 재물은 손을 안 대구 관가의 재물만 턴다구 하니 기특하긴 하다만 제 눔 말구 또 임꺽정이란 자가 있거든 한번 나서 보라구?"

꺽정은 잠시 궁리에 잠겼다. 한다는 짓으로 들으면 단순한 좀도둑은 아닌 듯싶으나 그리고 그런 짓을 하는 자라면 그냥 내버려두어도 딱히 해될 것은 없으리라는 생각도 들었으나, 나아가서는 그런 짓을 하기 위해서라면 임꺽정이 이름 좀 참칭했대서 크게 노여움을 탈 일은 못 된다는 생각까지 들었으나(그까짓 이름 석 자야 대수로울 게 무어랴) 한다는 수작으로 들으면, 제 눔 말고 또 임꺽정이란 자가 있거든 한번 나서 보라니 이것은 너무 좀 방자하지 않은가. 혹 무슨 꿍꿍이 속셈이 없다면 이것은 바로 자신에 대한 도전장이나 다름없지 않은가. 이쪽의 비위를 건드려서 제 앞에 찾아 나서게 하려는 수작 아닌가. 그래서 한번 겨루어 보자는 일종의 파발이 아닌가.

꺽정은 다시 정탐꾼에게 물었다.

"그래, 그자가 기운깨나 정말 좀 쓴다던가?"

"글쎄, 눈으로 보지 못해 자세힌 모르우만 관가의 재물을 털어 가는데 그 재주가 신출귀몰하다는 소문이우."

"무슨 병장기를 특별히 잘 다룬다든가 하는 소문은 없구?"

"그런 소문은 못 들었수. 다만 몸의 날래기가 표범 같다는 소문이우."

"도당은 얼마나 된다던가?"

"그두 자세친 않으나 십수 명은 좋이 되는 모양이우. 듣기엔 여나믄 명이 한꺼번에 들이닥쳐 분탕질을 하군 내뺀다구 하니. 그중 제일 날랜 자가 바루 두령님 이름을 파는 자라구 하구."

"그래, 관가는 몇 군데나 털었다구 하구?"

"벌써 여러 군데 턴 모양이우."

"으음, 알았으니 물러가게."

꺽정은 정탐꾼을 물리고 나서 잠시 궁리에 다시 잠겼다. 그리고 무슨 꿍꿍이 속셈인진 모르겠으나 이자를 한번 만나 보긴 해야겠다는 작정을 세웠다. 어떻든 노골적인 도전을 받고서 그대로 눌러앉아 있을 수는 없는 노릇이었다. 그리고 잘되면 차제에 재목 하나를 청석골에 보탤 수 있을지도 모른다는 생각도 들었다.

마침 산채에는 이렇다 할 큰일도 없었다. 꺽정은 곧 수하 두령들에게 산채의 일을 당부하고 길 떠날 채비를 차렸다. 수하 두령 두엇이 따라나서겠다고 들먹거렸으나 산채의 일로써 타일러 눌러앉히고 걸음 빠른 수하 한 명만을 데린 채 꺽정은 곧 산채를 내려왔다. 수하 두령들은 못내 꺽정의 안위를 염려하는 눈치였으나 재차 산채의 일이나 잘 간수하라고 타이르고서, 이런 일은 번잡하지 않게 처리하는 것이 좋다고 생각되었기 때문이다.

청석골에서 전라도까지 가는 길은 가깝다고 할 수 없는 거리였다. 해서 쉼을 아끼고 걸은 걸음이 전라도 구례 고을에 닿은 것은 청석골을 떠난 지 나흘 해가 기운 뒤였다. 해가 기울었으므로 그들은 한 객줏집을 찾아들었다. 우선 시장기도 끌 겸 다리 쉼도 할 필요에서였다. 또 저문 녘에 그 가짜라는 자를 찾아 나설 수도 없는 노릇이었다.

방 하나를 얻어 들어 데린 수하와 함께 마악 밥상을 받은 참이었다. 마악 첫술을 뜨려는 꺽정의 귀에 문밖 술청에 앉은 자들의 두런거리는 얘기 소리가 들려왔다.

"지난밤에두 그 꺽정이패가 고을 관아를 들이치구 곡간을 털어 갔다며?"

"쉬, 누가 듣네."

"아따, 들으면 대순가. 죄가 있으면 도둑에게 있지 고을에 파다한 소문 듣구 옮기는 눔헌테 있다던가?"

"허허, 관가에서 쉬쉬하는 일을 그렇게 입청에 올리는 걸 좋아한다던가?"

꺽정은 밥술을 뜨려다 말고 잠시 밖의 동정에 귀를 기울였다. 밥상을 함께 받은 수하도[걸음을 빨리 걷는다고 해서 별명을 최축지 또는 그냥 축지(縮地)라고 했다] 꺽정의 눈치를 살피며 밥술을 뜨다 말고 바깥의 동정에 귀를 기울였다.

먼저 말을 꺼낸 사내의 목소리가 조금 퉁명스럽게 들려왔다.

"아따 젠장, 겁도 많으이. 아무리 그렇기로소니 도둑패가 도둑질해 갔다는 소리도 마음대로 못 한단 말인가."

그러자 말을 받는 사내의 목소리가 한껏 낮춰졌다.

"허허 글쎄, 자네 기찰이 사방에 쫙 깔린 걸 모르는가. 입조심허게. 방금 이 방으루두 낯선 사내 둘이 들어가는 걸 자네 눈으로 봤잖은가."

그때 꺽정이 문밖을 향해 넌지시 말했다.

"방 안에 있는 우린 기찰 아니우. 염려 말구 얘기하시우."

순간 문밖의 말소리는 뚝 끊겼다. 꺽정이 앉은 채로 몸을 기울여 방문을 밀었다. 장사치 차림의 두 사내가 이쪽을 향해 겁먹은 얼굴을 쳐들고 있었다. 한 사내는 조금 야윈 편이었고 한 사내는 몸이 조금 부대한 편이었다. 꺽정은 빙그레 웃는 얼굴로 말했다.

"웬걸 그리들 놀라시우. 우린 기찰이 아니라는데. 자, 우리 얼굴을 보구 기찰 같지 않거든 이리들 들어오시우. 안주는 변변치 않으나 함께 막걸리나 한 사발씩 나눕시다."

그러나 사내들은 아직 뜨아한 얼굴을 펴지 못한 채 머뭇거리기만 하였다. 꺽정이 다시 은근한 목소리로 말했다.

"자, 염려들 말구 이리 들어오시우. 알구 보면 다 같은 처지의 사람들일 테니. 내 지닌 돈푼이 좀 있어 술값이 넉넉해 청하는 것이니 사양들 마시구."

최축지도 거들었다.

"아, 무슨 남정들이 그렇수. 서루 얘기가 통할 것 같아 막걸리 한잔 같이 나누자는데. 자, 우리 성님 사귀어 해될 사람 아니니 염려 말구 들어와 막걸리나 한 사발씩 하십시다."

그제야 사내들은 서로 의견을 묻듯 눈을 한번 맞춘 뒤 머뭇머뭇 방안으로 들어왔다. 밥상은 곧 술상으로 바뀌었다. 꺽정과 축지는 변성명을 하여 그들과 수인사를 나눈 뒤 사내들에게 술잔을 권하였다. 사내들은 짐작대로 고을 장을 보고 돌아가는 길의 장사치들이었다.

몇 순배 술이 돌아간 뒤 꺽정이 넌지시 물었다.

"헌데 참, 아까 나누시던 말씀들은 그게 무슨 말씀이우? 꺽정이패가 관아를 들이치구 곡간을 털어 갔다니. 이거 본의 아니게 엿들은 셈이 돼서 좀 송구허우만."

그러자 성이 여가(呂哥)라고 하는, 야윈 편의 사내가 대꾸했다.

"소문두 아직 못 들으신 게로군. 온 고을에 파다한 소문을."

"소문이라니?"

"아, 꺽정이패 소문두 아직 못 들으셨수? 애들까지두 꺽정이패라면 마치 저희가 꺽정이패나 된 듯이 훤히들 알구 우쭐거리는데."

"아, 그 의적(義賊) 임꺽정이 얘기는 나두 더러 들었수. 헌데 그 임꺽정이가 이 고을에 나타났단 말이우?"

꺽정이 의적이라는 말을 서슴없이 꺼내는 데 고무되었음인지 여가라는 사내는 임꺽정이가 마치 제 친척이나 되는 듯이 신바람을 내어 늘어놓았다.

"아, 나타났다뿐인 줄 아슈? 벌써 근처 고을 몇 군데 관아를 손써볼 겨를도 없이 털어 갔을 뿐만 아니라 지난밤엔 두 번째로 이 고을 관아를 들이쳐서 관졸두 세 명이나 죽이구 관아의 곡간을 말끔히 비워 놨다는 소문이 지금 파다하우. 우리 같은 놈이야 힘 없구 용기 없어 눈치 보며 살지만 마음속으론 얼마나 통쾌한지 모르우. 댁두 소문을 더러 들었다니 알겠지만 임꺽정은 하늘이 낸 사람이우. 아, 그러니 관에서두 손을 못 쓰구 매양 당하구만 있는 게 아니겠수. 암튼 임꺽정이 같은 도둑 열만 있으면 나라두 좀 바로잡히구 우리 같은 무지랭이들두 발을 뻗구 살 텐데."

꺽정은 빙그레 웃었다.

"허긴 그 소문대루라면 임꺽정이란 자가 대단하긴 대단한 모양입니다. 허지만 아무리 그렇기로소니 임꺽정이란 자두 우리 같은 사람이지 어디 하늘에서 떨어진 자일리야 있겠수? 게다가 그런 자가 열씩 나타나기야 어떻게 바라겠수. 그러느니 차라리 우리 손으로 역적칠 모의라두하는 게 낫지. 안 그렇수. 허허."

그러자 사내는 좀 머쓱한 표정이 되었다.

"허, 댁이 그 큰일 낼 소릴 하우. 역적 칠 모의라니."

"허허, 그저 그렇단 얘기우. 헌데 그 임꺽정이란 자의 소굴이 대체 어디길래 관가에서두 잡질 못한답디까? 소굴만 알면 제아무리 날구 긴다 해두 관가의 힘으루 까짓 도둑 하나 못 잡을 리야 없지 않수? 관아를 친다 해두 그건 야음을 틈탄 것일 테구."

"그야 낸들 아우. 다만 노고단 어딜 게라구두 하구 차일봉 어딜 게라구두 하구 또 왕시후봉 어딜 게라구들두 하지만 모두 얘기가 각기 다르구 또 그 봉우리들이 각기 산세가 모두 험하니 혹 은신처를 안다구 해두 관가에서 함부로 치기가 어려운 게라구 짐작할 뿐이우. 허긴 전엔 질매재 마루에서 관의 행차가 더러 봉변을 당했다는 말을 듣긴 했수만."

"질매재 마루?"

꺽정은 질 · 매 · 재 · 마 · 루 라고 마음속에 담아 두었다. 그리고 다시 범상한 태도로 사내들에게 술잔을 권하였다.

다음 날 아침 꺽정은 일찌감치 조반을 달래 배 속을 든든히 하고 최축지와 함께 객줏집을 나섰다. 나서면서 꺽정은 축지에게 일렀다.

"축지 자넨 앞서 가게. 앞서가서 길목을 지키는 자가 있거든 내가 간다구 알리게. 그래야 저쪽두 채비를 하구 기다릴 게 아닌가. 듣는 바대루라면 아마 자넬 해꼬장하진 않을 걸세."

축지는 곧 알았다고 하고 앞서 걸음을 빨리하기 시작했다. 금방 서너 걸음 앞서가던 축지의 뒷모습은 순식간에 스무 걸음, 서른 걸음으로 멀어져 갔다.

꺽정이 좌우로 울창한 송림을 거느린 질매재 마루턱에 이른 것은 해가 어깨참에는 와 있을 무렵이었다. 축지의 모습은 보이지 않고 마루턱에 한 사내가 버티고 있는 모습이 보였다. 한눈에도 사지에 기운깨나 들어 있음 직한 모습이었다. 그러나 결코 몸집이 커다란 사내는 아니었다. 한 손에는 환도를 한 자루 쥐고 있었다.

사내가 꺽정을 내려다보며 쩌렁쩌렁 울리는 소리로 외쳤다.

"거기 올라오는 자는 어찌 그리 걸음이 늦는가? 기별받고 기다린 지가 벌써 한 식경이 돼 가네."

꺽정이 치어다보며 맞받아 소리쳤다.

"기별 보낸 사람은 어디 있는가?"

"그건 염려 말게. 내 잘 거두어 두었으니. 그보다 거기 오는 자네 이름이 분명 임꺽정인가?"

"그렇네. 자넨 그럼 틀림없이 내 이름을 훔친 자인가."

"자네가 분명한 임꺽정이라면 나는 자네 이름을 잠시 빌린 자임에 틀림없네. 허지만 정녕 자네가 임꺽정인지는 시험해 봐야 믿을 수 있네."

"시험해 보게."

꺽정은 그때 마루턱에 다 올라와 있었다. 꺽정을 마주 쏘아봐 오는 사내의 눈길은 곧고 힘이 있었다. 축지는 사내의 수하들로 보이는 칠팔 명의 사내들과 함께 좀 편편한 마루턱 위 한옆 풀섶에 앉아 있었다. 꺽정을 보자 축지는 반가운 시선을 보내왔다. 꺽정은 묵묵히 그쪽으로 시선을 한번 준 후 사내에게 말했다.

"자, 무엇으로 시험하려나? 기운으로 하려나?"

사내가 받았다.

"아니, 칼루 함세. 난 임꺽정이 칼의 명인이란 말을 들었네."

"명인까진 못 돼두 좀 쓰네. 좋으이, 칼루 해 봄세. 허나 그 환도는 치우구 우리 봉도(棒刀)루 함세."

"봉도는 왜? 겁이 나는가?"

"아니 살상을 하기 싫어서일세."

"……."

"시험은 봉도루두 넉넉하지 않은가?"

"좋네. 그럼 봉도루 하세."

사내는 곧 환도를 놓아두고 근처의 나뭇가지를 살피더니 알맞은 굵기의 나뭇가지 하나를 꺾어 알맞은 길이로 다듬었다. 손과 몸 쓰는 품이 민첩하고 억세어 보였다. 꺽정도 곧 묵묵히 알맞은 굵기의 나뭇가지 하나를 꺾어 들었다. 그리고 편편한 곳을 택해 바로 섰다. 사내도 대여섯 자 거리로 마주 섰다.

꺽정이 봉도를 든든히 쥐어 배꼽께에서 곧추 앞으로 세운 뒤 말했다.

"자, 쳐 보게."

사내는 봉도를 제 가슴께에서 비스듬히 어깨 쪽을 향해 치켜든 채 꺽정을 쏘아보기 시작했다. 발의 놓임새나 봉도를 쥔 자세가 매우 가벼운 듯하면서도 견실해 보였다. 그리고 두 눈은 꺽정의 온몸을 한꺼번에 꿰뚫기라도 할 듯 매섭게 빛났다.

그 빛은 그리고 점점 더 응집되고 강렬한 것이 되어 갔다. 마른 잎 따위를 그 빛에 갖다 댄다면 금방 푸른 연기를 피워올리며 타 버릴 것 같은 그런 눈빛이었다. 도술(刀術)이 상당한 경지에 이른 자임을 어렵잖게 알 수 있었다. 그러나 사내는 좀처럼 치고 들어오려는 움직임은 보이지 않았다. 아직 칠 곳을 찾지 못하고 있음이 분명했다. 꺽정은 하려고만 든다면 그에게 칠 곳을 내주고 그를 칠 수 있으리라고 생각했으나 그렇게 해서 그를 꺾고 싶진 않았다. 그가 스스로의 힘으로 치고 들어오게 하고 싶었다.

그러나 그는 좀처럼 칠 곳을 찾지 못하는 모양이었다.

둘이 그렇게 마주 선 지도 한참이 흘렀다. 그동안 두 사람의 자세에는 단 한 치의 변동도 없었다.

사내의 두 눈에 마침내 곤혹의 빛이 떠올랐다. 강렬하던 눈빛이 차츰 쏘는 힘을 잃어 가고 이마에는 땀방울이 송글송글 맺히기 시작했다. 그리고 사내의 봉도가 마침내 어깨에서 풀려 내려진 것과 그의 무릎이 땅에 닿은 것은 거의 비슷한 순간이었다.

"용서하우. 내가 사람을 몰라보았수."

꺽정도 순간 봉도를 버리고 그에게로 달려가 그의 어깨를 잡아 일으켰다.

"아니, 이거 왜 이러우."

"아니우, 내가 사람 보는 눈을 못 가졌수. 성님이라구 부르겠수."

"글쎄, 일어나우."

"아니우."

그는 무릎을 펴려 하지 않은 채 말했다.

“성님 고맙수. 날 이렇게 찾아와 줘 고맙수. 성님이 날 찾아주지 않았다면 난 내처 성님을 업수이 여겼을 거우. 한번 만나 겨루어 보구 싶었수. 그래 내 나름은 꾀를 쓴 거우. 헌데 성님은 나 따위의 적수가 아니우.”

“글쎄, 어서 일어나우.”

“아니우, 할 말이 아직 남았수. 내가 성님을 만나 보구 싶어 한 건 딴 뜻이 있어서였수. 한마디 묻겠수. 성님은 일생 그냥 도둑으로 마칠 생각이시우?”

“…….”

“그 대답을 듣기 전엔 일어나지 못하겠수.”

“그럼 아우라구 부르겠네. 아우가 날 도와줄 텐가? 내가 그냥 일생 도둑으루 마치지 않두룩 도와줄 텐가?”

“성님! 이제 내 속이 후련하우. 성님 뜻 이제 알겠수. 고맙수, 성님. 내 뼈가 부숴져두 성님 뜻 따르겠수.”

“고맙네!”

꺽정은 그 새로 생긴 아우 꺽정을 그곳에 그냥 눌러 있게 한 뒤 하루를 묵어 청석골로 돌아왔다. 새로 생긴 아우와 헤어지면서 꺽정이 남긴 말은 다음과 같은 말이었다.

“자넨 그냥 여길 지키면서 계속 임꺽정이 행세를 하게. 그리구 정 곤궁한 형편이 생기면 그땐 청석골루 도움을 청하게. 난 도둑이 된 뒤루 이번처럼 기뻐 본 적이 없네. 자, 당부하네.”

말하자면 가짜 임꺽정이가 진짜 임꺽정에게서 정식으로 명의 사용을 허락받은 셈이었다.

임꺽정 5

꺽정이 청석골에 산채를 차린 뒤 측근에 서림(徐霖)이라는 모사(謀士)를 둔 이야기는 널리 알려진 바 있다. 그리고 그의 배신에 의해 꺽정이 마침내 대업을 이루지 못하고 중도에 낙명(落命)하고 말게 된 이야기도 잘 알려진 바와 같다. 대체로 그 대목들에 관해서는 모든 임꺽정 이야기들이 엇비슷한 표현을 보이고 있다.

그러나 서림이 꺽정을 배신하고 난 뒤의 후일담을 전하는 기록은 기왕에 발견된 것이 없어 적이 궁금해 하던 중, 역시 허순의 『근기야록(近畿野錄)』에 그 편린을 엿볼 수 있는 대목들이 눈에 띄어 조금 살을 붙이고 선후를 맞추어 옮겨 볼까 한다.

임꺽정의 무리를 토벌하고 마침내는 임꺽정을 포살(捕殺)하는 데에 큰 몫을 한 공으로 조정으로부터 적잖은 재물의 내림을 받은 서림은 남소문 안에 제법 널찍한 집 한 채를 장만하여 짐짓 거들먹거리며 살고 있었다. 노비도 데리고, 첩도 둘씩이나 거느렸다. 겉보기로는 어지간한 양반 벼슬아치의 살림에 못지않았다.

그는 특히 첩들을 골라 들이는 데 남달리 마음을 썼는데 잘 알려진 바와 같이 그는 사물의 가치 가운데 제 목숨 말고는 계집을 그 으뜸으로 꼽는 사내였기 때문이다. 그 결과로 어쨌든 그는 장안에서 제법 해반주그레하기로 이름난 기녀(妓女) 둘을 첩으로 거느릴 수 있었다. 하나는 조금 나이 든 기녀로, 그 대신 사내받이의 온갖 비의를 알고 있는 매향(梅香)이라는 계집이었고, 하나는 나이 이제 열여섯에 안 된 동기(童妓)로, 살갗이 막 피어오르는 복사꽃 같은 계옥(桂玉)이라는 계집이었다. 매향은 나이 든 계집으로서의 온갖 은근한 비의로써 그를 기껍게 해 주었고 계옥은 터질 듯한 생명의 봉오리로써 그의 옛 같지 못한 사내다움의 불씨를 북돋고 새로이 일구어 주었다. 거기에 두 계집이 서로 투기하는 기색 하나 없이, 오로지 그의 수발드는 데만 마음을 다하는 것도 미상불 기특한 일이 아닐 수 없었다. 서림으로서는 이제 더 바라잘 것이 없는 팔자랄 수 있었다. 그만하면 딱히, 변변찮은 수십 명 후궁을 거느린 임금보다 못 하달 것도 없었으니까.

이따금, 꺽정이 마지막 보인 모습—토포 군사로부터 수십 대의 화살을 몸에 받고 흡사 고슴도치의 형상이 되어 쓰러지던, 두 눈 크게 부릅뜬 모습이 마음속에 되살아나 바늘처럼 그의 속을 찔러 대는 적이 없지 않았으나 그만 일로 크게 마음 썩일 그는 아니었다. 하긴 그런 때는 속이 좀 불편하긴 했다. 흡사 무수한 바늘을 단 고슴도치라도 한 마리 제 속에 웅크리고 있는 듯도 했다. 그러나 그의 위인됨은 그만 일에 집착할 성미가 아니었다.

술과 계집, 그리고 그것들을 제 곁에 붙들어 매물 재물이 있는 한, 그만 일쯤은 쉽사리 눈감아 버릴 수 있는 일이었다. 또 그런 불편한 기분이 드는 게 자주 있는 일도 아니었을뿐더러 시간이 감에 따라 그나마 점점 엷어져 갔다. 요컨대 그에겐 이제 그가 바라던 것이 모두 갖추어진 쾌락한 여생이 남아 있을 뿐이었다.

한데 서림의 그와 같은 살림이 완전히 제자리를 잡아 갈 무렵의 어느 날 저녁 그의 집에 낯선 나그네 한 사람이 찾아왔다. 중인 차림의, 얼굴이 좀 검은 사내였는데 대문께서부터 그는 망설임 없는 목청으로 해괴한 소리를 지껄였다.

"허, 이 댁에 웬 쌀 썩는 내가 이리 진동허누. 쌀이 썩는 냄새 풍길 지경이면 밥 한 그릇 얻어먹고 가긴 그닥 어렵지 않겠군. 가만, 이게 쌀 썩는 내가 아니라 혹 사람 썩는 내가 아닌가."

마침 사랑에서 저녁상을 받기 위해 안으로 들던 길의 서림은 걸음을 멈춰 세웠다. 웬 비렁뱅이인가 싶었다. 요즈음 비렁뱅이들은 입버릇이 고약하다는 걸 그는 알고 있었다. 그러나 사내의 차림이 비렁뱅이는 아님이 분명했다. 서림은 대문께로 두어 발짝 나서며 곱지 않은 눈길로 말했다.

"거, 웬 손인데 입이 그리 험하시우?"

그러자 사내는 서림을 향해 두어 발짝 서슴없이 안으로 들어서며 대꾸했다.

"오라, 마침 주인장이신 모양이구먼. 지나던 과객인데, 이 댁 앞을 지나노라니까 쌀 썩는 내가 진동허길래 염치없이 찾아들었수. 마침 시장하던 참이기도 해서 저녁이나 한 끼 얻어먹고 갈까 하구."

그러며 서림을 향해 쏘아 오는 눈길이 예사롭지가 않았다. 적어도 저녁이나 한 끼 얻어먹고 가자는 게 목적인 사람의 눈길이 아닌 것만은 분명했다. 서림은 조금 긴장하며, 그러나 목소리만은 짐짓 눙쳐서 말했다.

"저녁 한 끼야 그닥 어려울 것 없소만, 헌데 그 쌀 썩는 내라느니 허는 건 웬 소린지 모르겠구려."

"허어, 그럼 이건 역시 쌀 썩는 내가 아니라 사람 썩는 냄새인가 보군."

사내는 이번엔, 코를 벌름거려 집 안의 이곳저곳을 짐짓 냄새 맡아보는 시늉마저 했다. 서림은 벌컥 성을 냈다.

"무어요? 사람 썩는 내? 보자 보자 하니 이 사람 미친 사람 아닌가."

사내는 그러나 능청스레 두 눈알을 크게 굴렸다.

"허어, 날더러 미친 사람이라시네. 나는 냄샐 맡는 게 미친 사람인지 나는 냄새도 못 맡는 게 미친 사람인지 모를 노릇이구먼."

잘 알려진 바처럼 서림은 눈치가 빠른 사람이었다. 사내의 신분이 결코 단순한 나그네가 아님은 물론 뚜렷한 내방(來訪)의 숨긴 목적을 지닌 자임을 직감할 수 있었다. 그렇다면 섣불리 대해선 안 될 인물이었다. 서림은 짐짓 목소리를 다시 눙쳐서 물었다.

"그럼 내 집에서 정말 무슨 냄새가 난단 말이요?"

"주인장께선 그럼 이 냄샐 못 맡는단 말이오? 허긴 냄새에 익으면 못 맡는 수도 있긴 하겠구만."

"허허, 그 코 한번 별난 손이시구먼. 내 집에서 쌀 썩는 내, 아니 사람 썩는 내가 난다? 정히 그러시면 내 집 밥에선 무슨 내가 나는지 한번 맡아 보시려우? 마침 나도 저녁상을 받으려던 참이니."

"한 그릇 주시겠수?"

"그럽시다. 별난 코 가진 손과 겸상 한번 해 보는 것두 미상불 괜찮겠수."

감춘 내방의 목적을 지닌 자라면 쫓아내기보단 끌어들여 속을 떠보는 것이 차라리 개운하리란 판단을 서림은 했다. 또 쫓아낸다 해서 호락호락 물러설 위인으로 보이지도 않았다. 그럴 바엔 이쪽에서 차라리 선선한 태도를 지어 보이는 게 나을 일이었다. 사내 쪽에서도 서림의 그러한 속셈을 알았음인지 빙그레 천연스런 웃음마저 입가에 띄우며 서림을 따랐다.

저녁상을 다시 보아 사랑으로 내라고 고쳐 이른 뒤 서림은 앞장서 다시 사랑으로 향했다. 그러며 사내에게 물었다.

"헌데 과객이시라면 어디서 오는 길이시우?"

사내는 넌지시 서림을 건너다보며 대답했다.

"전라도 구례 고을에서 올라오는 길이우."

"전라도 구례 고을이라, 그럼 한양은 초행이시우?"

"아니, 전에두 두어 번 왕래한 적이 있수."

"그럼 상인이시우?"

"그저 그럭저럭 먹고사는 자라구 알아 두시우."

"그럭저럭 먹고살다니?"

"차차 아시게 되리다."

사내의 그 말뜻을 서림이 뒤늦게나마 깨달은 것은 사랑에 들어 마주 앉으며 서로 통성명을 하고 난 뒤였다.

"우리 서루 통성명이나 하십시다. 난 서림이라구 하우."

"알구 왔수, 난 그저 임가(林哥)라 하우."

"알구 오다니, 내 이름을 진작 알구 오셨단 말이오?"

"그럼 내가 주인 이름도 모르고 찾아온 사람 같소?"

툭 뱉듯이 하며, 쏘아 오는 사내의 눈길이 짐짓 짓궂은 빛을 띠고 있었다. 서림은 마음의 동요를 감추지 못하였다.

"아니, 그럼 무슨 일루? 날 이렇게 찾아온 무슨 딴 뜻이라두 있단 말이오?"

"그럼 내가 정말 밥이나 한 그릇 얻어먹으러 온 동냥아치인 줄 아셨수?"

"그럼…… 손은 대체 뉘시오?"

"방금 말하지 않았수. 그저 임가라구 한다구. 내 성님 성이 임가이니 나 또한 임가가 아니겠수."

서림은 마음속이 걸렸다.

"백씨 성이 임씨라면?"

"짐작 못 하겠수?"

"글쎄, 뉘신지……."

"임꺽정이라면 아시겠수?"

"……."

서림은 순간 크게 뜬 눈과 벌린 입을 다물지 못하였다. 사내는 빙긋이 웃었다.

"뭘 그리 놀라시우. 처음 듣는 이름두 아닐 텐데."

"허, 허지만 임 두령은……."

"임 두령은 죽었구 그에겐 아우가 없을 게란 말이우?"

"그럼 손이 죽은 임 두령의……?"

"죽은 임 두령의 아우는 아니우. 산 임 두령의 아우지."

"산 임 두령이라니……?"

"왜, 모르우? 죽은 청석골 임 두령 말구 전라도 구례 고을 부근 질매재에 또 한 사람 임 두령이 있다는 걸."

서림은 그제야 확연히 알아차릴 수 있었다. 언젠가 전라도 구례 고을 부근에 임꺽정을 자처하는 자가 있다는 염탐꾼의 보고에 따라, 꺽정이 손수 전라도까지 찾아 내려가 그자를 만나 본 뒤, 그자의 검술과 인품에 마음이 움직여 그자로 하여금 그곳에서 이후로도 임꺽정 행세를 계속하도록 허락했었다는 사실이 일깨워졌던 것이다. 당시 전라도에서 돌아와, 마치 죽었던 아우라도 만나고 돌아온 듯 기뻐해 마지않던 꺽정의 모습이 선연히 되살아났다.

서림은 잠시 사내의 눈길을 피하고 앉았다가 조심스레 고개를 들며 물었다.

"……그럼 나를 해코지하러 오신 게로구려?"

그러자 사내는 지그시 서림을 쏘아보며 천천히 고개를 저었다.

"손끝 하나 다쳐선 안 된다는 게 성님의 엄명이었수. 마음 같아선 지금 당장 목이라두 베어 가구 싶지만 난 그저 심부름만 할밖에 없수. 심부름이 별것두 아니우. 성님 말 한마디 전하는 것뿐이우."

"?"

"성님 말이, 자인(自刃)하랍니다."

"……자인?"

"성님 칼에 더러운 피 묻히기 싫어서라우. 허나 만일 스스로 자인하지 않으면 부득이 성님이 대신 와서 목을 베어 가는 수밖에 없답니다."

서림은 순간 칼날이 선뜩 목에 와 대어지는 듯한 전율을 느꼈다. 가슴속이 별안간 무엇에 꽉 막히는 듯한 느낌이었다.

"자, 난 볼일 다 보았으니 그만 일어서겠수. 부디 우리 성님 말 허투루 듣지 마시우. 내 여직 성님이 허튼 말하는 것 듣지 못했수."

그러며 사내는 천천히 몸을 일으켰다. 무언가 지그시 노여움을 이기려는 태도였다. 서림은 황망히 따라 일어서며 사내의 소맷부리를 잡았다.

"잠시만 앉으시우. 곧 저녁상이 들어올 텐데. 그리구…… 내가 자인을 해야 한다면 언제까지 해야 하는지 그것두 좀 일러 주우."

사내는 천천히 그러나 단호히 소맷부리를 뿌리치며 말했다.

"저녁상이 들어오거든 네놈이나 배불리 먹거라. 내 네놈의 더러운 밥으로 배 속을 더럽힐 듯싶으냐? 그리구 며칠이나 더 살고 싶어 시한을 묻느냐. 정히 부끄럼도 모르는 눔이로구나. 성님 말이 사흘 말미를 주라더라만 내가 네놈이라면 오늘 밤을 넘기지 않겠다. 여우 같은 눔이 혹 잔꾀를 부릴 요량인지 모르겠다만 행여 그럴 생각일랑 버려라. 이 시간부터 네눔 집은 우리 감시를 벗어나지 못할테니."

사내가 돌아가고 난 뒤 서림은 사랑에 혼자 남겨진 채 한동안 안절부절을 못하였다. 막연히 이런 일을 한 번쯤 겪으리라는 위구심을 가져 보지 않은 건 아니었으나 막상 눈앞에 당하고 보니 가슴 속이 꽉 막혔다. 사내의 하던 수작으로 미루어 결코 허튼수작이 아님은 분명했다. 사내는 제 손으로 당장 해치우지 못하는 걸 못내 분해하기까지 하지 않던가. 이 일을 어찌 모면해야 좋단 말인가. 전라도 구례 고을의 그 가짜 임꺽정이도 죽은 꺽정이에 못지않은 검술을 지녔다지 않던가. 나라 안에 짝을 찾을 수 없다던 죽은 꺽정의 검술로도 그자를 쉽사리 꺾지를 못했다지 않던가. 대체 이 일을 어찌 모면해야 옳단 말인가.

그렇다고 자인을 한다는 건 서림으로선 생심도 할 수 없는 일이었다. 어떻게든 그것을 모면해야 할 일이지 고지식하게 따를 일은 못되었다. 자인을 해야 한다면 그는 차라리 벌레가 되어서라도 살기를 바랄 위인이었다. 더욱이 매향과 계옥을 두고 자인을 한다는 건 그로선 꿈속에서도 생각해 볼 수 없는 일이었다.

어떻게든 모면해야 한다, 모면해야 한다는 생각만이 그의 어지럽고 터질 듯한 머릿속에 가득 찼다. 그러나 아무런 뾰족한 수도 쉬 떠

올라 주지 않았다. 밤중에 쥐도 새도 모르게 이사를 해 버리는 방법이나 관가에 알려서 보호를 청하는 방법을 생각해 보긴 했으나 그것도 여의치 못할 것 같았다. 사내가 마지막 남긴 말, '이 시간부터 네놈 집은 우리 감시를 벗어나지 못할 터'란 말이 결코 단순한 엄포로만 들리지는 않았기 때문이었다. 그것은 꺽정의 패거리를 몇 해 따라다녀 그의 몸에 밴 지식이었다. 요컨대 그의 지식에 따르면 그가 살아날 방도란 없었다. 그들은 아마 대궐 속에라도 숨어들어 그를 찾아내고야 말 터이었다.

그러나 그는 역시 서림이었다. 마침내 묘책 한 가지가 떠올랐다.

그날 밤, 그는 매향과 계옥 두 첩을 침소로 불러 몇 가지 분부를 하였다. 그리고 당부하는 걸 잊지 않았다.

"이 일은 너희들 서방의 목숨에 관련한 일이니 실수 없도록 해야 한다. 좀 황당한 일이라 싶을 터이나 그것은 훗날 내 자상히 이야기해 줄 날이 있을 게다. 그리구 노비들두 실수 없이 부려야 한다. 만에 하나 실수가 있어서는 너희들 이 서방 목숨은 그날부터 남에게 맡겨 놓은 것이 될 테니. 자, 그럼 난 너희들만 믿는다."

그의 표정은 자못 비장하였다. 매향과 계옥은 처음 반신반의하는 눈치였으나 그의 비장한 표정을 대하자 곧 정색하고 그의 분부를 들었다. 필시 무슨 위중한 곡절이 있으리라 믿는 태도였다.

서림의 집에서 느닷없이 낭자한 곡성(哭聲)이 들리기 시작한 것은 이튿날 이른 아침부터였다. 매향과 계옥 두 계집이 내장이라도 끌어낼 듯 섧디섧게 토해 내는 그 곡성은 의심할 바 없이, 졸지에 서방을 잃은 계집들의 넋 나간 그것이었다.

"아이고 서방님, 졸지에 이게 무슨 변이란 말이오. 무슨 곡절이 있기에 이렇다 말 한마디 없이, 그것도 스스로 목숨을 끊는단 말이오. 아이고 서방님, 이게 무슨 마른하늘에 날벼락이오. 아이고 서방님, 아이고 서방님……. 우리 계집들은 누굴 의지해 살라고, 아이고 서방님, 아이고 서방님……."

이웃에서는 수근수근 입들을 모았다.

"그 변괴로군. 어제꺼정 멀쩡하던 사람이……."

"그 뭐 듣자 하니 임꺽정이 패거리와 한패였다는데 나중에 관가에 붙어 저희 괴수를 잡혀 죽게 한 공으로 조정에서 재물깨나 받은 자랍디다."

"나두 그 비슷한 소릴 들은 것 같수. 그럼 그 임꺽정이 잔당이 와서 해코지하구 간 게 아닐까."

"아니, 그게 아닌 모양이우. 자인을 헌 모양인데."

"임꺽정이 잔당이야 지난번 관군 토벌에 다 잡혀 죽구 남은 패거리가 어디 있을라구."

"암튼 그 변괴로군, 변괴야."

"주제에 첩두 둘씩이나 거느리구 노비두 데렸다며?"

"그랬답디다. 조정에서 재물깨나 듬뿍 내렸다니까."

"그런 늘어진 팔자에 자인은 또 무슨 연고인구."

"제 패거리를 배신허구 괴수꺼정 잡혀 죽게 헌 게 두구두구 마음에 켕겼던 게지."

"에이, 그럴 위인으룬 뵈지 않습니다."

"암튼 작자 생김생김이 제명엔 못 갈 것같이 생겼더라니……."

사흘 밤 사흘 낮을 곡성이 끊이지 않더니 나흘째 되는 날 아침, 서림의 집에선 조촐히 꾸민 상여 하나가 나갔다. 야단스러움을 버린, 지극히 간소하게 꾸민 상여였다. 소복한, 좀 나이 든 계집 하나와 나어린 계집 하나가 그 뒤를 따랐고, 상가의 대문은 곧 굳게 닫혔다. 그리고 아무도 이 일을 의심하는 사람은 없었다.

허순의 『근기야록』에는 다음과 같은 기록이 남아 있다.

"……이후 서림의 모습을 보았다는 사람은 아무도 없는바, 혹자는 그가 제 집에 숨어 천수를 누렸다고도 하고 혹자는 말이 달라, 그가 기계(奇計)를 부렸으나 마침내 임꺽정을 자칭하는 어떤 사내에게 죽임을 당했다고도 하더라."

임꺽정 6

꺽정이 청석골 산채에 머물며, 병장기 다루는 법이 미숙한 수하의 신입자들을 모아 도술(刀術), 궁술(弓術) 따위 병장기 쓰는 법을 조련시키던 어느 가을날, 오정이 조금 지나서의 일.

거개가 부치던 땅을 빼앗긴 농군이거나 종살이하던 노비, 아니면 억울하게 죄를 쓰고 제 고장을 버린 무리로 이루어진 신입자들은 하나같이 병장기 다루는 법엔 서툴기 짝이 없었으나 조련에 응하는 열성만은 대단하여 꺽정은 내심 측은한 마음과 함께 뿌듯한 기쁨을 누르지 못하였다. 측은한 마음은 그들이 제 고장을 버리고 청석골 예까지 찾아 나서게 만든 온갖 속 맺힌 사연을 헤아릴 수 있음에서였고 뿌듯한 기쁨은 그들이 한결같이 마음속의 노여움을 버리지 않고 있음을 살필 수 있음에서였다. 어쩌면 그 두 가지 감회는 그렇게 딱히 구분할 수 있는 것이 아니라 그냥 한데 엉킨 감회인지도 몰랐다.

하여 꺽정은 스스로의 조련시간 이상으로 그들 신입자들의 조련에 정성을 기울이고 있었다. 일일이 도술의 자세를 바로잡아 주고 칼 잡는 손의 쥠새와 간격을 고쳐 주었으며 활시위를 당길 때의 어깨의 바른 모양을 잡아 주었다. 틀리면 나무라지 않고 몇 번이고 고쳐 주었다.

그렇게 오전을 다 보내고 오정이 조금 지나서였다. 망을 보러 내려갔던 파수꾼 두 사람이 웬 선비 차림의 갓 쓴 사내 하나를 결박 지워 앞세우고 올라왔다. 파수꾼 한 사람이 꺽정에게 말하였다.

"이 자가 수상쩍게 굴어 잡아 왔수. 횡설수설하는 것이 우리 산채를 염탐하러 온 자가 분명하우."

꺽정은 그 갓 쓴 선비 차림의 사내를 바라보았다. 선비 차림이라고는 하나 나그네길에 오른 지 오래인 듯 의복은 남루해 보였고 갓도 테가 닳아 온전한 모양이 아니었다. 나이는 서른이 조금 넘어 보였는데, 얼굴도 행색을 닮아 초췌한 편이었다. 살갗도 흰 편이 아니었고 거기에 마른버짐마저 피어 있었다. 그러나 눈빛만은 맑고, 쏘아 오는 시선은 곧았다.

꺽정은 사내를 향해 부드럽게 물었다.

"어디서 오는 웬 선비시우?"

그러자 사내는 도둑의 소굴에 붙들려 온 사람답지 않게 조금도 질린 구석 없이 천연스런 얼굴로 대꾸했다.

"이건 예가 아니구려. 찾아온 손을 이렇게 결박 지운 채 상면하다니. 예는 차치하고라두 좀 박정하우."

꺽정은 순간 이 사내의 태도에서 과히 역겹지 않은 느낌을 받았다.

남루한 행색과는 달리 사내의 태도에서는 일종의 구김 없는 기품 같은 것이 느껴졌던 것이다.

"허허, 이거 내 불찰이우. 용서허시우."

하고, 꺽정은 얼른 결박을 풀어 주라고 이른 뒤 다시 사내를 향해 부드럽게 말했다.

"내 아우들이 산채의 규율에 따라 한 일이니 너무 섭섭해 마시우. 그리구 예까진 그럼 일부러 오신 게요?"

결박이 풀리는 걸 기다려서 사내는 다시 천연스레 대꾸했다.

"길 떠날 때 작정한 건 아니었수. 나라 안을 두루 돌아다니다가 발길이 마침 이 근처를 지나게 되어 기왕이면 선성 높은 임 두령 얼굴두 한번 보아 둘 겸 찾아 나선 참이우. 산길이 험해 아주 애먹었수. 이 사람들 사람 다루는 솜씨두 험하구. 헌데 형장이 바루 그 선성 높은 임꺽정, 임 두령이시우?"

"선성이 높다는 건 모를 말이우만 내가 임꺽정이우."

"듣던 대루 힘깨나 쓰겐 생기셨구려. 허나 힘은 더 큰 힘을 만나면 맥을 쓰지 못하는 법, 어찌 의지할 바이리까. 허허, 행여 고깝겐 듣지 마시우. 이건 그저 지나치는 소리이니."

꺽정은 순간 이자가 좀 방자하다는 생각도 들었으나 혹 무얼 좀 귀담아들을 것이 있을는지 모른다는 생각도 들어 속을 눙쳤다. 그러나 이번엔 목소리만은 짐짓 노기를 띠어 말했다.

"어디서 무엇 하다 온 선비인진 모르겠소만 말을 좀 함부로 하시는구려. 그리구 힘이 의지할 바 못 된다면 그럼 무엇으로 불의를 꺾겠소?"

"불의라……? 조선 땅에 지금 불의가 있소?"

"허어, 그 선비 갓을 써서 선비이지 속은 까막눈인 게로구먼. 예까지 오는 도중 눈을 감구 다녔소?"

그러나 사내는 짐짓 말귀를 알아듣지 못하는 시늉으로,

"눈을 감구 다니다니?"

하고 천연스레 되물었다.

"눈을 감구 다니지 않았으면 어찌 불의를 모른다 하시오? 백성들 사는 모양을 못 보셨소?"

"백성이야 매양 그렇게 사는 것이지 별 모양 있소? 그걸 불의라 하시오? 오라, 이제 알겠구려. 임 두령이 관가나 벼슬아치의 재물을 빼앗아다 백성들에게 나누어 주곤 한다는 소문이 파다하던데 그게 그런 속뜻이 있어서였구려. 난 그저 임 두령이 도둑치곤 인정이 많아 빼앗은 재물 혼자 먹기 뭣해서 그러는 줄만 알았구려. 그래 실은 예까지 찾아온 뜻두, 인정 많은 임 두령을 만나면 못 먹어 허기진 배두 우선 좀 달릴 수 있으려니 해서였건만. 허허, 헌데 엉뚱한 소릴 듣는구려. 백성들 사는 모양을 보았으니 불의가 있음을 모르지 않을 터이라……?"

"허어, 그 정말 횡설수설하는 선비구려. 예까지 일부러 찾아왔다기에 난 또 무슨 귀담아들을 가르침이라두 지닌 선비인가 했더니. 선비는커녕 나보다 더한 까막눈이 아닌가. 여보게들, 저 선비 내어 쫓게."

꺽정은 짐짓 더 이상 실랑이할 상대도 못 된다는 듯 말을 잘라, 선비를 붙잡아 온 수하 파수꾼들에게 일렀다. 선비의 감춘 속셈을 속히 털어놓게 할 심산이기도 했거니와 좀 역정이 나기도 해서였다. 그러나 선비는 여전히 천연스런 얼굴로 중얼거렸다.

"허어, 인정 찾아 예까지 왔더니 박정하긴 그 어디나 매한가지로구먼. 찾아온 손, 밥 한술 안 먹여 내어 쫓으려 하다니."

꺽정은 잘라 말했다.

"안됐소. 박정하지만 하는 수 없수. 여긴 댁 같은 까막눈이 선비 대접할 곡식은 한 톨두 없으니."

"허어, 이량 대감 댁이나 윤원형 대감 댁두 이렇듯 박정하진 않습니다."

순간 꺽정은 귀가 번쩍 뜨였다.

"그자들 집엘 그럼 가 보셨더란 말이오?"

"가 보다 뿐이겠소. 그 댁들에서는 그래두 찬밥 한술씩이나마 얻어 먹었소이다."

"찬밥을?"

"그럼 이 비렁뱅이 선비 나부랭이에게 더운 밥상 차려 내겠소?"

"여하튼 그자들 집에서 찬밥 술이나마 얻어 자셨다니 용하시우. 늘 드나드는 자들 이외엔 받자를 않을 터인데."

"비렁뱅이가 받자를 받구 밥 얻어먹소? 떼를 써서 얻어먹는 게지."

"허허, 그럼 예서도 떼를 쓸 작정이시우?"

"떼를 쓰면 밥 한술 주시겠수?"

"허허, 이렇듯 먹는 걸 밝히는 선비는 또 보다 처음이군. 그다지 시장하시우?"

"선비는 먹지 않구 사는 짐승이랍디까. 어제오늘 배 속에 넣은 것이라곤 물밖에 없으니 어찌 시장하지 않다 하겠소?"

"저런, 그럼 어지간히 시장하시겠소이다그려. 그런 줄 두 모르구 내가 좀 과했나 보우. 어서 내 처소로 드십시다. 마침 점심참도 되었으니."

선비가 이량과 윤원형의 집에도 갔었다는 이야기를 듣는 순간부터 꺽정은 내심 한 가지 궁리를 갖고 있었다. 그것은 선비를 통해 그자들의 내실을 다소라도 알아볼 수 있지 않을까 하는 생각이었다. 선비도 어쩌면 제 나름의 헤아림이 있어 넌지시 미끼를 던져 본 것인지도 몰랐다.

꺽정은 곧 선비를 인도해 처소로 들면서 수하에게 점심상을 서둘러 들이라고 일렀다. 그리고 처소에 들어 마주 앉았을 때 꺽정은 부드러운 눈길로 선비를 건너다보며 물었다.

"헌데 난 아직 선비의 함자가 뉘신지두 모르우. 어디 사시는 뉘신지?"

그러자 선비는 빙긋이 웃으며 대꾸했다.

"이제야 사람 대접을 좀 하시는구려. 그 두 대감 이름이 힘을 꽤 쓰우."

"두 대감 이름이 힘을 쓰다니?"

"두 대감 이름을 대기 전과 댄 후의 임 두령 태도가 매우 다르니 하는 말이우."

"허허, 그럴 리가……."

"허허, 내 아무리 까막눈이기로소니 그쯤 눈치두 없는 줄 아셨수. 내 비록 불의엔 까막눈일지 모르나 비렁뱅이 수삼월에 눈치 하난 제법이우."

"허허, 너무 허물치 마시우. 내 본디 무식해서 사람을 바루 보지 못한 모양이우."

"바루 못 본 것두 없수. 보신 대로 그저 일개 비렁뱅이 서생일 뿐이우. 길 떠난 이후, 조선팔도 이 구석 저 구석 그저 빌어먹으며 떠돌아다닌 것밖에 한 짓이 없으니. 이름을 물으셨는데, 경주 김가 김청생(金淸生)이라 하구 살던 고장은 경상도 상주요."

"경상도 상주? 그럼 고장 떠난 지가 꽤 되셨겠수."

"이른 봄에 떠났으니 제법 여러 달 되었수."

"헌데 무슨 일루?"

"딱히 무슨 볼일이 있어서가 아니라 그저 떠났수."

"그저 떠나다니?"

"그저 세상 구경이나 할 요량이었수. 조선팔도 방방곡곡 내 발루 걸어 다니며 그저 구경이나 좀 해 보자는 요량이었수."

"허어, 그 팔자 한번 좋으시구려."

"그렇게 말할 줄 알았수. 임 두령 같은 이에겐 욕 들을 짓일지 모르나 내 나름은 큰맘 먹은 일이었수. 대체 내가 사는 세상이 어떤 세상인지 내 눈으루 샅샅이 한번 봐 두기나 하자는."

"으음, 그래 실컷 보셨수?"

"어지간히 봤수. 이제 내가 사는 세상이 어떤 세상인지 얼추 어림 짐작은 가우."

"그래 어떤 세상입디까?"

"좋은 세상입디다."

"좋은 세상?"

"허허, 왜 그리 놀라시우?"

"지금 이 조선 땅이 좋은 세상이란 말이우?"

"허허, 그렇달밖에. 비록 백성들이 가난하게 살고는 있으나 생업을 버림이 없고, 비록 나라의 행정이 올바르지 못하다 하나 그로 하여 나라의 바탕이 흔들림에 이르지 아니하였으니 그만하면 좋은 세상 아니리까. 게다가 산 좋고 물 맑으며 철 바뀜 또한 분명하니 금상첨화 아니리까."

"허허, 그 선비 또 횡설수설이시군. 글 읽었다는 선비들은 그게 버릇이시우?"

선비는 순간 입을 다물고 머쓱한 표정으로 잠시 꺽정을 건너다보더니 곧 허허, 하고 너털웃음을 터뜨렸다. 그러나 그 웃음은 여지껏과는 달리 어딘가 속이 허해 보이는 웃음이었다.

"허허허, 글쎄올시다. 그 말을 듣고 보니 그런 것도 같소이다그려. 횡설수설하는 게 글 읽는 선비들의 버릇이라……."

그때 밖에서 인기척이 들리더니 곧 방문이 열리고 밥상이 들어왔다. 평소 꺽정이 받는 간소한 밥상에 수저 한 뫼와 밥 한 그릇이 더 얹힌 밥상이었다. 그리고 그릇에 담긴 나물의 양이 좀 더 수북해졌을 뿐이었다. 밥상을 보자 선비는 하던 말도 잊은 듯 다소 허풍스레 반색을 하며 다가앉았다.

"오, 밥상이로구나. 여, 이건 보기만 해두 군침이 절루 도는 구수한 보리밥이로군. 게다가 산나물이라. 자, 우리 하던 얘길랑은 조금 두었다 합시다. 우선 허기진 배 속부터 좀 달래 놓구."

"어서 드시우."

꺽정도 선비의 태도가 밉지 않아 더 탓하지 않고 권했다. 그리고 자신도 수저를 들었다.

선비는 게걸스럽게 먹기 시작했다. 밥술의 크기나 그것을 들여가는 벌린 입의 크기가 보기에 민망할 정도였다. 그리고 식사의 속도 또한 놀라웠다. 꺽정이 채 두 술을 뜨기 전에 그의 밥그릇은 거의 반나마 비어 가고 있었다. 선비의 체면 따윈 아랑곳 않는 그 태도가 미상불 밉진 않았으나 꺽정은 한편 염려스럽기도 하였다.

"천천히 드시우. 그러다 체하시리다. 양이 모자라면 밥은 더 있으니 염려 마시구."

그러나 선비는 밥을 씹는 입으로 태평스레 대꾸했다.

"염려 마시우. 내 위장은 못 먹어 아픈 일은 있으나 많이 먹어 탈 난 적은 없으니. 길 떠난 후론 더욱 그러하우. 나 체할 염렬랑 마시구, 밥이나 남는 게 있거든 한 그릇 더 청합시다. 좀 염치없는 청이긴 하오만."

꺽정은 웃었다.

"허허, 그러시구려. 밥이야 양껏 못 드리리까."

그리고 꺽정은 밖의 수하를 불러 밥 한 그릇을 더 들이라고 일렀다. 그 사이 선비는 밥숟가락질하는 손과 밥 씹는 입을 쉴 새 없이 움직여 상 위의 음식을 거의 빈 그릇만 남겨 놓다시피 하였다. 실로 게 눈 감추듯 한다는 말은 이를 두고 이름이었다.

두 번째 밥그릇까지를 말끔히 비우고 난 연후에야 선비는 만족스런 트림을 토해 내며 밥상으로부터 물러나 앉았다. 그리고 천연스런 얼굴로 말했다.

"참, 잘 먹었수. 내 이번 길 떠나서 배운 것 중 하나가 바루 금강산두 식후경이란 말의 참뜻을 깨달은 것이어니와 지금 다시 한번 확연히 깨닫게 되는구려. 이제야 임 두령 얼굴두 올바루 좀 뜯어볼 여유가 생기는 걸 보면."

"허허, 내 얼굴을 뜯어보았자 험상궂은 도둑의 얼굴이지 별게 있겠수. 무얼 더 뜯어본단 말이우."

꺽정도 밥상으로부터 물러나 앉으며 대꾸했다. 선비는 빙긋 웃었다.

"얼핏 보면 좀 험상궂긴 하우. 허나 잘 뜯어보니 미남자시구려. 어디 한군데 죽은 데가 없으니. 특히 호랑이 눈 닮은 그 두 눈이 매우 아름답소이다그려."

"별 객쩍은 소리 다 하시는구려. 자, 이제 시장기두 어지간히 끄셨을 테니 그 객쩍은 소리 그만두구 하던 얘기나 마저 해 봅시다. 지금 이 조선 땅이 정말 좋은 세상이라구 생각하시우?"

"글쎄, 밥까지 잘 얻어먹구 났더니 한결 더 그렇다는 생각이 드는구려. 임 두령같이 인심 후한 도둑마저 있으니 예서 더 좋은 세상이 어디 있겠수."

"그 한다는 소리가 점점 더 객쩍은 소리뿐이구려. 끝내 선비 대접을 하렸더니 정 그만둬야 할까 보우."

꺽정은 마침내 역정을 참지 못했다. 그러나 선비는 여전히 천연스런 얼굴이었다.

"까짓 선비 대접받자는 생각 추호두 없수. 이런 차림 하구 다니는 게 외려 부끄럽기까지 하우. 지금 나라의 행정을 그르치구 있는 자들이 모두 뉘겠수. 다 글 읽은 선비라는 자들 아니우. 정말 큰 도둑질 하는 자들두 다 글 읽은 패거리구. 한즉 내게 선비 대접은 차라리 욕이우."

"바른말두 더러 할 때가 있으시구려. 헌데 그 말이 거짓이 아니라면 그 의관은 왜 벗어던지지 못하우."

"그야 욕을 피하잘 생각은 없으니 그렇수. 또 의관을 벗어 던진다구 내 신분이 달라지우."

"그렇다면 같은 입으루 어찌 지금 이 조선 땅이 좋은 세상이라구 하시우?"

선비는 잠시 입을 다물었다. 그리고 한동안 말없이 꺽정을 건너다보기만 했다. 무언가 골똘히 대꾸할 말을 찾는 표정 같기도 했고 아주 방심한 표정 같기도 했다. 그러나 꺽정은 한순간 그의 얼굴에 스친 어두운 그늘 같은 것을 놓치지 않고 보았다. 선비는 꺽정의 얼굴에서 눈을 떼지 않은 채 천천히 입을 열었다.

"……임 장사 속뜻이 내 보기에 너무 크우. 내가 할 말은 이 말뿐이우."

꺽정으로선 예기치 못한 소리였다. 그는 잠시 선비의 두 눈을 똑바로 마주 보고 나서 물었다.

"내 속뜻이 너무 크다니, 그게 무슨 뜻이우?"

"임 장사를 만나 보기 전엔 그저 혹시 하는 짐작뿐이었소만 만나 보구 나니 분명히 알겠구려. 게다가 아까 무리를 조련시키는 모습까지 내 눈으로 보았으니 어찌 내 짐작이 틀리다 하겠소. 허나 일이 너무 크우."

선비의 얼굴엔 이제 무겁게 그늘이 드리워 있었고 목소리는 나지막하게 울리고 있었다. 여지껏 지녀 오던 천연스런 태도는 살필 길이 없고 그는 이제 무겁게 가라앉아 있었다. 꺽정은 짐짓 껄껄 웃어 보였다.

"허허, 그 선비 나중엔 못 하는 소리가 다 없구려. 내가 그럼 무슨 역적모의라두 하구 있단 말이우?"

그러나 선비는 꺽정의 태도에 개의치 않고 제 말을 이었다.

"힘으로 힘을 꺾는 데는 경계가 있는 법이오. 이 일은 사삿사람들 간의 다툼과 다르우. 저편은 상대가 너무 크우. 게다가 법제까지 쥐구 있소. 임 장사 큰 뜻은 알겠소만 그 결과가 어떠하리라는 건 불을 보듯 뻔하우. 너무 참혹한 일이우."

꺽정은 순간 마음속의 불덩이를 누르지 못하였다.

"염려하는 뜻 잘 알겠수. 허나 힘 모자랄 것을 미리 염려하여 불의를 못 본 체한다면 누가 불의를 꺾겠소. 그런 이치라면 세상의 불의는 그칠 날이 없으리다. 또 나와 내 아우들은 때가 오면 목숨 따윈 버리기로 작정한 지 이미 오래우."

선비는 잠시 안타까운 눈길로 꺽정을 바라보고 나서 말했다.

"내 결코 임 장사의 큰 뜻이나 만부부당한 용력을 몰라서가 아니우. 사삿사람으로서 임 장사의 용력을 당할 자는 조선 땅에 없다는 것도 익히 알구 있수. 허나 저편은 사삿사람이 아니우. 아무리 썩은 조정일지언정 조정을 쥔 자들이우. 법제와 물자를 쥐구, 조련된 군사를 쥔 자들이우. 저들을 꺾으려면 백성들을 모두 모아야 하우. 헌데 팔도에 흩어진 백성을 무슨 수루 다 모으겠수. 또 백 가지 마음을 지닌 백성을 무슨 수루 한뜻에 모으겠수. 백성 가운덴 일신 편한 것만 바라는 백성두 적지 않수. 게다가 이루지두 못할 뜻을 위해 임 장사를 비롯한 여러 귀한 인명이 희생된다면 이보다 더 참혹할 일이 어디 있수. 인명은 하늘이 주신 것, 의보다 더 귀한 것이오. 불의를 꺾기 위해 인명이 희생해야 한다면 난 차라리 그냥 불의대루 있는 편이 나을까 하우."

"객쩍은 소리 그만하우. 그럼 그 인명을 해치는 불의가 있어두 그냥 불의대루 있는 편이 낫겠수?"

"인명을 해친 불의를 꺾기 위해 다시 더 인명이 희생해야 한다면 난 그대루 그 불의를 참자구 하겠수."

"참 아둔한 선비 다 보겠구려. 그 불의를 그대루 참으면 그 불의가 인명을 더 해치지 않구 다수굿이 있는답디까?"

"불의두 사람이 저지르는 것, 그렇게 무작정 인명을 자꾸 해칠 리야 있으리까. 그땐 하늘이 가만두지 않으리다."

"그 식은 소리 작작 하우. 하늘이 언제 불의 꺾어 주는 것 보았수. 자, 그 객쩍은 소리 더 듣기두 싫으니 그만 일어서 보우. 여지껏 실랑이한 시간이 아깝소."

걱정은 냉연히 말하였다. 그리고 먼저 자리를 차고 일어섰다. 그러자 선비는 황망히 따라 일어서며 꺽정의 소맷부리를 잡았다.

"임 장사, 제발 내 말 한마디만 더 들어 보우."

그리고 그는 잠시 안타까운 눈길로 꺽정을 바라본 뒤 마른침이라도 삼키듯 천천히 고개를 떨구었다 쳐들며 말했다.

"불의쯤…… 마음에서 놓아 버릴 수 없으시겠수? 눈만 옮기면 세상엔 어여쁜 일두 많이 있수. 눈여겨보면 풀포기 하나 돌멩이 하나 어여쁘지 않은 것이 없수. 인명을 버려 가며 꺾어야 할 불의가 세상에 어디 있으며 그게 무어란 말이우. 억눌려 살아두 인명은 어여쁜 것이우. 어여쁘구 귀한 것이우."

"그 식은 소리 작작 하우. 더 듣기두 싫소."

"더 들어 보우. 불의가 있어두 세상은 그래두 어여쁜 것이우. 백성이 남아 있구 산천초목이 남아 있으면 세상은 그래두 어여쁜 것이우. 심지 않아두 자라서 꽃피구 열매 맺는 나무가 있구 기르지 않아두 나는 법과 뛰는 법을 절루 익히는 날짐승과 들짐승이 있는 세상은 어여쁜 것이우. 쫓지 않아두 흐르는 물이 있구 붙잡지 않아두 달아나지 않는 산이 있는 세상은 어여쁜 것이우. 백성들 살림이 억눌리구 가난하다군 하나 인정을 저버림이 없어 어여쁘구 나라가 크지 못하다 하나 백성을 품을 만하니 족하우. 이만하면 불의가 있다 해두 가히 어여쁜 세상이라 할 만하우. 그 가운데서두 살아 있는 인명보다 더 어여쁜 것이 없수. 인명은 세상의 그 어느 것과두 바꿀 수 없는 보배요.

설사 숨을 제대루 못 펴는 인명이라 해두 그렇수. 헌데 임 장산 그 귀한 인명을, 그것두 하나두 아닌 여럿을 이루지두 못할 일에 버리려 하우. 종래에는 꺾지두 못할 불의 따위에 집착하여……."

"닥치지 못하겠수? 불의 따위라니, 불의가 무슨 남의 뒷덜미에 난 종기쯤 되는 줄 아우? 또 무슨 먼 산에 난 불인 줄 아우? 바루 나를, 그리구 나 비슷한 처지의 모든 억눌린 백성을 죄구 비트는 큰칼이우. 이걸 깨쳐 벗어 던지지 못하면 나나 백성의 목숨은 죽은 목숨이나 한가지우. 나나 내 아우들은 목숨을 던져 목숨을 건지려는 게우. 더는 말 마우. 더는 말 말구 그만 가 보우. 안 그러면 경치리다."

꺽정의 노한 태도에도 선비는 그러나 쉬 움직이려는 기색이 없었다. 그리고 한동안 말없이 꺽정을 바라보고만 있더니 문득 고개를 위로 쳐들었다. 그 위로 쳐드는 눈길에 번쩍이는 이슬이 맺혀 있었다.

"……차라리 임 장사가 그저 무지한 도둑임만 같지 못하구려. 차라리 그편을 보구 가는 게 나았을걸……."

그는 탄식하듯 중얼거렸다. 그리고 천천히 고개를 바로 하여 꺽정을 바라보며 말했다.

"자, 난 그럼 이만 가 보리다. 심기만 언짢게 해 드리구 가 송구하우. 임 장사 같은 이가 바른 세상에 태어나 제 몫에 쓰이지 못하는 게 안타까울 뿐이우. 그리구 내 세 치 혀끝으룬 임 장살 구하지 못하는 게 안타까울 뿐이우."

"그쯤 해 두우."

꺽정은 음성을 조금 눅쳐서 그의 말을 막았다.

"알았수. 그만 가 보리다. 부디 하늘의 뜻이 임 장살 저버리지 않기만 빌겠수. 자, 편히 계시우."

그를 따라 문지방을 나서며 꺽정이 물었다.

"이제부터 어디루 가시려우?"

"한동안 비렁뱅이 노릇이나 더 하겠수. 더 배워야 할 일두 많구. 또 내가 갈 길은 그 길뿐인가 하우. 그 연후엘랑은 고향에 돌아가 농사나 지으려우."

"노자라두 좀 드리리까?"

"원, 천만의 말씀이우. 비렁뱅이에게 무슨 노자가 소용이란 말이우. 그런 여분이 있거들랑 산채의 일에나 쓰우."

"알겠수. 그리구 내, 인명을 귀히 여기란 선비의 말 마음속에 잘 담아 두리다."

"고맙수."

꺽정은 그를 산채 어귀까지 배웅하고 나서, 그 뒤는 수하 한 사람을 딸려 산채 아래까지 배웅하게 했다. 그리고 숲길을 따라 산채 아래로 희끗희끗 멀어져 내려가는 그의 남루한 뒷모습을 바라보며 꺽정은 마음속에 뭉클 솟아오르는 슬픔을 느꼈다. 비록 처지가 같지 않다고 하나, 또 그가 비록 선비라고는 하나 그 또한 이 땅의 버림받은 백성일 따름이었다.

그날 저녁, 꺽정은 수하들을 한자리에 모아 놓고 차후론 이편이 목숨을 앗길 위급한 처지가 아니면 절대로 인명을 빼앗는 일은 없도록 하라고 일렀다.

임꺽정 7

꺽정이 언문 읽기와 쓰기를 익힌 적이 있다는 이야기는 기왕의 임꺽정 이야기들 어디에서도 찾아볼 수 없다. 한데 놀랍게도 허균의 『근기야록』에 그 일에 관한 언급이 보인다. 놀랍고도 반가워 그 대목을 다소 얘기 투로 꾸며 옮겨 볼까 한다.

꺽정이 남소문안 장물아비의 집에 머무는 동안 더러 기생방에도 출입하여 사귄 계집이 있었다는 이야기는 앞서 소개한 터. 그 계집의 이름을 밝힐 기회가 없었으나, 여옥(如玉)이라 하였는데 이 계집이 하루는 뜻밖의 수작을 건네 왔다. 대사간(大司諫) 이량(李樑)의 호위꾼 피가(皮哥)란 자의 두 무릎을 망가뜨려 놓은 뒤 몇 달인가 지나서의 일이었고, 술상을 마악 물리고 잠자리에 들기 직전의 일이었다. 이부자리를 얌전스레 펴고 그 곁에 다소곳이 앉아 꺽정이 자리에 들

채비가 끝나기를 기다리던 여옥이 문득 조심스런 눈길을 쳐들며 말했다.

"서방님, 제가 혹 주제넘은 말씀 한마디 올려두 노여워하지 않으시겠어요?"

꺽정은 행전을 끄르던 손길을 멈추고 여옥을 바라보았다.

"별안간 그건 또 무슨 소리냐?"

여옥은 눈길을 잠시 깔았다가 다시 쳐들며 말했다.

"글쎄…… 노여워하지 않으시겠어요? 노여워하시겠담 말씀 아니 드리겠습니다."

"허허, 네가 무슨 일루 그다지 뜸을 들이는지 모르겠구나. 어서 말해 보렴. 내 무슨 말을 들어두 노여움 타지 않을 테니."

"정말이셔요?"

"아암."

"두 말씀 아니하시지요?"

"허허, 그 다짐깨나 받는구나. 어서 말이나 해 보려무나."

그러자 여옥은 다시 눈길을 깔았다가 조심스레 쳐들며 꺽정의 두 눈을 근심스레 마주 보았다.

"서방님은…… 큰 걱정이 있으시지요?"

꺽정은 '이 계집 보아라' 싶었다.

"뭐라구? 내게 큰 걱정이 있다?"

"예, 사삿걱정이 아닌……."

"허허, 네가 못 할 소리가 다 없구나. 그래 내게 하겠다던 소리가 그

소리더냐?"

"아니어요. 하지만 그 대답부터 제게 해 주셔야……."

그러며 여옥은 다시 눈길을 깔았다. 꺽정은 이 계집을 잠시 물끄러미 바라보았다. 이것이 정을 준 사내의 일이라고 알 것은 알고 있었구나. 비록 속뜻을 내비친 적이라곤 없건만. 꺽정은 명치께가 뜨뜻하여 옴을 느꼈다.

"허허, 네가 오늘 정녕 심상치가 않구나. 아암, 걱정이 있다마다. 졸개들 배 곯리지 않을 일이 걱정이로구나."

"그뿐이시어요?"

"또 있지. 여옥이 널 다른 눔헌테 빼앗기지 않을 걱정. 허허."

그러자 여옥은 잠시 숨을 멈춘 듯하고 있다가 나직이 말했다.

"……주무셔요. 서방님."

꺽정은 뜨끔하였다.

"아니, 왜? 내가 무슨 잘못이라두 했느냐?"

"아닙니다. 제가 주제넘었습니다. 어서 주무셔요."

"허허, 네가 단단히 서운한 게로구나. 허나 내가 무얼 잘못했지?"

"잘못 없으시니 어서 주무셔요. 제가 주제넘었습니다."

그러며 여옥은 눈길을 깐 채 숨을 멈춘 듯 미동도 하지 않았다. 꺽정은 미안스런 생각이 들었다.

"음, 내가 좀 지나쳤던 게로구나. 허나 농 좀 한 걸 가지구 뭘 그러느냐. 용서해라."

"아닙니다. 전 서방님의 노리개입니다."

"허허, 용서하라는데두."

"당치 않습니다. 어서 주무셔요."

"허허, 글쎄 용서하랄밖에."

"……그러면 제가 여쭌 말씀에 답을 하신 걸루 알아두 나무라지 않으시겠습니까?"

"글쎄, 네가 그렇게 생각했다면 좋도록 생각하려무나."

"계집이라구 아무 소견도 없는 줄 아시면 정녕 서운합니다. 전 서방님의 속마음 제 속 보듯 환히 짐작한답니다. 서방님이 큰 걱정을 지니신 것두 모두 짐작하구요."

"고맙구나."

"그것이 예삿사람들이 지닌 걱정관 다르다는 것두요."

"그쯤 해 두어라. 그런 소린 입 밖에 내어 오래 지껄일 소리가 못 된다."

"압니다. 그래 제가 오늘 드리려는 말씀은 다름이 아니라 실은……."

"……?"

"언문에 관한 말씀이랍니다."

"언문?"

"예, 주제넘다 하실지 모르나 제가 이것을 서방님께 가르쳐 드리면 어떨까 하구 생각했습니다."

"언문이라면 글 말이냐?"

"예, 진서라 일컫는 한문과 달라 깨치기가 아주 쉬운 글이랍니다.

백성들로 하여금 쉽게 깨쳐 널리 쓰게 하기 위한 글인데 뜻과는 달리 아직 그다지 널리 쓰이지는 못하고 있답니다. 서방님께서 이것을 배워 산채의 수하에게 가르치시면 어떨까 하구……."

꺽정은 머릿속이 번갯불을 맞은 듯 찌르르 울려 옴을 맛보았다. 글을 몰라 답답한 적이 한두 번이 아니었으나 스스로 글을 배워 보려고 마음먹어 본 일은 아직 없었던 것이다. 글이란 선비들이나 배워 제 것으로 하는 것이려니 여겼을 뿐만 아니라 이른바 그 글을 안다는 선비란 자들이 바로 백성들을 속이고 노략질하는 벼슬아치의 대부분을 이루고 있다는 생각도 껴묻어 들었기 때문이다. 글이란 사람을 속이는 데 쓰는 무슨 요물단지 같은 것이란 생각도 들었다. 백성을 속이는 모든 법제라는 것이 그 글이라는 것으로 꾸며져 있지 않던가. 그러나 생각해 보면 글이라는 것이 본시 요물은 아닐 터, 그것을 저희들 것인 양 요물처럼 다루는 자들이 옳지 못할 따름일 터이었다. 그것은 칼이나 창 같은 병장기가 본시 백성을 억누르고 노략질하기 위해 만들어진 것이 아님과 같은 이치일 터이었다.

그런데 여옥은 지금 언문은 깨치기가 쉽다며 그것을 꺽정이 자신더러 깨쳐 산채의 수하에게도 가르치는 것이 어떻겠느냐고 한다. 만일 그렇게만 된다면 그것은 산채를 위해 병장기 몇 수레를 얻는 일보다 이롭지 못하다 할 수 없을 터이었다. 꺽정은 온몸이 더워 옴을 느끼며 여옥을 향해 말하였다.

"그게 정말이냐? 정녕 네가 그 언문을 내게 가르쳐 주겠느냐?"

"예, 서방님만 싫지 않으시담 당장 이 밤으루 가르쳐 드리겠습니다."

여옥은 기쁜 낯빛이 되어 말하였다.

"싫다니 무슨 소리냐. 고맙구 송구할 일일지언정 그게 어찌 싫다 할 일일까 부냐."

"혹 계집에게 글을 배우시는 게 당치않다 여기실까 보아……."

"그래 저어했더란 말이냐. 여옥이 네가 날 제법 아는 체하면서두 아직 몰라두 한참이나 모른다. 이 임꺽정이가 그다지 속이 좁아터진 사내루 뵈더냐?"

"전 혹 불호령이 떨어지면 어쩌나 하구……."

"허허, 그야말루 서운한 소릴 다 들어 보겠구나. 자, 그 쓸데없는 소리 그만두구 어서 그 가르치겠다는 글이나 가르치렴. 쓸데없는 실랑이하다가 밤 다 새겠구나."

꺽정은 바짝 서둘렀다. 그제야 여옥은 살며시 몸을 일으켜 지필묵을 꺼내 왔다. 연적의 물을 벼루에 조금 따라 먹을 갈면서 여옥은 말하였다.

"글이란 본시 말을 적는 것인데 조선에는 제 말을 적을 글자가 없었지요. 한문을 빌려 써 왔으나 이것은 중국의 말을 적는 글자일 뿐 아니라 소리 대신 뜻을 적는 글자여서 우리네 조선 사람의 말을 온전히 옮겨 적기엔 미치지 못하는 것이지요. 게다가 중국 사람들두 다 배우고 죽는 사람이 몇 안 된달 정도루 그 글자 수도 많구 글자의 낱낱의 생김생김도 익히기가 어렵지요. 그래 세종조에 와서 이 일을 딱하게 여긴 세종임금님이 집현전 학사님들의 도움을 얻어 우리네 조선 사람의 말을 온전히 적을 수 있는 정음을 만드셨지요. 우리네 말을 바르게 적는 글자라는 뜻으루 정음(正音)이라 했으나 사람들이 이것을 낮추어 언문(諺文)이라 부른답니다. 대국의 참 글자에 대하여 이것은 좀 못나구 속된 글자라는 뜻이지요."

"거 고약스런 일이로구나. 선비란 자들이 그따위 못난 수작이겠지."

"깨치기가 쉬운 글이어서 아둔한 백성들이나 차지할 글자라는 뜻으루두 그리하는 듯합니다. 하면서두 그나마 아직 백성들 차지두 변변히 되지 못하였답니다. 깨치기 쉬운 것이나마 백성들 차례에 가는 것이 기꺼울 까닭 없어서인지 모르겠으나 하여튼 애써 깨쳐 주려 하지 않은 탓이겠지요."

"음, 그럴 법한 일이구나. 백성을 속이자면, 백성이 글자를 알게 해 이로울 것이 없을 터인즉, 글자란 그저 저희들만 차지하구 앉아 있으면 될 것일 터인즉."

"하면서두 또 정음은 언문이라 하여 막상 별반 거들떠보려 하지두 않는답니다. 글은 좀 어려워야 글값을 한다는 생각이지요. 자, 서방님, 이제 여길 보시어요."

먹 갈기를 마치고 여옥은 종이를 펴, 그 위에 먹을 묻힌 붓을 움직이기 시작했다. 종이 위에는, 꺽정이 여지껏 더러 대하면서도 그 뜻을 짐작할 길 없었던 한문 글자와는 판이하게 다른, 지극히 단순한 생김새의 글자들이 하나씩 씌어지기 시작했다. 더러 보아 온 한문 글자에 비하면 그것들은 차라리 글자랄 것도 없어 보였다. 여옥은 종이 위에 쓰기를 마치고 나서 말했다.

"보셔요. 모두 스물여덟 글자랍니다. 이 스물여덟 글자만 가지면 적지 못할 말이 없답니다. 또 보시는 대루 글자의 생김생김도 익히기가 아주 쉽게 되어 있지요. 어떠셔요?"

"음, 이 스물여덟 자만 익히면 된단 말이냐?"

"예, 이 앞의 열일곱 자를 처음 나는 소리라 하여 초성이라 하구, 다음의 열한 자를 가운데 나는 소리라 하여 중성이라 한답니다. 그리고 마지막 나는 소리라 하여 종성이라 하는 것에는 초성 열일곱 자가 그대루 쓰인답니다. 이 초성, 중성, 종성을 모아 쓰면 온전한 한 글자가 된답니다. 서방님, '강'이라 말씀해 보셔요."

"강……."

"예, 지금 '강'이라 하실 때 맨 처음 나는 소리가 초성으로, 이 종이 위의 바로 이 글자루 그 소리를 적는답니다(하고 여옥은 종이 위의 'ㄱ'이라 쓰인 글자를 가리켰다). 그리고 그다음 나는 소리가 중성으로, 여기 이 글자루 적는답니다(하고 여옥은 다시 종이 위의 'ㅣ·'라고 쓰인 글자를 가리켰다). 다음 마지막으로 나는 소리가 종성으로, 여기 이 글자루 적는답니다(하고 여옥은 다시 종이 위의 'ㅇ'이라 쓰인 글자를 가리켰다). 그리고 이 세 글자를 모아 쓰면 '강'이라는 글자가 된답니다(하고 여옥은 다시 붓을 들어 다른 종이 한 장에 '강'이라 써 보였다). 자, 어떠셔요? 아주 쉽지요?"

"음, 그 글자를 '강'이라 읽는단 말이냐?"

"예, 다른 말소리두 모두 이와 같이 적는답니다. 자, 한 가지만 더 해 보셔요. 이번엔 '산'이라 말씀해 보셔요."

“오냐, 산…….”

“예, 이때 처음 나는 소리는 이 글자루 적구(여옥은 ‘ㅅ’이라 쓰인 글자를 가리켰다) 다음에 나는 소리는 이 글자(여옥은 다시 ‘ㅣ·’라고 쓰인 글자를 가리켰다), 그리고 그다음 나는 소리는 이 글자루 적는 답니다(여옥은 또 ‘ㄴ’이라 쓰인 글자를 가리켰다). 모아쓰면 ‘산’이란 글자가 되지요(여옥은 방금 ‘강’이라 쓴 종이 위에 다시 ‘산’이라 써 보였다). 어떠셔요?”

“하면, 좀 전에 쓴 글자와 지금 쓴 글자를 이어 읽으면 ‘강산’이 된단 말이냐?”

“예, 바루 그렇습니다. 서방님은 역시 제 짐작대루 빨리 깨치십니다.”

여옥은 기쁨을 감추지 못한 낯빛으로 말하였다. 꺽정도 가슴 밑바닥께에서 솟아오르는 기쁨을 누르기 어려웠다.

“한데, 처음 나는 소리, 가운데 나는 소리, 마지막 나는 소리를 어찌 분별하여 글자에 맞추느냐?”

“예, 그건 이 스물여덟 글자가 나타나는 소리를 모두 분별하여 익혀 두시면 된답니다. 초성 열일곱 자가 제각기 모두 소리가 다르구 중성 열한 자두 제각기 소리가 모두 다른데 이것을 하나하나 모두 익혀 두시면 되지요. 그다음엔 모아쓴 것을 가지고 익히면 더 빨리 익히게 된답니다. 우선 초성 열일곱 자부터 말씀드리지요. 자, 이 글자는(하고 여옥은 종이 위에 쓰인 스물여덟 자 가운데 맨 처음 쓰인 ‘ㄱ’이란 글자를 가리켰다). 서방님이 방금 전 ‘강’이라 하실 때 맨 처음 나는 소리를 적는 글자인데 어금니께에서 나는 소리라 하여 어금닛소리라 하구 소리 날 때 혀뿌리가 목구멍을 막는 꼴을 본떠서 만들었다 합니다. ‘강’이라 할 때뿐 아니라 ‘길’이라 할 때두 ‘곶’이라 할 때두 ‘국’이라 할 때두 모두 이 글자를 맨 처음 쓰지요(하고 여옥은 다른 종이에 이 글자들을 모두 써 보였다). 가운뎃소리, 마지막 소리가 달라 모아쓴 글자 모양이 달라졌지만 처음 소리는 다 같아 맨 처음 쓰인 글자는 꼭 같지요. 다음 이 글자는(하고 여옥은 ‘ㄱ’이란 글자 다음에 쓰인 ‘ㅋ’이란 글자를 가리켰다), 앞 글자와 같은 어금닛소리인데 앞 글자보다 소리 남이 세다 하여 앞 글자에 한 획을 더하였다 합니다. ‘칼’, ‘콩’, ‘키’라 할 때 모두 이 글자를 맨 처음 쓰지요(하고 여옥은 종이 위에 다시 이 글자들을 써 보였다). 다음 이 글자는…….”

여옥은 그렇게 초성 열일곱 자에 대한 풀이를 모두 마치고 나서 다시 중성 열한 자에 대해 풀이하였다.

“자, 다음은 중성으로, 이 글자는 하고 여옥은 ‘ㆍ’라고 쓰인 글자를 가리켰다), 하늘의 둥근 모양을 본떠 만들었다 하구 ‘ᄃᆞᆯ’, ‘ᄆᆞᆯ’, ‘ᄀᆞᆷ’이라 할 때 가운데 나는 소리를 적는답니다(하고 여옥은 다시 종이 위에 ‘ᄃᆞᆯ’, ‘ᄆᆞᆯ’, ‘ᄀᆞᆷ’이라 써 보였다). 그리고 이 글자는(하고 여옥은 다시 ‘ㅡ’라고 쓰인 글자를 가리켰다), 땅의 평평한 모양을 본떠 만들었다 하구 ‘금’, ‘은’, ‘늡’ 할 때 가운데 나는 소리를 적습니다(여옥은 또 종이 위에 ‘금’, ‘은’, ‘늡’이라고 써 보였다). 다음 이 글자는…….”

그렇게 여옥은 ‘ㅣ, ‘ㅗ’, ‘ㅏ’, ‘ㅜ’, ‘ㅓ’, ‘ㅛ’, ‘ㅑ’, ‘ㅠ’, ‘ㅕ’, 나머지

중성 아홉 글자에 대해 모두 풀이를 마치고 나서, 다시 종이 위에 초성 하나마다 중성 열한 자를 차례로 모아쓴 글자를 붓으로 써 나갔다.

“잘 보셔요. 이렇게 ‘ㆍ’, ‘ㅡ’, ‘ㅗ’, ‘ㅜ’, ‘ㅛ’, ‘ㅠ’는 초성의 밑에 쓰고 ‘ㅣ’, ‘ㅏ’, ‘ㅓ’, ‘ㅑ’, ‘ㅕ’는 초성의 오른쪽에 쓴답니다. 그리고 종성은 그 밑에 쓰지요. 또 초성을 나란히 거듭 써서 된소리를 적기도 하구 중성을 모아 써서 여기 중성 열 한 자만으로는 곧이 적지 못할 소리를 적기두 한답니다. 허나 그것은 차차 배우기로 하셔요. 우선 오늘은 제가 지금 쓰고 있는 이 글자들만 잘 익히도록 하셔요. 이것만 잘 익히면 다 깨치신 거나 한가지랍니다.”

쓰기를 다 마치고 여옥이 꺽정에게 밀어 놓아 준 것은 초성 한 글자마다 중성 열한 자씩을 차례로 모아쓴 글자들이 가득 적힌 종이 한 장과 다시 그 글자들마다 종성을 차례로 모아쓴 글자들로 가득한 종이 한 장이었다. 꺽정은 그 두 장의 종이를 앞에 놓고 마치 어린아이처럼 설레어 오는 마음을 누르지 못하였다. 어렸을 적, 어미 소에게서 갓 태어나 비틀거리며 걷는 송아지를 처음 보았을 때의 기쁨이 혹이보다 더하였을까.

“자, 저를 따라 한번 읽어 보시어요, 서방님.”

여옥이 말하였다.

“ᄀᆞ, 그, 기, 고, 가, 구, 거, 교, 갸, 규, 겨…….”

꺽정은 여옥을 따라 소리 내어 읽었다.

“ᄀᆞ 그, 기, 고, 가, 구, 거, 교, 갸, 규, 겨…….”

"ㅋ, 크, 키, 코, 카, 쿠, 커, 쿄, 캬, 큐, 켜……."

"ㅋ, 크, 키, 코, 카, 쿠, 커, 쿄, 캬, 큐, 켜……."

날이 샐 무렵이 다 되어서야 그들은 지필묵을 밀어 놓고 잠자리에 들었다. 그것도 여옥이 겨우 달래다시피 하여서였다. 꺽정은 이날처럼 여옥이 고와 보인 일이 없었다. 그 어느 때 없이 뜨겁게, 꺽정은 이날 여옥을 안았다.

허순의 『근기야록』에는, 뒷날 꺽정이 지었다는 글 한 편이 실려 있다. 그것을 요즈음의 맞춤법에 따라 옮겨 보면 다음과 같다.

"알고 보니 글이란 것이 본디 말을 적는 것, 바른말을 적으면 바른 글이 되고 그른 말을 적으면 그른 글이 된다. 또 말은 생각에서 나오는 것, 바른말은 바른 생각에서 나오고 그른 말은 그른 생각에서 나올 터이다. 그러니 세상에는 바른 생각, 바른말, 바른 글이 있고 그른 생각, 그른 말, 그른 글이 있을 터이다. 한데 이치는 반드시 그렇지만 않은 듯, 세상에는 바른 생각을 지니고서도 그것을 숨겨 그른 말, 그른 글을 짓는 이가 있고 그른 생각을 지니고서도 그것을 꾸며 바른 말, 바른 글처럼 보이도록 하는 이가 있으니, 알 수 없는 일이다. 대개 이를 거짓말, 거짓 글이라 하겠으나 이 뒤틀림은 어디서 비롯할까. 사람이 본디 영악한 데서 비롯할까. 세상의 바르지 못함에서 비롯할까. 아니면 혹 말이나 글의 온전치 못함에서 비롯할까. 다 까닭이 될 수 있겠으나 생각건대 이는 오로지 그 사는 일의 바르지 못함에서 비롯할 터이다. 그러니 정녕 바른 글이란 바로 사는 데에서 비롯한다

하겠다. 하면 아, 바른 글을 짓기는 얼마나 힘겨운고. 세상일 모두가 한가지 이치로구나."

허순은 그 말미에 자신의 짤막한 독후감을 적고 있다.

"이것은 한낱 도둑의 글에 지나지 않으나 그 참됨을 가지고 의론할진대 그 어느 재상의 문장도 이에 미친다고는 할 수 없다."

통일절 소묘(統一節素描) 1

한국인들의, 스스로를 돕기 위한 결정적인 노력에 의해 성취된 그들 국가의 모범적 재통일에 관한 성공담은 두고두고 세계 사람들의 입에 오르내렸다. 많은 사람들이 그들의 역량과 열정을 부러워하였으며 그들의 성공담을 교훈으로 삼았다. 또한 많은 나라 사람들이 그들의 결정적인 승리, 그들이 재통일 수행 과정에서 통일 뒤의 온갖 어려움들을 물리쳐 내면서 싸워 얻은 최고의 도덕적 성취, 즉 (오랫동안 갈망하여 왔으나 세계 어느 곳에서도 성공적으로 이루어 내지 못한) 자유와 평등과 평화의 실현에 대해서 찬탄의 입을 다물지 못하였다. 그들은 참으로 훌륭하고 아름다운 일을 해내었던 것이다.

그 일이 성취된 뒤로부터 3년, 오늘은 그 아름다운 날을 기념하는 세 번째 통일절이다.

세계 사람들은 이제 그들이 거둔 성공담에 대해서는 말하지 않는다. 사람들은 본다. 존경과 찬탄의 커다란 눈을 뜨고 이 크지 않으나 햇빛처럼 빛나는 나라의 사람들을 본다. 무엇인가에 대해 배우려고 할 때, 좌우로 입을 열어 말하느니보다는 정직한 눈으로 확실히 바라봄으로써 정보를 얻는 쪽이 얼마나 현명하고 빠른 길인가 하는 것을 세계 사람들은 그 어느 때보다도 잘 알게 되었기 때문이다.

서울

아침 9시. 김순희는 가벼운 걸음으로 집을 나선다. '가벼운 걸음'이라고 하는 것은 사실 옛 표현의 차용이다. 아무도 무겁게 걷는 사람은 이제 없기 때문이다. 그러나 그녀의 걸음은 한층 가볍다. 그녀는 지금 연인을 만나러 가는 길인 것이다. 투명한 하늘, 먼지 하나 없이 맑은 공기, 깨끗이 청소된 거리, 그리고 자신의 가뿐한 차림새에 마음이 뛰어, 그녀의 걸음걸이는 아름다운 박자(拍子)들로 이루어진 상쾌한 리듬처럼 보인다.

참으로 아름다운 도시, 이제까지 인류가 가진 가장 아름다운 도시를 김순희는 리듬처럼 걸어간다.

아동복 제품공장의 재봉사인 그녀는 어제 통일절 상여금으로 한 달 치 봉급의 세 배를 경리과에서 받았다. 그것으로 그녀는 자그마하고 탄탄한 자동차나 한 대 살까 하다가 저금이 목표액에 이를 때까지 참기로 하고 그중 일부를 떼어 연인을 위한 선물을 샀다.

—깜짝 놀랄 거야.

그녀는 스스로의 얼굴에다 깜짝 놀라는 표정을 만들어 보며, 그리고 그것이 그녀가 흉내 내려던 사람의 표정을 잘도 흉내 냈다고 생각되었으므로 마음속으로 손바닥을 치며 새들새들 웃는다. 맞은편에서 걸어오던, 흰 두루마기 차림의 중년신사가 이 젊은 처녀의 환한 얼굴에 미소를 보내온다. 그녀는 마음속을 들킨 듯하여 뺨을 붉히며 살짝 마주 웃어 준다. 중년신사는 이 훌륭한 아침에 이토록 귀여운 처녀와 인사를 나눈 일이 흡족하여 마음속이 처녀의 얼굴처럼 환해지며 지나친다. 김순희는 계속 걸어간다. 어깨에 멘 평택산(產) 카메라의 흔들리는 무게를 옆구리로 느끼며. 그가 그렇게나 가지고 싶어 하던 그 평택산 카메라다. 그렇게나 가지고 싶어 하면서 둘의 결혼을 위한 저금을 좀 더 늘린 뒤로 미루어 오던 카메라다. 그녀의 성급함을 그는 조금쯤 꾸짖어 올는지 모른다. 그가 꾸짖어 오는 똑바른 얼굴을 그녀는 자신의 얼굴 위에 만들어 본다.

—하지만 뭐.

그녀는 변명하는 정색한 얼굴을 만든다.

—저금 계획은 그대론 걸 뭐. 자동차는 몰라도 카메라쯤 사도 되잖아? 이걸 샀대서 저금 계획이 크게 틀어지는 것도 아닌데……. 또 뭣하면 내 용돈을 조금만 줄여도 되는 거구. 응? 안 그래?

그녀는 그가 바로 눈앞에 있기라도 한 듯 입술을 조금 내밀어 보이고 나서 다시 속으로 새들새들 웃는다.

서울과 평양의 중간 지점인 사리원에서 그들은 만나기로 돼 있다. 그가 평양에 살고 있기 때문이다. 그도 그녀와 마찬가지로 아동복 제품공장에서 일하고 있는 재단사이다. 재작년 가을, 같은 계통의 직업을 갖고 있는 사람들끼리의 전국 모임에서 그들은 만났다. 그 모임에서 그는 아동복에서 합성섬유를 완전히 쫓아낼 때가 되었다고 주장했다. 그것은 어린 소비자들과 그들 제품공 자신들을 한꺼번에 보호하려는 훌륭한 의견이었고 만장일치의 찬동을 얻은 뒤, 경영자들의 회의에 보내졌다. 경영자들은 경제성보다는 항상 후생성(厚生性)을 우위에 두어 온 그들의 경영 방침을 다시 한번 확인함과 함께 그 의견을 이의 없이 받아들였다. 그리고 이 결정을 그들은 섬유업자들에게 통고했고 섬유업자들은 벌써부터 진행해 오던 자연섬유의 경제성을 높이는 방법에 관한 연구에 더욱 박차를 가했다. 그리고 지금 합성섬유로 지은 옷을 입은 어린이는 한 사람도 없다. 그것은 비단 아동복 분야에 한한 것이 아니었다. 산업의 모든 분야에 걸쳐, 그리고 사회생활의 전반에 걸쳐 자연과 생명의 높임을 위한 일들이 착착 실천되었다.

그 모임의 여흥 순서에서 그와 그녀는 짝이 되었었다. 세상에 태어난 후 가장 즐거운 날들 중의 하루였었다. 그리고 그 후 그들은 한 주일에 한 번씩 전철(電鐵)을 이용하여 서울에서와 평양에서 마주 달려와 사리원에서 만나곤 했다. 서로 평생의 짝이 되기로 약속한 것은 작년의 통일절 날이었다. 그때 그는 말을 했었다.

"신혼여행은 우리 간도(間島)로 간다. 증조할아버님의 선영(先塋)이 그곳에 있어."

그때 그녀는 그의 눈빛에서 햇빛처럼 빛나는 어떤 강한 신념을 읽을 수 있었다. 그는 '간도반환실천회(間島返還實踐會)'라는 민간 단체의 청년부 중심 회원이었고 정부에서도 그즈음부터 간도 반환을 위한 강력하고도 설득력 있는 국제 외교를 벌이고 있었다. 그러나 중국 대륙은 아직도 어두움에 싸인 채, 닫힌 채로 있다. 다만 희망을 가질 수 있는 것은 새로 정권을 담당한 중국 정책가들이 그들의 폐쇄주의 내지는 팽창주의를 포기할 징후가 보이기 시작했다는 것과 조만간 그들이 정당한 국제적 압력에 견뎌 낼 수 없게 되리라는 사실이다.

김순희는 큰길로 나선다. 지하철을 타고 서울역까지 가서 다시 전철로 바꿔 타는 순서가 즐겁게 눈앞에 떠오르며 발길을 재촉한다. 거리엔 쾌활한 표정의 사람들이 의미 깊은 눈인사와 미소를 나누며 오가고 있고 건물마다 게양된 태극기들은 세수라도 한 듯 말쑥한 얼굴들을 하고 있다. 침착하고 자랑에 찬 사람들의 표정에서 들뜬 연기나 흥분된 광기 같은 것은 조금도 찾아볼 수 없다. 모두들 마음속으로 자랑 깊이, 그러나 조용히, 그들이 만든 아름다운 날을 기념하고 있는 것이다. 정부에서 주관하는 아무런 기념식 행사도 없으나 그것을 조금도 이상스레 여기는 사람은 없다. 정부가 자기의 몫을 잘 알고 있고 자신의 업적에 대해서는 겸손한 태도를 지켜 오고 있다는 것을 사람들이 알 뿐만 아니라, 기념식은 누구에 의해서 주관되지 않아도 사람들 한 사람 한 사람의 깊은 마음속에서 어떤 집단적 행사보다도 더욱 훌륭하고 감명 깊은 의식(儀式)으로 행해지고 있기 때문이다.

김순희는 통일로 11가의 지하철 정류장으로 내려간다. 경사가 완만하고 널찍널찍한 계단을 밟아 내려가면서 그녀는 발바닥에 닿는 계단의 기분 좋은 저항감을 즐긴다. 그러며 그녀는 마주 올라오는 사람들과 미소로써 인사를 나눈다. 서로를 향한 믿음과 우애가 담긴 그 미소 속에는,

—정말 얼마나 훌륭한 날입니까?

라는 뜻의 깊은 자랑이 들어 있다는 걸 그들은 그들의 어깨 위에 지금 햇빛이 비치고 있다는 사실만큼이나 잘 안다. 잘 안다.

평양

오전 11시, 모란봉 자유공원에선 아이들의 연날리기 시합이 한창이다. 맑은 하늘, 가벼운 바람, 연날리기의 조건으로서는 꼭 알맞은 날씨다.

둘째 아들 민수가 서울에 있는 애인을 만나러 간다고 집을 나선 뒤에 연(鳶) 제작소 주인 박태석 씨는 동네 아이들에게 연 하나씩을 나누어 주며 연날리기 시합에 대한 의견을 물었다. 아이들은 키 큰 박태석 씨의 어깨에까지 뛰어 오르며 찬성이었다. 그는 곧 아이들을 이곳 모란봉으로 데리고 왔다.

연의 종류는 방패연으로 통일하기로 하고 실은 아이들 각자가 평소에 준비해 두었던 것을 사용하기로 하였다. 시합은 높이 또는 멀리 날리기와 연 겨루기의 두 종목으로 정하고 종목별 1, 2, 3등까지의 상품을 준비하였다. 높이 날리기는 이 종목에 참가한 아이들 전체가 한꺼번에 시합을 치르기로 했고, 연 겨루기는 두 사람씩 시합해서 승자승(勝者昇)의 규칙으로 다시 이긴 사람들끼리 겨루어 올라가는 방식

을 택하기로 했다.

높이 날리기 시합은 방금 끝났는데 이발소 집 둘째 아들 명구가 1등을 차지했고, 지하철 운전사의 맏아들 홍길이 2등, 측후소 소장의 넷째 아들 영수가 3등을 차지했다. 2등을 차지한 홍길은 1등을 빼앗긴 것을 몹시 아쉬워했으나 드러난 차이를 소년답게 인정하고 연과 얼레를 챙겼다.

그리고 시합은 이제 연 겨루기로 들어갈 참이다. 이 종목에 참가하는 아이는 모두 열 명, 이들을 두 사람씩 짝지어 시합을 진행하기 위해서 지금 제비를 뽑는다. 박태석 씨는 공정한 태도로 제비 뽑는 일을 주관한다. 아이들은 박태석 씨의 모자 속에서 제비 모양으로 접힌 종이 한 개씩을 집어 든다. 아이들의 연 겨루기 실력이 모두 어슷비슷, 낫고 못함을 가리기가 힘들 정도로 고르다는 것을 잘 아는 박태석 씨는 이런 방법으로 짝을 지어 주는 것이 비교적 공정하리라고 생각한다.

마침내 아이들은 다섯 쌍으로 나뉘어졌다. 공원에 산책 나왔던 사람들도, 산 중턱의 인공동굴[전쟁 준비에 피눈이 되었던 분단 시대(分斷時代)의 공산당 정권이 파 놓은 비행기 격납용 동굴] 속에서 탐험놀이에 골몰하던 아이들도, 아름다워진 평양시가를 부감으로 구경하려고 올라온 외국인도 모두 이 훌륭한 경기를 구경하기 위해서 시합장 주위로 모여들었다.

연 겨루기는 실에 사금파리 부순 가루를 얼마나 잘 입혀 두었는가와 실의 긴장도를 어떻게 잘 조절하는가 하는 기술에 따라서 판가름

난다. 두 가지 일을 잘하기 위해서 아이들은 사금파리를 모아 잘 부숴 고운 가루를 낸 다음 그것을 밀가루 풀에 고르게 풀어 실에 입혀서 응달에 말리는 수고를 해 두어야 하며 연의 상력(翔力)을 잘 이용하는 훈련을 쌓아 두어야 한다.

박태석 씨는 한 시합씩 차근차근 진행하기로 한다. 시간은 좀 걸리더라도 연날리기 시합의 하이라이트라고 할 수 있는 이 시합을 충실하게 운영하고 싶기 때문이다.

첫 시합에 나서기 위해 두 아이가 연에 바람을 싣기 시작한다. 정육점 집 셋째 아들 주근깨박이 만식이와 잡화상점 미망인의 맏아들 세모 머리 홍규다. 바람을 실은 두 개의 연이 떠오르기 시작한다. 아, 이때의 기쁨을 박태석 씨는 너무나도 잘 안다. 얼레를 쥔 손에 떨림처럼 전해져 오는 연의 힘, 생명을 얻은 연이 보내오는 긴장된 신호. 이제부터 나는 자유요, 당신은 나의 뿌리지만 나는 내 생명의 법칙에 따라 나는 거요. 이제까지 죽어 있던 연이 생명을 찾음과 함께 그 생명의 율(律), 자유의 이름으로 보내오는 말, 그 자랑스런 말을 그는 지금 듣는 듯하다.

두 아이의 연은 점점 높이 떠오르기 시작한다. 박태석 씨는 자신의 어린 시절, 그때의 연날리기를 생각한다. 그리고 성인이 된 뒤의 일을 생각한다. 숨 막히던 사생활을 생각하고, 석탄광산의 강제 노동자이던 시절을 생각한다. 어둠과 헛됨만을 캐내던 시절을 생각한다. 그러던 어느 날, 넋의 굶주림이 극한에 이르렀을 때 밥 냄새처럼 풍겨오던 자유의 냄새를 맡던 일을 생각한다. 온 생명이 주린 짐승처럼 그 냄새를 향해 달려가라고, 달려가라고 명하던 일을 생각한다. 그에 따라 눈먼 짐승처럼 달려갔을 때, 그 냄새가 더욱 분명한 곳에 수많은 사람들이 무리를 지어 모여 있는 모습을 보던 일을 생각한다. 그 많은 무리의 사람들이 모두 자유의 이름으로 외치는 소리를 듣던 일을 생각하고 엉엉 소리쳐 울며 함께 따라 외치던 자신의 두려움 모르던 목소리를 생각한다.

두 개의 연은 이제 대동강의 맑은 물줄기를 저 밑에 굽어보는 높은 하늘에 떠올라 있다. 두 아이는 계속 실을 풀어 주며, 임박한 결전에 뛰어들 긴장된 자세를 갖춘다. 경련이 이는 듯한 순간이 지나고 마침내 만식이의 연이 사각(斜角)을 그리며 곤두박이기 시작한다. 얼마쯤 그렇게 곤두박이다가 서서히 방향을 잡아 홍규의 연이 쏜살같이 곤두박인다. 날카로운 이빨을 준비한 두 줄기의 가늘고 팽팽한 힘이 쇳소리라도 낼 듯 맞부딪는다. 짧은 정적이 시합장 근처를 휩싼다. 싸움은 시작된 것이다. 두 아이의 뺨은 빨갛게 타오르기 시작한다. 얼레를 쥔 두 아이의 손은 생명의 가장 신비롭고 힘찬 순간에 싸여 눈부시게 움직인다. 두 개의 연은 서로 엇비슷이 가로질러 힘 있게 풀려나간다. 연의 생명샘은 바람, 그 바람 속에서 이빨을 지닌 실과 실이 맞물려 풀려나가는 속임수 없는 싸움은 숨죽인 긴장 속에 고조된다.

박태석 씨는 두 아이의 굳세고 눈부신 모습을 감동 깊이 바라본다. 속임수 없이 준비된 힘과 기량을 다해 겨루는 두 아이의 모습에서 그는 생명이 한껏 고양된 순간에 보이는 자유를 본다. 이것이다. 이것이야말로 우리가 힘을 모아 싸워 얻은 바로 그것이다, 라고 박태석 씨는 마음속에서 외친다.

그때, 눈 깜박할 사이에 승부가 난다. 홍규의 연이 일순, 풀썩 주저앉는 시늉을 하더니 너울너울 뿌리로부터 떠나 흘러가기 시작한 것이다. 순간 홍규는 고개를 숙인다. 잠시 괴로운 어깻숨을 몰아쉬고 고개를 든다. 세모 머리에서 무럭무럭 김이 난다. 만식은 이겨 준 제 연을 감아 들이며 홍규를 본다. 역시 김이 무럭무럭 나는 주근깨박이 얼굴, 그러나 이긴 자의 오만한 눈빛도 위로하려는 주제넘은 눈빛도 아니다. 다만 힘껏 겨루어 준 훌륭한 적수에 대한 애정에 가득 찬 눈빛으로 본다. 홍규는 한 손을 번쩍 들어 보여, 졌음을 인정하고 자랑스럽게 겨루어 진 자의 침착하고 영예로운 태도로 연줄을 감아 들인다. 그러면서 그는 가물가물 하늘 저쪽으로 사라져 가는 제 연을 바라본다. 자랑스럽게 싸워 주고 이제 부끄럼을 타듯 멀리멀리 사라져 가는 연을 애정에 가득 찬 배웅하는 눈길로 바라본다. 하늘은 쾌청이다.

박태석 씨의 부인 한 씨는 집안 청소를 말끔히 마치고 나서, 얼마 전에 부산으로 시집간 맏딸의 안부가 궁금해 전화를 건다. 송수화기를 들고 나서 손가락을 넣어 숫자판을 하나하나 돌린다. 신호가 간다. 귀가 열린다.

"아, 여보세요? 부산 대신동입네까?"

"엄마!"

부산

정오. 장모에게서 전화를 받은 아내가 보내오는, 사랑스럽게 촉촉한 시선을 받자 민남식은 그녀가 원하고 있는 것이 무엇인갈 알아차린다.

"가고 싶군?"

"……."

아내는 말없이 와락 안겨 든다.

"어? 어? 이런 어린애 봐?"

안겨 든 아내는 그러나 그가 놀려 대는 것에 아랑곳없이 그 촉촉한 시선 그대로를 쳐들어 남편의 눈 속만 자세히 바라본다.

"어떻게 된 거야? 어린애처럼?"

"같이 못 가시죠?"

"혼자 갈려구?"

"당신, 최길균 씨와 만나기로 하셨잖아요?"

"하지만 혼자 보내고 싶지 않군."

"저두 혼자 가는 건 싫어요. 최길균 씨와의 약속 연기하심 안 돼요?"

"중요한 약속인걸."

"그건 저두 알지만."

"그리구 그 사람이 집으로 오기로 했잖아? 당신 주말까지 참을 수 없겠어?"

"그럼 주말엔 꼭 함께 가 주셔요?"

"그러엄."

"참을게요."

"착하다. 우리 장모님 딸. 주말엔 이 착한 따님을 주신 장모님을 꼭 뵈오러 간다."

"아이 엄마 보구 싶어. 지금이라도 당장 뛰어 나갈까 부다. 네 시간이면 가는데……."

"금방 착하댔더니……."

"그래요, 그래요, 그래요, 그래요, 안 갈게요."

노래하듯 그렇게 소곤대며 아내가 품을 빠져나가는데 초인종이 울린다.

"오셨나 봐요."

"응, 당신 점심 준비 좀 하구려."

민남식은 최길균을 맞아들여 서재 겸 응접실로 쓰고 있는 방에 마주 앉는다. 정직한 방문객이라면 이 방의 주인이 매우 검소하고 공부하는 사람이라는 인상을 쉽게 받을 수 있으리라. 방의 분위기가 그렇고 그 분위기를 빚어내고 있는 방의 내용물들이 그렇다. 마주 앉은 두 사람은 서로 뜻깊은 시선을 나눈다. 두 사람은 두 달 뒤에 있을 지방의원 선거에서 맞겨루게 될 말하자면 정적(政敵)인 셈이다. 3년 전에 있은 선거에서는 민남식이 이겼었다. 이번이 이를테면 리턴 매치가 되는 셈이다. 두 사람은 지난번 선거에서 공탁금을 포함하여 텔레비전을 두 대쯤 살 수 있는 액수의 선거 비용을 각각 썼다. 선거 운동원을 각각 열 명씩 동원했었고, 그리고 그 두 가지 일은 그들의 생각으로는 지나친 것이었다. 두 사람은 그 일을 주욱 부끄럽게 생각해 오고 있었다. 그러던 차에 두 사람이 각기 그 이익을 대표하고 있는 단체로부터 재신임을 얻게 되고, 두 달 뒤에 있을 선거에서 다른 후보자의 뜻밖의 진출이 없는 한 재대결을 하게 될 것이 확실해지자 민남식이 최길균에게 그 일에 대해 협의하기를 청했고 최길균은 쾌히 그에 응해 방문해 오기로 했던 것이다. 그리고 그들은 지금 3년 전에도 적수였고 두 달 뒤에도 그러할 것이 거의 확실한 서로의 얼굴을 좋은 적수끼리 만났을 때의 훌륭한 느낌으로 마주 보며 앉아 있다. 최길균이 입을 연다.

"민 선생의 의회 활동은 늘 존경하는 마음으로 지켜보았습니다. 우선 그동안의 노고를 치하드립니다."

"꾸지람하시는군요. 전 이렇게 늘 꾸짖어 주시는 최 선생 같은 분이 계신 덕분으로 튼튼하게 자라고 있습니다. 그리고 최 선생 같은 분과 다시 싸우게 돼서 자랑스럽습니다."

"자랑스러운 건 접니다. 민 선생 같은 분과 다시 싸우게 되는 건 큰 영예입니다. 정말 민 선생의 의회 활동은 훌륭하셨습니다. 민 선생의 그 방법을 밀고 나가시는 태도 말입니다. 민 선생과 저 사이에 방법의 차이만 없다면 전 이번 선거에 나서지도 않겠습니다만 만일 방법이 같다고 하면 저도 민 선생의 태도를 그대로 배우고 싶습니다. 다만 이번 선거에 제가 혹 이기게 된다 하더라도 민 선생만큼 해낼 수 있을는지가 의심스러운 따름입니다."

"꾸지람하시는 것으로 듣겠습니다. 그리고 일전에 한번 말씀드렸고 최 선생께서도 쾌히 이렇게 말씀을 나눌 기회를 주셨습니다만 그 선거 비용과 운동원 문제 말입니다. 물론 이런 일을 사전에 협의하고 어쩌고 하는 일부터가 여간 부끄러운 일이 아닙니다만……."

"네, 부끄러운 일이지요. 저도 이렇게 털어놓고 말씀드릴 기회가 있길 바랐습니다만 주욱 부끄럽게 생각하고 있었습니다. 얼마 전에 부여 대학에 있는 탁희영 교수가 쓴 『분단 시대(分斷時代) 초 · 중기의 선거 양상』이라는 책을 읽을 기회가 있었는데 그 책을 읽으면서 저는 혼자 얼마나 낯을 붉혔는지 모릅니다. 주로 분단 시대 초 · 중기의 어리석고 분별없었던 선거 양상에 관해 기술해 놓은 책이었는데 당시 합법 정부가 있었던 남쪽에 관해서만 기록해 놓고 있었어요. 왜냐하면 다른 한쪽에는 합법 정부도 없었거니와 아예 선거라고 할 수 있는 것이 없었기 때문이라고 책의 저자는 말하고 있더군요. 이를테면 한국의 어떤 불행하고 부끄러웠던 시기에 관해 기록한다는 입장을 저자는 취하고 있었는데 정말 부끄러움 없이는 단 한 줄도 읽을 수 없는 책이었습니다. 예컨대 이런 용어들이 그 책의 도처에 나옵니다. '올빼미표', '피아노표,' '3인조투표', '5인조투표', '무더기표,' '표 바꿔치기' 등등. 이런 용어들을 이해하는 데만도 우선 상당히 고심해야 했습니다. 친절한 저자가 일일이 주석을 달아 놓긴 했습니다만, 민 선생께서도 아마 무슨 소린가 하실 것입니다. 하지만 그건 또 괜찮아요. 선거 양상을 묘사한 책에 '고무신'이니 '막걸리'니 '야유회'니 하는 말들이 나타나는 데는 당시 사람들의 어리석음에 화가 치밀

지경이었습니다. '관권의 부당한 개입'이니 '행정력으로부터 오는 탄압'이니 '피선거권의 부당한 제한'이니 '계표(計票)부정' 또는 '타의 내지는 사리(私利) 고려에 의한 투표'니 '선거 효율성 불신에 의한 투표 포기'니 하는 말들은 점잖은 편이었구요. 그런데 제가 부끄러움을 느꼈다는 건 그것이 자국인의 자격으로만이 아니라는 데 문제가 있습니다. 자국인의 어떤 부끄러웠던 시기나 어리석음은 그것이 극복된 뒤에는 부끄러워하거나 죄의식으로 삼을 필요까진 없을 것입니다. 저는 더욱이 당시의 사람들과 동시대인도 아니었구요. 문제는 저도 참가한 지난번 선거에서도 극히 적으나마 분단 시대에 있었던 부끄럽고 어리석은 선거의 어떤 잔재를 볼 수 있었다는 것과 저 스스로가 가담해서 그것을 저질렀다는 데 있습니다. '극히 적으나마'라고 저는 방금 말씀드렸습니다만 그것이 '극히 적은' 것이었대서 변명할 수 있는 길이 열려 있는 것은 아니고, 또 조금도 부끄러워하지 않을 수 있으려면 '전혀 없도록' 해야 한다는 당위에 따르는 길밖에 없지 않겠습니까? 이런 얘기를 언제고 한번 민 선생과 나누고 싶었습니다. 얘기가 좀 길어졌습니다만……."

"아닙니다. 좋은 말씀 들었습니다. 최 선생의 말씀으로 문제의 범위도 명확해졌구요. 요컨대 공탁금 이외의 선거 비용을 썼다는 것 자체가 부끄러운 일입니다. 운동원이 꼭 필요한 것도 아니었구요. 뭐 이건 꼭 우리가 투표권자들을 과소평가한 결과는 아니겠습니다만 어쨌든 당선 욕망의 과잉이었거나 자기가 대표한 이익 집단에 대한 지나친 충성이었거나 선거기간 동안만은 선전 효과에 대한 과신이었거나 간에 부끄러운 일임에는 틀림없습니다. 예상했던 일입니다만 쉽게 의견의 일치를 얻는 것 같습니다. 최 선생, 이번 선거는 정말 완벽하게 한번 치러 봅시다. 운동원 없이도 공탁금 이외의 선거 비용 없이도 선거를 훌륭하게 치를 수 있다는 완벽한 증거를 보여 줍시다."

"어렵지 않으리라고 생각합니다. 사실 그렇게 할 수 있는 준비는 다 돼 있는 것 아니겠습니까? 선거 진행은 선거관리기구 사람들한테 맡기면 되는 거구, 우리는 텔레비전을 통한 정책 연설만으로도 투표권자들과 얼마든지 만날 수 있지 않겠습니까?"

"네, 그렇습니다. 최 선생, 이렇게 마음을 털어놓고 최 선생과 얘기하게 된 걸 두고두고 자랑으로 삼겠습니다. 선거기간으로 들어가더라도 자주 이런 기횔 갖도록 하십시다. 그리고 훌륭하게 한번 싸워 봅시다, 최 선생."

"그러십시다, 민 선생."

두 사람은 서로의 눈빛에서 각각 서로에 대한 신뢰를 읽는다.

민남식의 집에서 검소하나 따뜻한 점심 대접을 받은 뒤 최길균은 집으로 돌아왔다. 돌아오면서 그는 두 달 뒤에 자기와 겨룰 경쟁자가 흠 없이 공정한 사람임에 새삼 자랑을 느꼈다. 예상한 대로 긴 이야기를 나누지 않고도 일치감을 얻을 수 있은 일이 기뻤다. 지난번 선거를 그와 그의 경쟁자는 몹시 부끄러워하고 있지만 실상 당시에 모범적인 선거를 배우기 위해 이 땅에 왔었던 세계의 선거 연구가들은 그 선거가 이제까지 인류가 치른 선거 중 가장 훌륭하고 공정한 것이었다고 입을 모아 찬탄했었다. 단지 보다 완벽한 것에 대한 희망이 그들로 하여금 부끄러운 감정을 품도록 종용했을 따름일 것이다.

집에 돌아온 최길균은 서재의 책상 위에 놓여 있는 흰 빛의 편지 봉투 하나를 발견한다.

"아버님한테서예요."

곁에서 아내가 환하게 웃는 얼굴로 말한다. 그렇다. 원산에 계신 아버님 최한선 씨께서 매년 이날이면 빠짐없이 보내오시는 그 편지다. 뜯어보지 않아도 그 첫 구절이 어떻게 시작된다는 것을 너무나도 잘 아는 최길균은 뜨거운 마음으로 편지 봉투를 집는다.

"길균아. 오늘은 우리가 시작한 날이다. 비로소 우리가 시작한 날이다."

원산

오후 1시. 최한선 교장은 그의 학생 몇 명과 함께 명사십리 해수욕장의 모래톱에 둘러앉아 있다. 통일된 그해에 고향인 이곳의 고등학교로 발령을 받은 그는 매년 이날이면 특별히 말썽꾸러기인 학생 몇 명을 선택해 데리고 이곳 바닷가로 나오곤 하였다. 완전한 의무교육이므로 분단 시대 초 · 중기와 같이 납부금 같은 것으로 선생을 궁지에 빠뜨리는 학생은 없으나 특별히 게으르거나 행동이 난폭하거나 해서 말썽을 일으키는 학생은 지금도 있다. 그러나 최한선 교장은 그것이 결코 고칠 수 없는 게으름이거나 교정 불가능한 난폭함이라고는 생각하지 않는다. 오히려 그는 조금만 주의해 본다면 그 게으름 가운데에서 문득 빛나는 어떤 지혜 같은 것을 발견할 수도 있으며,

그 난폭함 속에서는 생명의 어떤 발랄하게 고양된 상태를 볼 수도 있다는 것을 안다. 다만 그는 게으름 속의 지혜를 근면 속의 예지로 자라나게 해 주고 싶은 것이며 난폭함 속의, 생명의 무절제한 고양(高揚)을 명예롭게 자제하는 생명의 아름다운 자율(自律)로 나아가게 해 주고 싶은 것이다.

바닷물은 맑고 푸르며, 명사십리의 모래톱은 넓고 멀다. 최한선 교장은 노안에 미소를 띄우며 입을 연다.

“작년에 여기 왔던 학생이 한 사람도 없어서 기쁘다. 그리고 너희들과 여기 오게 된 것도 기쁘고…….”

비록 말썽꾸러기들이긴 하지만 이 노교장을 마음속으로 사랑하고 있는 학생들은 눈을 빛내며 그의 입을 주시한다.

“내가 너희들을 좋아하고 있다는 걸 너희들도 알고 있을 테지만 너희들이 날 좋아하고 있다는 것도 난 알고 있지. 그래서 오늘은 너희들과 아주 사적으로 마음을 털어놓고 한번 얘기하고 싶구나. 우선 너희들 얘기부터 듣기로 하자. 평소에 내게 개인적으로 하고 싶었던 얘기라든가……. 뭐, 여러 가지 있을 줄로 아는데…….”

그러며 노교장은 자기를 중심으로 둘러앉은 학생들의 얼굴을 환한 얼굴로 둘러본다. 여드름쟁이 함찬석이 불쑥 말한다.

“저희들은 뭐 별루……. 선생님께서 말씀하세요. 작년에 왔던 애들한테 조금은 귀띔을 받았는걸요. 선생님 말씀을 먼저 듣는 게 예절이라구요.”

나머지 학생들이 와아 웃는다. 노교장은 빙그레 따라 웃고 나서,

"녀석들 짜고 왔구나."
하고 말을 잇는다. 학생들은 다시 와아 웃는다.

"그래 너희들에겐 선배가 있다. 작년에 그리고 재작년에 여기 왔었던. 그 선배들은 너희들 동급생 중에도 있고 졸업한 사람도 있지. 그 선배들에게 해 준 얘기를 너희들에게도 다시 들려줄 테야. 이것은 내가 가장 좋아하는 얘기고, 그 얘길 하기엔 오늘이 가장 좋은 날이지. 분단 시대의 역사를 배워서 너희들도 대충은 알 테지만 우리에겐 아주 부끄러웠던 시기가 있었다. 제 나라를 온전히 지키지 못해서 두 동강이가 났었던 것은 말할 것도 없구, 사람들은 게으르고 염치없어서 힘 안 들이고 잘살려고 했거나, 아니면 약삭빠르고 가벼워서 당장 눈앞의 제 이해는 가릴 줄 알았으나 옆 사람의 이해, 공중의 이해는 둘러볼 줄 몰랐고, 줏대가 빠져서 제 것은 얕잡아 보고 남의 것만 돋보여 부랴부랴 가릴 것 없이 들여다 배우는가 하면, 눈앞의 결과만 믿고 옳고 그르고 간에 주먹이나 힘으로만 해결을 지으려고 했으며, 제가 이기기 위해서는 어떤 용렬한 수단을 쓰든지 남을 누르기만 하면 된다는 생각을 가진 사람들이 나라에 퍼져 있었다. 심지어 제 동족을 살육하기 위해 전쟁을 일으킨 자들이 있었고, 옳은 것을 지킬 힘이 모자라는 것을 본 외국 사람들이 군대를 보내 도와야 했을 정도였으며, 제 나라가 동강이가 났건 말건 외국에 가서 저만 편히 살면 된다고 용렬한 방법으로 빠져 달아난 사람이 한둘이 아니었고, 사람보다 돈을, 벌어 모으는 것보다 써서 흩뜨리는 것을, 못 입은 속참보다 잘 입은 속빔을, 권력 없는 정의보다 권력 있는 불의를, 깨끗한 패배보다는 더러운 승리를, 옳은 것을 지키려는 괴로움보다는 잘못된 편에 서는 편안함을 숭상하는 사람들이 사회에 널리 퍼져 있었다. 뿐만 아니라 도회는 살찌고 농촌은 비루먹었으며 사람들은 나쁜 공기에 병들었고 물고기들은 더러운 물 때문에 죽어 갔다. 게다가 북쪽을 지배하고 있던 졸렬하고 무지한 정권은 사람들로 하여금 숨을 쉬는 자유마저 누리지 못하도록 목을 조르고 있었다. 한마디로 말해서 부끄러운 것들로 가득 찬 쓰레기통이었다고 해도 지나치지 않을 정도였지. 한데 이때 적은 수의 사람들로부터 조용히 시작된 자랑스러운 운동이 있었다. 그 적은 사람들이 시작한 조용한 운동은 차차 본래부터 어리석지는 않은 이 나라 사람들의 마음을 사로잡기 시작했다. 그것은 바로 자기가 자기로 되자는 운동이었어. 게으르고 염치없던 자기에서 본래의 부지런하고 명예를 존중하는 자기로, 약삭빠르고 가벼웠던 자기에서 본래의 공정하고 체통을 지킬 줄 아는 자기로, 남의 것만 돋보던 자기에서 본래의 경우 밝고 매사를 이치에 따라 다스리는 자기로, 옳은 것을 지킬 힘이 없는 자기에서 옳은 것을 지킬 힘을 갖춘 자기로, 돈으로서의 자기에서 사람으로서의 자기로, 겉만 차리려는 사치로운 자기에서 속을 갖추려는 근검한 자기로, 저만 잘살려던 자기에서 함께 잘살려는 자기로, 잘못된 편에 서서 편안해하던 자기에서 본래의 옳은 것을 지키는 괴로움을 택하는 자기로, 숨을 못 쉬던 자기에서 본래의 숨 쉬는 자기로, 획일화된 자기에서 본래의 다양한 자기로, 그리고 두 동강이 자기에서 본래의 한 덩어리로서의 자기로 돌아가자는 운동이었다. 많은 사람들이 이 운동에 가담하기 시작했다. 그리고 그것은 자랑스럽게도 이 나라 전체에 퍼져 갔다. 가로막혔던 모든 장애가 헐렸지. 그리고 마침내 바로 3년 전 오늘 우리는 참다운 뜻에서의 자기로 출발할 수 있게 됐다. 우리의 힘으로 우리가 시작할 터전을 닦아 낸 거야. 그리고 너희들도 알다시피 우린 힘차게 시작했다. 그 열매는 그리고 여물기 시작했다. 세계 사람들이 우리를 존경의 눈으로 바라보기 시작했다. 우리를 돕던 사람들이 우리에게서 이제 기쁘게 얻어 가고 있다. 우리를 가르치던 사람들이 이제 우리에게서 배워 가고 있다. 우리는 가르치는 사람의 긍지와 체통을 함께 갖는다. 함찬석, 박만길, 김한경, 우정한, 황현수, 이봄, 백철민, 내 말 잘 들어. 우린 더 나아가야 해. 여기에 멈춰선 안 돼. 할 일이 많아. 아직 우린 숙원인 간도 반환도 실현하지 못하지 않았니? 더 찾아야 할 것들이 남아 있어. 너희들에겐 너희들에게 맡겨진 일이 있어, 무슨 소린 줄 알겠니?"

말을 마치고 나서 노교장은 햇빛처럼 환한 얼굴로 학생들의 얼굴을 둘러본다. 학생들의 얼굴은 신록의 나뭇잎새처럼 빛난다. 노교장은 그들이 껴안아 주고 싶을 만큼 미덥다. 상쾌한 시장기를 느끼며 그는 일어선다.

"자, 어디 배들 고프지. 이제 밥이나 지어 먹도록 하자. 마른 나뭇가지들을 좀 주워 오도록 해."

최한선 교장댁 가정부(家庭婦)인 서애자 할머니는 마당에다 고추를 널어 말리고 있다. 전라남도 구례 부근에서 농사를 짓고 있는 교장선생의 둘째 아들 영균 씨 부부가 텔레비전의 요리 강습 프로를 보다가 아버님이 고추장 없인 못 사시는데 좋은 고추를 어디 마련하실 겨를이 있었으랴 싶은 근심이 떠올랐다면서 우편으로 보내온, 재래종의 약 잘 오른 고추다. 햇볕이 고루 닿도록 고추를 이리저리 손보아 말리면서 할머니는 마음속이 환하다. 훌륭한 교장선생을 도와드리는 것도 기쁜 일이지만 또한 그 아들 며느리의 고운 마음씨를 이렇게 눈앞에 보는 일이 더욱 기뻐서다. 분단 시대의 초 · 중기에 서애자 할머니는 동두천에서 외국 군인들을 상대로 하는 위안부 생활을 했었다. 지금 할머니는 고향에 돌아와 있고 정부로부터 지급받는 연금만으로도 생활이야 넉넉하지만 아직 일할 수 있는 몸을 놀려 두기가 싫고 마침 교장선생도 혼잣몸이신 터수에 도움이 필요했던 연유로 이 댁의 집안일을 맡아 드리게 되었던 것이다. 그리고 그 후 할머니는 주욱 외로움 모르는, 기쁘고 행복한 나날을 보내 온다. 다만 한 가지 조금 서운한 것은 자식이 없다는 점이지만 그 대신 할머니에게는 친자식 못지않은 양아들이 있다. 통일된 그해에 교장선생의 주선으로 서로 모자의 인연을 맺은 할머니의 양아들은 육군의 청년 장교다. 지금은 신의주에 있는 국경수비사령부에 근무 중이다. 휴일이고 비번(非番)일 때는 한 번 거르는 일 없이 전철을 타고 양어머니를 만나러 달려오곤 했다. 작년 통일절에는 금강산 구경도 시켜 주었다. 한데 오늘은 당직인 모양이다. 아직 오지 않는 걸로 보아서 말이다.

서애자 할머니는 고추를 손보던 일을 멈추고 허리를 펴면서 일어선다. 양아들 인호의 미덥고 늠름한 모습이 눈앞에 가득 찬다.

신의주

밤 11시 5분. 제1국경수비사령부(第一國境守備司令部), 당직사령실. 당직사관 이인호 중위는 한 시간마다 있는 중대별 국경초소병의 근무 교대를 감독하고 돌아와 마악 들어서는 참이다. 당직사령인 현신규 중령에게 보고한다.

"모든 초소 아무 이상 없습니다."

"음, 수고하였소. 좀 쉬시오. 다음 교대엔 내가 나가리다. 노파심이지만 초병들 중에 혹 통일절 외출에서 빠지게 된 걸 서운해하는 것 같은 사람은 없었소?"

"없었습니다. 오히려 오늘 근무를 맡게 돼서 기뻐하고들 있는 것 같았습니다. 게다가 오늘 새로 지급된 장비가 모두들 마음에 드는 모양입니다. 서운해하다니요? 사령관께서도 부대에 남아 계시는데……."

"좋소. 좀 쉬시오. 그리고 저, 민 대위, 사령관실에……."

전자 장치로 각 초소와 연결돼 있는 초소 상황판을 살피고 있던 상황장교 민 대위가 고개를 들어 이쪽을 본다.

"아 아니오. 내가 걸지."

"무슨 일이신지 제게 시키시죠."

"아니오. 민 대위는 그대로 상황판을 보시오."

현신규 중령은 사령관실과 연결된 직통 전화의 송수화기를 든다.

"아 부관이오? 나 당직사령 현 중령인데, 네? 아니, 사령관님이시군요. 예의를 잃었습니다. 용서하십시오. 전 그만 부관이 전활 받으려니 하고…… 네. 방금 당직사관이 초소병 교대를 감독하고 돌아왔습니다. 아무런 이상이 없다는 보고입니다. 초병들의 사기는 왕성하답니다. 안심하십시오. 네. 상황판에도 아무 이상 없습니다. 그건 저도 같은 생각입니다. 정당한 국제적인 압력을 저들이 더 이상 견뎌낼 수 있을 것 같진 않습니다. 조만간 저들의 맹목적인 팽창주의에도 종지부가 찍힐 테죠. 네. 안 주무시겠습니까? 알겠습니다. 다시 계속 보고드리겠습니다. 수고하십시오."

송수화기를 내려놓는 현신규 중령은 잠시 눈을 감는다. 사령관의 엄격하면서도 자상한 인품이 몸에 스며드는 듯하다.

이인호 중위는 거기 당직사관용 테이블 앞에 앉아서 조금 전에 헤어지고 돌아온 초병들의 건강하고 자부심에 가득 찬 얼굴들을 상기해 본다.

징집병 없이 전원 지원병인 이 나라 육군, 나라 젊은이라면 누구나 들어오고 싶어 하는 육군 가운데서도 정예병들로만 구성된 그들 국경수비병, 전통적으로 호전적이고 아직도 전체주의의 망령에 사로잡혀 헤어나지 못하고 있는 추한 이민족(異民族)으로부터 자국을 지키는 임무의 첨단에 선다는 자부심으로 가득 찬 그들, 자국에서 생산된 훌륭한 무기로 무장되고 자국인들의, 괴로움에서 시작하여 자랑으로 이끈 그동안의 업적을 뼛속 깊이 자랑삼는 그들. 이인호 중위는 그러한 그들과 함께 있는 자기가 가슴 벅차게 명예롭다.

민 대위는 팔목시계를 한 번 보고 나서 상황판의 초소별 무선전화로(無線電話路)를 연다. 상황판의 초소별 위치에 순서대로 불이 켜지며 초병의 힘찬 목소리가 들리기 시작한다.

"제1초소 이상 없음."

"제2초소 이상 없음."

"제3초소 이상 없음."

"……."

"제22초소 이상 없음."

통일절 소묘 2

'노동은 로봇이, 인간은 운동을~'이라는, 이젠 낡아 버린 구호대로 거리마다 달리는 사람들로 넘쳐났다. 자동차는 거의 보이지 않는다. 오늘은 열두 번째 맞는 통일절, 공휴일이다. 2034년 5월 9일.

서울에서 고속철로 한 시간 거리인 평양역에 소율과 하율이 도착한 것은 오전 10시쯤. 평양은 화창한 날씨였다. 소율과 하율은 남매가 아니다. 형제도 아니다. 그들이 태어나던 2010년대에 그 이름들이 유행했을 뿐이다. 그들은 연인 사이다. 오늘 을밀대 공원에 있는 '분단 시대 박물관'에 관람하러 왔다. 소율이 제안했고 하율이 마지못해 동의했다. 하율은 집집마다 설치되어 있는 영상 수신 장치를 통해 영화나 보며 소일하고 싶었던 것이다. 그러나 소율이 우기는 바람에 따라나섰다.

"난 분단 시대 물건들을 보고 싶어. 오늘 꼭 보고 싶어. 물건들의 분류, 진열 상태도 보고 싶어."

공기는 맑았고 햇볕은 따사로웠다. 소율과 하율은 역에서 나와 을밀대 공원을 향해 걸었다. 국경일이지만 거리에 깃발 같은 것은 나부끼지 않았다. 국기는 새로 정해졌지만 그게 어떻게 생겼는지 아는 사람은 적다. 그게 중요하다고 생각하는 사람이 적기 때문이다.

대신 달리는 사람들로 넘친다. 운동이 중요하다고 생각하는 사람이 많기 때문이다. 소율과 하율도 운동이 중요하다고 생각한다.

"우리도 달릴까?" 하율이 물었다.

"아니, 그냥 걸어. 너 달리기 싫어하잖아." 소율이 대답했다.

"넌 좋아하잖아."

"이건 내가 양보. 여기 오는 거 니가 양보했으니까."

"그래, 그럼. 걷는 것도 운동이긴 하니까."

"노인의 운동이긴 하지만."

"그럼 달릴까?"

"아냐, 그냥 걸어. 미리 노인 연습 좀 하는 것도 괜찮잖아."

"하하, 좋아."

공원에 도착했을 때 그들은 한 무리의 중국인들이 태극권 연습하는 장면을 보았다. 중국과는 서로 입국사증면제 협정이 맺어졌기 때문에 서로 자유롭게 여행한다. 그리고 중국인들은 여행 와서도 저렇게 무리 지어 태극권을 연습한다. 태극권은 하율도 조금 할 줄 안다.

그쪽에 눈길이 가는 것을 보았는지 소율이 물었다.

"왜, 끼고 싶어?"

"응? 아니……."

"어째 넌 운동도 노인들 하는 운동만 좋아하니? 끼고 싶음 잠깐 껴서 하고 가도 돼."

"그냥 가자. 그리고 저거 노인들만 하는 운동도 아니구, 어렸을 때부터 하면 평생 건강이 보장된다구."

"노인이 할 소리만 골라서 하고 있네. 저렇게 느려 빠져서 무슨 운동이 된다구."

"모르는 소리 마. 너도 저거 한번 배워 보면 빠져나오기 힘들걸? 피부가 얼마나 좋아지는데."

"어라? 내 피부가 나빠?"

"그런 얘기가 아니라 더 좋아진다구."

"됐네요. 껴서 할 거 아님 어서 가자."

'분단 시대 박물관'은 두 동의 기다란 3층 벽돌 건물이 마주 보는 형태로 지어져 있었는데 두 건물의 2층 어림에 구름다리가 연결되어 있었다. 건물에 사용된 벽돌은 분단 시대에 구워진 것으로 알려졌다. 왼쪽 건물의 출입구 위에 '남'이라고 쓴 간판이 보였고 오른쪽 건물의 출입구 위에는 '북'이라고 쓴 간판이 보였다. 둘은 가까운 왼쪽부터 들어가 보기로 했다.

소율이 출입구의 카드 접촉판에 주민카드를 대자 문자창에 '5원'이라는 글자가 떴다. 하율도 똑같이 했다. 그들은 역에서도 똑같이 했다.

서울에서 평양까지의 고속철 요금은 30원이었다. 그들의 월 소득은 똑같이 5000원, 국가가 지급하는 기본소득이다. 아직 다른 소득은 없다. 추가의 소득은 학교를 마치고 나서야 기대할 일이다.

통용되는 실물 화폐는 이제 없다. 단위와 지불 기능만 남아 있고 지불 수단은 주민카드이다. 주민카드는 주민의 신분, 자산 정보를 포함한 각종 정보를 담고 있고 통신 수단, 지불 수단 노릇을 같이 한다. 사진기 기능도 있어서 사진도 찍을 수 있다.

박물관 내부로 들어서자 전면의 대형 사진이 그들을 반겼다. 남과 북의 대표가 통일을 합의하고 나서 외교적으로 웃으며 악수를 나누는 사진이다. 자주 본 사진이어서 지나치려는데 어디서 나타났는지 사람처럼 생기고 사람처럼 제복을 차려입은 로봇 안내원이 말을 건다.

"어서 오십시오. 분단 시대 박물관의 남관입니다. 특정 주제나 연대를 보시려면 제게 말씀하시고 연대순으로 그냥 보시려면 왼쪽 통로로 들어가시면 됩니다."

젊은 남자의 목소리였다. 하율이 소율을 쳐다봤다. 소율이 망설임 없이 로봇 안내원에게 말했다.

"4 · 3부터 보고 싶어요. 어디로 가면 되죠?"

"4 · 3이라면 1948년, 분단 초기에 일어난 사건이니 왼쪽 통로로 들어가시면 얼마 안 가 나옵니다."

로봇 안내원이 상냥스러운 미소와 함께 대답했다. 소율이 고개를 끄덕이고 하율의 팔을 잡았다. 팔을 잡힌 채 걸으면서 하율이 소율을 돌아보았다.

"……너?"

"뭐?"

"아이구, 내가 멍청하지. 너, 4 · 3 그거 니 논문 주제잖아?"

"그런데?"

"그럼 여기 놀러 온 게 아니잖아. 논문 때문에 온 거지."

"뭐, 겸사겸사. 근데 너 그거 이제 알아챘어? 꽤 빠르다?"

"크흑."

"수학을 전공해서 그런지 셈은 항상 빠르던데 눈치는 좀 늦네?"

"아이고." 하율은 제 머리에 꿀밤을 먹였다.

'해방실'을 지나 얼마 안 가서 그들은 '4 · 3실'로 들어갈 수 있었다. 무척 넓은 공간이었고 사면 벽에는 커다란 흑백사진들이 걸려 있었으며 벽을 따라 설치된 유리 진열장에는 온갖 물건들이 들어 있었다. 소율은 진열장 속의 물건들을 자세히 들여다보았다. 그리고 주민카드를 꺼내 입력 장치를 켜고서는 이것저것 적어 넣곤 하였다. 이따금 사진도 찍었다.

하율은 심드렁한 눈길로 주위를 둘러보다가 전시실 오른쪽 벽면을 가득 채운 사진 한 장에 못 박힌 듯 꼼짝하지 못했다. 커다란 헝겊에 프린트된 사진이었는데 몇 명의 산발한 사내가 손을 묶이고 눈을 천으로 가린 채 맞은편에 서 있고 이쪽에는 총을 겨눈 경찰관들이 왼발을 앞으로 내민 자세로 서 있는 모습이었다. 하율은 온몸이 싸늘히 식는 느낌을 맛보았다.

"뭘 저 정도 가지고 놀라고 그래. 더 끔찍한 사진도 얼마든지 있는데."

소율이 다가와 있었다. 하율은 아무 말도 할 수 없었다. 그리고 소율이 제 일을 다시 하는 동안 하율은 거의 그 자리에 못 박힌 듯 서 있었다.

사진의 영상은 소율이 일을 끝내고 전시실을 물러난 뒤에도, 다른 전시실들, '6 · 25전쟁실', '지리산 특별실', '4 · 19혁명실', '5 · 16군사정변실', '구로공단 특별실', '5 · 18민주항쟁실' 등을 둘러보는 동안에도 하율의 머릿속에서 쉽게 사라지지 않았다. '5 · 18민주항쟁실'에서는 더 끔찍한 사진들을 볼 수 있었는데도 이상스레 이 영상을 지우진 못했다. 소율이 논문을 끝내면 꼭 읽어 봐야겠다고 생각했다.

그들이 둘러본 '남관'의 마지막 전시실은 '촛불 기념실'이었다. 그곳에서 소율과 하율 둘 다 열 살 미만이던 2016년 겨울과 2017년 초에 아빠나 엄마 손을 붙잡고 광화문 광장을 걷던 기억을 떠올릴 수 있었다. 다른 한 손엔 LED 촛불을 쥔 채.

1998년

비바람이 몹시 부는, 야단스러운 날씨가 며칠을 계속하고 난 어느 봄날 아침, 남궁동식은 세상이 아주 고요해졌음을 느꼈다. 그는 잠자리에서 눈을 뜨자마자 그렇게 느꼈던 것인데, 방금 그는 야릇한 악몽에 시달린 뒤끝이었으므로 그 고요함이 섬뜩하게 느껴졌다. 꿈은 아주 불길한 것으로서, 세계를 유례없는 대저기압(大抵氣壓)이 뒤덮은 가운데 인류가 환경에 적응하기 위해서 모두 물고기로 바뀌어 있다는, 기분 나쁜 것이었다. 깨어나기 직전에 그는 그 자신도, 그가 언젠가 밥상에서 보았고 그 살을 먹어 본 적도 있는 청어의 한 마리가 되어 있음을 알았던 것인데 그랬기 때문에 그는 놀라서 깨어났다. 그리고 그는, 저 해저(海底)가 그러리라 싶은 깊고 투명한 고요함과 마주쳤던 것이다. 그것은 뇌명(雷鳴)의 사이, 번개가 번쩍하는 순간에 보이는 정적의 일순, 어떤 엄격한 침묵의 일순이 그대로 정지해 버린 상태 같기도 했고 모든 소리 내는 것들이 그 아침을 기해 일제히 침묵동맹으로라도 돌입해 버린 상태 같기도 했다. 때마침 머리맡의 자명종이 힘찬 소리로 울어 대지만 않았던들 그는 아마 그러한 느낌에서 쉬 헤어나지 못했을 것이었다. 어떻든 그 자명종 소리는 그를 안전한 현실감 속으로 데려다주었다. 시계는 충실하게 7시를 가리키고 있었다. 그는 좀 안심하면서 시계가 저절로 울음을 그칠 때까지 기다렸다. 그리고 그는 시계가 힘없이 웅얼거리며 울음을 그치는 순간까지 그것을 아껴 듣고 나서야 자리에서 일어났다.

사태의 급변을 깨달은 것은, 그가 자리에서 일어나자마자—그의 몸이 바로 직립(直立)을 이루려는 순간에—머리에 가해져 온 이제껏 경험해 본 일이 없는 무게에 강타당해서 다시 자리에 동댕이쳐지고 만 뒤였다. 그는 그 갑작스런 사태에 분별력을 잃은 어리벙벙한 몇 순간을 보내었다. 그는 그 뜻밖의 사태를 이해할 수가 없었다. 머리를 털어 정신을 가다듬은 다음 아무리 머리 위 천장께를 살펴보았으나 그를 후려갈겼음 직한 물체라곤 발견할 수가 없었던 것이다. 그때 방문이 급하게 열리면서, 고등학교에 다니는 동생 경식이 들어섰다. 경식은 전에 볼 수 없었던 이상한 자세를 하고 있었다. 허리를 구부정하게 하고, 무엇보다도 고개를 똑바로 들지 못한 채, 머리 위에 어떤 위험한 물건이라도 있다는 듯한 두려운 눈길을 숙인 채인 이마 밑에서 치떠 올리며 잔뜩 겁먹은 얼굴로 들어왔다. 그리고 경식은 억눌린 목소리로 말했다.

"형, 일어날 때 조심해요. 벌써 여러 사람이 변을 당했대요. 똑바로 일어서면 어깨 위는 진공이에요. 대기권(大氣圈)이 사람들의 어깨높이로 제한됐어요."

남궁동식은 가위눌린 목소리를 비틀어 냈다.

"뭐야? 대기권이 어떻게 됐어?"

"조금 전에 방송이 있었어요. 기상의 대이변이래요. 일반 기상학자들도 전혀 예측하지 못했던 대이변이래요. 대기권이 밤새 무서운 속도로 하강을 계속했대요. 진공권(眞空圈)의 이상 팽창 때문이라나 봐요. 아무튼 사람들의 어깨높이에서 하강을 멈춘 게 새벽 3시라나 봐요. 어떤 사람은 2시라고도 하지만, 좌우간 하늘이 내려앉은 게 분명해요."

남궁동식은 치밀어 오르는 노여움을 억제하지 못하고 자리에서 벌떡 일어났다. 그리고 그는 다시금, 전에는 경험해 보지 못한 무게에 강타당해서 자리에 동댕이쳐지고 말았다. 그가 막연한 예감 속에서 두려워해 오던 사태가 마침내 눈앞의 현실로 등장한 것이다.

그는 며칠 전부터 계속된 짓궂은 날씨—비와 바람이 뒤섞인 뒤숭숭한 날씨 속에서 막연하게 어떤 음모의 싹(芽)을 느끼고 있었다. 그것은 아무 필연성도 갖추지 못한 느낌으로써, 이렇다 할 구체적인 근거를 찾을 수는 없는 것이었지만 그의 눈에 그 싹은 점점 커 가고 있었다. 그리고 그것은 마침내 왔다. 머리 위로부터.

학교에 출근하기 위해서 집을 나섰을 때 그는 보다 명백히 사태를 바라볼 수 있었다. 거리는 믿을 수 없을 만큼 조용했고 사람들은 낮은 처마 밑을 걷는 사람처럼 모두 깊숙이 머리 숙인 채 걷고 있었다. 이제 사람들에게서 고개를 꼿꼿이 쳐든 직립의 모습을 찾아보기란 그 자신이 얼굴을 똑바로 들어 사람들을 바라볼 수 없게 된 것과 마찬가지로 불가능한 일이 되었다. 더불어 위를 쳐다본다는 것도 똑바로 선 채로는 이제 불가능한 일이 되고 말았다.

남궁동식은 흐느끼듯 숨을 몰아쉬며 버스 정류장으로 갔다. 도시는 침묵 속에서 움직이고 있었다. 자동차들만이 침묵 속에서 더욱 비명처럼 들리는 주행음(走行音)으로 질주하고 있었고 사람들은 모두 저두굴신(低頭屈身)의 자세로 말없이 걷고 있었다. 버스를 기다리기 위해 정류장에 모여 선 사람들도 무죄 판결의 희망이라곤 조금도 없는 피고인들이 선고를 기다리는 자세로 말없이 고개 숙인 채 서 있었다. 그는 절망적인 기분으로 그들 사이에 끼어 섰다. 집을 나설 때 어머니가 들려주던 당부가 숙인 이마 밑을 스치고 지나갔다.

"세월이 어수선할 땔수록 몸가짐을 조심해야 한다. 넌 우리 집의 기둥이야."

눈물이 찔끔 솟아올라 내려다보이는 땅바닥을 흐리게 했다. 그 흐리멍덩한 시야 속에, 어머니의 쭈그러진 얼굴과 결막염에 시달린 침침한 눈, 경식을 위로하는 세 동생의 혈색 나쁜 얼굴들이 떠올랐다. 그는 그의 구두코 위에 떨어지는 자신의 눈물방울을 보았다.

"울고 계시는군요, 남궁 선생."

근심에 찬 나지막한 목소리가 들려왔다. 남궁동식은 곁눈질로 황망히 소리 난 쪽을 바라보았다. 이웃에 사는, ㅅ어린이 합창단의 지도 선생인 박명길 씨의 숙인 얼굴이 바로 곁에 있었다. 박명길 씨는 평소에도, 얼굴에 살이 많은 편임으로 해서 뺨의 일부가 턱 가까이에까지 늘어져 있어, 보는 사람으로 하여금 불독의 얼굴을 연상하게 했는데 지금은 머리를 숙이고 있는 탓으로 가뜩이나 얼굴이 부풀어 잔뜩 성이 난 그 서양 투견의 얼굴을 연상하게 해 주고 있었다. 그러나 남궁동식은 그가 매우 선량한 마음씨의 소유자라는 걸 알고 있다. 그가 언젠가 자동차에 치일 뻔한 아이를 건져 내고 자신이 치일 뻔한 장면을 보았다는 경식의 목격담을 남궁동식은 들은 적도 있다. 아마 그는 실제로 그때 발뒤꿈치인가를 치었던 듯도 하다. 그 후 얼마 동안 그가 한쪽 다리를 저는 모습을 본 적이 있으니까. 남궁동식은 어린이가 잘못을 시인하면서 그러는 것처럼 숙인 얼굴로 손을 가져가 눈물을 닦았다.

"어렵게 됐습니다."

하고 박명길 씨가 말했다. 그렇게 말하는 그의 목소리는 아주 자그마했고 조금은 떨리기도 했다. 남궁동식은 다시 곁눈질로 박명길 씨를 보았다. 박명길 씨도 그렇게 남궁동식을 보고 있었다. 박명길 씨의 충직하고 선량한 눈빛에는 체념의 기색이 떠돌고 있었다.

"어렵게 됐지요."

하고 남궁동식도 침울하게 말했다.

"아이들은 어른들에게 일어난 일을 모르고 있어요. 그 애들에겐 다행이지요. 하지만……."

말끝을 맺지 못하는 박명길 씨의 눈동자가 물방울로 흐려지는 것을 남궁동식은 보았다. 그에게 초등학교에 다니는 세 아이가 있다는 것을 남궁동식은 상기했다. 그리고 그는 또 아이들에게 노래를 가르치고 있다.

"……하지만 그 애들이 알게 되는 날에는, 모든 걸 알게 되는 날에는……."

박명길 씨는 가엾게도 부들부들 떨며 남궁동식의 팔을 부여잡았다.

"이 일을, 이 모욕을……."

남궁동식은 그의 부들부들 떠는 팔을 가만히 마주 잡아 주었다. 그리고 말했다.

"……아이들에게 정직하게 말해 주는 게 어떻습니까, 박 선생. 우리가 알고 있는 모든 걸 말입니다."

"어떻게 그걸……."

그는 놀라는 듯했다.

"어렵겠지요, 박 선생. 하지만 중요한 것은 아이들일지라도 사태를 똑바로 알게 해 주는 일입니다. 아이들은 우리가 생각하는 것 이상으로 슬기로울지도 모릅니다. 잘 알아듣게 설명을 하면 적어도 우리 어른들을 멸시하진 않을 겁니다."

"하지만 남궁 선생……. 어떻게 차마 아이들에게……."

박명길 씨의 눈빛은 뜨거운 혼란과 상처받은 사람의 자기 연민으로 흔들렸다. 남궁동식은 다시금 내려다보이는 땅바닥이 빗물이 번져 들 듯 흐려옴을 느꼈다.

"용기가 필요합니다, 박 선생. 지금은 숨기지 않는 것이 용기이겠지요. 무엇에 대해서든, 누구를 향해서든 말입니다."

그의 목소리는 울먹이고 있는 듯했다.

버스 속에서도 사람들은 모두 고갤 숙이고 앉았다. 좌석을 얻은 사람은 좌석 위에, 나머지 사람들은 버스 바닥에 쭈그리고 앉은 채 고개를 꺾었다. 남궁동식도 박명길 씨와 함께 버스 바닥에 쭈그리고 앉았다. 아무도 입을 여는 사람은 없었다. 이따금 박명길 씨의 코 들이마시는 소리만이 가만히 났다.

학교에 들어섰을 때, 남궁동식은 학생들이 운동장으로 모이고 있는 모습을 보았다. 임시조회가 있을 모양이었다. 학생들은 모두 깊이 고개 숙인 채 교사(校舍)에서 나와 천천히 조회 대열을 만들고 있었다. 그는 묵묵히 고갤 숙인 채 직원실로 갔다.

직원실의 분위기는 마치 납(鑞) 속에라도 든 어느 방과도 같았다. 교사들은 묵묵히 자기 자리에 앉아서 고개를 꺾은 채 각기 동료들의 시선이 자기에게 닿는 것을 두려워하는 듯했고 창으로 스며드는 햇빛은 무거운 연(鉛)빛인 채 그러한 그들의 모습을 그대로 고착시켜 버리는 듯했다. 남궁동식과 거의 앞을 다투다시피 그때 직원실로 들어선 교감 선생님이,

"자, 조회에들 나갑시다"라고 채근하지만 않았던들 남궁동식은 그들이 그대로 납 속에 밀봉되는 모습을 목격하게 되고 말았을는지도 모른다. 교사들은 꾸짖는 사람 앞에서 아이가 그러하듯 고개를 꺾은 채 두 팔과 하반신만을 움직여서 천천히 자리에서 일어났다.

넓은 교정은 마치 국민적 규모의 상(喪)이라도 입은 때의 그것과도 같았다. 검정색 교복 차림의 학생들이 침묵 속에 도열해 있었고 그리고 그들은 모두 무겁게 고개 숙인 자세로 꼼짝 않고 있었다. 남궁동식은 자기 담임 학급인 고등학교 3학년 1반 학생들의 열 앞에 섰다. 교장선생이 반백의 머리를 숙이고 나타났다. 그는 조회대 위로 올라가려고는 하지 않았다. 그럴 수가 없다는 것이 이 임시조회를 갖게 한 이유가 아니겠는가. 그는 그저 조회대 앞에 고개 숙이고 섰다. 보다 엄격한 침묵이 한동안 교정을 휩쌌다. 교장선생은 숙인 이마 밑에서 눈을 치떠 올려 잠시 학생들의 모습을 둘러보려고 애쓴 뒤 입을 떼었다.

"제군, 오늘 새벽에 일어난 사태에 대해서는 모두들 잘 알고 있을 줄 안다. 그리고 제군은 지금 제군의 몸으로 그것을 겪고 있다. 그것도 제군도 나도, 그리고 여기 함께 서 계신 제군의 선생님들도 마찬가지다. 일찍이 이러한 중대한 시련이 우리에게 온 적은 없었다. 그리고 이 시련이 언제쯤 종결될는지도 우리는 물론 예측할 수 없는 처지에 있다. 그러나 한 가지 우리에게 명백해 보이는 것은, 이 돌연한 시련이 매우 엄청난 것이며 비길 바 없이 어려운 것이긴 하지만 우리들로부터 숨 쉴 공간마저 완전히 빼앗아 간 것은 아니라는 점이다. 우리는 아직 숨을 내쉬고 들이쉬는 데는 큰 장애가 없다. 어떻게 보면 이것은 매우 위로받을 만한 사정이기까지 하다. 어떤 위대한 시대에도 희생과 시련은 따랐다. 그 시대가 위대했으면 위대했을수록 치러 낸 희생과 시련은 오히려 컸다는 걸 우리는 역사를 읽어서 안다.

제군, 귀담아들어 주기 바란다. 우리에게 슬기와 인내가 필요한 것은 바로 지금부터다. 제군은 은연자중, 고통스럽더라도 제군의 본분인 학업에 전념해 주기 바란다. 이상."

교장선생의 훈시는 짤막한 것이었다. 그것은 그리고 매우 절제된 수사와 웅변으로 이루어진 것이었다. 사태를 호도하려고 할 때는 늘 그런 법이다. 남궁동식은 자기의 이마에 심줄이 내돋는 것을 느꼈다. 얼핏 힘 있게 들리고, 사태를 바라보는 이성적인 태도가 담겨진 듯한 교장선생의 짤막한 연설 속에서 그는 가장 나약하고, 사태의 구체적인 허위를 외면하려는 용렬한 의지를 보였던 것이다. 조회는 간단하게 끝났다.

그리고 그 우울한 조회가 끝나고, 첫 시간 수업에 들어갔을 때 남궁동식은 학생들의 섬광과도 같은 예지에 부딪혀 몸이 더워졌다. 그는 조금 전 조회에서의 노여움을 가라앉히느라고 애쓰면서 말없이 고개 숙인 채 그의 과목인 동물학 교과서를 펼쳐 들었을 때 학생들 가운데에서 날카롭고 투명한 울림을 지닌 질문 하나가 솟아올랐던 것이다.

"선생님, 직립 동물에는 두 종류가 있다고 하셨죠?"

"그렇지."

"원숭이류와 사람입니까?"

"그래."

"……머리, 이 머리를 말입니다. (그러면서 그 학생은 푹 숙인 채의 제 머리를 손바닥으로 두어 번 두드렸다.) 정신 활동의 중심이라고도 하고 상징이라고도 하죠?"

"!"

"부탁합니다, 선생님. 이제부터 직립 동물은 한 가지뿐이라고 가르쳐 주십시오."

남궁동식은 마음속에 뜨거운 눈물이 고이는 것을 느꼈다. 그 눈물은 그리고 삽시간에 더운 기름이 되어 활활 타오르기 시작했다. 알고 있구나! 이 녀석들은 사태의 바른 모습을 이해하고 있구나! 그는 손수건을 꺼내 코를 풀었다. 학생들은 묵묵히 고개 숙인 채 앉아 있었다. 그는 당장이라도 달려가 그들 하나하나의 슬기로운 머리통을 껴안아 주고 싶은 충동에 몸이 떨렸다. 그러나 그는 교사답게 자제했다. 그리고 다시 교과서를 펼쳐 들었다. 이 녀석들은 모두 알고 있다. 무엇을 다시 말하랴. 녀석들보다 더 잘 사태를 바라보는 눈이 없나. 그는 뜨거운 마음으로 수업을 진행하기 시작했다.

첫 번째 비보(悲報)가 전해진 것은 오후, 제5교시가 마악 끝난 뒤였다. 고등학교 1학년 학생 하나가 아직 길들여지지 않은 자세 때문에 목숨을 잃은 사건이 그것이었다. 남궁동식은 그때 직원실로 돌아와 자리에 마악 앉고 난 참이었다. 학생 하나가 잔뜩 긴장한 굽힌 자세로 거의 기다시피 직원실로 들어섰다. 그 학생은 다급한 목소리로 말했다.

"1학년 4반 김철수가 복도에서 쓰러졌어요."

대부분 그때 직원실로 돌아와 있던 교사들은 일제히 학생 쪽으로 시선을 돌렸다.

"복도에서 그 애가 고개를 쳐들었어요."

남궁동식은 순간 가슴이 철렁 내려앉았다.

"소변보러 가는 길에 제가 그 애한테 수학 문제 하날 물었어요. 그 애는 어려운 문젤 쉽게 대답할 수 있을 땐 고개를 번쩍 쳐드는 습관이 있다는 걸 제가 그만 깜박 잊었어요. 고갤 쳐들자마자 그 애는 야구 배트에 머리를 얻어맞은 것처럼 복도에 쓰러졌어요. 쓰러지면서 또 복도 바닥에 머리를……."

울먹임으로 변한 학생의 목소리를 뒤로 남기며 남궁동식은 매 맞은 돼지처럼 복도로 달려 나갔다. 복도 바닥은 미장(美裝) 콘크리트로 되어 있다. 거기에 머리를 부딪쳤다면, 아아 십중팔구…….

쓰러진 학생은 급우들에 의해 이미 양호실로 옮겨져 있었다. 모여선 학생들을 헤치고 그가 뛰어들었을 때 양호 교사는 어린아이처럼 그에게 매달렸다.

"남궁 선생, 어떻게 손쓸 여지가 없었어요. 치명적인 뇌진탕이었습니다."

양호교사의 눈에는 핏발이 서 있었다. 죽은 학생은 고통의 흔적인 듯 약간 찡그린 표정의 굳어진 얼굴을 위로 향한 채 침대 위에 가만히 뉘어져 있었다. 남궁동식은 그 자리에 털썩 주저앉았다. 그의 곁에서 벌써 희생자가 나기 시작한 것이다.

두 번째 세 번째의 비보가 연거푸 전해졌다. 비슷한 경위로—요컨대 아직 길들여지지 않은 자세 때문에 두 명의 희생자가 더 생겨났던 것이다. 그 일은 제6교시와 제7교시가 끝난 뒤에 각각 일어났다. 학교는 오열(嗚咽)과 공포로 뒤덮었다. 흥분한 학생들은 당장이라도 기상국(氣象局)으로 달려가려는 격렬한 움직임을 나타냈으나 교사들은 눈물을 삼키며 그들을 달랬다.

사태를 바로잡기 위한 긴급직원회가 소집되었다. 학생들은 모두 달래어 돌려보내지고 희생자의 가족에게 연락이 취해졌다. 얼마 뒤면 희생자의 가족들이 비보에 놀라 들이닥칠 것이었다. 직원회는 교장선생이 힘없는 모습으로 걸어들어와 자리에 앉음으로써 시작되었다. 그는 반백의 머리를 숙인 채 붉어진 눈을 이마 밑에서 치떠 올리며 꽉 잠긴 목소리로 입을 열었다.

"여러 선생님들. 이 비통한 현실에 처해서 우리가 할 수 있는 무엇인지 모르겠습니다. 반평생을 어쨌든 교육에 몸담아 왔다고 할 수 있는 저로서는 이런 참혹한 일을 당하긴 처음입니다. 제겐 이제 아무런 지혜도, 용기도 남아 있지 않은 것 같은 느낌이 드는군요. 여러 선생님들의 지혜를 모아 봐 주십시오."

그는 이제 한 무력한 노인에 지나지 않는 것처럼 보였다. 그러나 남궁동식은 그에게서 가련한 한 도피자의 모습을 보았다. 그는 지금 그의 교사들을 엄폐물로 삼고 그 뒤에 숨으려 하고 있다. 반백의 머리를 숙이고 숨어 버리려 하고 있다. 남궁동식은 참담한 느낌에 눈밑이 쓰려 왔다. 황일준 수학교사가 숙인 채의 이마 밑에서 역시 붉어진 눈을 치떠 올리며, 단정적으로 말했다.

"이런 상황 아래서는 학교를 열고 있을 수가 없습니다. 괴롭긴 해도 자진 폐교하는 방법 외에는 도리가 없다고 생각합니다. 와전(瓦全)하느니 옥쇄(玉碎)하는 것이 차라리 명예로울 것입니다."

역사교사 안우식이 흥분을 누르느라고 침을 삼키며 즉각 결연한 태도로 그 말을 찬동하고 나섰다.

"그렇습니다. 더 이상의 희생을 바라보고 있을 순 없습니다. 자진 폐교하는 길만이 우리가 취할 수 있는 최선이자 최후의 방법인 것 같습니다."

교장선생은 아무 말 없이 고개 숙인 채 듣고만 있었다. 지리교사 이길상이 다시 상기한 눈길을 치떠 올리며 말했다.

"우리들로서는 더 이상 학생들을 보호할 능력도, 가르칠 명분도 없습니다. 똑바로 서는 법을 가르칠 수 없고 똑바로 서 보일 수 없으면서 무슨 명분으로 학생들을 가르치겠습니까? 학생들을 가족들에게 맡기는 도리밖에 없습니다. 폐교하자는 의견에 전적으로 공감합니다. 상황은 그것을 지금 강요하고 있지 않습니까?"

국어교사 민병욱도 큰 눈을 이마 밑에서 슴벅거리며,

"저도 같은 의견입니다."

라고 목멘 소리로 힘주어 말했다. 대부분의 교사들이 같은 절망감에 빠진 듯 모두 무겁게 머리 숙인 채 있었다. 교장선생은 시종 한 무력한 노인의 자격으로 일관한다는 태도를 말없이 견지하고 있었으나 젊은 교사들의 절망적인 발언에 불안을 느끼는 듯 이따금 깜짝깜짝 놀라는 초조한 시선을 숙인 이마 밑에서 치떠 올리곤 했다. 이제껏 말없이 앉아 있던 교감선생이 침울한 표정으로 입을 열었다.

"제가 조금 전에 연락받은 바에 의하면 다른 학교들에서도 희생자가 난 모양입니다. 그곳에서들도 대책을 숙의 중이라는군요. 한데 지금 여러 선생들의 의견은 대체로 자진 폐교 외에는 도리가 없다는 쪽으로 기우는 것 같습니다. 저도 괴롭지만 그 의견에 공감합니다. 그러나 한편 이런 때일수록 다른 학교들과의 긴밀한 협조 관계가 필요하지 않나, 하는 생각도 드는군요. '기상에 관한 법률'은 여하한 기상상의 정보에 대한 의견 교환도 이를 금하고 있습니다만, 어쨌든 좀 더 시간을 가지고, 사태에 이성적으로 대처할 방안을 모색하면서, 다른 학교들에서 얻어지는 논의의 결과도 참고로 할 수 있는 여유를 갖도록 해 보는 것이 어떨는지요?"

교감 선생님의 발언은 흥분한 교사들에게 얼마간의 충격과 함께 사태를 새롭게 바라보아야 한다는 좀 더 무겁고 정리된 당위감(當爲感)을 안겨 준 듯했다. 아무도 잠시 동안 입을 여는 사람이 없었다. 울던 아이가 숨이 막혀 순간적으로 울음을 멈추는 사이 같은 응축된 침묵이 잠시 계속되었다. 독일어 교사 신문현이 그 침묵을 깨뜨렸다. 그는 무거우나 분명한 어조로 말했다.

"사태의 심각성은 재론의 여지를 없게 하고 있습니다. 아마 희생의 규모는 전국적인 것이겠지요. 문제는 이렇게 크고 어렵습니다만 그러나 역시 해답은 하납니다. 학생들을 죽이면서 학교를 열고 있을 수 없지 않겠어요? 임시 휴교라는 미봉책이 있긴 합니다만 그건 행동이라 할 수 없지요. 우리 교사들로서 취할 수 있는 행동은 오직 한 가지뿐입니다. 자진 폐교의 결의를 밀고 나가는 것입니다. 다른 학교에선

들 결론은 마찬가지겠지요. 기상을 바로잡을 아무런 힘도 우리에게 없는 이상 말입니다."

남궁동식은 끓어오르는 혼란으로 몸이 뜨거웠다. 그는 안타까웠다. 동료 교사들이 빠져들고 있는 절망감이 비수 같은 아픔으로 가슴을 저며 왔다. 그러나 학교를 닫자는 것은 자폭해 버리자는 것과 같다. 자폭이 절멸 이외의 무엇을 가져온단 말인가. 학생들은 어디에 버려질 것인가. 그들은 누구와 더불어 정의와 자유, 그리고 똑바로 서는 법과 아름다운 것에 대해 배울 것인가. 그런데 상황은 최악이다. 교장선생은 또 현상의 무사한 연명만을 바라고 있는 눈치다.

어떻게 동료 교사들의 절망감을 달래고 교장선생의 가련하고 노회(老獪)한 무사주의를 무찌르면서 사태를 바른 곳으로 가져갈 수 있을 것인가. 남궁동식은 안간힘을 썼다. 그렇다. 이런 때 정직하게 말하는 것보다 더 좋은 수사가 어디 있겠는가. 다만 생각대로만 말하자. 그는 고개 숙인 채 확실한 목소리로 말하기 시작했다.

"우리가 처해 있는 처지의 야만성은 여러 선생님들이 지적하신 대로입니다. 하지만 학교를 닫자는 의견에는 전 찬동할 수가 없습니다. 그러한 자폭 행위가 초래할 결과는 완전한 자멸뿐입니다. 그것은 기상국 사람들을 기쁘게 할 따름입니다. 물론 저도 이 야만적인 처지를 단 1분도 견뎌 내지 못하겠습니다. 학생들이 우리 곁에서 쓰러지는 모습을 더는 보고 견디지 못하겠습니다. 당장이라도 자폭해 버린다는 명예롭고 결연한 행동으로 뛰어들고 싶다는 게 솔직한 감정입니다. 하지만 그렇게 하면 학생들은 어디에 버려질 것이며 또 누구와 더불어 이 절망적인 상황을 이기는 방법을 배우겠습니까? 조금 전에 이 선생님께서 학생들은 가족들에게 맡겨 드리는 도리밖엔 없다고 말씀하시고 학생들을 보호할 능력도 가르칠 명분도 우리에겐 남아 있지 않다고 뼈아프게 말씀하셨는데, 그렇습니다. 그러한 지경에까지 우리가 몰려 있다는 것이 사실입니다. 하지만 학생들은 모여 있어야 합니다. 그들이 공동 운명에 처해 있다는 것을 시시각각으로 서로 확인할 수 있는 장소에 모여 있어야 합니다. 그들은 가장 순결한 영혼을 가진 자들입니다. 그들마저 흩어지면 절멸입니다. 그들은 이미 사태의 야만성을 잘 알고 있습니다. 교사들의 고통을 비웃지도, 나무라지도 않을 것입니다. 아니, 교사들과 고통을 함께하는 일을 마음속으로 자랑할 것입니다. 학생들과 함께 있어 줘야 합니다. 학교를 닫아서는 안 됩니다. 그렇다고 무사주의로 가자는 얘기가 아닙니다. 자폭보다 어려운 일을 맡자는 것입니다. 어떻게든 이 처지를 이겨 내는 방법을 의논하고 함께 얘기해 주면서 더 이상의 희생자가 나지 않도록 보다 세심하고 주의 깊은 태도로 학생들 곁을 지켜 주자는 것입니다. 자폭하지 않고 견디는 굴욕은 말할 수 없이 고통스럽겠지요. 하지만 굴욕을 견디는 용기는 명예롭게 자폭하는 용기보다 더 값질는지 모릅니다. 교감 선생님께서 말씀하신 다른 학교들과의 유대 관계도 이런 생각의 바탕 위에서 이뤄지길 빌고 싶습니다……. 희생보다 두려운 건 절멸입니다."

남궁동식은 목구멍에 무엇이 걸리는 듯함을 느꼈다. 울음이 복받쳐 올랐다. 그는 자신의 귀로, 자기의 목구멍에서 나는, 큭 하는 소리,

밥 먹던 개가 가시라도 목에 걸려서 내는 소리 같은 것을 들었다. 동료 교사들은 말없이 고개를 숙인 채 있었다. 교장선생만이 숙인 이마 밑으로 힐끗 남궁동식을 바라보았을 뿐이었다.

ㅂ고교와 ㅈ고교에서 여하한 상황에서도 학교는 닫지 않기로 했다는 전화가 잇따라 걸려 온 것과 희생자의 가족들이 들이닥친 것은 거의 동시였다. 그들은 어깨와 머리를 숙이고, 그러나 총총걸음으로 왔다. 그들은 그들이 당한 불행의 갑작스럽고 엄청난 무게에 눌려 걸음을 헛디디며 왔다. 교사들은 붉은 눈으로 그들을 맞아들였다. 그들은 오열로 떨며 교사들의 보다 주의 깊지 못했던 보호를 탄핵하는 대신 그들이 만난 불행의 믿기지 않는 참담한 모습에 놀라 다만 갓 낳아서부터 그들이 그 성장을 지켜보아 온 희생자들의 중절된 생애의 허울에 매달려 숨도 쉬지 못했다. 그리고 마침내 그들은 오열을 터뜨렸다. 오열 속에서 시체들은 가족들에게 인도되었다. 교사들은 묵묵히 눈물을 뿌리며, 그들이 가르치던 학생들의 시체를 가족들과 함께 교문 밖까지 운반하였다. 남궁동식은 1학년 4반 김철수의 시체를 교문 밖까지 안아 날랐다. 머리 숙인 채 척추 전체로 울며, 한 걸음 한 걸음 떼어 놓을 적마다 그는 그 시체의 무게만 한 아픔이 덜미를 누르는 것을 느꼈다.

희생자의 가족들도, 동료 교사들도 모두 돌아가고 난 다음 남궁동식은 어두워 오는 운동장 한 귀퉁이에 서서 잠시 교사와 운동장을 바라보았다. 어둡고 텅 빈 그곳들에서는 학생들의 외마디 소리들이 들려오고 있는 듯했다. 그는 머리 숙인 채 천천히 걸음을 옮겨 교문을 나섰다. 그리고 그는 땅거미가 지기 시작한 거리에서 행인들의 모습을 보고 다시금 가슴이 메어 오기 시작했다. 사람들은 깊이 고개를 꺾은 자세 그대로였으나 그러한 자세가 조금도 불편한 줄 모른다는 듯 매우 활기조차 있어 보이는 걸음으로 걸어 다니고 있었다. 아침의 인상과는 대조적인 것이었다. 그들은 어느새 사태를 일상화하는, 눈먼 능력의 노예가 되어 버린 듯했다. 그들은 오랜 세월 그러도록 길들여져 온 것이다. 남궁동식은 말없이 그들 사이에 끼어 걸었다. 새삼 목뼈가 견딜 수 없이 아파 왔다. 문득 낯선 목소리가 귓가에서 났다.

"잠깐, 실례합니다."

남궁동식은 발길을 멈추며 소리 난 쪽을 곁눈질해 보았다. 머리에 기름을 바르고 목에 넥타이를 맨 청년 한 사람이 비스듬히 고개 숙인 채 그의 곁에 바싹 붙어서 있었다.

"아아, 그대로 걸으십시오."

청년은 관대한 억양으로 말했다.

"남궁동식 선생이시죠?"

"네, 그렇습니다만."

남궁동식은 걸음을 이으면서 대답했다.

"전 기상국에 근무하는 사람입니다."

순간 남궁동식은 전신에 차가운 흐름이 쭉 흐르는 것을 느꼈다.

"선생께서 저희의 사업에 매우 부정적인 견해를 가지고 계시다고 들었습니다."

"그러셨습니까?"

남궁동식은 되도록 마음을 따뜻하게 가지려고 노력하면서 애써 부드럽게 대답했다. 청년은 힐끗 남궁동식을 곁눈질해 보고 나서 말했다.

"선생께서도 아시다시피 저희 기상국에서 하는 일은 시민들을 위험으로부터 보호하기 위한 기상 관측 사업, 악천후 예방 사업 같은 것들입니다. 그리고 여기에 얼마 전부터 연구 · 진행해 온, 예방 사업을 보다 완벽한 것으로 성취시키기 위한 기상 유도 사업이 포함됩니다. 시민들의 세금으로 이루어지는 사업인 만큼 시민들을 보호하기 위한 사업이 되는 것은 당연한 일이지요. 한데 선생 같은 분은 이미 짐작하고 계시리라 생각돼서 말씀드립니다만 이번 사업은 아주 특수한 것으로서 그것을 성공적으로 완성하기까지는 저희 국으로서는 상당한 정도의 모험이, (여기에는 물론 예상할 수 없었던 약간의 사고까지도 각오돼야 했지요) 그리고 시민들에게는 상당한 정도의 인내가 요청된다고 할 수 있습니다. 그런데 그 사업을 완성시키는 데 있어서 가장 큰 장애가 되는 것이 선생과 같은 부정적인 견해를 가진 분들이라는 것이 저희 국의 판단입니다. 그것은 선생과 같은 부정적 태도를 가진 분들이 여론을 극도하게 오도해서 시민들을 위험 속으로 몰아넣을 우려가 다분하다는 데서 도출된 결론입니다. 선생의 의견은 어떻습니까?"

남궁동식은 마음속에 어둡고 뜨거운 것들이 뒤엉키는 것을 느꼈다. 그는 조금 진정한 다음 목소리를 떨지 않게 하려고 애쓰면서 말했다.

"나 같은 사람이 방해가 된다는 점은 아마 당신들의 판단대로겠지요. 적어도 당신들이 하고 있다는 그 사업을 위해서 매우 성가신 사람들임에 틀림없겠지요. 하지만 당신들이 저지른 일이 무엇인지 압니까? 당신들은 그것을 모험이라고 부르는 모양이지만 나는 오늘 내 학생 세 명이 목숨을 잃는 것을 보았소."

"언성을 그렇게 높이지 마시지요. 그런 일도 일어날 수 있기 때문에 모험이 따르는 사업이라고 말하는 겁니다. 예상할 수 없는 사고도 각오했어야 했다고 말하지 않았습니까? 좋은 일을 위해서는 다소의 희생이야 당연히 바쳐지는 것이지요. 필요하다면 우린 시민의 이름으로 선생 자신의 희생을 요구할 준비도 돼 있습니다만."

"당신들이 하려는 일을 잘 알고 있소. 하려고만 든다면 또 무엇이든 당신들 과학자들은 할 수 있다는 것도 알고 있소. 시민들을 위험으로부터 보호하기 위한 것이라고 당신들은 말하고 있지만 그것이 당신 자신들을 위험으로부터 보호하기 위해 시민들을 그리로 몰아넣는 짓이라는 것도 다 알고 있소. 그것은 시민들을 위한 공공기관인 당신들의 반란 행위일 뿐이오. 그리고 당신들이 해서 좋은 일은 그 엄청난 일에서 지금이라도 손을 떼는 것뿐이오. 그러더라도 희생자들이 살아나는 건 아니지요. 말했지만 난 오늘 내 학생 세 명이 목숨을 잃는 것을 보았소. 당신들은 두렵지도 않소? 할 수만 있다면 난 당신들을 재판하고 싶소."

"선생, 대단하시군."

"어쨌든 분명히 말하지만 난 학생들 곁을 떠날 수 없소. 그리고 입을 다물 수도 없소."

"그래서 하는 소린데,"

청년은 별안간 날카롭게 목소리를 높이고 나서 다시 소곤거리듯 말했다.

"협조하시지. 무엇보다도 나불대지 마시지. 당신들을 우리 연구부의 진공(眞空) 실험실에 넣어 버리는 것은 아주 간단한 일이니까. 알겠소?"

남궁동식은 이 어리석은 청년을 위해 순간 눈물이 핑 도는 것을 느꼈다. 그는 눈물이 가득 담긴 눈을 이마 밑에서 치켜 청년을 바라보았다. 청년의 입가에 차가운 웃음이 잠깐 떠올랐다. 위협의 효과가 충분히 나타났다고 믿은 모양이었다.

"잊지 마시오. 선생이 자유롭지 못하다는걸. '기상에 관한 법률'과 함께 우린 어디에나 있어요."

청년은 작은 목소리로 소곤거리고 나서 유유히 어둠 속으로 사라져 버렸다. 남궁동식은 청년이 사라져 버린 어둠 속을 한참 동안 글썽거리는 눈으로 바라보았다. 두려움보다도, 노여움보다도, 청년의 어리석음에 대한 비애가 앞을 가렸다. 그도 개인의 자격으로 돌아갔을 땐 시민이 아니고 무엇인가. 그는 누구의 형이나 오빠, 동생, 또는 누구의 애인이나 아들이 아니고 무엇인가. 그도 직립하지 못하고, 고개를 숙이고 걸어야 하는 고통스런 자세로부터 예외는 아니잖은가. 무엇보다도 그는 우선 인간이 아닌가. 무엇이 우리를 이렇게 떼어 놓았는가. 남궁동식은 흐려진 눈을 닦으며 어둠 속을 내처 걸었다.

저만큼 목화(木花) 찻집의 아크릴 간판이 보이기 시작했다. 그는 그리로 걸어가서 지하실로 내려가는 계단을 밟았다. 문을 밀고 들어서자 다탁(茶卓)을 사이하고 마주 앉아 낯익은 모습들이 보였다.

"오시는군."

하고, 그들 중 한 사람이 남궁동식을 향해 손을 들어 보였다. 남궁동식은, 그가 어떤 상황에서건 여유를 잃는 일이라곤 없는 소장 천문학자 오인명임을 알아보았다. 농업경제사가 전문인 소장 경제사학자 김은식, 시인 목이균, 소장 사회학자 박성집 등이 함께 앉아 있었다. 남궁동식은 말없이 그들 곁에 다가가 앉았다.

"그 학교에서도 희생자가 났어?"

하고, ㅎ고교의 국어교사이기도 한 목이균이 물었다. 남궁동식은 가만히 고개만 조금 끄덕였다.

"그랬군."

하고 목이균은 입을 다물고 탁자 위에 놓인 엽차잔을 만지작거렸다.

"바깥은, 어때? 우린 한 시간 전부터 여기 있었어."

김은식이 숙인 이마 밑으로 남궁동식을 쳐다보며 말했다. 어렸을 때 돌부리에 차여 넘어지면서 다친 상처자리라며, 자세히 쳐다보면 얼른 머리카락으로 가리고 하던 이마의 그 1원짜리 동전닢만 한 흉터가 오늘은 유난하게 또렷이 보였다. 그러고 보니 머리를 아주 짧게 깎아 버리고 있다.

"일상화된 것 같더군, 벌써."

남궁동식은 자기 목소리가 약간 쉰 듯하다고 느끼면서 대꾸했다.

"그건 알고 있어. 무서운 적응력이지."

박성집이 말했다.

"그 밖에?"

"그 밖에……, 기상국 청년을 만났지."

"역시 만났군."

오인명이 작은 소리로 가만히 말했다. 그가 이렇듯 저조한 태도를 보이는 것은 매우 드문 일이다. 설명을 듣지 않아도 그들이 모두 '만났다'는 것을 남궁동식은 알 수 있었다.

"어쩔 셈이야?"

김은식이 엽차를 한 모금 목구멍으로 넘기면서 말했다. 그의 앙상한 울대뼈가 상하로 일이 회 움직이는 모습이 보였다. 남궁동식은 다시 눈물이 핑 도는 것을 느꼈다. 심부름하는 여자가 날라 온 찻잔을 받아 들며 남궁동식은 눈물이 가득 고인 눈으로 김은식을 바라보았다. 김은식의 눈에도 눈물이 고이기 시작했다. 모두들 순간 똑같은 감정에 사로잡힌 듯했다. 다섯 사람의, 숙인 이마 밑에서 치켜든 젖은 시선이 한데 뒤엉켰다.

"내가 관측한 대로라면."

하고 오인명이 말했다.

"기상이 호전될 가능성은 거의 없어. 그들이 망쳐 놨어. 그들이 손을 떼는 경우에도 희망은 적어."

모두 아무 말이 없었다.

"그들은 지금 그들이 짓고 있는 죄가 무엇인지 모르고 있어."

오인명의 목소리는 울먹이고 있는 듯했다. 잠시 침묵이 계속되었다. 남궁동식은 순간 그들 하나하나의 몸뚱어리가 숯덩이처럼 진한 어둠으로 바뀌어 버리는 듯한 착각을 받았다. 애처롭게도 까맣게 타버린 탄소체(炭素體)들을 눈앞에 보고 있는 것 같았다. 그러한 느낌에서 벗어나려고 애쓰면서 그는 억눌린 목소리로 물었다.

"전국의 희생자 수는 얼마나 된대?"

"얼마나 되는지 알 수 없어. 우린 모든 정보로부터 차단돼 있어."

박성집이 무거운 음성으로 대답했다. 오인명이 자책의 울음 섞인 목소리로 다시 말했다.

"우리가 방심하고 있지 않았나, 하는 혐의도 없잖아 있어. 자유라는 공기는 방심하는 순간마다 줄어든다는 걸 모르고 있는 것도 아니면서……."

"아무튼 더 나빠질 수 없을 만큼 우린 몰려 있어. 이제 뭘 해야 되는지 모르겠어."

목이균이 붉어진 눈으로 말했다. 남궁동식은 관자놀이가 뜨거워짐을 의식하며 자기 자신에게 다짐하듯 말했다.

"어쨌든 우린 우리 일을 해야지. 처지가 더 악화돼서 기어다닐 형편이 된다면 기어다니면서라도 우리 일을 해야지. 모든 사람들이, 그들까지도 포함해서 말이야. 한데 묶여 있다는 의식에 도달할 수 있을 때까진 기어다니면서라도 우리가 아는 걸 말해야지. 범죄적인 이 처지에 대한 공동 운명 의식에 모든 사람들이 한데 모일 수 있을 때까진 엎어져서라도 말해야지. 엎어져서라도."

그의 말끝은 떨렸으나 분명한 억양을 띠었다.

"가족들에 대해서 생각해 봤어?"

하고 김은식이 고개 숙인 채 말했다. 모두들 다시 눈자위가 붉어지면서 눈길을 깔았다. 남궁동식은 눈을 감았다. 어둠 속에, 어머니의 쭈그러진 얼굴과 결막염에 걸린 침침한 눈, 그리고 경식을 위로하는 세 동생의 혈색 나쁜 얼굴들이 떠올랐다. 그들이 때가 낀 얼굴로 바람 부는 거리에 옹송그리고 나앉은 환영이 보였다.

"잘 말해 줬어."

하고 남궁동식은 감았던 눈을 뜨며 말했다.

"오늘 아침부터 그 일이 머리에서 떠나지 않았어. 필경 온갖 종류의 수난과 모욕이 가족들에게도 닥쳐올 테지. 하지만 그 수난과 모욕은 절멸보다는 작아. 우린 그것을 피하기 위해서 절멸을 맞아들일 순 없어. 가족들도 결코 우리가 그래 주길 바라진 않는다고 믿어. 설사 가족들이 그래 주길 바란다고 하더라도 우린 절멸을 택할 순 없어."

그의 목소리는 가라앉아 있었으나 떨고 있었다. 모두의 시선이 다시 한번 젖은 채로 뒤엉켰다. 맺힘 없는 연민의 감정 같은 것이 그들의 몸 안을 가득 채웠다. 누구도 더는 말이 없었다. 모두들 일어서려 할 즈음 입구에 박명길 씨가 들어서며 숙인 이마 밑으로 두리번거리는 모습이 보였다. 그는 머리에 붕대를 감고 있었다. 남궁동식을 발견하자 그는 그 자리에 선 채 손짓을 했다. 마침 일어서던 참이기도 했으므로 남궁동식은 오인명들과 헤어져 박명길 씨와 함께 거리로 나왔다.

"여기 계실 듯해서."

하고 박명길 씨가 말했다.

"그런데 머리에 붕대는……."

"네, 조금 다쳤습니다. 기상국에 갔었죠."

"박 선생!"

"아이들에게 얘길 다 해 줬죠. 제가 고개를 숙인 채 노래 연습을 시키니까 아이들이 자꾸 묻는 거예요. '선생님 목 아프세요?' '선생님 목 아프세요?' '선생님 무슨 근심 있으세요? 선생님 우리한테 무슨 죄 지셨어요?' 얘길 다 해 주고 말았죠. 저녁에 청년 한 사람이 데리러 왔더군요. 따라갔습니다. 기상국 건물 앞에 도착했을 때 전 그만 그 앞에서만은 고개를 숙이고 있을 수가 없었습니다. 고개를 번쩍 쳐드는 순간에 머리가 아찔합디다. 쓰러지면서 다행하게도 이렇게 조금만 다쳤어요."

"박 선생!"

"의료실인가로 데려가더니 치료를 해 주더군요. 참 상냥한 사람들입디다. '앞으론 다치지 않도록 조심하시오'라고만 말해요. 그리고는 돌려보내 주더군요."

남궁동식은 억제할 길 없이 뜨거운 노여움이 복받쳐 오르는 걸 가까스로 누르며 그를 부축했다.

"가십시다. 박 선생."

"네."

두 사람은 버스 정류장을 향해 어둠 속을 걸었다. 모든 사람들이 고개 숙인 채, 그러나 그것이 오래전부터 그렇게 몸에 밴 자세인 양 걷고 있었다. 그때 어둠 속 어딘가로부터 꼽추 한 사람이 뛰어나와 사람들 사이를 누비며 달려갔다.

"하하하, 하하하."

그가 웃는 유쾌한 듯한 웃음소리가 재주라도 넘을 듯 깡충거리는 그의 발짝 소리와 함께 어둠 속에서 들려왔다. 그는 직립하지 않고도 견딜 수 있는 사람이었다.

"그러고 보니 남궁 선생도 흡사 곱사등이 같군요."

박명길 씨가 숙인 이마 밑에서 남궁동식을 곁눈질해 보며 말했다. 그러는 그의 눈에는 눈물이 흥건했다.

후일담: 남궁동식은 그로부터 수년 뒤, 즉 1998년의 어느 봄날 아침 박명길 씨가 목이 부러뜨려져 죽었다는 흉음(凶音)을 들었다. 많은 사람들의, 수난을 뚫는 노력 끝에 바로 그날 아침 다소간의 기상의 호전을 보게 되자 그는 기쁨에 넘친 나머지 그 수년 동안 굽힌 채로 굳어진 목뼈를 성급히 바로 들어 보려다가 그 참변을 당했다는 것이다.

자동차와 사람이 싸우면 누가 이기나

'자동차 한 사람 한 대 갖기 협회'와 '걷기를 좋아하는 사람 협회' 사이의 해묵은 반복은 마침내 조직적 투쟁의 단계를 거쳐 전쟁 상태로 돌입하였다.

곳곳에서 자동차에 대한 테러 행위가 벌어지는가 하면 반대로 보행자에 대한 보다 조직적이며 무자비한 폭력 행위가 공공연히 감행되었다. 도시의 여러 곳에서 화염에 싸인 자동차들을 볼 수 있었고 보행자 전용도로에 느닷없이 나타나 보행자들을 역살(轢殺)하거나 심지어 무차별 총격을 가하고 달아나는 무장 자동차를 볼 수 있었다. '걷기를 좋아하는 사람 협회'의 일부 과격분자들에 의해 저질러지고 있는, 자동차들에 대한 무모하고 산발적인 테러 행위에 비해 보행자들을 향한 폭력 행위는 보다 조직적인 규율 밑에서 행해지고 있는 것으로 보였다. 적어도 그것은 '자동차 한 사람 한 대 갖기 협회' 측의 일사불란한 조직적 통제 밑에서 이루어지고 있는 행동으로 보였다.

사태의 발단은 물론 해묵은 원인들의 누적의 결과이긴 하지만 '자동차……' 측의 고의로 보이는 도발과 그에 대한 '걷기……' 측 일부 과격분자들의 대응으로부터 비롯하였다. '걷기……' 측의 옥외 집회장을 '자동차……' 측 청년 행동 대원들이 수라장으로 만들어 놓은 것이 사건의 단초였다. 성능 좋은 일곱 대의 승용차에 나누어 탄 그들 '자동차……' 측의 청년 행동 대원들은 집회가 열리고 있는 광장의 한복판, 군중들을 향해 돌진함으로써 일거에 집회장을 수라장으로 만들어 놓았을 뿐만 아니라 20여 명의 부상자와 두 명의 사망자까지 냈던 것이다. 그리고 그들이 자랑하고 선전해 마지않는 속력을 이용하여 기민하게 도주해 버렸다. 노여움을 참지 못한 '걷기……' 측의 성급한 일부 과격분자들이 즉시 보복에 나서 눈에 띄는 몇 대의 자동차에 불을 질렀고, 이에 '자동차……' 측은 기다렸다는 듯 조직적인 폭력 행위로써 다시 그들에게 보복을 가해 왔던 것이다.

전쟁의 양상은 쉽게 한쪽으로 기울어졌다. 폭력과 폭력의 대결에 있어서 보다 조직적인 쪽이 그렇지 못한 쪽을 누르는 것은 당연한 일이었다. 게다가 '자동차……' 측의 배후에는 막강한 지원 세력이 있었다. '철강협회', '석유협회', '기계협회' 같은 단체들이 그들이었다.

'걷기를 좋아하는 사람 협회' 쪽에도 물론 동조 세력이 있었다. 그러나 그들은 조직이라는 면에서는 훨씬 규율이 덜 잡힌, 그리고 자금도 넉넉지 못한 단체들, 이를테면 '사람에게 필요한 맑은 공기를 확보하기 위한 회', '숲과 강물 지키기 회', '자전거 타기를 좋아하는 사람 협회' 따위였다. 그 가운데서도 '자전거 타기를 좋아하는 사람 협회' 같은 단체는 지극히 미온적인 동조밖에는 보내오지 않았다. 그들은 자동차에 대해 분명한 반대 의사를 가지고 있었지만 또한 모든 사람이 걷기를 좋아하게 되는 데에도 확실히 찬성하고 있지 않았던 것이다.

한편 행정 당국의 태도로 말하면 사회 세력 간의 투쟁에 대해서는 엄정 중립을 유지한다는 입장이었다. 물론 중재의 노력을 보여 주긴 했으나 행정 당국으로서의 의무를 저버렸다는 비난에 대처하는 범위 내에서였다. 경찰력은 극히 제한된 공적인 범죄에 대해서만 행사되었다.

명백히 내다보인 일이었지만 전쟁의 양상은 '걷기……' 측에 날로 불리해져 갔다. 역살되거나 충격에 의해 희생되는 보행자의 수가 나날이 늘어 갔고 그에 따른 이탈자도 차츰 생겨나기 시작했다. '걷기를 좋아하는' 일을, 목숨과 바꾸려고는 하지 않는 사람들이 생겨나기 시작했던 것이다. 뒷날의 건강한 삶보다 당장의 목숨이 더 소중하다고 생각하는 사람들을 비난할 수는 없었다. 종국적으로 목숨을 지키기 위해 그들은 자동차에 반대하고 있는 것이라고 할 수 있었으므로.

어쨌든 더 많은 희생자와 그에 따른 이탈자를 막기 위해서라도 긴급한 대책이 마련되지 않으면 안 되었다. '걷기를 좋아하는 사람 협회'의 전국적 대의 기구인 '10인 위원회'가 긴급히 다시 소집되었다. 최초의 희생자가 나온 이후 그들은 이미 몇 차례 소집되어 대책을 의

논한 바 있었으나 그때마다 그들은 이렇다 할 효과적인 대책을 세우지 못한 채 갑론을박으로 시간을 보내 왔던 것이다. 소수 과격분자들에 의한 무분별한 테러 행위가, '10인 위원회'의 결정이나 지시를 기다림이 없이 산발적으로 자동차들에 대해서 가해지고 있었을 뿐. 그런데 사태는 이제 어느 쪽이든 분명한 결단을 강요하고 있었다.

'자동차……' 측에서도 이번의 그들 '10인 위원회'의 소집이 갖는 의미의 중대성을 간파하고 있는 듯했다. 조직적인 방해 공작이 가해져 왔다. 그 증거의 하나로 지방의 두 대의원이 위원회에 참석하지 못했다. '자동차……' 측 청년 행동 대원들에 의해 납치되었다는 믿을 만한 증거가 있었다.

'걷기……' 협회의 회장이자 '10인 위원회'의 의장이기도 한 서만길 씨가 말했다.

"두 분 대의원의 불참은 본인들의 의사에 의한 것이 아님이 이제 명백해졌습니다. 방금 증언해 주신 것처럼 여기 계신 다른 대의원들에 대한 납치 기도가 이를 뒷받침해 줍니다. 저의 경우에도 이곳까지 오는 동안 두 차례나 납치 기도에 맞부닥뜨려야 했으니까요. 다행하게도 저는 저를 경호해 준 회원들 덕분에 무사히 이곳까지 도착할 수가 있었습니다만."

비슷한 경험을, 위원회에 참석한 다른 일곱 명의 대의원들도 겪고 있었던 것이다. 모두들 침통한 표정으로 입을 다물고 있었다. 서만길 씨가 다시 말했다.

"불참한 두 분 대의원의 안위에 대해서 불안한 마음을 금할 수 없지만 우선 이 엄청난 현실 앞에서, 참석한 우리만으로라도 회의를 진행하지 않으면 안 되겠습니다. 오늘의 사태로써 저들의 의도는 이제 명약관화해졌습니다. 폭력으로 우리 보행자들을 짓밟아 버리자는 것입니다. 그동안 저들은 이미 속셈을 감추려고도 않고 폭력 행위를 확대해 왔습니다만 오늘의 사태로써 저들은 이제 우리를 완전히 짓밟아 버리려는 속셈을 남김없이 드러낸 셈입니다. 이제 우리는 우리 자신을 구하기 위한 어떤 결단을 내려야 할 때가 왔습니다. 아니, 어쩌면 우리는 좀 더 일찍 어떤 결단을 내렸어야 했는지도 모릅니다. 확실히 우리는 너무 신중했는지도 모르겠습니다. 그러나 아무리 늦은 경우에도 시작하지 않는 것보다는 낫습니다. 우리에게는 이제 더 이상 결단을 망설일 시간적 여유가 없습니다. 지금 이 순간에도 우리 회원 가운데 어느 분이 보행자 전용도로상에서 역살되거나 총격을 받아 쓰러지고 계신지도 모릅니다. 그리고 납치당한 두 분 대의원께서 어떤 몹쓸 고초를 겪고 계신지도 모릅니다. 자, 여러분, 의견을 충분히 개진하시되 오늘은 어떤 식으로든 단호한 결단을 내려 주시기 바랍니다."

서만길 씨의 표정은 전에 없이 상기되어 있었다. '단호한 결단'이라는 표현 속에는 그의 의지가 강하게 내비치고 있었다. 역시 전에 없던 일이었다. 그는, 의사 진행을 맡은 사회자로서는 한 번도 직분 이상의 발언을 해 본 적이 없는 사람이었다. 개인적인 의지를 내비치는 언동은 철저하게 자제할 줄 아는 사람이었다.

일곱 명의 대의원들은 잠시 아무도 먼저 입을 열려는 사람이 없었다. 서만길 씨의 전에 없이 강한 의지가 내비친 발언과 그들이 그쪽까지 오는 동안에 겪은 경험들의 무게가 그들 각자의 마음속에 무거운 추(錘)처럼 작동했기 때문이다. 그것은 일종의 뜨겁게 얼어붙은 마음이라고 할 수 있었다.

그러나 마침내 입을 열고 나서는 사람이 있었다.

"길게 얘기해 봤자 방법은 한 가지밖에 없습니다. 폭력에는 폭력으로 대항하는 길뿐입니다. 여태껏 우리가 택해 온 평화적인 투쟁 방식이 가져온 결과가 무엇입니까. 저들의 폭력 행위를 더욱 고무해 준 결과 이외에 뭐가 있었습니까. 회원 전체가 나서서 힘으로 맞서는 수밖에 이제 다른 방법은 없습니다."

강경론자인 최형식 대의원이었다. 그는 처음부터 폭력에 의한 투쟁을 주장해 온 사람이었다. 그러나 위원회에서는 항상 소수 의견으로서만 접수되었었다. 이제 그는 위원회의 분위기로 보아 소수 의견의 테두리를 벗어날 최초의 기회를 맞이한 셈이었다. 의장 자신이, 강한 암시가 깃든 '단호한 결단'과 같은 표현을 쓰고 있지 않은가.

"그렇습니다. 이제 다른 방법은 없습니다. 우린 충분히 참았습니다. 이젠 회원 전체가 나서서 힘으로 맞서 싸우는 길밖에 없습니다."

평소 온건론자에 속했던 이인호 대의원이 제일 먼저 최형식 대의원의 발언을 지지하고 나섰다. 그의 목소리는 평소의 침착하고 냉정한, 그래서 설득하듯 나직이 울리던 그 목소리가 아니었다. 대부분의 대의원들이 곧 잇따라 자신의 의견을 말했다. 대부분 이인호 대의원의 의견과 비슷한 의견들이었다.

"싸워야 합니다. 이제 더 이상 머뭇거리고 있을 수는 없습니다."

"우리가 저들을, 이성을 가진 집단으로 생각했던 것이 잘못이었습니다."

"그렇습니다. 우리는 저들을 몰랐습니다. 이제 저들이 하려는 짓이 무엇인지를 안 이상 올바른 방식이 무엇인지도 자명합니다."

"옳습니다. 우리에게는 이제 배수의 진밖에 남지 않았습니다. 자신을 구하기 위해서는, 가장 나쁜 방법도 가장 좋은 방법이 될 수 있습니다. 폭력은 우리가 지지해 온 방법은 아니지만 우선 자신을 구하기 위해서는, 이제는 사양만 할 수는 없는 방법이 되었습니다."

그런데 시종 조용한 표정으로 침묵만 지키고 있는 대의원 한 사람이 있었다. 김영식 대의원이었다. 그는 시종 자기 좌석 앞, 테이블 위에 성냥개비 하나를 올려놓고 그것을 관찰하는 시늉을 하고 있었다. 위원회의 분위기와는 좀 덜떨어진 진지성이 다소 결여된 행동으로도 볼 수 있었다. 적어도 다른 대의원들에게는 그렇게 비쳤다.

모두들 놀란 듯한 시선을 그를 바라보았고, 서만길 씨가 모두의 의아심을 대표하듯 그를 향해 물었다.

"저, 김영식 대의원께서는 무슨 의견이 없으신지요?"

그제야 그는 모두의 주의가 자신에게 쏠려 있다는 걸 갑자기 깨달은 듯 약간 당황한 표정으로 고개를 쳐들었다. 당황한 탓인 듯 얼굴이 약간 상기되어 있었다.

"아, 전 별로……. 성냥개비를 들여다보고 있다가 그만 다른 분들의 얘기를 듣지 못해서……."

"성냥개비라구요? 성냥개비라니……."

서만길 씨의 어조에는 비난의 억양이 담겨 있지 않았다. 그러나 그것은 그가 자제했기 때문이었다.

"죄송합니다. 모든 게 갑자기 너무 비현실적으로만 느껴져서……. 성냥개비라도 좀 똑똑히 보아 두려고……."

"그래, 똑똑히 잘 보아 두셨습니까?"

그렇게 물은 사람은 최형식 대의원이었다. 그의 어조에는 숨김없는 힐난의 억양이 섞여 있었다. 김영식 대의원은 조용히 대답했다.

"네, 그럴려고 애를 썼습니다. 그런데 들여다보면 들여다볼수록 성냥개비마저 점점 더 비현실적으로만 느껴져서……."

"그래요? 그런데 그게 지금 이 자리하고 무슨 관계가 있지요? 오늘 우리의 이 모임도 비현실적이라는 암시인가요?"

이번에는 이인호 대의원이 물었다. 그 역시 힐난의 어조를 띠고 있었다. 김영식 대의원은 그때 희미하게 웃었다.

"글쎄요, 어떤 의미에선 제가 그렇게 말해 버린 셈이 됐는데……. 다소 그렇다고 할 수 있지 않을까요?"

"뭐라구요?"

모두들 분개한 표정으로 그를 쳐다보았다. 그는 잠시 사이를 두었다가 나직이 말을 이었다.

"……자동차가 사람을 마구 치어 죽이고, 총이 사람을 쏘고, 사람이 사람을 납치합니다. 전 이 성냥개비가 뛰어 일어나서 절 공격해 오더라도 놀라지 않겠습니다."

모두의 얼굴에는 그제야 얼마간 납득이 간다는 표정이 떠올랐다.

"아, 그런 얘기였다면 우리로서도 충분히 이해가 갑니다. 하지만……."

이인호 대의원이 오해가 풀렸다는 다소 누그러진 표정으로, 그러나 무언가 불만을 말하려고 했을 때 김영식 대의원은 독백하듯 자기 말을 계속했다.

"……그리고 '걷기를 좋아하는 사람들'의 모임에서 폭력 이야기가 나오는 것도 성냥개비가 뛰어 일어나는 것과 똑같다는 생각이 제게는 듭니다."

그의 얼굴에는 이제 웃음기라곤 보이지 않았다. 그는 무언가 조심스레 반응을 기다리는 것 같았다. 그 첫 번째 반응이 최형식 대의원에게서 나타났다.

"아니, 뭐라구요? 그건 또 무슨 뚱딴지같은 얘깁니까? 듣지 않았다더니 우리 얘길 모두 듣고 있었군요?"

"네, 용서하십시오. 실은 모두 듣고 있었습니다. 매우 비현실적인 음성으로 들리긴 했지만 확실히 듣기는 듣고 있었습니다. 모두 폭력의 사용에 대해서 말씀하고 계시더군요. 폭력의 사용에 대해서……."

"김 대의원은 그럼 폭력 사용에는 반대라는 얘깁니까?"

"우리는 폭력을 가지고 있지 않습니다."

"무슨 소립니까? 우리한텐 주먹도 없다는 얘깁니까?"

"주먹은 폭력이 아닙니다. 철로 만든 물건 앞에서 주먹은 폭력이 될 수 없습니다."

"그럼 이대로 모두 가만히 앉아서 죽고 말자는 얘깁니까?"
"가만히 앉아 있어선 안 되겠지요. 우린 '걷기를 좋아하는 사람'의 모임이니까요."
"그럼 김 대의원의 주장은 결국 뭡니까?"
"제 주장은 없습니다. 다만 성냥개비가 뛰어 일어나는 짓 같은 건, 우린 하려 들지 말아야 할 것이라는 얘기일 뿐이지요. 우린 '걷기를 좋아하는' 사람들이지 '자동차에 불 지르기를 좋아하는' 사람들이 아닙니다."
"그건 결국 고스란히 앉아서 죽기를 기다리자는 얘기와 뭐가 다릅니까?"
김영식 대의원의 얼굴에는 몹시 곤혹한 표정이 떠올랐다.
"……잘 모르겠습니다. 저도 사실은 자꾸 비현실적인 생각에 사로잡히려고 합니다. 비현실적인 상황에서는 비현실적으로 행동하는 것이 차라리 현실적인 행동이 아닐까 하는 생각마저 듭니다. 하지만 정말 그럴까요? 우리마저 모두 비현실적인 행동에 함몰되어 버려야만 할까요?"
"도대체 뭐가 비현실적인 행동이라는 겁니까? '걷기를 좋아하는' 사람들이 계속 자유롭게 걸을 권리를 지키기 위해 자동차와 대항해 싸우는 것이 그렇다는 겁니까?"
"아닙니다. 싸우는 방법이 적어도 '걷기를 좋아하는' 사람다워야 한다는 겁니다. 폭력은 우리 자신을 자동차와 같은 물건으로 만들고 말 것입니다."

"그럼 도대체 어떻게 싸우자는 겁니까?"

"……잘 모르겠습니다. 다만 우리가 좋아하는 일을 계속함으로써 싸워야 할 거라는 생각만은 듭니다. 어쩌면 이것조차 비현실적인 행동이 될는지도 모르겠습니다만."

"오, 김 대의원께서는 철저한 회의론자이시군."

"상황이 너무도 비현실적인데 제 생각인들 꼭 비현실적인 것이 아니라고 믿을 수 있겠습니까."

"그 점은 매우 정직하시군."

그때, 여태껏 신중한 표정으로 입을 다물고 있던 서만길 씨가 조용히 입을 열었다.

"잠깐 김영식 대의원의 말씀에 매우 중요한 시사가 있는 것 같습니다. 우리가 좋아하는 일을 계속함으로써 싸워야 할 거라고 하셨던가요?"

"네, 그렇게 말했습니다."

"그건 다시 말해서 걷기를 계속함으로써 싸워야 한다는 뜻이 아닌가요?"

"싸워야 한다면, 아니 싸움이라는 표현을 써야 한다면 그렇다는 뜻입니다."

"싸움이라는 표현 자체에 폭력의 개념이 포함된다는 걸 염두에 둔 말씀이시군요. 그렇지요?"

"네, 그렇습니다."

그러자 최형식 대의원이 참을 수 없다는 표정으로 가로막고 나섰다.

"그건 여태껏 우리가 취해 온 방식의 되풀이에 지나지 않습니다. 그런 오늘 우리의 이 모임을 무용화하자는 주장입니다."

서만길 씨가 부드럽게 말했다.

"아니, 반드시 그런 것 같지는 않습니다. 김영식 대의원께서는 우리에게 중요한 점을 일깨워 주셨습니다. 우리가 좋아하는 일을 계속함으로써 싸운다, 이건 우리의 본질을 잃지 않으면서 싸울 수 있는 방법이라고 하겠습니다. 하마터면 우린 우리의 본질을 저버리는 결정을 할 뻔했습니다. 자, 이제 김영식 대의원께서 구체적인 제안을 직접 해 주시지요. 아마 준비되셨겠지요?"

그러자 김영식 대의원은 당황한 표정으로 서만길 씨를 쳐다보았다. 서만길 씨는 빙그레 웃었다.

"제 생각으론 구체적인 제안도 준비가 되셨을 것 같은데요. 아니십니까?"

김영식 대의원은 부끄럼을 타듯 잠시 고개를 숙이고 있다가 쳐들며 말했다.

"……실은 저도 조금 비현실적인 생각을 해 보고 있었습니다. 따라서 확신을 가질 수 있는 생각은 못 됩니다. 대강 이렇습니다. 내일 정오를 기해, 모든 시민, 아니 통신이 가능한 모든 회원들에게 연락을 취해서, 일제히 자동차 도로로 나오게 한다. 그리고 걷는다. 모든 곳에서, 모든 걷기 좋아하는 시민들이, 지쳐 쓰러질 때까지, 즐겁게, 행복한 마음으로, 좋아하는 일을 마음껏 할 수 있다는 행복한 마음으로, 전투적인 태도를 취하거나 긴장할 필요 없이, 보무당당할 필요 없이, 그저 유쾌한 걸음걸이로, 더러는 담소도 나누면서, 콧노래도 흥얼거리면서, 요컨대 걷기를 즐기면서, 모든 도로 위를, 강아지도 데리고, 아이들도 데리고, 유모차도 밀면서……. 뭐 대충 이런 어리석은 생각을 해 보았습니다."

모두의 얼굴에 순간 어떤 꿈 꾸는 듯한 표정들이 떠올랐다. 달콤한 꿈을 꾸고 있는 듯한 표정들이. 최강경론자인 최형식 대의원의 얼굴에까지도. 그러나 김영식 대의원의 얼굴에만은 어딘지 모르게 슬픈 듯 쓸쓸한 표정이 감돌고 있었다.

다음 날 12시 정각에, 김영식 대의원의 아내인 민숙자 부인은 생후 6개월 된 아들 웅이를 유모차에 태우고 집을 나섰다. 아침에 출근하면서 이르고 나간 남편의 말에 따르기 위해서였다.

그 시간에 집을 나서고 있는 사람들은 민숙자 부인과 웅이만이 아니었다. 골목골목의 집들에서 사람들이 나서고 있었다. 대부분 여인들과 노인들 그리고 아이들이었다. 모두들 가족끼리 가벼운 산책에 나서는 차림들이었다.

민숙자 부인은 이웃집의 철이 엄마와 다정한 눈인사를 나누었다. 은애 엄마와도 눈인사를 나누었다. 그리고 웅이를 태운 유모차를 밀면서 천천히 큰길 쪽을 향해 걸었다. 집집마다에서 나온 모든 사람들이 큰길 쪽을 향해 걷고 있었다. 한가하고, 서두르지 않는 걸음걸이들이었다. 드물게 보는 화창한 날씨였다. 어디선가 산들바람도 조금씩 불어왔다.

큰길 쪽을 향해 걷는 사람들의 수는 점점 더 불어났다. 그리고 마침내 큰길에 다 나섰을 때 민숙자 부인은 그곳에 이미 더 많은 사람들이 걷고 있는 모습을 보았다. 그곳에는 민숙자 부인의 남편 비슷한, 사무원 차림의 남자들도 많이 끼어 있었다.

사람들은 큰길을 거의 메우다시피 하고 걷고 있었다. 마치 온 시민의 걷기 잔치 같았다. 걷는 사람들의 살아 있는 강(江) 같았다. 천천히 흐르는 큰 강 같았다.

이상하게도 자동차의 그림자는 한 대도 보이지 않았다. 큰길 어디에서도 보이지 않았다. 좌우 사방 아무 데서도 보이지 않았다. 길에는 걷는 사람들만 있었다.

민숙자 부인은 웅이를 태운 유모차를 밀고, 사람들이 걷고 있는 큰길로 들어섰다. 그리고 사람들과 함께 천천히 걸었다. 사람들은 미소를 띠며 유모차를 위한 공간을 마련해 주었다. 웅이는 기쁜 듯이 맑은 눈을 들어 처음 보는 많은 사람들을 바라보았다. 민숙자 부인은 웅이에게 말했다.

"웅아, 좋지? 그치? 사람들이 아주 많다아, 그치?"

웅이는 그러나 기쁜 듯이 맑은 눈만을 두리번거릴 따름이었다. 민숙자 부인은 그때 잠깐 생각했다. 남편도 함께라면 더 좋겠다고. 지금쯤 어느 거리를 사람들과 함께 걷고 있을까, 하는 생각도 들었다. 직장 가까운 어딜 거야. 거기도 사람들이 여기처럼 많을까. 그럴 거야, 여기 비슷할 거야.

큰길을 걷는 사람들의 수는 점점 더 늘어만 갔다. 그리고 사람들은 이제 그곳이 자동차가 다니던 길이라는 사실을 잊은 듯했다. 그것은 까마득한 옛날의 일 같았다. 사람들은 아무 걱정도 하지 않았다. 마음은 즐겁고 발걸음은 가벼웠다. 자동차가 어째서 한 대도 보이지 않을까, 하는 의심 따위는 하지도 않았다. 오직 이렇게 마음껏 걸을 수 있는 큰길을 차지했다는 사실이 즐겁고 기쁘기만 했다. 마음은 넉넉하고 발걸음은 한가로웠다. 게다가 날씨마저 화창했다. 어디선가 산들바람도 조금씩 불어왔다.

이제 걷는 사람들의 잔치의 큰 강(江)은 모든 길 위를 가득 메우고 있었다. 사람들은 이제 자신들이 강(江)임을 믿어 의심치 않았다.

그런데 그로부터 채 한 시간이 못 되어, 실로 믿을 수 없는 사건이 일어났다. 어디선가 먼 우뢰소리 비슷한 것이 들려오기 시작했던 것이다. 화창한 날씨에 우뢰소리라니. 실로 비현실적인 일이 아닐 수 없었다. 그러나 사람들은 분명히 들었다. 민숙자 부인도 분명히 들었다. 어디선가 분명 우뢰소리 비슷한 음향이 서서히 그들을 향해 가까워 오고 있음을. 그리고 그것이, 그들이 걷고 있는 큰길 저 끝에서 들려오는 소리라는 걸 사람들이 깨달은 것은 잠시 후였다. 그것은 하늘에서가 아니라 땅 저 끝에서 울려오는 소리였다. 그 소리는 점점 사람들의 발밑 가까이에서 들려오고 있었다.

아, 그리고 사람들은 마침내 그 소리의 주인을 보았다. 큰길 저 앞쪽에 번쩍이는 모습을 드러내기 시작한 수백 대의 자동차군(群)을. 햇빛에 번쩍이는 금속 몸체를 드러낸 채, 사람들의 강을 무너뜨리며 다가오는 수백 수천의 자동차군을. 그것은 마치 거대한 철갑군의 대진격 같았다.

민숙자 부인은 역류하는 사람들의 물결에 떠밀려 한순간 유모차의 손잡이를 놓쳤다.

1인칭 소설

서(序)

“다 아는 얘기지만, 소설은 꾸며 낸 이야기다. 꾸며 낸 이야기란, 사실이 아닌 이야기, 다른 말로는 거짓 이야기, 거짓말이다. 거짓말은 곧이듣게 하지 못하면 거짓말로서의 효용을 잃는다. 곧이듣게 하려면 어찌해야 하는가. 사실이 아닌 이야기를 사실처럼 들리도록 해야 한다. 그렇게 하기 위해서 소설에서는 여러 가지 꾀를 쓰지만 그 하나에 ‘1인칭 소설’이 있다……. (숨을 돌리며, 학생들을 한 번 둘러보고 나서) ……이야기하는 사람 스스로가 겪은 이야기, 적어도 직접 목격한 이야기라는, 얼핏 어리숙하면서도 신뢰를 얻기 쉬워 뵈는 방법을 빌리는 거지. 거기다 그 이야기하는 사람의 신분이 믿을 만하다면 더 바랄 게 없게 되지. 천진한 어린이거나 신부님, 또는 신부님 앞에 선, 고해성사하는 사람쯤이면 우리는 꽤 믿을 만하다고 생각하지 않을까. 또 별 이해관계 없이 사건 현장 매우 가까운 곳에 있었던 사람이거나……. 단 소설가는 좀 곤란하다. 다소 진시한 면이 있다곤 하지만 역시 소설가란 원래 거짓말을 밥 먹듯 하는 사람, 아니 거짓말로 밥 먹는 사람이니까…….”

내가 일하고 있는 대학의 ‘소설 창작 연습’이란 수업에서 내가 하는 이야기다. 그런데 정말 그럴까. ‘1인칭 소설’이 곧이듣게 하려는 목적 때문에만 선택되는 형식일까. 물론 그렇지 않다. 개인의 내면세계를 진술하기에 적합한 형식으로써도 선택된다. 그리고 소설이 갖는, 자아에 대한 성찰의 요소, 반성적 기능도 그 형식을 통해 잘 작동하게 할 수 있다. 그러나 내게 떠오른 의문은 보다 근원적인 것이다.

모든 ‘1인칭 소설’이 반드시 꾸며 낸 이야기이기는 할까. 또 반드시 그래야만 할까. 작가의 직접적 고백의 형식이 될 수는 없는 것일까. ‘참회록’이나 ‘고백록’ 같은 명망가나 선택함 직한 형식에 담기는 왠지 좀 계면쩍고 쑥스런 고백을 담기 위한 작가의 형식이 될 수는 없는 것일까. 나아가서 모든 소설이 꼭 꾸며 낸 이야기일까. 그리고 그래야만 할까. 꾸며 낸 이야기를 꾸며 내지 않은 것처럼 보이려고 온갖 꾀를 쓰는 것처럼 거꾸로 제 이야기를 제 이야기가 아닌 것처럼 보이려고 소설이란 형식을 선택할 수는 없는 것일까. 게다가 소설이란 형식을 통하지 않고는 말할 수 없는 삶의 어떤 진실이 있다는 사정을 인정한다면 작가가 제 이야기를 소설이란 형식으로 되짚어 보려는 욕망은 오히려 자연스럽다고 할 것이다. 하긴 ‘자전적 소설’이라는 것들이 있다. 그러나 그것들은 '제 이야기'보다 '소설'에 더 비중을 둔다. '제 이야기'를 소설이라는 형식에 담는다기보다 '소설'에 제 이야기를 담는 것이다. 그게 그 소리 같지만 다르다.

'작가의 고백'으로서의 '1인칭 소설', '고백록' 같은 형식엔 담아낼 수 없는 작가의 '고백'을 담은 '1인칭 소설'[이웃 일본에 그 비슷한 형식으로 '사소설(私小說)'이라는 장르가 있다고 들었지만 대체로 그쪽은 역시 '소설' 쪽에 강세가 주어져 있는 듯하다], '소설'보다 '고백'에 강세가 두어진 '1인칭 소설', 어쩌면 돌이 날아올지도 모를 '1인칭 소설', 뭐 그런 걸 한번 써 보고 싶다는 갑작스런 욕망이 생기는 건 웬일일까. 내가 늙어서일까. 늙은 만큼 뻔뻔해져서일까.

모르겠다. 뭐 한 번 저지르고 볼 일이다.

1

맨 처음 기억나는 것은 붉은빛이다.

내 주변이 온통 석양 녘의 햇덩이처럼 빨갛게 물들어 버린 것처럼 느껴지던 붉은빛이다. 그게 불이었다는 사실을 알게 된 건 나중의 일이다.

내가 열한 살 먹던 핸가 그 얘기를 우연히 꺼냈더니 할머니는 깜짝 놀랐었다.

"나 아주 어렸을 때 우리 집에 불 난 적 있었지? 그렇지? 그때 왜 불이 난 거야, 할머니?"

난 그것이 불이었다고 내 나름으로 정리하고 할머니에게 확인하고 싶었던 것이다. 할머니는 두 눈을 동그랗게 떴다.

“아니, 이 애 좀 보게. 그걸 네가 어떻게 아니?”

“할머닌 내가 바본 줄 알아? 그걸 내가 왜 몰라. 사방이 온통 빨간 휘장 쳐 놓은 것 같던 모습이 지금도 눈앞에 선한데.”

“뭐라구? 정말 이 애 좀 보게. 저 태어난 지 석 달 만의 일이 기억난다네?”

“정말이야, 그게? 나 태어난 지 석 달 만에 불이 났어?”

“정말이구말구가 어딨니. 집에 불 난 해가 할미 나이 마흔여섯 때니까 꼭 10년 전 일인 걸. 네가 그해 4월에 태어났구 7월에 불이 났단다. 만주 오상이라는 데서 네 애비가 시계포를 할 땐데 그 시계포에서 난 불이 안채까지 번졌지.”

그 뒤 나는 아버지에게서도 같은 말을 들었다. 집에 화재가 난 적이 분명 있긴 한데 그것은 내 나이 불과 3개월밖에 안 되었을 때의 일이라는 것이었다.

좀 이상한 일이다. 우리 집에 난 화재가 내 생후 석 달밖에 지나지 않은 시점의 사건이라니 집안 어른들의 기억에 착오가 있는 게 아니라면 아무래도 내 쪽의 무슨 착각일 것이다. 아무리 충격이 큰 경험이었다고 하더라도 생후 3개월밖에 안 된 갓난아이 적의 일을 기억한다는 게 있을 법한 일 같지가 않으니 말이다.

할머니는 그 후부터 만나는 사람마다에게 손자 자랑을 하였다. 저 태어난 지 석 달밖에 안 된 때의 일을 기억하는 녀석이니 훗날 크게 되어도 보통 크게 될 녀석이 아니라는 것이었다. 결과부터 말한다면 할머니는, 내가 듣는 자리에서는 그런 자랑을 하지 않는 것이 좋았다.

그다음 기억나는 것은 기차다. 만주 어딘가에서 개성까지 오는 데 두 달씩이나 걸리던 기차다. 기차 지붕 꼭대기다.

낯선 복장을 한 이상한 생김새의 군인들(훨씬 나이 먹은 뒤에야 그들이 소련군이었다는 걸 알았다)이 아래의 객차에 타고 있었고 만주에서 오는 조선 사람들은 모두 둥글게 비탈진 그 지붕 꼭대기에 타고 있었다. 많은 짐들과 많은 사람들로 그 비탈진 지붕 꼭대기는 뒤덮여 있었다. 우리 가족도 그 비탈진 지붕 꼭대기에 타고 있었다. 그리고 기차가 아무 벌판에서나 일주일이고 열흘이고 움직일 줄 모르고 멈추어 있을 동안에는, 아버지는 할머니와 고모(나보다 꼭 열 살 위였다)와 나를 그 기차 지붕 꼭대기에 남겨 둔 채 어딘가로 먹을 것을 구하러 내려가곤 했었다. 이때의 어느 벌판에서 나는 아득하고 막막한 어떤 공간감 같은 것을 느낀 기억이 있는데 그 기억은 지금도 내 몸을 아주 조그맣게 만든다. 아버지는 먹을 것을 구해 온 적도 있었고 구해 오지 못한 적도 있었다. 아버지가 먹을 것을 구해 오지 못했을 때는 가족이 다 함께 굶어야 했는데 어쩐 일인지 나만은 굶겨지지 않았던 것 같다.

혹 이상스럽게 여길 사람이 있을지 몰라서 밝혀 두지만 나는 어머니가 없는 애였다. 그러나 나는 어머니가 없다는 걸 이상스레 여기거나 슬퍼해 본 적은 없었다. 적어도 내가 다섯 살 먹던 그해, 그 기차 지붕 꼭대기에 타고 있을 때까지는 말이다. 몇 살 더 먹은 뒤에야, 어머니가 나를 낳은 후 얼마 지나서 장티푸스에 걸려 죽었다는 이야기(거짓말이었다)를 듣고 조금 이상스런 감정을 느껴 보았을 따름이었다. 내겐 할머니만 있으면 되었다.

총소리를 그 기차 지붕 꼭대기에서 맨 처음 들었다. 어쩌다 한 번씩 들리는 적도 있었고 한꺼번에 여러 차례 들리는 적도 있었다. 총소리를 내가 무서워했는지 어쨌는지는 잘 기억나지 않는다. 다만 그 소리가 엄청나게 크다는 것과 그게 그 낯선 복장의 이상스런 군인들이 가진 기다란 작대기에서 나는 소리라는 걸 알고 놀란 기억만이 또렷할 뿐이다.

아버지를 따라 그 기차 지붕 꼭대기에서 아래로 한 번 내려갔던 기억이 난다. 그리고 아버지가 그 낯선 복장의 군인들과 무엇인가에 대해 몹시 화를 내며 얘기하는 모습을 곁에서 지켜본 기억이 난다. 그 이상스런 군인들이 아버지를 둘러싸고 위협하는 몸짓을 하던 일과 그러나 아버지가 굽히지 않고 계속 무엇인가를 요구하는 시늉으로 손을 내밀며 짤막짤막 무어라고 외치던 일이 생각난다. 그때(해방되던 해니까 내가 다섯 살 때였다)가 아마 내가 세상에 태어나서 공포라는 감정을 맛본 최초의 시간이 아니었나 싶다. 그 이상스런 군인들은 너무나 커다랗고 힘이 세 보였으며 거의, 그 무렵 내가 꿈에서 자주 보던 무서운 거인 같았고 아버지는 그와 반대로 어린 내 눈에도 너무나 작고 힘없어 보였던 것인데 게다가 나는 그 군인들이 가진 작대기가 무섭게 큰 소리를 내는 물건이라는 걸 알고 있었던 것이다.

그때의 일을 할머니는 나중에 내게 말해 주었다. 당시 해방을 맞아 만주에서 조선으로 향하던 많은 조선 사람들에겐 돈을 어떻게 하면 안전하게 조선까지 감추어 가지고 갈 수 있는가 하는 것이 가장 큰 근심거리였다. 어지간히 잘 감춘다고 감춘 돈도 백이면 백 거의 모두 그 소련 군인들에게 빼앗겨 버리고 말았다. 그래서 어떤 사람들은 돈으로 노끈을 꼬아 허리띠 대신 두르기도 하고 짐을 묶는 데 쓰기도 했으며 어떤 사람들은 돈을 책처럼 엮어 그럴듯한 표지를 해서 손에 들기도 했지만 그래 보았자 자신들의 돈을 안전하게 감추는 데 성공한 사람은 불과 손가락으로 꼽을 수 있을 정도의 숫자에 지나지 않았다.

아버지는 돈을 쇠로 만든 물병 속에 감추었다. 물병의 밑창을 이중으로 만들어 그 이중 밑창 사이에 돈을 차곡차곡 넣고 그 위쪽엔 물을 담아 가지고 어깨에 메고 다녔다. 그리고 잠잘 때에는 그것을 머리 밑에 꼭 베고 자곤 했다. 그런데 하루는 잠자다 깨어난 아버지가 머리 밑을 만지며 허둥지둥 일어나 앉더라는 것이다.

"어머니, 물병 못 보셨어요?"

"물병을 못 봤냐니, 그건 네가 베고 자지 않았니?"

할머니는 가슴이 철렁 내려앉더라고 했다. 아무리 꼭 벤다고는 해도 그리고 그래야 의심을 안 받는다곤 해도 물병을 머리 밑에 늘 베고 자곤 하는 아버지를 몹시 불안하게 여기던 할머니는 기어이 사달이 났구나, 하고 눈앞이 아득해지더라는 것이다. 고모를 깨워서 물어보고 주위를 아무리 샅샅이 찾아보았으나 물병은 온데간데없었다.

아버지는 한동안 망연한 표정이더니 갑자기 자리에서 일어나 북새통에 깨어 있는 내 손목을 붙들고 지붕 아래로 내려가더라는 것이다. 할머니는 잃은 물건은 기왕지사 잃은 물건인데 사람이나 다치지 말아야 한다고 극구 만류했으나 아버지는 기어이 듣지 않고 내 손목을 붙잡은 채 아래로 내려가더라고 했다. 그럼 아이는 왜 데려가느냐고, 아이나 놔두고 가라고 할머니는 다시 애걸하듯 말렸으나 아버지는,

"애들도 볼 건 봐 둬야 합니다."

한마디만을 퉁명스레 내뱉곤 그대로 내려가 버리고 말더라는 것이다. 아버지가 내 손목을 쥔 채 다시 기차 지붕 꼭대기로 되돌아오기까지는 서너 시간이 넉넉히 걸렸는데 그동안 할머니는 이따금씩 들려오는 총소리와 혹 그 총소리에 아들 손자가 죽는지도 모른다는 생각 때문에 얼마나 마음을 졸였던지 아버지와 나를 보자 그만 둑이 터지듯 울음을 터뜨렸다는 것이다.

얘기를 마치면서 할머니는 그 물병 속에 감춰진 돈은 누가 써 보지도 못한 채 어느 벌판 같은 데 그냥 버려져 있을 것이라고 하였다. 아마 어느 로스케(소련군을 할머니는 그렇게 불렀다)가 물을 마시려고 가져갔다가 얼마 안 되는 물만 마시고 벌판 아무 데나 버렸을 것이라고 하였다. 그러면서 할머니는 그 돈만 무사히 가지고 왔더라면 조선와서 우리가 그렇게까지는 고생을 하지 않았을 것이라고 못내 애석해하였다. 나는 할머니의 이야기를 들으면서 어느 벌판 숲 덤불 밑에 버려져 오랫동안 녹슬고 있을 그 물병을 머릿속에 그리고 있었다.

그다음 생각나는 것이 임진강에서 몰래 새벽 배를 타던 일이다. 발

자국 소리를 죽여, 허리를 굽히고 갈대밭 사이를 한참 동안 뛰어가던 일과 배에 오른 후에, 뒤쪽에서 들려오던 여러 발의 총소리다.

2

서울에 오고 나서 3년 동안, 즉 내가 여덟 살이 될 때까지의 기억은 아주 단편적인 것들뿐이다. 온 식구가 조개탄 가스에 중독되어 정신없이 토하고 우리가 세 살던 집의 주인아주머니가 퍼다 준 동치미 국물을 마시고야 살아나던 일, 나보다 조금 큰 아이들과 더불어, 당시만 해도 숲이 무성하던 인왕산(仁旺山) 기슭에 올라가 개울의 돌 밑에서 가재를 잡거나(나의 경우, 잡는다기보다 다른 아이들이 잡은 걸 얻어 갖는 게 더 자주 있는 일이었지만) 햇빛이 가득 비친 나뭇가지에 꼼짝 않고 붙어 있는, 빛깔 영롱한 풍뎅이를 잡던 일(이건 나도 할 수 있었는데 그때의 흥분은 지금도 내 몸속을 환하게 만든다), 어느 산이던가(역시 인왕산이었는지…… 아니면 남산이었는지도 모르겠다. 혹은 세검정 너머 북한산이었는지도……), 역시 나보다 큰 아이들을 따라서 산이 저만큼 바라보이는 지점에 이르렀을 때 문득 그 산 꼭대기에 올라가면 파란 하늘을 만져 볼 수 있을 것 같은 기분이 들던 일, 횟배를 앓아 할머니를 따라서 염천교 다리를 지나 한의원에 가던 일, 늦은 홍역으로 한여름 철에 방 안에 꼭 갇혀서 할머니가 얻어다 준 참새 한 마리를 줄에 매어 날리면서 놀던 일, 맛있는 줄도 잘 모르면서 큰 아이들이 그러는 대로 아카시아 꽃잎을 한 주먹씩 입에 넣고 씹던 일 등등…….

이 무렵, 어머니가 이따금 꿈속에 나타나던 기억도 난다. 지금은 기억할 수 없지만 그 무렵엔 어머니의 얼굴을 또렷하게 기억할 수 있었다. 대개 물끄러미 나를 바라보다가 어디론가 떠나는 모습이었다. 그제야 나는 어머니가 어디론가 떠나는 모습을 본 기억이 또렷해졌고 할머니에게 물었다.

"엄마가 정말 죽었어?"

"그러엄."

"엄마가 어디로 가는 걸 내가 분명히 봤는데두?"

"으응, 친정에 가서 죽었단다."

나는 할머니의 말을 믿을 수밖에 없었다.

나에게는 지금 빛바랜 사진 한 장이 있다. 할머니가 가지고 계셨던 것인데 그분이 돌아가신 지 30여 년이 지난 지금 그 사진을 내가 가지고 있다. 조금 기이한 사진이다. 좁다랗게 긴 직사각형의 사진인데 원래의 사진에서 좌우를 잘라 내고 남겨진 부분임을 쉽게 알 수 있다. 사진관에서 찍은 것인 듯, 할머니가 나를 무릎 위에 안고 의자에 앉아 있는 모습이 전신상으로 찍혀 있고 할머니의 오른쪽 어깨 뒤에 서 있는 남자의 어깨 일부와 한쪽 팔만이 남아 있다. 아마 아버지의 팔일 것이다. 가족이 다 함께 찍은 사진인 모양인데 가족의 다른 구성원을 볼 수 없도록 누군가 잘라 낸 것이 분명하다. 나는 그 사진에 원래 어머니의 모습도 들어 있었다고 생각한다. 그리고 잘라 낸 사람이 누구일까 궁금해한다. 할머니는, 어머니가 잘라 냈다고 말했다.

"입을 벌리고 있는 제 모습이 보기 흉하다고 잘라 버렸단다."

그랬을지도 모른다. 그렇다면 나는 지금 모습도 기억할 수 없는 어머니의 어떤 손길이 담긴 단 한 점의 유품을 가지고 있는 셈이다. 그리고 어머니의 그 손길은 나에게서 어머니 자신의 모습은 깨끗이 앗아가 버린 결과로 남았다. 어머니가 아니었는지도 모른다. 사진을 잘라 낸 사람은 어쩌면 할머니인지도 혹은 아버지인지도 모른다. 또는 고모일는지도……. 그들은 각기 또 그럴 만한 이유를 가지고 있을 수도 있었으니까. 적어도 그들은 어머니에 관해서만은 오랫동안 나에게 거짓말쟁이들이었으니까.

초등학교에 입학한 여덟 살 때부터의 기억은 한결 선이 분명하고 또렷하다. 그중에서도 찐빵가게 조씨(曺氏) 아저씨에 관한 기억은 지금도 바로 엊그제 일같이 선명하다.

청진동 살 때 일이다. 아버지는 과일 행상 따위를 거쳐 그 무렵에는 종로에서 청진동으로 들어가는 골목 어귀에 목을 잡아 리어카 위에 제법 여러 가지 물건들(이라야 통조림 깡통이나 과일류, 초콜릿이나 껌, 비스킷 같은 과자 나부랭이에 불과했지만)을 늘어놓고 노점상을 하고 있었다. 아버지의 그 노점 바로 옆, 골목 모퉁이 집이 조씨 아저씨의 찐빵가게였다. 아버지와 조씨 아저씨는 이웃에서 장사를 하게 되어서인지 곧 친구가 된 모양이었고 조씨 아저씨네에는 나보다 모두 조금씩 크기는 했지만 아이들이 있었으므로 나는 학교가 파하고 나면 아버지한테 들렀다가 이따금 조씨 아저씨네에 가서 놀기도 하였다. 조씨 아저씨네 아이들한테서 나는 많은 걸 배웠다. 어느 골목 몇 번째 집 바깥으로 난 창문엘 밤에 무등 타고 올라가 들여다보면 그 집 아저씨와 아주머니가 뭐뭐 하는 걸 볼 수 있다는 둥, 어느 때는 서로 엇바꿔 누워서 아주 재미있는 짓을 하는 것도 볼 수 있다는 둥, 하는 따위의 어른들이 아이들 몰래 하는 짓의 용렬스러움에 관한 이야기라든지, B29라는 비행기의 대단한 위력에 관한 지식, 또는 일본을 항복하게 만든 원자폭탄이라는 어마어마한 폭발탄에 관한 지식, 계집애들의 가랑이 사이에 있는 것과 똑같은 모양의 물건을 자신의 무릎 밑 장딴지와 허벅지가 만나는 지점의 부드러운 살을 이용해서 만드는 방법(이때부터 내가 여자애들의 성기에 큰 관심을 갖게 된 것 같다) 따위를 나는 그 애들한테서 배워 내 것으로 만들었다. 그런 것들을 내게 가르쳐 주다가, 어쩌다 조씨 아저씨가 가게에서 안으로 들어오기라도 할 때는, 그 애들은 시치미를 떼며 입을 다물곤 했는데 그때의 조씨 아저씨는 대개 아무것도 모르고 그저 언제나 사람 좋은 웃음을 우리에게 지어 보이곤 하는 것이었다. 때로는 자기 아이들에게, 나가서 찐빵 좀 가져다 나에게 주라고 이르기도 하였다. 그리고는 꼬박꼬박 내게 이렇게 묻는 것을 잊지 않았다.

"너, 이 녀석 이번에 2등 했다지? 다음엔 1등 할 자신 있냐?"

그러나 나는 항상, '지난번에도 그렇게 물어보셨잖아요'라고는 말하지 않고 그냥,

"네, 자신 있어요"라고만 대답했다. 나는 어쩐지 자기가 한 말을 그렇게 잘 잊어 먹는 조씨 아저씨가 까닭 없이 좋았기 때문이다. 조씨 아저씨는 그런 내 대답을 듣고는 늘 만족한 표정을 지었다.

"허, 그 녀석 배짱 한번 맘에 드네."

그러나 나는 그런 조씨 아저씨의 표정에서 가끔 뜻밖의 조금 슬픈 듯한 기색을 발견할 때도 있었다. 키가 크고 얼굴도 길쭉한 편인 조씨 아저씨는 살갗이 종잇장처럼 늘 하얬기 때문에 그런 슬픈 기색이 떠돌 때에는 바라보는 사람을 이상한 기분에 사로잡히게 하였다. 무엇인지 아주 고귀한 것을 보았을 때 생기는 것과 비슷한 조금 슬픈 듯한 마음이 이쪽에도 생겨나는 것이었다. 그러나 평소에는 대체로 조금 우스꽝스럽게 굴고, 사람 좋은 그 웃음을 늘 잃지 않는 그런 사람이었다, 조씨 아저씨는.

그 조씨 아저씨가 그런데 빨갱이 노릇을 해 왔다는 사실이 알려졌을 때 나는 별로 놀라지 않았다, 라기보다 이제 초등학교 2학년짜리 어린아이였던 나로서는 놀랄 능력이 없었다는 게 옳겠다. 왜냐하면 나는 빨갱이라는 것이 나쁜 것인지 어떤 것인지, 왜 사람들이 수군대는 것인지 그 이유조차 알지 못했기 때문이다. 학교에서는 아직 그런 것을 가르치지 않았고 동네 아이들이나 조씨 아저씨네 아이들도 그런 것은 내게 가르쳐 주지 않았던 것이다. 나는 다만 조씨 아저씨를 좋아하고 있었기 때문에 그가 사람들 몰래 '삐라'를 뿌리고 다녔다든지, 남의 집 담벼락에 벽보를 붙이고 다녔다든지 하는 일들이 왠지 무슨 아주 장한 일이나 훌륭한 일처럼만 여겨졌고(다른 사람이 그랬다면 내 생각은 달라졌을지 모른다) 그가 경찰서에 잡혀간 일이 더없이 마음 아팠다. 나는 아버지에게 물었다.

"조씨 아저씨는 정말 나쁜 짓을 했나요, 아버지?"

아버지는 신중한 표정을 짓더니 대답하였다.

"그 사람은 법을 어겼다. 법을 어기면 벌을 받게 된다. 차차 크면 너도 알게 될 거야."

그 후 얼마 지나지 않아 우리는 우리가 세 들어 살던 청진동 집에서 딴 동네로 이사를 하게 되는 바람에 조씨 아저씨에 관한 그 후의 소식은, 그가 감옥에 갇혔다는 사실 이외엔 더 이상 아무것도 들을 수 없게 되었으나 내 어린 뇌리에 박힌, 조씨 아저씨의 어딘지 모르게 슬퍼 보이던 모습은 왠지 오래오래 지워지지 않았다.

우리는 서울에 온 이후에 몇 차례인가의 이사를 했는데(거의 1년에 한 번꼴이 아니었나 싶다), 새로 이사한 곳은 당시의 '덕수국민학교' 뒷담 가까이 있던, 여러 가구가 함께 세 들어 사는 낡은 한옥이었다. 우리는 문간방에 세 들었다. 조그만 들창문이 골목 쪽으로 달려 있는 작은 방이었다. 그리고 그곳에서 우리 가족은 '동란'(사람들은 모두 그렇게 불렀다)을 맞았다.

여기서, 빼먹은 이야기를 조금 더 해야겠다. 그 사이 나에게는 차례바꿈으로 두 명의 새어머니가 생겼었다. 한 어머니는 나에게 어머니라는 느낌을 전혀 주지 않았고 그 뒤의 다른 어머니는, 어머니라는 느낌을 주려고 무척 애쓰는 것 같았지만 역시 어머니라는 느낌을 주지는 못했다. 그래도 두 번째 새어머니가 조금 낫다고 나는 생각했다. 어쨌든 두 사람 모두 우리와 오래 함께 살지 못했다. 할머니가 틈틈이 그들의 나쁜 점에 대해서 아버지에게 이야기하는 것을 본 기억이 난다. 그때마다 아버지가 화를 내는 모습도 보았지만 웬일인지 얼마 후부터는 원래의 우리 식구만 남았다.

고모 이야기도 조금 하자. 고모는 우리가 서울에 온 이듬해(열여섯 살이었다)부터 무슨 악극단(樂劇團)이라고 부르는 곳에 들어갔는데 집에 없을 때가 많았다. 지방에 공연을 하러 간다는 것이었다. 할머니와 아버지는 펄펄 뛰며 말렸지만 (아버지가 고모의 머리카락을 가위로 모두 자른 적도 있다) 고모는 기어이 자기가 하고 싶은 대로 했다. 지방 공연을 마치고 집에 돌아와 있을 때는 내 속눈썹을 가지고 놀기도 했다. 화장품갑의 뚜껑 같은 것으로 내 속눈썹을 감아서 말아 올리는 것이다. 그러면서 부럽다는 표정으로 말했다.

"넌 속눈썹이 아주 길구나. 나도 너만큼 길면 얼마나 좋을까."

지방에 가 있는 동안에는 더러 내게 소포 같은 것도 부쳐 주곤 했는데 그중에는 만화책도 있었다. 내가 가장 재미있게 읽은 만화책은 『홍길동』이었다. 내가 나중에 무협 취향을 갖게 만드는 작은 싹이 이때부터 자라기 시작했는지도 모른다.

우리가 '동란'을 맞았을 때 고모는 지방에 가고 없었고 남은 우리 세 식구는 대개의 다른 사람들처럼 아무런 대비 없이 그 사태를 맞았다. 내가 초등학교 3학년 되던 해였다. 누구나 다 아는 일이지만 6월이었다. 그리고 월요일이었다. 나에게 6·25는 월요일에 시작되었다. 우리는 오전 수업(학과 수업이 진행되었는지는 분명치 않다)만을 마치고 모두 집으로 돌려보내졌다. 집으로 돌아오는 도중의 거리는 유난스레 햇빛이 환한 공일날 같았고 어딘지 들떠 있는 것같이 보였다. 평소엔 잘 볼 수 없던, 군인들을 가득가득 태운 트럭들이 줄지어 지나가곤 했다. 행인들의 표정도 다들 조금 상기한 것 같았다.

그다음 날 나는 앞당겨진 여름방학을 기뻐하며 놀러 나갔다가 노량진 쪽으로 걷게 되었고(이유는 모르겠다. 집에서 나와 큰길을 따라 걸으면 저절로 잡히는 방향 아니었나 싶다) 걷던 도중, 하늘에 뜬 비행기가 떨어뜨리는 검은 물체를 피하기 위해 어른들과 함께 가로수 밑동에 고개를 처박고 엎드리기도 했다. 그 검은 물체는 굉장히 요란한 소리를 냈던 것 같다. (그게 내가 겪은 첫 번째 공중폭격이었는데 나중에 겪을 미군의 폭격에 비하면 지극히 서툴고 빈약한 공격이었다고 할 수 있다) 사람들도 다쳤던 것 같다. 그러나 나는 집으로 바로 돌아가지 않고 계속 걸어서 기어이 노량진까지 갔다가 돌아왔다. (역시 이유는 모르겠다. 뭔가 들떠 있었거나 좀 멍청해져 있었지 않나 싶다.) 그리고 집에 돌아와서 아버지한테 회초리로 맞았다. 할머니도 말려 주지 않았다. 사실 아버지한테 회초리로 맞은 것은 이때가 처음은 아니었다. 학교에 들어간 뒤 내겐 언제부턴지 도벽이 생겨 있었는데 밤에 몰래 일어나 아버지의 호주머니에서 번번이 돈을 훔치거나 학교에 갖다 내라는 월사금을 내 멋대로 써 버리기도 하였다. 먹고 싶은 것을 사 먹거나 혼자서 영화 구경을 하기도 하였다. 아버지의 호주머니에서 돈을 훔칠 때 나는 매우 신중하게, (아, 이때의 긴장감은 지금도 내 몸을 졸아붙게 한다) 아버지가 알아차리지 못할 만큼 작은 액수만 훔쳐 냈는데도 아버지는 용하게 알아차리고는 나를 회초리로 몹시 때리곤 하였다. 나의 그 도벽은 열두 살까지 이어진 후 아버지에게 마지막으로 아주 심하게 맞고 나서 그쳤는데 이때 잠복했던 도벽이 훨씬 뒤에 아주 참괴스런 형태로 재발된다. 어쨌든 아버지가 회초리로 나를 때릴 때마다 할머니는 잠시 내버려두었다가는 곧 내 몸을 감싸며 말려 주곤 했었는데 이때는 끝까지 말려 주지 않았다. 말려 주기는커녕 아버지를 편들어 나를 나무라기까지 하였다. 이때 처음 나는 할머니를 미워하였다. 그리고 바로 그다음 날 나는 새로운 군인들을 보았다.

아침에 골목 쪽으로 난 들창 밖이 수런거리는 듯한 느낌에 나는 잠을 깼다. 그리고 일어나서 들창문을 열었다. 창밖 골목길에는 사람들이 줄지어 지나가고 있었다. 사람들은 꽤 값비싸 보이는 가구 따위를 머리에 이거나 어깨에 메고 있었다. 모두 흔히 볼 수 있는 물건들이 아니었다. 나중에야 나는 그 물건들이 부근에 있는 미국 대사관에 있었던 물건들이라는 걸 알았다. 그리고 그 미국 대사관에 있었던 물건들 가운데 '캐러멜'이라는 것을, 나는 조금 뒤에, 처음 보는 새로운 군인들한테서 얻을 수 있었다.

그들은 미국 대사관 들어가는 어귀, '경기여고' 축대 밑에 세워 둔 탱크와 함께 있었다. 탱크는 정말 크고, 무겁고 우람해 보였다. 아침 햇빛을 받으면서 하늘을 향해 뻗친 포신(이름은 나중에 알았지만)은 정말 멋졌다. 그리고 엊그제 본 군인들과는 조금도 닮지 않은, 낯선 복장을 한 그들은 탱크 주위를 빙 둘러싸고 감탄의 눈초리를 보내고 있는 아이들에게 그 '캐러멜'을 나누어 주었다. 한 아이가 외쳤다.

"야! 미제 미루꾸다!"

"응, 캐러멜이라고 한다."

그 새로운 군인들 중 하나가 말했다. 그들은 모자도, 군복도, 견장도 모두가 정말 달랐다. 한 사람은 탱크의 뚜껑 문을 열어젖힌 채 상반신만 내밀고 앉아 있었고 두 사람은 탱크에 기대선 채 아이들에게 둘러싸여 있었다. 한 아이가 그 '캐러멜'의 포장 종이를 벗기고 알맹이를 입 안에 넣으면서 말했다.

"아저씨, 권총 좀 한번 쏴 보세요."

"응? 권총?"

"네, 쏴 보세요!"

아이들이 다 같이 소리쳤다. 아이들은 이 새로운 군인들이 화를 내지 않을 거라고 확신하는 것 같았다.

"그럴까……."

권총을 찬 군인이 오른손을 허리의 권총집 쪽으로 가져가며 빙긋이 웃었다. 그리고 주변을 둘러보았다. 표적이 될 만한 물건을 찾는 모양이었다. 그러자 탱크의 뚜껑문을 열고 앉아 있던 군인이 탱크 속으로 고개를 숙여 '데스까부도' 하나를 끄집어냈다. 국군의 철모를 우리는 그렇게 불렀다. 그 '데스까부도'는 좀 낡은 것이었는데 그것을 그는 권총 찬 군인에게 넘겨주었다. 권총 찬 군인은 그것을 '경기여고' 축대 밑에 엎어 놓고는 허리에서 권총을 꺼냈다. 그리고 팔을 쭉 뻗어 겨냥하고는 쏘았다. 우리는 미리 두 손으로 귀를 막고 있었으므로 생각보다 소리가 그다지 크다고는 느끼지 않았으나 그 '데스까부도'가 힘없이 퀭, 구멍이 뚫리는 모습을 생생하게 보았다. (지금 생각해 보면 그것은 철모가 아니었는지도 모르겠다. 어쩌면 재질이 다소 약한 것이었는지도……) 권총을 그렇게 가까이서 보고 또 쏘는 모습을 그렇게 가까이서 보기는 그리고 그 위력을 그렇게 직접 눈으로 보기는 생전 처음이었으므로 우리는 모두 기분이 몹시 좋았다. 나는 이 장면을 못 본 아이들은 참 안됐다고 생각하였다.

그 새로운 군인들 중 누군가가 우리에게 말했다.

"우리는 인민해방군이다. 또 우리는 어린 동무들의 벗이다."

3

그날 이후, 볼 것은 더욱 많아졌다. 탱크만 하더라도 한두 대가 아니라 수십 대가 한꺼번에 나타나 쇠바퀴 소리도 웅장하게 시가를 행진하는 모습을 볼 수 있게 되었고, 그와 더불어 아스팔트 도로가 규칙적인 무늬로 푹푹 패이는 모습도 볼 수 있게 되었으며 비행기의 편대가 은빛 날개를 반짝이며 나타나서 빠르고 규칙적인 소리의 기총소사를 퍼부어 대거나 두 줄기씩 빨간 불길을 뿜는 로켓 포탄을 쏘아대는 모습, 그리고 그 비행기 편대들을 향해서 쏘아 올려지는 고사포탄의 아름다운 벚꽃 무늬 폭발운(爆發雲)도 볼 수 있게 되었다.

나는 그런 것들을 그림으로 그리곤 하였다. 처음에는 주로 탱크를 많이 그렸지만 시간이 지남에 따라 나중에는 차차 양 날개 끝에 럭비공 모양으로 뾰족하게 생긴 것을 매단 제트기를 더 많이 그렸다. 제트기의 주위에는 고사포탄의 그 아름다운 벚꽃 무늬 폭발운도 빼놓지 않고 그려 넣었다. 어느 날엔가 본, 폭탄 파편에 맞아 머리에서부터 피가 줄줄 흐르는 계집애를 업고 가는 남자 어른도 그렸다. 나보다 얼마 크지도 않은, 중학생 또래의 앳된 군인이 총을 길바닥에 끌다시피 메고 가는 모습도 그렸다. 그중에서 내가 제일 좋아했던 것은 역시 제트기를 그리는 일과 그 주위에 벚꽃 무늬 모양 또는 목화송이 모양의 그 대공포 폭발운을 그려 넣는 일이었다.

그림을 그릴 때 빼고 대부분의 시간은, 나는 안집 대청마루에 가서 아이들과 어울려 노는 것으로 보내었다. 여러 가구의 세 들어 사는 집 아이들 모두가 그곳에 와서 놀았다. 그곳이 가장 넓은 장소였기 때문이다. 안집 어른들을 포함해서 낮에는 모든 어른들이 집에 없었다. 아버지는, '동란'이 시작되고 나서 얼마 동안 자전거 같은 걸 타고 시골로 식량을 구하러 다니는 게 일이었다가 언제부터인가 전의 동회 사무실 자리에 생긴 무슨 '인민위원회'인가에 다니기 시작했고 (이때 난 아버지를 따라 어느 날 동회 사무실에 갔다가 '소년단'이라는 명칭에 매혹되어 '인민소년단'인가에 기쁘게 가입했으나 별로 소집도 하지 않아 실망했던 기억이 난다) 할머니는 아버지가 장사하던 그루터기를 모아 가지고 골목 밖 한길 모퉁이에서 조그만 좌판 장사를 시작했기 때문에 낮 동안은 나 혼자 남았는데 대부분의 다른 아이들도 비슷한 사정이었다.

내가 어울려 놀던 아이들 가운데 두 명의 여자애가 지금도 기억난다. 하나는 그냥 내 또래 계집애였고 또 하나는 내가 계집애라고 부르기에는 조금 커서 누나라고 불러야 했다. 내 또래 계집애 이야기부터 해 보자. 이 계집애가 나에게 가르쳐 준 것은 그때 내가 가장 큰 관심을 가지고 있었던 일이었을 뿐만 아니라 그 후로도 지속적으로 내 관심을 끈 일이었으니까.

그날은 안집 대청마루에 그 계집애와 나 둘밖에 없었다. 다른 아이들은 모두 바깥으로 놀러 나간 모양이었다. 햇빛이 환한 한낮이었다. 계집애가 나에게 말했다.

"우리, 안방에 들어가서 놀래?"

내가 뭐라고 대답을 했는지 어쨌는지 잘 모르겠다. 난 그때 이미 어떤 설레는 예감 때문에 반쯤 겁먹고 반쯤 당황하기 시작했으니까. 계집애가 침착하게 나를 이끌었다. 넓은 안방엔 역시 아무도 없었고 창호지를 투과한 햇빛만이 조용히 방 안을 지키고 있었다. 계집애가 나를 이끌고 방 한쪽, 이부자리가 개어져 높이 쌓여 있는 쪽으로 다가갔다. 나를 맞은편에 앉히고 자기는 이불 더미에 기대앉았다.

"넌 우리 엄마랑 아버지가 밤에 뭐 하는지 모르지? 내가 가르쳐 줘?"

계집애가 천연스런 표정으로 말했다. 난 알 것도 같았지만 대답하지 못했다. 꼭 안다고도 장담할 수 없었기 때문이다.

"이렇게 해 봐……."

계집애는 옷을 벗었다. 나는 계집애가 어떤 옷을 입고 있었는지 기억나지 않는다. 계집애는 나에게도 옷을 벗으라고 했다. 나는 내가 어떤 옷을 벗었는지 기억나지 않는다. 계집애의 발가벗은 몸은 놀라웠다. 맨 가슴에 보일락 말락 살짝 도드라진 부분이 있었고 다리 사이에는 내가 가장 관심을 많이 갖고 있는 부분이 보였다. 그것을 이렇게 가까이에서 보게 될 줄은 몰랐다. 계집애는 더 잘 볼 수 있게 해주기 위해 자세를 바꾸었다. 팔꿈치로 바닥을 짚고, 무릎을 세워서 벌리고, 머리를 이불 더미에 기대 누웠다. 나는 내가 보고 싶어 했던 것을 자세히 보았다. 나의 비뇨기가 딱딱해졌다. 딱딱해진 나의 비뇨기를 자세히 바라보던 계집애가 말했다.

"이리 와 봐……."

나는 계집애에게 가까이 다가갔다.

"만져 봐."

계집애가 다시 말했다. 나는 내가 만져 보고 싶었던 것을 만져 보았다. 아주 말랑말랑하고 따뜻했다.

"이렇게 해 봐……."

계집애가 내 쪽으로 손을 내밀며 다시 말했고 나는 계집애의 지시에 따랐다. 계집애는 나의 비뇨기를 자신의 따뜻하고 예쁜 성기에 가져다 대었다. 그러나 계집애가 시도하려는 일은 잘 성사되지 않는 것 같았다. 나는 비뇨기에 고통을 느꼈다. 하지만 피하고 싶은 고통이라고는 할 수 없었다. 계집애는 참을성 있게 몇 번 더 시도하였다. 계집애와 나의 몸에선 땀이 났다. 그러나 계집애가 시도하려던 일은 끝내 성공되지 않았다.

안방에서 나왔을 때 계집애는 분하다는 듯 빨개진 얼굴로 말했다.

"내일 다시 해 보자……. 내일, 딴 애들 없을 때 이리 와. 그리고 이건 너하고 나하고만 비밀이다."

계집애와 나는 두 번쯤 더 만났다. 그러나 계집애가 시도하려던 일은 한 번도 성공하지 못했다. 한 번은 안방의 다락에 올라가서 다락문을 닫은 채 시도해 보기도 했지만 여전히 성공하지 못했다. 그리고 얼마 후 계집애네가 멀리 이사를 갔기 때문에 나는 계집애를 더 이상 만날 수 없었다. 내가 계집애를 더 만나고 싶어 했는지는 기억나지 않는다.

내가 누나라고 부른 여자애는 중학생이었는데 내게는 아주 커 보여서 거의 어른처럼 느껴졌다. 실제로 비슷한 또래의 여자애들 중에서 키도 큰 편이었다. 얼굴이 약간 길고 마른 편이었으며 안경을 쓰고 있었다. 이 누나에게서 나는 많은 것을 배웠다. 우선 자기는 '이승만' 편이라고 공공연히 아이들 앞에서 말했다. 우리는 그 무렵, 며칠 동안인가 학교에 소집되어 낯선 선생들한테서 '원수와 더불어……'로 시작되거나 '장백산 줄기줄기……'로 시작되는 노래들을 배운 끝에, '이승만'은 미국의 앞잡이이며 매국노라고 배운 바 있었으므로 그 누나의 말은 나에게 아주 특별한 감명을 주었다. 학교에서 가르치는 것과는 다른 주장을, 그렇게 서슴없이 말할 수 있다는 건 보통의 아이들은 할 수 없는 일이었기 때문이다. 뭐랄까, 정치적 반역이 주는 매력 같은 것을 어렴풋이 느낀 것이었다고나 할까. 어쨌든 그 누나는 내게, 최초로 어떤 정치적 감정을 맛보게 해 주었다. 항상 '우리 편'이 '좋은 편'이라고 생각해 왔던 나에게 '다른 편'이 '좋은 편'일 수도 있다는 생각을 갖게 해 주었다. 그리고 어쩐지 그 누나는 우리와는 달리 보다 많은 진실과 더 많은 비밀을 알고 있는 것같이 여겨졌으며 아주 용감해 보였다. 자기 오빠는 국군이라는 말도 서슴없이 했으며(고자질할 테면 해 봐, 하는 표정이 여유 있게 떠올라 있었다) 이제 얼마 안 있으면 다시 서울로 반격해 올 것이라고도 하였다. 그리고 그때는 빨갱이들은 모두 혼이 나게 될 것이라고도 말했다. 그 얘기를 듣는 순간 나는 한편 아버지를 걱정하지 않을 수 없었다. 밤중에야 집으로 돌아와서는 전에 없이 무슨 책인지 열심히 읽어 대는 아버지, 사람들 앞에서 연설도 한다는 아버지, 무엇엔지 몹시 불안해하는 할머니에게 "염려 마세요. 세상이 이제 달라졌어요"라고 말하던 아버지, 그 아버지가 아무래도 그 누나가 말하는, 그것도 아주 깎아내려서 말하는 빨갱이라는 생각이 들었다. 그리고 왠지 그 누나가 모든 걸 다 알고 있는 것같이 여겨져서 똑바로 쳐다볼 수가 없었다. 그 누나는 말했다. 미국은 어마어마하게 힘센 나라이며 인민군 따위는 문제도 안 될뿐더러 원자폭탄도 갖고 있어서 소련도 문제가 아니다, 그 미국이 '이승만 박사'와 국군을 돕고 있다, 매일같이 수백 대씩 날아오는 비행기들이 저게 다 미국 비행기다, 인민군은 얼마 못 가서 모두 도망쳐 버릴 거다, 그리고 그렇게 되면 인민군이 언제나 여기 있을 줄 알고 날뛰던 빨갱이들은 모두 총살을 당하고 말거다, 라고.

그 얘기를 들은 뒤론, 나는 그 누나를 마음속으로 존경하면서도 되도록 눈을 마주치지 않으려고 애쓰곤 했다. 왠지 그 누나는 '좋은 편' 그리고 나는 '나쁜 편'같이 느껴졌기 때문이다.

그런데 그 누나가 말하던 사태는 정말 왔다.

시간이 갈수록 그 누나가 말한 '미국 비행기'들의 폭격은 더욱 사나워졌고 우리가 '쌕쌕이'라고 부르던, 양 날개 끝이 럭비공 모양으로 생긴 제트기 말고도 나중에 우리가 '제비'라고 부르게 되는, 더 재빠르고 더 날렵하게 생긴 제트기들도 공중에 나타났다. '제비' 역시 두 줄기씩 빨간 불을 뿜는 로켓포탄을 쏘아 댔다. 한 번은 할머니가 장사하는 좌판 근처에 가서 놀다가 그 '제비'가 바로 할머니와 나의 머리 위에서 로켓포를 쏘는 바람에 꼭 죽는 줄만 알았다. 할머니는 아주 재빠른 동작으로 나를 덮쳐서 근처의 담벼락으로 밀어붙이고는 '제비'의 공격이 잠잠해질 때까지 자신의 몸으로 내 몸을 감싸 덮고 있었는데 나는 할머니가 그렇게 재빨리 움직이는 모습은 처음 보았다. 할머니의 몸에 갇혀서 담벼락에 바짝 붙어 있던 그 시간이 내게는 아주 길게 느껴졌다.

그리고 얼마 후, 중앙청(우리는 총독부라고 불렀다)이 폭격을 맞았다. 그것은 아주 상징적인 사건이었는데, 무슨 이유에선지 중앙청은 '미국 비행기'들의 마지막 공격 목표가 되리라고 우리는 듣고 있었기 때문이다. 중앙청의 둥근 '돔' 부분이 시커멓게 그을리고, 부상당한 수많은 '인민군'들이 광화문에서 종로까지 꾸역꾸역 줄지어 지나가는 모습을 약간 겁먹은 기분으로 바라보던 기억이 난다. 그리고 다시 얼마 안 가서 우리는 굉장히 크고 기분 나쁜 휘파람 소리들을 듣게 되었다. 그것은 미국 대포들에서 쏘아진 포탄이 바람을 가르면서 내는 소리라는 것이었는데 그 휘파람 소리들이 들릴 때마다 우리는 어른들의 손에 이끌려 장독대 밑에 있는 지하실로 내려가 숨곤 했다. 그 휘파람 소리들의 위력에 비하면 장독대 밑 지하실은 허술하기 짝이 없어 도저히 안전한 장소로는 여겨지지 않았으나 피할 만한 곳이라곤 그곳밖에 없었기 때문이다. 며칠인가 그 휘파람 소리들을 듣고 난 어느 날, 우리는 멀리 바라보이는 남산 꼭대기에 수많은 군인들이 개미떼처럼 아물아물 늘어서 있는 모습을 볼 수 있었다. 사람들은 그것이 '국군'들이라고 작은 소리로 말했다. 그리고 다음 날 오후, 우리는 골목 밖 큰길에서 '국군'들과 미군들을 보았다.

그들은 서대문 쪽에서 광화문 네거리 쪽으로 행진하고 있었는데 미군들 중에는 얼굴빛이 새카만 군인들도 있었다. 껌을 씹고 있는 군인도 있었다. 내가 미군들을 한꺼번에 그렇게 많이 본 것은 그때가 처음이었다. 사람들은 그들을 향해 박수를 쳤다. 태극기를 들고나온 사람들도 있었다. 나도 사람들을 따라 박수를 쳤다. 어쩐지 그래야 할 것 같았기 때문이다. '국군'들의 모습에 관한 뚜렷한 기억은 없다. 아마도 미군들의 모습이 너무나 강렬하게 내 눈길을 끌었기 때문인지도 모르겠다. 그들은 박수를 치는 사람들을 향해 더러 손을 흔들기도 했다. 키가 큰 그들은 팔도 길고 손도 큰 것 같았다.

내가 집에 돌아왔을 때 아버지는 낮잠을 자고 있었다. 지금 생각해 보면 아버지는 그때 이미 마음의 준비가 얼마간 되어 있었지 않나 싶다. 그렇지 않았다면 그 시간에 어떻게 낮잠을 잘 수가 있었겠는가. 내가 집에 돌아온 지 한 시간쯤 지났을 때, 열린 대문(여러 가구가 세 들어 살기 때문에 대문은 항상 열려 있었다)으로 총을 가진 사람들 네댓 명이 우르르 들어섰다. 군복을 입은 사람도 있었고 그저 보통 옷에 무슨 완장만 팔에 두른 사람도 있었다. 그들은 불문곡직 아버지가 자고 있는 방문을 열어젖혔다. 마당에 서 있던 할머니와 나는 잠시 어쩔 줄 모르고 그들을 바라보기만 했다. 열어젖혀진 방 안에서 아버지가 눈을 뜨고 말없이 일어나 앉는 모습이 보였다. 무례한 방문자들을 바라보는 아버지의 눈빛에는 아무런 항의의 빛도 나타나 있지 않았다. 그들 중 하나가 아버지에게 총을 겨누면서 말했다.

"나와!"

아버지는 천천히 일어나서 말없이 밖으로 걸어 나왔다. 그들은 아버지를 대문 쪽으로 돌려세운 뒤 총부리로 아버지의 등을 밀었다.

"이 빨갱이 새끼!"

할머니가 절망에 찬 표정으로 그들에게 매달렸다.

"아이구, 다 모르고 한 짓이라우. 한 번만 용서해 주. 내가 이렇게 빌 테니 한 번만 용서해 주."

그러나 그들은 거칠게 할머니를 뿌리치고는 계속 아버지의 등을 총부리로 밀어 댔다. 아버지는 말없이, 방금 잠에서 깬 사람답지 않게 허둥대는 빛도 없이 대문 밖으로 걸어 나갔다. 그때 할머니가 내게 말했다.

"애비가 어디루 가는지 좇아가 알구 올 테니 꼼짝 말구 집에 있거라. 갔다 와서 저녁밥 해 주마. 어디 가지 말구 꼭 집에 있어야 한다."

4

그날 밤 나는 아주 늦은 시간에야 저녁밥을 먹을 수가 있었다. 할머니가 밤늦게 돌아왔기 때문이다. 그동안 내게 저녁밥을 먹었느냐고 물어본 이웃 사람은 아무도 없었다. 물론 아버지는 돌아오지 않았다. 할머니는 핼쑥해진 얼굴로 한숨을 내쉬곤 했고 저녁밥도 얼마 먹지 않았다. 그리고 그날 밤 이후 나는 번번이 제때에 밥을 먹지 못하게 되었고 또 가끔은 밤에 혼자서 자게 되기도 하였다. 할머니한테도 무슨 조사할 일이 있다며 데려가서는 아주 밤늦게 보내 주거나 숫제 그 이튿날 아침에 보내 주는 일이 잦았기 때문이다. 혼자서 자게 되는 밤이면 나는 아버지가 총살당하는 장면을 상상해 보곤 했다. 그러나 또렷하게 잘 상상이 되진 않았다. 더러 나쁜 꿈도 꾸었다. 그리고 나쁜 꿈에서 깨어나 보면 캄캄한 방 안에 나 혼자 동그마니 누워 있다는 사실이 새삼 일깨워져 방금 꿈에서 본, 팔이 어마어마하게 긴 거인이나 얼굴이 엄청나게 큰 여자가 당장 어둠 속 어디에선가 튀어나올 것 같은 두려움에 사로잡히곤 했다.

그러던 어느 날 고모가 나타났다. 고모는 군복을 입고 있었는데 고모의 군복 차림은 아주 맵시 있어 보였다. 나는 군복이 여자한테도 그렇게 잘 어울리고 오히려 더 멋져 보일 수도 있다는 것을 그때 처음 알았다. 나는 고모가 '국군'이 된 줄 알았다. 그리고 이제 우리도 '국군' 친척이 생겼으니 아버지나 할머니에게 곧 좋은 일이 있을지도 모르겠구나, 하고 마음속으로 기뻐했다. 그러나 고모는 '국군'이 아니었다. 고모는 '국군'과 미군들을 위해서 노래를 부르거나 춤을 추는 '종군 연예단원'이라고 하였다. 고모가 집에 왔을 때 할머니는 또 무슨 조사를 받는다고 불려 가고 집에 없었는데 고모는 방으로 들어가 아버지가 보던 책 같은 것들을 뒤져내 모두 불태워 버렸다.

"이런 것들을 아직 그냥 놔두다니……."

고모는 종이가 타는 불길 때문인지 얼굴이 빨개지면서 중얼거렸다. 그리고 일선으로 위문 공연을 떠날 시간이 다 되어 가서 할머니를 기다리지 못한다며 나에게 집 잘 보고 있으라고 말했다. 대문 밖으로 나서면서 고모는 나를 잠시 안타까운 눈빛으로 돌아보았다. 나는 우리에게서 무언가 큰 힘이 멀어져 가고 있는 듯한 느낌을 받았다.

그런데 며칠 후 아버지가 집으로 돌아왔다. 그리고 하룻밤인가를 집에서 자고 난 아버지는 당분간 어딘가 아는 집에 가 있겠다고 다시 떠났다. (나중에야 나는 그 이유도, 그곳이 어디였는지도 알게 되었다.) 집으로 돌아온 아버지의 얼굴은 보기 흉하게 부어 있었다. 거의 다른 사람으로 보일 정도였다.

그런데 아버지가 집으로 돌아왔다가 어딘가로 다시 떠난 그다음 날 다시 할머니가 불려 갔다. 불려 간 할머니는 밤새 돌아오지 않았다. 할머니는 이튿날 저녁때가 다 되어서야 돌아왔는데 방 안에 들어서자 몹시 울었다. 할머니의 얼굴도 아버지의 얼굴처럼 보기 흉하게 부어 있었다.

나중에 안 일이지만 할머니는 그때 불려 가서 여인으로서는 그리고 노인의 몸으로서는 차마 감당하지 못할 온갖 괴로움을 당한 끝에 아버지가 가 있는 곳을 말해 주었다는 것이다. 할머니는 그때의 일을 두고두고 부끄러워하였으며 아버지를 원망하기도 하였다.

아버지는 다시 붙잡혀 들어가고 할머니는 장사하던 그루터기들을 팔아서 아버지에게 밥을 지어 나르기 시작했다. 어느 때는 어혈든 사람에게 좋다면서 녹두죽이나 팥죽을 쑤어 가기도 했는데 몇 번인가는 나도 할머니를 따라서 어느 붉은 벽돌 건물의 지하실에 갇혀 있는 아버지를 보러 간 적도 있다. 그때 본 아버지는 전보다 더 보기 흉하게 부어 있었다. 그렇게 할머니를 따라서 아버지를 보러 간 어느 날이었다. 아버지가 할머니에게 낮은 목소리로, 흰 손수건 한 장만 마련해다 달라고 부탁하는 걸 나는 들었다. 마지막으로 혈서나 한 번 써 보는 수밖에 없다고 말하는 것도 들었다. 나는 혈서라는 것이 어떻게 쓰는 것인지는 알 수 없었으나 그것이 매우 중대한 일이라는 것은 느낄 수가 있었다. 나는 집으로 돌아오는 길에 할머니에게 물었다.

"혈서가 뭐야, 할머니?"

할머니는 그것이 손가락을 이빨로 깨물어 거기서 나오는 피로 쓰는 글씨라고 가르쳐 주었다. 나는 그제야 아버지가 할머니에게 흰 손수건을 부탁하던 걸 상기하고 거기에 씌어질 빨간 글씨를 연상할 수 있었다. 나는 아버지가 몹시 중대한 시기에 마주쳐 있다는 걸 느낄 수 있었다.

그 혈서가 좋은 매듭을 가져왔는지 또는 다른 이유도 있었는지(있었다) 아버지는 어쨌든 그 후로 달포인가를 더 갇혀 지내다가 겨우 다시 풀려나왔다. 그러나 아버지는 그때 이미 병자와 다름없는 사람이 되어 있었다. 하루에도 몇 번씩 변소엘 갔고 종일 누워서 지냈다. 그리고 우리는 곧 그 동네를 떠났다. 동네의 누가 또 무슨 고자질을 할는지 알 수 없다는 할머니의 의견 때문이었다.

이쯤에서 아버지가 처했던 당시의 상황에 대해 조금 정리를 해 두고 지나가야겠다. 우선 나의 판단으로는, 아버지는 공산주의자가 아니었다. 적어도 아버지가 정치적 선택으로써 공산주의자가 된 것은 아니었다고 생각한다. 약간 느슨한 기준을 적용한다면 거의 생존적 차원의 선택에 가까웠으리라고 생각한다. 달리 말하면 경제적 선택이라고나 할까. 왜냐하면 나중에 아버지는 일관되게, 흔들림 없는 반공주의자로 여생을 마쳤는데 그 역시 정치적 선택이 아니었음이 거의 분명하기 때문이다. 아버지에게는 항상 생존이 가장 중요한 관심사였고 정치적 관심은 부차적이었으며 그나마 '정치적 올바름'에 관한 관심이라기보다는 고작 정치인들의 부침(浮沈) 같은 '가십'이나 관대하게 말해도 '사적(私的) 영역의 정치'에 관한 관심에 머물렀다. 박정희의 '유신'이나 1980년 5월에 광주에서 저질러졌던 '학살'도 아버지에게는 단순한 하나의 사건일 뿐이었으며 아버지의 주된 정치적 관심사는 지역구의 여당 국회의원이 다가올 선거에서 재공천을 받을 수 있느냐의 여부 따위에 머물렀다. 따라서 그것도 명확하게 말한다면 정치적 관심이라기보다는 거의 생존적 차원의 관심이라고 해야 옳을 것이다. 다른 말로 경제적 관심이라고 하거나.

그리고 아버지가 체포되어 갔다가 처음 풀려나게 된 경위에 대해서는 나중에 할머니한테서 들었다. 어느 날 할머니는 구금된 아버지를 면회하러 갔다가 깜짝 놀랐다. 구금돼 있던 사람들이 모두 줄에 묶인 채 어딘가로 옮겨 가고 있었다. 아버지도 그들 사이에 끼어 있었다. 할머니를 발견한 아버지가 눈짓을 보냈다. 팔에 완장을 두른,

감시하는 사람들의 눈길을 피해 할머니가 가까이 다가가자 아버지가 낮은 소리로 말했다.

"우리 지금 장충단으로 가고 있어요. 거기서 총살시킬 사람과 풀어줄 사람을 가른대요. 그러니까 어머니, 가지 마시고 먼발치에서 계속 따라오세요."

아버지의 눈엔 핏발이 내비쳤다. 할머니는 가슴이 철렁 내려앉았다.

'이 녀석이 오늘 죽을지도 모르겠구나.'

그러나 할머니는 내색하지 않고 고개만 끄덕였다. 그리고 곧 물러서서, 먼발치에서 뒤따르기 시작했다. 발걸음을 제대로 옮겨 놓을 수가 없었다. 다리가 후들거려서 곧 주저앉을 것만 같았다. 그러나 안간힘을 써서 걸음을 떼어 놓았다. 그렇게 먼발치에서 뒤따르는 사람들은 할머니 말고도 많았다. 모두들 사색이 다 된 얼굴빛이었다. 그러나 그들은 모두 장충단 못 미친 지점에서 더 이상 뒤따를 수 없게 되었다. 팔에 완장을 두르고 총을 든 사람들이 가로막았기 때문이었다.

그날 저녁 아버지는 집으로 돌아왔다. 풀려나는 사람들 속에 끼었던 것이다. 아버지는 그 하룻밤만 집에서 자고, 함께 풀려난 사람들의 충고에 따라 아는 사람의 집으로 거처를 옮겼다. 일단 풀려나긴 했지만 누군가 또 고자질하는 사람이 생기면 다시 붙들려 갈 가능성에 대해 두려워했던 것이다. 아는 사람의 집이란 할머니의 조카딸(오래전에 헤어진 할머니 자매 중 한 분의 딸이라고 하였다)로서 나에게는 또 한 사람의 고모가 되는 여자의 집이었는데 할머니는 그 고모를 '옥순이'라고 불렀다. '옥순이' 고모를 나는 전에 꼭 한번 본 적이 있었다. 옷차림이나 머리 모양이 보통 여인들과는 아주 다른, 멋쟁이 여자였다. 그 고모의 직업이 '기생'이었다는 건 나중에 들었다. 그 고모와 함께 사는 남자(남편은 아니라는 것 같았다)가 있었는데 그 남자가 '높은' 경찰관이었다는 것도 나중에 들었다. '높은' 경찰관이라는 건 할머니의 표현이었는데 얼마나 높았는지 나는 모른다. 아마 그렇게 대단히 높지는 않았을 것 같다. 무슨 일 때문인지 사이가 틀어져서 '옥순이' 고모와 우리 집은 한참 동안 서로 냉랭하게 지내 왔으나 할머니 몰래 따로 내왕도 하고 연락도 하던 고모가 이번에 나타나서 다리를 놓아 아버지가 머물 곳까지 내주게 만든 모양이었다. 그리고 아버지가 다시 붙들려 갔다가 마지막으로 풀려나게 된 데에도 '혈서'의 도움뿐만 아니라 '옥순이' 고모와 함께 살던 그 '높은' 경찰관의 도움이 적잖았다고 들었다. 그뿐만이 아니라 그는 나중에 아버지가 '시민증'을 얻는 데에도 크게 도움을 주었다고 한다. 신원보증을 해 주었다고 하던가.

우리가 새로 이사 간 곳은 관훈동이었다. 그곳에서도 우리는 대문 옆에 있는 문간방에 세 들어 살았다. 그리고 거기서 나는 다시 문을 연 학교에 다녔다. 학교에서는 주로 '전우의 시체를 넘고 넘어 앞으로 앞으로…… 화랑 담배 연기 속에 사라진 전우여……' 같은 노래만 가르쳤다. 아이들은 쉽게 구할 수 있는 소총 탄환이나 기관포 탄환들을 가지고 놀았다. 탄환들 속에 들어 있는, 자잘한 연필심 같은 화약을 꺼내서 땅바닥에 길게 늘어놓고 불을 붙이기도 했다. 불을 붙이면 화약은 작은 폭발들을 일으키면서 아주 재빨리 탔다. 큰 아이들 중에는, 두 팔로 안아야 옮길 수 있는 커다란 포탄을 가지고 놀다가 사고를 당하는 아이도 있었다.

아버지는 차츰 전 같지는 못하다 해도 몸이 조금씩 회복되어 갔고 고모도 이따금 군복 차림인 채로 다니러 오곤 했다. 가계는 할머니가 도맡아서 꾸려 나가고 있었다. 할머니에게는 식구들 모르게 감춰 둔 비상금이라도 있었는지 모른다. 아니, 할머니에게는 항상 비상금이 있었다.

겨울이 오고 그해도 저물어 갈 무렵의 어느 날 저녁, 아버지는 두 개의 빨간 줄이 대각선으로 그어진 무슨 소집영장인가 하는 것을 받았다. 그리고 그 소집영장인가 하는 것을 가지고 온 사람을 따라서 어디론가 떠났다. '중공군'이 압록강을 건넜다는 이야기를 들은 지 얼마 후였다. 할머니한테 들어서 알았지만 그것은 '제2국민병' 소집영장이었다.

그리고 며칠 지나지 않아서 할머니와 나는 고모의 도움을 받아 피난길에 올랐다. '중공군'이 곧 서울로 쳐들어올지 모른다는 것이었다. 그들은 더럽고 무식하며 아주 사납다는 소문이 파다했다. 매일 낯선 고장을 보게 되는 춥고 괴로운, 긴 여행이 시작되었다.

5

우리가 집을 떠나 맨 처음 도착한 곳은 일종의 대기소 같은 곳이었는데 '종군 연예단'의 가족들이 저마다 짐들을 들고 모여 있었다. 또렷이 기억나진 않으나 무슨 강당 같은 넓은 장소였고 그곳에서 대기했다가 군대에서 보내 주는 트럭이 도착하면 타고 떠난다는 것이었다. '종군 연예단'의 가족들은 아주 많았다. 할머니와 나를 빼고도 수십 명은 될 것 같았다. 그중에 항기와 복희가 있었다.

내가 할머니의 당부에 따라(할머니는 항상 차를 타기 전엔 오줌을 누어야 한다고 말하곤 했다) 혼자서 낯선 변소에 갔다가 돌아오던 복도에서였던 것 같다. 한 사내아이가 나에게 말을 걸었다.

"야, 꼬마야, 넌 누구냐?"

나보다 별로 커 보이지도 않는 사내아이였다. 그러나 어딘지 자신만만해 보이는 구석이 있었다. 아, 여기서 내 약점 하나를 고백해야겠다. 난 싸움만 하면 얻어터지는 약골이었는데(그런 주제에 번번이 왜 싸웠는지는 모르겠다. 아마 놀림을 받았기 때문이 아니었는지. 뭐 엄마가 없다든지, 얼굴이 까맣다든지……) 번번이 코피가 터져서는 울면서 집으로 돌아오곤 했었다. 그러면 할머니는 뛰어나가서 나와 싸운 아이를 야단치거나 그 아이의 집에 가서 그 아이의 부모에게 항의하고 돌아와서는 나를 몹시 혼내곤 했었다. 차차 나는 얻어맞고서도 바로 집으로 가지 않고 맞은 흔적 따위를 없애고서야 집으로 가곤 했는데 어쨌든 그 무렵에는 좀 당당하거나 자신만만해 보이는 상대방에 대해서는 공연히 주눅이 들곤 했었다. 따라서 이때도 나는 약간 주눅이 든 채로 어물어물 내 이름을 말해 주었다. 얼굴이 약간 긴 편인 그 사내아이는 커다랗게 고개를 끄덕이고는 말했다.

"응, 아, 알았어. 난 항기야, 안항기. 우리 아버지가 누, 누군지 아니? 다, 단장이야, 단장. 그러니까 너, 넌 앞으로 내 꼬붕이다?"

그 사내아이가 말을 조금 이상하게 한다고는 생각했지만 그게 말더듬이 아이들의 특징이라는 건 그때 난 잘 몰랐다. 그리고 그 말더듬이 사내아이가 훗날 이름난 가수가 될 줄도 물론 몰랐다. 그 사내아이, 항기의 아버지는 '종군 연예단'의 단장이었다. 또 그 애에게는 여동생이 하나 있었는데 이름이 복희였다. 복희는 조그만 여자애였다.

그러나 항기는 나에게 '꼬붕' 노릇 시킬 시간이 별로 없었다. 군대에서 보낸 트럭이 얼마 안 있어 도착했고 우리는 곧 어른들과 함께 트럭에 올라타고 떠났기 때문이다. 맞나? 아닌 것 같다. 대부분의 다른 가족들은 트럭에 탔지만 항기와 복희는 '단원'들을 따로 태우기 위해서 온, 아주 훌륭해 보이는 버스에 탔던 것 같다. 아무튼 우리는 한 달도 더 지나서야 부산에서 다시 만날 수 있었다.

할머니와 내가 사람들 틈에 끼어 탄 트럭은 첫날 조치원에서 멈추었다. 그러니까 내가 서울을 벗어나서 처음 가 본 고장의 이름이 조치원인 것이다. 어두워진 다음에 도착했으므로 조치원은 내게 그저 쓸쓸하고 어둡던 고장으로만 기억된다. 그다음 기억나는 지명은 청주인데 그곳에서 사람들은 민가에서 김치들을 얻어다 먹으면서 "역시 충청도 인심은 좋아"라고 말하던 기억이 난다.

그다음 기억나는 지명이 상주다. 청주에서 상주까지 가는 동안이 얼마나 걸렸는지 모른다. 꽤 여러 날 걸렸으리라고 생각된다. 왜냐하면 우리가 탄 트럭은 종종 고장이 났으며 한번 고장이 나면 몇 시간이고 기다려야 했기 때문이다. 트럭이라는 것은 잘 고장 나는 물건이며 고장 나면 고치기 어려운 물건이라는 것을 나는 그때 알았다. 몇몇 낯선 고장들의 어렴풋한 영상 같은 것들이 떠오른다. 그러나 대개는 막연한 어떤 공간감 같은 것들에 지나지 않는다. '공비'가 나타날지 모른다는 어른들의 불안감 섞인 수군거림을 들은 기억도 나지만 '공비'가 실제로 우리 앞에 나타난 적은 없었다.

상주에서 우리는 무슨 공회당이나 강당 같은 넓은 장소에서 다 함께 지내게 되었다. 무슨 이유인지는 모르지만 당분간 그곳에 머물러야 한다는 것이었다. 할머니와 나는 커다란 유리창 밑의 마룻바닥에서 지내게 되었는데 밤에 변소에 가는 일이 문제였다. 변소가 따로 떨어져 있었기 때문이다. 할머니는 그 문제를 해결하기 위해 어디선가 커다란 깡통 하나를 구해 왔다. 그리고 그 깡통은 이후 우리의 중요한 살림살이의 하나가 되었다. 그것을 나중에 대구까지 가지고 갔으니까.

상주에서 며칠 동안이나 머물렀는지 잘 모르겠다. 아마 열흘은 넘었던 것 같다. 그곳에서 처음으로 미군, 그중에서도 흑인 병사에 대한 공포를 맛봤다. '검둥이'들이 총을 들고 민가 집에 들이닥쳐서 누나들이나 아주머니들을 겁탈한다는 소문이 퍼졌다. 그래서 누나들이나 아주머니들은 모두 다락이나 헛간에서 잔다는 것이었다. '검둥이'들은 바보여서 그런 곳들은 찾지 않는다고 했다. 또 '양갈보'라는 말도 처음 들었다. '양갈보' 누나들은 미군들도 '검둥이'들도 무서워하지 않는다고 했다. 그런데도 아이들은 '양갈보' 누나가 지나가면 손가락질을 하며 놀려 댔다. 나는 아이들의 행동을 이해할 수 없었지만 아이들을 따라서 같이 놀려 댔다. 훗날 같은 이름으로 불리는 한 여성을 내가 짝사랑하게 될 줄은 이때 전혀 몰랐다. 어느 날인가는 한 '검둥이'가 어떤 '양갈보' 누나를 총으로 쏴 죽였다는 소리도 들었다. 그 소리를 들은 뒤론 나는 껌이나 초콜릿을 얻기 위해 미군들 뒤를 따라다니지 않았다. 귀찮아지면 총으로 쏠지도 모른다고 생각했기 때문이다.

상주에서 떠날 때 할머니와 나는 트럭에 타지 못했다. 어떤 군복 입은 사람이 나타나서 할머니와 나 대신 다른 두 사람을 태웠다. 할머니는 그 군복 입은 사람과 싸웠으나 이기지 못했다. 할머니는, "당신의 이름을 잊지 않겠다"고 말했고 훨씬 뒤에 내게 그 이름을 말해주었다. 그 사람은 고모보다 높은 선배인 '종군 연예단원'이었다. 그곳에서 자기 가족을 트럭에 태우기 위해 따로 그곳까지 왔었던 모양이다. 그리고 그는 '정단원'이었고 고모는 '준단원'이었으며 트럭에는 더 이상 사람이 탈 수 있는 자리가 없었다. 트럭이 떠난 뒤 할머니는 오랫동안 그대로 땅바닥에 앉아 있었다. 나는 할머니 옆에 서 있었다. 할머니가 누구와 싸워서 지는 모습은 그때 처음 보았다.

할머니는 한참 만에야 일어나서 짐을 머리에 이었다. 그리고 나에게는 철삿줄에 꿴 오줌깡통을 등에 걸쳐 주었다.

"가자. 우린 걸어가자꾸나."

할머니는 말했다.

이후 대구에 도착할 때까지의 경로 가운데 나에게 기억나는 것은 낙동강 변(이름은 훨씬 뒤에 알았다)을 오래오래 건던 일과 처음 보는 집에 찾아가 잘 곳을 얻어 자던 일이다. 강은 얼어붙은 곳도 있었고 얼지 않은 곳도 있었다. 얼어붙은 곳은 햇빛을 받아 눈이 부시게 하였고 얼지 않은 곳은 눈이 시리게 새파랬다. 할머니는 훨씬 후에 내게 말했다.

"등에 오줌깡통을 짊어지고 햇빛에 번쩍거리면서 앞서 걷는 네 모습을 보면서 할미가 무슨 생각을 했는지 아니? 애비도 전쟁터에 끌려가서 죽을지 살지 모르는데 저것 하나는 어떡해서든 내가 살려야 할 텐데…… 에구, 어찌 될는지…… 했단다."

우리가 얼마나 걸려서 대구에 도착했는지는 잘 모르겠다. 그리고 대구에 도착하고 나서 며칠 후 나는 또다시 미군이 '양갈보'를 총으로 쏴 죽였다는 이야기를 들었다.

대구에서는 먼저 도착해 있던 '종군 연예단'의 다른 가족들과 함께 어떤 여관의 2층에서 지내게 되었는데 그곳에서 얼마 동안이나 머물렀는지는 역시 확실치 않다. 아마도 보름은 넘지 않았을까 싶다. 그리고 또다시 미군이 '양갈보'를 총으로 쏴 죽였다는 이야기를 들은 것 이외에는 특별히 기억에 남아 있는 사건도 없다. 다만 대구는, 서울에서 떠난 뒤로는 처음 보는 큰 도시였다.

우리는 다시 부산으로 향했다. 이번에는 트럭이 아니라 기차를 타고 갔다. 기차는 더디게 움직였고 타고 있는 사람들도 많았지만 트럭에 비해서는 한결 편안했다.

부산에서 내가 처음 본 것은 바다였다. 햇빛을 받아 번쩍거리는 바다를 처음 보았을 때 나는 우선 그 굉장한 질량감에 압도당했다. 강물과는 비교가 안 되는 엄청난 물의 양(量), 꿈틀거리는 움직임의 크기, 햇빛을 받아 번쩍이는 해면의 넓이 같은 것들이 나를 숨도 못 쉬게 만들었다. 그리고 그 빛깔, 강물과는 다른 빛깔, 깊이의 두려움을 느끼게 만드는 빛깔, 그냥 푸르다거나 새파랗다고는 할 수 없는 빛깔이 나를 숨 막히게 했다. 뒤에 그 바다가 나의 놀이터가 될 줄은 이땐 생각도 못 했다.

우리는 '종군 연예단'의 다른 가족들과 함께 부둣가에 있는 한 여관에 묵게 되었다. '남빈여관'이란 이름이었고 여관에서 스무 발짝만 걸어가면 배들이 정박해 있는 부두가 있었다. 지금은 '자갈치 시장'이라고 부르는 아주 혼잡한 곳이 되었지만 당시에는 그다지 혼잡하진 않았다. 정박해 있는 배들 중에는 고기잡이배들도 있었고 여객선도 있었다. 그리고 부둣가에는 생선 파는 아주머니들과 '곰장어' 구워 파는 아주머니들, 팥죽 파는 할머니들이 있었다. '꿀꿀이죽'이 나타난 건 한참 후였다. 아, 그리고 그 부두에서 나는 엄청나게 큰 물고기들을 보았다. 내 몸의 열 배, 스무 배쯤 되어 보이는 물고기들이 부둣가의 땅바닥에 길게 누워 있었다. 살갗에 자디잔 소름 같은 것이 돋아있는 물고기도 있었는데 사람들은 그 물고기의 이름이 '상어'라고 했다. 이빨이 무시무시하게 크고 날카로워 보였다. 눈은 뜨고 있었는데 눈동자는 움직이지 않았다. 함지박만 하게 큰 넓적한 물고기도 보았다. 몸체는 함지박 만하게 크고 넓적했는데 눈은 아주 작았다. 온몸을 그렇게 남김없이 땅바닥에 밀착시키고 있는 물고기는 그때 처음 보았다. 그 물고기들 모두 잡히기 전에는 바다에서 살았을 것이었다. 바다란, 얼마나 넓고 깊은 것일까. 그것을 나는 얼마 안 가서 내 몸으로 경험하게 되었다.

'남빈여관'에는 '종군 연예단'의 가족들뿐만 아니라 단원들도 함께 묵었다. 아니, 단원들은 이미 그곳에 묵고 있었다. 단원들은 오후 늦은 시간이 되면 매우 훌륭해 뵈는 버스가 와서 어딘가로 태워 가곤 했다. 그곳이 미군부대라는 것은 나중에 알았다. 할머니와 나는 고모를 다시 만났고 나는 향기와 복희도 다시 만났다. 할머니는 상주에서 트럭에 타지 못한 사건에 대해 말했으나 고모는 얼굴이 빨개지면서도 잠자코 있었다. 그리고 나에게 미안한 눈길을 보냈을 뿐이었다.

나는 곧 향기와 어울려 놀게 되었다. 대개는 복희도 끼었다. '종군 연예단'의 단원과 가족들은 여관의 2층 모두를 차지하고 있었는데 향기네가 쓰는 방엔 늘 어른들이 없었다. 향기네가 쓰는 방은 하나 더 있고 어른들은 그곳에 있다는 건 나중에 알았다. 나는 밥 먹는 시간 빼곤 거의 향기네 방에 가서 놀다시피 했다. 연극 놀이 같은 걸 많이 했는데 대개는 총싸움하는 연극이었다. 향기와 복희는 '좋은 편', 나는 '나쁜 편'을 늘 맡았다. '좋은 편'은 대개 '국군'이나 '서부의 사나이', '나쁜 편'은 '괴뢰군'이나 '악당'이었다. '나쁜 편'인 나는 늘 졌다. 어쩌다가 내가 싫증을 내면 더러 복희를 '나쁜 편'에 끼워 주기도 했다. 복희는 처음엔 싫어하다가 곧 나와 한편이 되어, 향기를 향해 손가락 총을 쏘아 대곤 했다. 그때 내가 얼마나 큰 위안을 받았던지……. 아주 드물게 항기가 '나쁜 편'을 맡는 적도 있었다. 그러나 그때는 '나쁜 편'이 이겼다.

얼마 후인가 '종군 연예단'이 해산되고 단원들은 군복을 입지 않게 되었다. 그러나 단원들과 가족들은 한동안 '남빈여관'에 더 머물렀다. 단원들은 이제 시내의 일반 극장에서 '악극(樂劇)'을 공연하였다. 그리고 나는 항기, 복희와 더불어 극장의 무대 뒤에 있는 분장실에 가서 놀거나 여관에 돌아와서 그날 보고 온 '악극' 중의 한 장면을 흉내 내면서 놀았다. 복희는 '악극' 중간에 여배우가 부르는 노래를 곧잘 흉내 냈다. 그 애가 훨씬 후에 성장한 여인이 되어서, 우리나라 여성으로서는 처음이라는 미니스커트 차림으로 비행기에서 내리는 모습을 텔레비전 수상기로 보면서 나는 이때의 모습을 잠시 떠올렸다. 그리고 그로부터 다시 여러 해가 지난 뒤 어떤 자리에서, 이미 이름난 가수가 되어 있는 항기와도 한 번 만났는데 그는 이때의 일을 전혀 기억하지 못하는 것 같았다.

'남빈여관'에 머무는 동안 나는 두고두고 잊지 못할 두 가지 경험을 더 하였다. 하나는 성인 남자의 성기를 자세히 보게 된 일이고 또 하나는 바다에 빠져 죽을 뻔한 일이다.

그 아저씨는 20대의 트럼펫 부는 단원이었는데 내가 왜 그 아저씨와 같은 방에 있게 되었는지는 잘 모르겠다. 넓은 방이었고 햇빛이 환한 한낮이었다. 방 한쪽에는 악기들이 가지런히 세워져 있거나 뉘어져 있었다. 지금 생각해 보니 그 아저씨가 나에게 과자를 주겠다고 했던 것 같다. 악기들을 구경하고 있는 나에게 그 아저씨가 초콜릿을 주었다. 초콜릿을 주는 손가락이 하얗고 길었다. 나는 초콜릿을 먹으면서 악기들도 구경하고 넓은 창 쪽으로 다가가 바다를 내다보기도 했다. 아저씨가 나에게 물었다.

"너 몇 살이니?"

"열한 살이예요."

"응, 그렇구나……."

아저씨는 잠시 망설이는 표정을 짓더니 다시 말했다.

"너, 나 좀 도와줄래?"

"네? 무얼……요?"

나는 초콜릿을 한 입 입속에 문 채로 아저씨를 쳐다보았다. 아저씨는 잠시 나를 가만히 바라보더니 곧 얼굴이 빨개지기 시작했다. 자신의 손가락처럼 하얗던 얼굴이 한순간에 홍당무처럼 빨개지더니 잠시 후 한숨을 내쉬었다.

"……그만둬라. 그냥 구경이나 해."

그리고 아저씨는 조금 머뭇거리더니 바지를 벗었다. 바지 안의 속옷도 벗었다.

"……아저씨가 불쌍하다고 생각해라. 그리고 여기서 본 거 누구한테 얘기하지나 말구."

나는 자세히 보았다. 전에 아버지와 함께 공중목욕탕에 가서 어른들의 비뇨기를 종종 보긴 했지만 이때처럼 자세히 본 적은 없었다. 그리고 어른의 비뇨기가 크고 딱딱해지는 과정을 그렇게 자세히 본 적도 물론 없었다. 그것은 참으로 놀라운 변화였다. 그런데 이상한 것은 그 아저씨의 말대로 아저씨가 왠지 불쌍해 보였다는 점이다. 그리고 또 알 수 없는 일은 그러한 자신의 불쌍한 모습을 왜 나에게 보여 주었는가 하는 점이다. 어른들이란 때로 이해할 수 없는 구석이 있었다.

내가 바다에 빠져 죽을 뻔한 일은 그 얼마 후에 있었다. 계절은 여름에 가까웠던 모양으로, 아이들이 부두에 정박해 있는 배 위로 올라가 갑판에서 바닷속으로 뛰어들곤 했다. 선 채로 그냥 뛰어내리는 아이도 있었고 머리부터 뛰어드는 아이도 있었으며 뱃가죽이 해면에 부딪치게 뛰어드는 아이도 있었다. 그때마다 물방울이 튀어 올랐다. 선 채로 뛰어내린 아이나 머리부터 뛰어든 아이는 물속에서 한참이나 보이지 않다가 작은 소용돌이를 일으키며 솟아오르곤 했다. 물속이 꽤 깊다는 걸 알 수 있었다. 그리고 아이들은 부두까지 헤엄쳐 와서 다시 배 위로 올라가 뛰어들곤 했다. 나는 전에 광화문 분수대(있었다)에서 다른 아이들과 함께 머리를 물속에 담근 채, 고작 숨 한 번 참을 동안 헤엄칠 수 있었던 경험뿐이었으므로 바닷속에 뛰어드는 아이들을 그저 부러워하며 바라볼 따름이었다. 나에겐 배 위에 올라가 보는 것만도 가슴 두근거리는 모험이었으니까. 그런데 그날은 내가 그 가슴 두근거리는 모험을 감행했던 모양이다. 겁은 많았으나 모험심이 아주 없진 않았던 것일까. 어쨌든 나는 배 위로 올라갔다. 배 위는 땅 위처럼 단단하지 않았다. 정박해 있는 배인데도 움직임이 느껴졌고 발밑이 불안했다. 그러나 나는 조심조심 아이들이 바닷속으로 뛰어드는 갑판의 가장자리로 다가갔다. 그리고 아이들이 뛰어드는 모습을 구경했다. 약간 겁이 났지만 가까이에서 구경하게 된 것이 스스로 조금 대견스럽기도 했던 것 같다. 그때 누군가 나를 떠밀었다. 나는 잠시 허공에 떠 있던 허전함을 기억한다. 그리고 바닷물과 부딪칠 때의 두려움도 기억한다. 바닷물은 나를 곧 제 속으로 끌어들이기 시작했다. 나는 머리부터 떨어져 내린 모양이었다. 바닷물은 나를 한없이 끌어 내렸다. 아, 그때의 외로움을 나는 잊지 못한다. 나는 눈을 뜨고 있었는데 사방은 온통 깊이 모를 푸르스름한 물빛뿐이었다. 그리고 나는 그 깊이 모를 물속에서 아래로만 계속 내려가고 있었다. '천상천하 유아독존(天上天下 唯我獨存)'이란 말은 흔히 자존망대(自尊妄大)하는 자의 빗나간 자부심을 비꼬는 뜻으로도 쓰이지만 세상에 홀로 던져진 자의 절대고독(絶對孤獨)을 뜻하는 말로도 쓰인다는 것을 알게 된 건 훨씬 나중의 일이지만 그때 이 말을 알았더라면 나는 말의 뜻을 몸으로 생생히 깨달은 첫 번째 경험을 한 셈이 되었을 것이다.

얼마 후에 딱딱한 것이 머리에 닿았다. 딱딱한 것이 고맙게 느껴진 것은 그때가 처음이었다. 나는 본능적으로 그것이 바닥이라는 것을 느꼈다. 그리고 본능적으로 손을 위로 치켜들어야 한다는 것을 알았다. 나는 손바닥으로 바닥을 밀치면서 두 손을 위로 치켜올렸다. 내 몸은 위로 떠오르기 시작했다. 내가 이때 숨을 쉬었는지 어쨌는지는 기억나지 않는다. 다만 물빛이 밝아지는 것을 보면서 기뻐했던 기억만은 또렷하다. 그리고 내 고개가 물 바깥으로 내밀어질 때까지의 시간이 아주 길게 느껴졌던 기억도 또렷하다.

6

한 방문객이 나를 찾아왔다. 어디서 본 듯하기도 하고 생판 처음 보는 사람 같기도 했다. 안색은 어두운 편이었으나 눈빛은 날카로운 중년남자였다. 방문객은 다짜고짜 내게 물었다.

방문객 당신 요즘 쓰고 있는 게 뭐요?

죽심거사 제목 보고도 모르시오? 소설이오.

방문객 그럼 말짱 거짓말이란 말이오?

죽심거사 이런 무식한 양반 같으니라구. 요즘, 소설을 가지고 거짓말이라고 하는 사람이 어딨소?

방문객 아니, 그럼 소설이 꾸며 낸 얘기가 아니란 말요?

죽심거사 딱하긴, 꾸며 낸 얘기가 어째서 죄다 거짓말이 된단 말이오? 사실이 아니면 모두 거짓인 줄 아시오?

방문객 사실을 말하는 게 아니면 거짓말이지, 별게 거짓말이오?

죽심거사 이보시오, 딱한 양반, 어찌 그리 앞뒤가 꽉꽉 막혔소? 거짓말엔 두 가지가 있소. 사실이 아닌 것을 말하는 것과 진실이 아닌 것을 말하는 것, 이제 뭘 좀 알겠소?

방문객 그래서 소설이라는 게 사실을 말하는 게 아니라는 점에선 거짓말이라고 할 수도 있지만 두 번째 의미로는 거짓말이 아니라는 거요?

죽심거사 다행히 말귀가 어둡진 않으시구려.

방문객 흥, 내 보기엔 두 가지 의미에서 모두 거짓말이라고 할 만한 소설도 쌔고 쌨더구만. 당신이 전에 쓴 것들도 포함해서 말씀이야.

죽심거사 윽, 그게…….

방문객 왜, 켕기쇼? 내 보니까 사실은 아니나 진실을 좇는다는 걸 빙자해서 온갖 간살스런 거짓말은 다 늘어놓는 작자들도 많더구만. 좀 좋아? 내놓고 거짓말해도 되는 핑계가 생겼으니. 소설이라는 게 내놓고 거짓말해도 누가 탓하기는커녕 외려 깜빡 속아 가지고는 우러러봐 주기까지 하는 물건이잖소? 잘난 체하기 좋아하는 작자들한텐 제격인 물건이지.

죽심거사 아, 그건 너무 그렇게 속단할 일은 아닌 것 같소. 사실 여부는 판별하기가 그다지 어렵지 않다고 할 수 있지만 진실의 문제는 간단한 것이 아니니 말이오.

방문객 바로 그 점을 그 작자들은 십분 활용하는 것 아니겠소? 사실이 아닌 것을 말하는 거짓말관 달라서 금방 들통이 나진 않으니까. 내가 아는 작자들이 좀 있는데 그 작자들이 소설에서 진실입네 하고 내바르는 낯가죽과 진짜 제 낯가죽과는 딴판인 자들도 여럿 보았소.

죽심거사 하하, 내가 귀하의 안목을 과소평가하는 건 아니지만 그 점도 그렇게 간단한 것만은 아니지요. 한 사람의 진실이란 거죽에 드러난 것만이 전부가 아닐 때가 많지요. 게다가 소설가라는 사람들이 묘해서 평소엔 이만저만 개차반이 아닌 사람도 소설을 쓰고 있는 동안만은 비할 데 없는 진정성을 가지고…….

방문객 이 양반이 누굴 청맹과니로 아나? 아, 내가 그거 모르고 이거 모를 줄 아쇼? 그리고 소설을 쓰는 동안만은 뭐 비할 데 없는 진정성을 가진다? 그걸 누가 아오? 남을 잘 속이는 자들은 저 자신도 잘 속인답디다.

죽심거사 하하, 이거 너무 신랄하시군요. 동업자를 감싸는 것 같아서 뭣하긴 하지만 너무 그렇게 부정적으로만 보지 마시지요. 아마 글을 쓰는 동안만은 적어도…….

방문객 허허, 이 양반 알량한 동업자 의식하고는……. 제발 그 패거리 의식 좀 버리쇼. 같은 소설가 패거리라고 편드는 거요? 도적 패거리가 도적 편드는 것처럼? 그저 같은 패거리이기만 하면 다 괜찮은 거요?

죽심거사 아, 이런, 그런 게 아니라…….

방문객 그런 게 아니긴 뭐가 아뇨? 뭐? 소설이란 게 허구를 통해서 진실에 도달하려는 장르라구? 거짓말을 가지고 참말을 해 보겠다아? 웃기고 있네. 내 보기엔 진짜 거짓말을 참말처럼 위장해서 내놓는 악질적인 거짓말이 더 많습디다. 소설의 진정성이라구? 정말 웃기고 자빠졌네.

죽심거사 설사 그런 경우가 없진 않다고 하더라도 그걸 근거로 소설이 갖는 진정성 자체를 의심하는 건 좀 과격하군요.

방문객 흐흐, 과격하다구? 그럼 당신은 왜 소설을 쓰지 않지?

죽심거사 소설을 쓰지 않는다니, 귀하는 내가 쓰고 있는 소설을 읽고 온 게 아니었소?

방문객 제목에만 '소설'이 들어 있으면 다 소설이요? 당신이 말했다시피 그건 '고백' 아니요?

죽심거사 그래도 역시 소설이라고 해야겠지요.

방문객 오오라, 그래서 사실대로 쓰지 않은 부분이 있구만.

죽심거사 아니, 무슨 말을……. 사실대로 쓰지 않은 부분이라니…….

방문객 흐흐, 이거 왜 이러실까. 내가 다 알고 있는데.

죽심거사 귀하가 어떻게……?

방문객 나, 처음 보슈?

죽심거사 글쎄, 어디서 만난 것도 같고…….

방문객 흐흐, 그만두슈. 능청은……. 누가 소설가 아니랄까 봐. 그건 그렇구 그 트럼펫 부는 친구 얘긴 왜 그렇게 바꾼 거요?

죽심거사 그게 좀…….

방문객 왜, 얘기가 지저분해서?

죽심거사 글쎄, 좀…….

방문객 학생들이 본다, 이거지? 더욱이 여학생들도 보고. 당신 아직도 여학생들한테 잘 보이고 싶은 거요?

죽심거사 굳이 부인하고 싶진 않지만 꼭 그래서 그런 건…….

방문객 아니란 말요? 그럼 소설에 지저분한 얘기가 들어가면 격이 떨어진다고 생각하는 거요? 내가 알기론 소설이란 게 본래 지저분한 거라고 생각하는데? 그래서 소설(小說) 아뇨? 지저분한 사람들이 쓰고 지저분한 사람들이나 좋아하는 지저분한 이야기, 그래서 소설이라고 부르고, 이른바 지체 높은 사대부들은 근처에도 안 가던 것 아뇨? 요즘 소설이라는 것들은 쓸데없이 거만해져 가지고 격이나 따지고……. 사람 깔보고……. 아니꼬워서.

죽심거사 좀 지나친 것 같소.

방문객 지나치긴 뭐가 지나치단 말요? 소설인 주제에 정통 찾고 뭐 찾고……. 같은 소설인 주제에 로맨스 깔보고, 무협 깔보고, 판타지 깔보고…….

죽심거사 난 절대 그런 장르소설들을 깔보지 않소만.

방문객 알아요, 알아. 하지만 대개의 이른바 제도권에 끼어 있는 작자들은 비제도권에서 생산된 소설들을 개방귀만도 못하게 여기지 않소? 별로 잘난 것도 없는 작자들이. 같잖아서.

죽심거사 허허, 너무 격앙되셨구려. 귀하가 생각하는 것 같은 그런 자들만 있는 건 아니오.

방문객 그건 그렇고, 그럼 왜 바꾼 거요? 그 트럼펫 부는 친구 얘기는. '고백'하려면 지저분한 얘기건 뭐건 숨김없이 써야 하는 것 아뇨?

죽심거사 나 자신에 관한 이야기 가운데선 아직 숨긴 건 없소. 다만 그 트럼펫 부는 청년의 이야기는 그 정도로 됐다고 생각했소. 귀하가 이미 알고 있다니까 하는 얘기지만 어린 나를 초대해 놓고 자기 비뇨기를 청결히 하기 위한 행동을 보여 주는 것이나 내가 쓴 대로나 뭐 본질적으로 큰 차이가 나는 건 아니잖소? 양쪽 다 조금 이해하기 어렵고 조금 불쌍해 보였다는 점에선 마찬가지니까. 게다가 어디까지나 이건 소설이라는 점에서 좀 양해해 주시오.

방문객 흐흐, 교활한 늙은이 같으니라구. 실은 당신이 날 불렀지? 무협소설에서 쓰는 전음입밀(傳音入密)의 수법으로 날 은밀히 부른 거지?

죽심거사 헉!

방문객은 나를 향해 눈을 한 번 흘겨 보이고는 몸을 일으키려다가 무슨 생각이 들었는지 다시 주저앉았다.

방문객 가기 전에 하나 다짐해 둬야 할 게 있소.

죽심거사 무슨……?

방문객 앞으로 당신은 제발 잘난 체 좀 하지 마쇼. 자신의 신분을 잊지 말란 말요.

죽심거사 이 양반이 듣자 듣자 하니까 나중엔 별…….

방문객 내가 망발을 하는 것 같소? 당신도 한땐 소설가가 꽤 잘

난 신분인 줄 알고 우쭐한 적이 없다곤 못할 텐데.

죽심거사 험, 험…….

방문객 부인 못 하는군. 이제 그게 터무니없는 생각이었다는 건 안 거요? 안 것 같군. 하지만 아직 그런 터무니없는 망상에 젖어 있는 작자들이 내 보기엔 너무 많소. 그게 왜 그런지 아쇼?

죽심거사 글쎄, 재주 있는 사람들이니까…….

방문객 이거 또 왜 패거리 의식을 발동하는 거요? 재주 있는 작자들은 다 그런 망상에 젖는답디까? 아, 옛날 광대패들이 재주 좀 있다고 저희가 잘난 신분이라고 생각했답디까? 설마 이야기꾼이 광대패보다 잘난 신분이라고 생각하는 건 아니시겠지?

죽심거사 그야…….

방문객 내 보기에 문제는, 이 땅에서 신식 소설을 들고나온 사람들이 이광수, 김동인 같은 잘난 양반들이었다는 데 있는 것 같소. 일본에 가서 유학까지 하고 돌아온, 아주 잘난 신분을 가진 그들이 소설이라는 걸 들고나오니까 소설이라는 게 아주 잘난 물건처럼 보이기 시작했단 말씀이야. 잘난 물건에 따른 대접도 받고. 천덕꾸러기가 갑자기 신분상승을 한 거지. 그렇지 않소?

죽심거사 재밌는 의견이긴 하지만 그렇다고 해서 그들이 우리 근대소설에 남긴 공적을 폄하해선 안 된다고 생각하오.

방문객 이거 왜 딴소릴 하는 거요? 누가 그들의 공적 자체를 깡그리 뭉개 버리겠답디까? 아, 그리고 공적이랄 건 또 뭐요? 그깟 양소설 흉내 낸 거? 아님, 천덕꾸러기였던 소설을 신분상승시킨 거? 또 아님, 소설 나부랭이나 쓰는 작자들이 잘난 체할 수 있게 해 준 거?

죽심거사 허허, 좀 지나치시오. 서양소설에서 우리가 배우지 않았더라면 오늘날 우리 소설의 됨됨이가 얼마나 궁색했겠소?

방문객 하긴 그런 점이야 다소 있겠지. 하지만 벽초도 있지 않소? 양소설에서 배운 것 없이도 벽초는 훌륭한 대작을 쓰지 않았소?

죽심거사 그렇다고 벽초의 대작 하나만 가지고야…….

방문객 알아요, 알아. '임꺽정' 하나 달랑 내세우긴 좀 처량하겠지. 하지만 그건 우리가 양소설 없이도 우리 나름으로 뭔가 해 볼 수가 있었다는 근거가 되지 않겠소? 게다가 그는, 내가 알기론 좀처럼 잘난 체해 본 적이 없는 사람이랍디다. 농부 앞에서도 장사꾼 앞에서도 위선을 부리거나 잘난 체라곤 하는 걸 본 적이 없답디다. 이광수, 김동인 그들은 얼마나 잘난 체한 사람들이었소? 자신들만 잘난 체한 데서 그친 게 아니라 후배 되는 작자들마저 잘난 체하게 만들지 않았소? 게다가 잘난 체하는 작자들이 항용 그렇듯이 그들은 못난 사람들을 배신했소. 그들의 친일 행적이 바로 그거요.

죽심거사 음…….

방문객 왜, 또 패거리 의식이 고개를 드는 거요? 설마 이 문제에 대해선 감싸고 들 염치가 없으시겠지.

죽심거사 감쌀 순 없으나 그렇다고 비난할 수도 없소.

방문객 오? 그건 또 무슨 소리요?

죽심거사 그들은 나의 문학적 유모(乳母)요. 젖 먹여 키워 준 유모를 어찌 비난하겠소.

방문객 흐흐, 별 갸륵하고 해괴한 소리 다 듣겠군. 문학적 유모라서 비난을 못 한다? 기가 막혀서.

죽심거사 그 점은 양해해 주시오.

방문객 한심하군, 정말. 당신 글자 아는 사람 맞소?

죽심거사 글자 아는 사람이라고 어찌 제 유모를 비난하리까.

방문객 이런 제기랄. 당신 그럼, 당신 유모가 살인을 저지른 걸 목격하고도 법정에서 위증할 거요?

죽심거사 위증은 못 하겠지만 비난 역시 못할 거요.

방문객 알겠소, 알겠다구. 비난하지 마쇼. 하지만 이광수, 김동인 등이 그들의 잘난 체하는 책을 읽은 못난 사람들을 배신했다는 사실은 인정하겠소?

죽심거사 괴롭지만 인정하겠소.

방문객 딱한 양반, 당신 설마 가족주의의 폐해를 모르는 거요? 제 가족이 저지른 짓은 그게 여하한 범죄든 덮어 주려는……. 뿐인가, 제 가족을 보호하기 위해선 가족 공모하에 숫제 서슴지 않고 범죄를 저지르기까지 하는……. 설마 모르는 거요?

죽심거사 …….

방문객 그게 요즘 확대된 꼬락서니가 흔히 일컫는 패거리주의라는 것 아니겠소. 같은 동네 출신, 같은 면 출신, 같은 군 출신, 같은 도 출신, 같은 초등학교 출신, 같은 중학교, 고등학교, 대학교, 대학원 출신, 대학원의 같은 지도교수 문하, 같은 직장 출신, 직장의 같은 부서 출신…….

죽심거사 그만하시오.

방문객 왜, 어디가 찔리쇼? 뭐, 젖 먹여 키워 준 유모를 비난할 순 없다구? 잘난 체할 수 있게 키워 준 유모를 하긴 어찌 비난하겠소.

죽심거사 빈정거리진 마시오.

방문객 내 보기엔 그 역시 패거리 의식에서 벗어나지 못한 소치 같은데. 좀 심하오?

죽심거사 패거리 의식은 아니오.

방문객 흠, 그럼 뭐요? 사실은 딴 이유 때문이지? 내가 알지, 내가 알아…….

죽심거사 음?

방문객 당신들 1981년 가을에 어디 갔었소? 광주에서 학살이 있은 지 1년 남짓 뒤였고 전두환 집권기였소.

'민동'의 총무 일을 보고 있는 김 군이 연구실로 찾아왔다. 3년쯤 전이었다. 그보다 여러 해 전, 영문과의 도 교수가 권유해서 '민동'(모교의 '민주동문회'를 사람들은 약칭으로 그렇게 불렀다)의 자문위원이라는, 몸에 안 맞는 직함을 가지고 있었는데 그 때문에 더러 연락할 일이 있으면 김 군이 전화를 하거나 직접 연구실로 방문해 주곤 했었다. 김 군은 국문과의 동문 후배 겸 제자이기도 했으므로 그의 방문이 나를 긴장시킬 일은 없었다. 그러나 이번의 방문에는, 나는 자신도 모르게 약간 긴장하고 있었다. 일전에 '민동'에서 보내온 한 공문서 때문이었다. '친일 인명사전'을 편찬하는 일의 발기인을 맡아 달라는 공문서였는데 대답해 달라는 기일까지 나는 대답하지 않고 있었던 것이다. 이런저런 수인사 뒤에 김 군은 다소 조심스런 어조로 물었다.

"저, 선생님, 민동에서 보내 드린 공문 받으셨지요?"

"음, 받았어."

"맡아 주시겠지요?"

"음, 글쎄……."

"민동의 김 회장님이 꼭 승낙해 주실 걸로 믿고 있던데요."

김 회장은 '민동'의 회장직을 맡고 있을 뿐 아니라 '친일 인명사전'을 만드는 일에서도 중심인물의 한 사람이었다. 그는 '민족문제연구소'의 소장직도 함께 맡고 있었고 '친일 인명사전'의 편찬은 그 '민족문제연구소'가 주체가 되어 추진하는 일이었다. 나는 더 이상 대답을 미룰 순 없다고 생각했다.

"그게 말이야, 뭐라고 해야 되나, 난 맡을 자격이 없어서 말이지……."

"예? 그게 무슨 말씀이십니까, 선생님."

김 군은 완연히 실망한 표정이었다. 자격이 없다는 말은 거절하기 위한 겉치레로만 받아들이는 것 같았다. 나 스스로, 나의 가계 중에 친일분자라도 있는 것으로 오해받을 소지가 없지 않다는 생각이 들었다.

"말 그대로야. 양해해."

나는 스스로의 귀에도 다소 딱딱하게 들리는 목소리로 말했다. 김 군은 떨떠름한 표정을 감추려고 애쓰면서 돌아갔다.

김 군을 보내 놓고 나서 나는 잠시 맥 풀린 기분으로 앉아 있었다. 1981년 11월에 부끄럼도 없이 떠났던 나의 첫 번째 해외여행의 기억이 떠올랐다. 열 명이 넘는 문인들이 함께 떠난 여행이었다. 시인, 소설가, 극작가, 평론가들이 골고루 참가하고 있었다.

7

'남빈여관'을 떠나고 나서도 잊혀지지 않는 몇 가지 일이 더 있었다. 고모를 따라 보수동으로 옮겨서 고모에게 얹혀 지낼 때의 일인데 할머니와 고모를 따라 함께 공중목욕탕에 갔던 사건(고모는 안 된다고 펄쩍 뛰었으나 할머니가 우겨서 '여탕'이라고 씌어진 곳으로 들어갔다가 그곳에 있던 벌거벗은 아주머니들한테서 심한 항의와 비난을 받고 나는 목욕이 끝날 때까지 눈을 감고 있지 않으면 안 되었다. 할머니와 그 아주머니들 사이의 타협의 결과였다. 따라서 나는 성인 여성들의 비뇨기를 자세히 볼 수 있는 기회를 놓쳤다), 다른 아이들이 하는 것을 본받고 할머니의 권유를 받아들여 장사를 해 본 일(당시 많은 아이들이 장사를 했는데 나는 처음엔 목판에 '왕사탕'을 받아서 가슴에 안고 다니며 팔다가 다음에는 더 잘 팔린다는 흰 엿, 깨엿, 콩엿, 땅콩엿 같은 각종 엿들을 목판에 안고 다니며 팔았다. 사람들이 많이 모이는 시장 거리나 다방 같은 곳에 가서 팔았고 이때 나는 장사를 하면 처음에 들인 돈보다 돈이 불어난다는 것을 배웠다), 그리고 '영도 다리' 아래 바닷가에서 밥알을 미끼로 '복쟁이'를 낚던 일('복쟁이'가 복어라는 것은 나중에 알게 되었는데 아이들은 낚싯바늘에 밥알 하나만 끼워서 그것을 잘도 낚았다. '복쟁이'는 물 밖으로 나와 땅 위로 던져지면 몸 전체를 공처럼 둥글게 부풀리곤 했고 그러면 아이들은 달려들어 발로 밟아서 터뜨리곤 했다. 나는 내 밥알 미끼를 물고 몸부림치며 물 밖으로 끌려 나오는 '복쟁이'가 내 손에 전해 주던 강렬한 떨림을 지금도 잊지 못한다) 따위가 그것들이다. 물론 고모의 방에서 처음 본 침대라는 커다란 물건(나는 그 밑에서 잔 적도 있다), 할머니와 나만 따로 영도로 이사 갔을 때 집 앞 골목길에서 자세히 본 조그만 계집아이들의 비뇨기(그 계집아이들은 치마 속에 속옷을 입지 않고 있었고 골목길에서 아무렇게나 치마를 걷어 올리고는 소변을 보았다. 어떤 때는 내 정면에서 소변을 보았다), 영도로 이사 간 우리 집, 아니 방에 애인(해군이었고 잘생긴 남자였다)과 함께 와서 자고 난 다음 날 아침, 고모가 아직 자고 있는 그 남자의 뺨과 입술에 몇 번이고 맞추어 대던 입맞춤(나는 그때 고모를 경멸했던 것 같다. 질투심이었을까. 고모는 함께 거리에 나가면 사람들이 모두 쳐다볼 정도로 멋쟁이였고 또 예뻤으니까), 그리고 그 남자의 뺨에 생겼던 빨간 입술연지 자국, 할머니의 권유로 6개월간 다녔던 단기 야간학교(할머니는 글자를 읽을 줄 몰랐다. 그러나 나에게 그 학교에 다닐 것을 권유했고 나아가서는 '천자 책'을 사다 주면서 한 글자, 한 글자 종이에 옮겨 쓰게 하고 나서는 그 종이를 불에 태워 재를 물에 타서 마시게 하기도 했다. 그 학교에서 나는 국어책을 제대로 읽을 줄 아는 유일한 학생이었다)에서 만난, 땋은 머리카락이 엉덩이에 치렁치렁 닿던 커다란 처녀 학생들도 잊지 못한다. 아, 그리고 연날리기도 잊지 못한다. 대나무를 구해다 가늘게 쪼개고 다듬어서 연의 살을 만들고 창호지를 마름질해서 밥풀로 붙여 방패연을 만들던 일과 다른 연과 겨루기 위해 사기 조각을 잘게 부숴 고운 가루를 만든 다음 풀에 섞어 연실에 입히던 일, 그리고 마침내 연을 날려 올렸으나, 꽤 높이 날려 올렸으나 어디선가 떠오른 움직임이 기민한 다른 연과의 단 한 번의 겨룸에서 맥없이 연실이 잘려 너울너울 하늘 저쪽으로 날아가던 내 연의 모습, 그 가엾은 모습과 내 손에 느껴지던 얼레의 힘없는 무게를 잊지 못한다. 그때 나는 처음으로 형이 있는 다른 아이들을 부러워했다. 형이 있다면 연도 보다 잘 만들 수 있고 연실에 사기 가루도 더 잘 입힐 수 있으며 연을 다루는 재주도 잘 가르쳐 줄 것이기 때문이었다.

할머니가 남부민동에 있는 천마산 기슭에 판잣집을 지은 것은 그 얼마 후의 일이었다. 할머니가 지니고 있던 비상금과 고모가 일부 보태 준 돈으로 가능해진 일이었을 것이다. 방 한 칸과 부엌일 할 수 있는 조그만 공간이 전부인 작고 허술한 집이었는데 그래도 집 앞엔 마당으로 삼을 수 있는 조그만 공터와 소나무 두 그루가 있었다. 그리고 집이 세워진 비탈 밑에는 식수를 얻을 수 있는 샘이 있었고 샘 옆으로는 작은 개울이 흘렀으며 그 개울 너머로는 꽤 넓은 보리밭이 펼쳐져 있었다. 아, 나는 이 집만 생각하면 가슴속이 따뜻해진다. 그리고 이 시기만 생각하면 지금도 마음속이 아니 몸속이 환해진다. 내 삶에서 이 시기가 없었더라면 나의 삶이란 얼마나 메마르고 가난한 것이 되었을까.

나는 물이 솟아오르는 것이 보이는 샘도 처음 보았고 바람에 수많은 이삭이 춤추듯 흔들리는 보리밭도 처음 보았다. 옆에 있는 개울이 말라붙어도 그 샘에서는 조금씩이나마 끊임없이 맑은 물이 솟아올랐고 그 보리밭에서 나는 얼마 후 새로 사귄 아이들을 따라 '깜부기'라는 것도 처음 먹어 보게 되었다. 그것은 까맣게 타 버린 듯한 보리 이삭이었는데 입속의 침이란 침은 모두 빨아먹어 버리는 것 같았다. 별로 맛있다곤 할 수 없었으나 약간 고소하기도 했다. 또 나는 새로 사귄 아이들을 따라 개구리도 잡아 보고 불에 구운 개구리 뒷다리도 먹어 보았다. 처음 개구리를 잡았을 때 나는 낯선 감촉에 놀라 얼른 도로 놓아 버렸으나 두 번째부터는 그럭저럭 참아 낼 수 있었고 모닥불에 구운 개구리 뒷다리는 꽤 맛있었다.

할머니가 지은 판잣집 말고도 그곳엔 이미 지어져서 피난민들이 살고 있는 다른 판잣집들이 많았다. 천마산을 기준으로 삼는다면 우리 집은 가장 아래쪽에 있는 셈이었고 다른 집들은 조금씩 위쪽에 있었다. 그리고 그 집들에는 대개 아이들이 있었다. 내 또래 아이들도 있었고 조금 큰 아이들도 있었으며 조금 작은 아이들도 있었다. 사내아이들도 있었고 여자아이들도 있었다. 아이들은 집 앞의 좁은 마당에서 놀기도 했지만 대개는 동네의 맨 위쪽에 있는 꽤 넓은 공터에 가서 놀았다. 깡통 같은 것을 차면서 놀 수 있을 만큼 꽤 널찍한 그 공터에는 큰 소나무 몇 그루가 있었고 한 귀퉁이에는 제법 커다란 바위도 있었다. 그리고 그곳에서는 영도 섬이 건너다보였고 방파제의 등대도 내려다보였다. 영도 섬에는 구름이 끼는 날이 자주 있었는데 구름이 끼면 영도 섬은 윗부분이 보이지 않았다. 영도 섬을 가린 구름은 마치 하늘이 잿빛의 부드러운 치맛자락을 드리운 것 같았다.

아이들 말고 어른이 그곳에 올라오는 일은 별로 없었다. 그런데 이따금 그곳에 올라와서 그림을 그리는 아저씨가 한 사람 있었다. 그 아저씨는 구름에 윗부분이 가려진 영도 섬을 그리곤 했다. 때로는 파도가 세차게 때리는 방파제와 등대를 그리기도 했다. 나는 그 아저씨가 화가라고 생각했다. 나도 나중에 화가가 되겠다는 생각을 조금 하고 있었기 때문에 나는 그 아저씨가 그리는 그림과 그리는 과정을 유심히 바라보곤 했다. 그 아저씨는, 나는 아직 써 보지 못한 수채 물감으로 그림을 그렸다. 연필로 먼저 소묘를 하고 나서 그 위에 붓으로 물감을 칠하는 것이었는데 물감을 칠한 뒤에도 지워지지 않고 남아 있는 연필 자국이 보기 좋았다. 그 아저씨가 멋있어 보여서 나는 나중에 화가가 되겠다는 생각을 조금 더 굳혔다.

그 공터에 놀러 오는 아이들 중에 남순이라는 내 또래 여자아이가 있었다. 여자아이들은 대개 고무줄뛰기를 하며 놀았는데 남순이는 항상 등에 제 갓난쟁이 동생을 업고 와서 놀았다. 갓난쟁이 동생을 등에 업고도 남순이는 누구보다 고무줄뛰기를 아주 잘했다. 그리고 고무줄뛰기를 할 때 남순이의 얼굴은 약간 빨개지곤 했는데 나는 그렇게 약간 빨개진 남순이의 얼굴이 예쁘다고 생각했다.

가끔은 사내아이들과 여자아이들이 함께 놀기도 했다. 대체로 내 또래 아이들끼리나 더 작은 아이들이 있을 때였고 그런 때면 우리는 기차놀이 같은 것을 했다. 저마다 앞의 아이의 허리를 붙잡고 길게 한 줄로 늘어서서 맨 앞의 아이가 이끄는 대로 뛰어다니는 놀이였는데 남순이가 내 앞에 서거나 내 뒤에 섰을 때 나는 기분이 몹시 좋았다. 남순이가 내 허리를 꼭 붙잡았을 때가 물론 더 좋았다. 한 번은 맨 앞의 아이가 갑자기 멈춰 서서 아이들 모두 앞으로 쓰러질 뻔하다가 간신히 앞의 아이와 몸을 붙인 채 제자리에 선 적이 있었는데 나는 내 허리를 꼭 붙잡고 내 등에 붙어 있는 남순이의 몸에서 전해지는 따뜻한 온기에 등만이 아니라 몸 전체가 따뜻해지는 느낌을 받았다. 기차놀이가 다시 제자리를 잡았을 때 나는 얼마나 서운했던지…….

바람이 심하게 부는 날엔 나는 공터에 올라가 방파제를 내려다보았다. 그런 날엔 파도가 세차게 방파제를 때렸다. 파도는 등대보다 더 높이 솟구쳐 올라서 방파제를 때릴 때도 있었다. 높이 솟구쳐 올라서 방파제를 때리고는 수많은 물방울을 뿌리며 물러가고 다시 솟구쳐 올라서 세차게 때리고는 물보라를 남기고 물러가곤 했다. 그때마다 어김없이, 나보다 훨씬 큰 아이들이 파도를 뚫고 방파제 위를 달리곤 했다. 적어도 중학생이나 고등학생 형들 같았다. 거의 수영복이나 짧은 반바지 차림의 벌거숭이들이었다. 내가 내려다보고 있는 공터에선 꽤 먼 거리였지만 나는 파도를 뚫고 달리는 그 아이들의 모습을 똑똑히 볼 수 있었다. 어떤 때는 파도에 가려 달리는 아이의 모습이 사라질 때도 있었다. 그러나 어김없이 곧 다시 나타났다. 등대가 있는 곳까지 달려갔다가 다시 파도가 높이 솟구쳐 오를 때를 기다려서 달려 돌아오곤 했다. 그때마다 나는 마음이 조마조마하기도 했고 두근두근하기도 했다. 그러나 한 번도 파도에 휩쓸려 방파제 너머로 날아가는 아이를 본 적은 없었다. 나는 그 아이들이 세상에서 가장 용감하다고 생각했다.

그렇게 바람이 심한 날에는, 우리 집은 몹시 흔들렸다. 집 가까이에 있는 소나무에 할머니가 철삿줄로 여러 번 꽁꽁 묶어 놓았지만 당장 날아가기라도 할 것처럼 흔들렸다. 그런 날 밤에는 나는 쉽게 잠들지 못했다. 그러나 집이 바람에 날아간 일은 없었다.

내가 헤엄치는 법을 배운 것은 송도해수욕장에서였다. 우리 집에서 비탈길을 따라 내려가 개울을 끼고 조금 걸으면 큰길이 나왔는데 그 길을 건너서 남쪽으로 바로 내려가면 방파제로 갈 수 있었고 길을 건널 필요 없이 서쪽으로 한동안 더 걷다가 다시 남쪽으로 얼마간 걸어 내려가면 송도해수욕장이 있었다. 그 큰길을 우리는 '송도 윗길'이라고 불렀고 차가 다니는 부분만 아스팔트로 포장된 2차선 도로였다. 한여름철이면 아스팔트가 눅진눅진 녹아서 자동차의 바퀴 무늬가 또렷이 찍히곤 했다. 차가 다니는 부분을 빼고는 비포장 흙길이었으므로 걸어가노라면 발밑에서 먼지가 풀썩풀썩 일었다. 나는 동네 아이들과 함께 그 먼지 나는 길을 타박타박 걸어서 송도해수욕장에 가곤 했다. 그곳에 가면 탁 트인 넓은 바다와 수평선이 보였고 바다를 따라서 길게 모래밭이 이어져 있었다. 맑은 날에는 수평선 너머로 희미한 섬 하나를 볼 수 있었는데 아이들은 그것이 일본의 '대마도'라고 했다.

송도해수욕장의 바다는 아주 얕았다. 물속으로 한참이나 걸어 들어가도 물이 가슴께밖에 차지 않았다. 나는 물론 물이 턱에 닿는 곳 이상은 더 들어가지 않았다. 그리고 나는 얼굴을 물속에 묻은 채 조금씩 헤엄치곤 했다. 왜냐하면 얼굴을 쳐드는 순간에 즉시 가라앉곤 했으니까. 그러나 얼굴을 묻은 채라곤 해도 내가 헤엄칠 수 있는 거리는 조금씩 길어졌다. 차차 물속에서 눈을 뜨고 있을 수도 있게 되었는데 물속에 떠다니는 해초 따위도 이따금 볼 수 있었고 다른 아이들의 움직이는 몸뚱이와 물속으로 비쳐 든 햇빛이 그 아이들의 몸에 그려 내는 일렁이는 무늬도 볼 수 있었다. 헤엄치는 속도도 조금씩 빨라졌다. 그리고 어느 날 마침내 나는 팔다리를 부지런히 움직이면 얼굴을 쳐들어도 가라앉지 않는다는 것을 알았다. 내 몸이 스스로 알아냈다. 이때 마음속으로 얼마나 환호했던지.

이후 나는 제법 개구리 흉내를 내면서 헤엄칠 수 있게 되었고 물 위에 누워 배영도 할 수 있게 되었다. 물 위에 편안히 누워 발만 조금씩 젓고 있으면 가라앉지 않았다. 또 물속으로 머리부터 자맥질해 들어가 모랫바닥을 만져 볼 수도 있게 되었다. 이젠 발이 바닥에 닿지 않는 곳으로 조금 들어가도 그다지 겁나지 않았다. 그러나 결코 멀리 들어가진 않았다.

물속에 오래 있으면 추워졌다. 그러면 모래밭으로 나와서 햇볕에 따가워진 모래 위에 배를 깔고 엎드려 햇볕을 쬐었다. 햇볕은 금세 물기를 말려 주고 살갗 속속들이 파고들어 몸을 따뜻하게 해 주었다. 내 또래 아이들 중 수영복을 입는 아이는 거의 없었다. 대개 '사루마다'라고 불리던 헐거운 옥양목 팬츠 차림이거나 아니면 아예 벌거숭이였다. 나보다 더 작은 아이들은 말할 것도 없이 거의 모두 벌거숭이들이었다. 계집애들도 마찬가지였다. 엉덩이를 꽉 죄는 수영복을 입는 것은 중학생이나 고등학생 같은 큰 형들이었다. 그 형들 중에는 팔뚝이나 가슴에 우람하고 멋진 근육을 가진 형들도 있었다. 움직일 때면 그 근육은 마치 따로 살아 있는 것처럼 꿈틀거렸다. 아이들은 경탄하면서 그런 형들을 바라보았다. 그런 형들은 대개 천천히 걸어갔다.

"우와, 바아라, 삼각형이제?"

아이들은 작은 소리로 말하며 감탄했다. (부산의 아이들은 무슨 음악처럼 말을 했는데 억양의 높낮이가 재미있어서 나는 곧 그 아이들의 말을 흉내 내기 시작했다.) 어깨와 가슴의 근육은 크고 우람한 대신 허리는 잘록한 것을 가리키는 말이었다. 우리는 아직 역삼각형이라는 말을 몰랐다. 그런 형들 중에는 모래밭에서 멋지게 물구나무를 서는 형도 있었다. 꼿꼿이 물구나무를 서서도 조금도 흔들리지 않았다. 물구나무선 채로 두 손을 움직여 걷기도 했다. 또 그 형들은 대개 멀리까지 헤엄쳐 나갔다. 누군가가 말하던 기억이 난다.

"여어서 혈청소까지 헤엄치가 가는 사람도 있다 카드라."

혈청소는 송도해수욕장에서 서쪽으로 보이는 산자락을 돌아서도 한참 더 가야 하는, 보이지 않는 곳에 있다고 했다. 나는 혈청소까지 가 보진 못했지만 나중에 송도해수욕장을 벗어나 그 서쪽 산자락 밑의 바닷가에 가서 헤엄치며 놀아 보기는 했다. 그곳엔 모래밭은 없고 바위들만 있어서 몸을 말릴 때도 바위 위에서 말려야 했다. 그리고 물속에도 바위들만 있었다. 아니다. 바위들만 있었던 것은 아니다. 바위들 사이에 여러 가지 낯선 모양과 빛깔의 해초들이 있었고 작고 아름다운 물고기들이 있었다. 그 물고기들은 아주 선명하고 예쁜 무늬들을 가지고 있었다. 그리고 어찌나 빠른지, 몇 번 손으로 잡아 보려 했으나 한 번도 잡아 보지 못했다. 두 눈을 한꺼번에 가리는 커다란 물안경을 쓰고 기다란 작살을 가진 형들도 내가 잡으려던 물고기를 잡아 가지고 나오는 모습은 본 적이 없었다. 그 형들이 잡아 가지고 나오는 물고기들은 대개 몸집도 크고 빛깔이나 무늬도 결코 예쁘다고는 할 수 없는 것들이었다. 어쩌면 그 형들한텐 그 작고 아름다운 물고기들은 관심이 없었는지도 모르지만.

모래밭 대신 바위들만 있는 바닷가는 그곳만이 아니었다. 방파제에서 송도까지 이르는, 우리가 '송도 아랫길'이라고 부르던 비포장도로를 끼고 있는 바닷가도 그런 바위들만 있는 곳이었다. 나는 나중에 송도해수욕장보다 이곳에서 더 많이 놀았다. 그곳의 바위들은 널찍하고 평평한 것이 많아서 아이들이 놀기에 좋았다. 그리고 바닷속에는 볼 것이 아주 많았다. 여러 가지 해초들과 작고 예쁜 물고기들은 물론, 밤송이처럼 생긴 성게도 있었고 바위에 붙어 있는 작은 소라들과 홍합 조개, 별 모양으로 생긴 불가사리와 여드름투성이 멍게도 있었다. 조그만 밤송이처럼 생긴 성게가 제 몸의 무수한 바늘을 다리처럼 움직여 자리를 옮겨 가는 것도 나는 보았다. 어쨌든 그곳 바닷속에는 땅 위에서 볼 수 없는 많은 것들이 있었다.

차츰 바다에 대한 두려움이 작아진 나는 방파제에 가서도 놀았다. 그곳에도 바위들이 많았고 바닷속엔 볼 것들이 많았다. 그러나 그곳은 가장자리부터 깊었다. 처음에 나는 쉽게 헤엄쳐 되돌아올 수 있는 가장자리에서만 놀았다. 깊이가 주는 두려움 때문이었다. 그러나 깊이에 차차 익숙해지자 그 깊이가 헤엄치기에는 더 좋은 조건이라는 것을 알게 되었다. 내 몸이 그것을 알고 좋아했다. 송도해수욕장의 얕은 바닷속에서보다 그곳에서 내 몸은 훨씬 더 자유로워졌다. 헤엄치기가 한결 가벼워졌다. 나는 점점 멀리 헤엄쳐 나가기 시작했다. 그리고 어느 날 나는 내 또래 아이들은 엄두도 못 낼 만큼 멀리 헤엄쳐 나갔다. 멀리 나갈수록 내 몸은 더 가벼워졌다. 그것이 깊이가 더해졌기 때문이라는 걸 느낄 수 있었지만 그래서 겁도 났지만 몸이 아주 가볍게 떠 있는 기분은 그리고 바닷물에 부드럽게 감싸여 있는 기분은 두려움을 잠시 외면할 수 있을 만큼 매력적이었다. 햇빛이 바다의 빛깔을 아주 투명한 푸른색으로 만들어 주고 있었다. 그 바닷물은 한때 나를 골탕 먹인 적도 있었으나 이제는 나를 한껏 자유롭게 해 주고 있었다. 그것은 이제 낯설고 두려운 어떤 것이 아니라 나에게 아주 친숙하고 우호적인 것이었다. 나는 내가 있었던 어떤 공간보다도 바닷속에 있는 것이 편안하고 자유롭게 느껴졌고 그 느낌이 좋았다. 바다와 나 사이에 서로 비밀이 없어진 것 같았다. 바다와 나 사이에 비밀이 없어졌으므로 나는 마음 놓고 내 고추를 만졌다. 고추를 만지면서도 물론 헤엄칠 수 있었다. 고추는 딱딱하게 커졌다. 기분이 좋았다. 바다는 내 비밀을 말없이 지켜 주었다.

나는 점점 더 멀리 헤엄쳐 나가고 싶었다. 그리고 마음만 먹는다면 한없이 헤엄쳐 나갈 수 있을 것 같았다. 바다가 나를 자유롭게 해 주고 있었으므로. 바다는 한없이 너그럽고 나는 가벼웠으므로. 그러나 차츰 거리에 대한 두려움이 고개를 들기 시작했다. 더 멀리 나갔다가는 되돌아갈 수 없게 될는지도 모른다는 두려움이었다. 벌써 방파제에서 꽤 멀리 떨어져 있었다. 나는 더 헤엄쳐 나가고 싶은 욕심을 누르고 천천히 방파제로 되돌아왔다. 방파제에는 아이들이 건져 올린, 별 모양의 불가사리들이 여기저기 던져진 채 햇볕에 말라 가고 있었다. 햇볕에 말라가는 불가사리들의 빛깔은 마치 이상한 피부병에 걸린 사람의 살갗 같아서 결코 곱다고 할 수 없었다. 그러나 그날의 내겐 그 불가사리들도 밉게 보이지 않았다.

헤엄치고 집에 돌아오면 할머니는 보리밥을 차려 주었다. 쌀이 한

톨도 섞이지 않은 보리밥이었다. 반찬은 고추장뿐이거나 된장과 그 된장에 찍어 먹을 대파 줄기가 있는 게 고작이었다. 그러나 헤엄치고 돌아와서 먹는 보리밥은 늘 맛있었다. 밥알 알맹이 하나하나가 까끌까끌 입속에서 느껴지는 보리밥이었지만 늘 맛있었다.

아버지가 돌아왔다. 여름이 끝나 갈 무렵이었다. 빛바랜 군복 차림의 아버지는 어깨에 군대용 배낭을 메고 있었는데 내겐 아주 낯선 모습이었다. 얼굴빛도 전보다 더 검어 보였다. 그리고 나는 아버지가 우는 모습을 처음 보았다.

"아이구, 이 자식아. 아이구, 이 자식아. 네가 살아오다니."

하고 얼싸안는 할머니의 두 팔에 갇혀서 아버지는 울었다. 아버지와 할머니 두 사람은 그날 두고두고 울었다. 무슨 얘기 끝에도 울고 어떤 웃음 뒤에도 다시 훌쩍훌쩍 울었다. 고모와 용하게 편지 연락이 닿아 찾아올 수 있었다고 아버지는 말했다. 그리고 나는 '고령 만기 제대'라는 어려운 낱말을 아버지한테서 들었다.

■ 해설

'자유와 평등, 평화와 정의'가 살아 있는 나라에 대한 알레고리적 상상

— 회의(懷疑)적 지식인의 소설적 진실 추구

오태호(문학평론가)

1. 알레고리적 상상력의 장인(匠人)

조해일은 '역설(逆說)의 감각'과 '알레고리적 상상력'으로 세계를 조망한다. '역설'이 세계의 복잡성과 다성성을 입체적으로 착목하는 방법이고, '알레고리'가 세계의 진실을 드러내기 위한 방법적 선택으로서 '돌려 말하기'라는 대표적인 메타포 중 하나이기 때문이다. 현실 세계의 표면적 양상이 감추어 둔 이면적 진실을 꿰뚫어 보기 위한 작가적 선택이 '역설과 우의(寓意)'의 방식이다. 작가는 등단작인 「매일 죽는 사람」(1970) 이래로 말년작인 「통일절 소묘 2」(2017)에 이르기까지 당대 한국 사회가 펼쳐 보이는 '삶과 죽음, 폭력과 비폭력, 욕망과 사랑, 전쟁과 평화, 분단과 통일, 인간과 비인간, 이성과 충동, 이상과 현실' 등의 양극을 누비며 인간의 실존적 가치에 대해 탐색한다.

이번 전집 중 『임꺽정』은 조해일의 연작소설을 묶고 있다. 연작소설은 작가가 하나의 단편으로 세계에 대한 기대와 바람을 마무리하지 못했을 때 연작의 형태로 자신의 의도를 보완해 나가는 방식이다. 조해일의 연작소설은 1970년대 산업화 시대의 절창인 조세희의 『난장이가 쏘아올린 작은 공』(1978)에 비견될 정도로 1970~80년대 한국 사회의 현실적 음화(陰畫)를 드러내는 조명탄이라 할 수 있다. 「무쇠탈」(1973, 1977, 1985) 연작에서는 '가면 쓴 존재'를 통해 폭력의 무자비함과 극악무도함, 전도된 욕망의 양상, 일상화된 타살 충동 등을 드러낸다. 「임꺽정」(1973~1986) 연작에서는 벽초 홍명희의 대하소설 『임꺽정』(1928∼1940)에 대한 오마주로서 허구적 텍스트인 『근기야록』을 전제로 정사(正史) 이면에 야사(野史)적 에피소드를 덧붙임으로써 역사 소설적 문제의식을 활용하여 1970~80년대 한국 사회 현실을 풍자한다. 「통일절 소묘」(1971, 2017) 연작에서는 해방과 전쟁 이후 한반도의 분단 시대를 살아온 작가가 평화적 통일 이후의 세계를 상상하며 그려 낸 '통일절의 낭만적 풍경'을 이상적으로 조망한다.

작가의 말년작들은 대체로 자신의 과거와 현재를 조망하고 무의식에 자리한 작가적 원형을 재조명하면서 자신의 문학세계를 마무리하는 방식을 보여 준다. 미발표 유고작이 된 「1인칭 소설」(2003) 연작은 고백체 형식의 자전소설로 '문인 조해일' 이전에 '개인 조해룡'의 실존적 생애를 회고하면서 '소설의 진정성'에 대해 회의(懷疑)함으로써 문학의 가치를 되짚어 보게 하는 작품이다. 만주에서의 생애 최초의 기억을 떠올리며 시작하여 해방을 맞아 서울로 이주해 살다가 6 · 25 전쟁을 맞아 부산까지 피난을 떠났던 이야기로 마무리됨으로써 작가의 구술사적 욕망이 모두 드러나지는 못한 채 미완으로 종결된다. 하지만 1970년대 대표 작가로서 1940년대로부터 2000년대에 이르기까지 문단과 강단 안팎에서 전업 작가로서 마주했던 소설가적 진실 추구에 대한 원형적 자의식을 보여 준다는 점에서 유의미한 말년작이라 판단된다.

2. 타나토스적 충동과 에로스적 갈망의 전도(顚倒)된 현실—「무쇠탈」 연작의 경우

조해일의 시선은 1970~80년대 한국 사회를 물리적 폭력과 성적 욕망이 난무했던 시대로 읽어 낸다. 그중에서 「무쇠탈」 연작은 산업화 시대 이후의 도시 공간에서 가해자와 피해자 사이에 펼쳐지는 위해적 폭력과 타락한 욕망의 단초를 포착한다. 그리하여 강도의 무자비한 폭력에 무방비로 노출된 소시민 가정의 파괴, 강도의 폭력적 의도마저 뒤덮어 버리는 타락한 영혼의 강력한 섹슈얼리티, 무도덕 상태의 아노미 상황을 전복하기 위해 불특정 다수를 살해하는 타살 충동 등이 그려진다.

「무쇠탈 1」(1973)은 결혼 3개월 된 신혼부부 윤충모와 차희숙에게 닥쳐온 '끔찍한 재앙과 불행한 파멸'의 하루를 그린 작품이다. 신혼 살림 집으로 마련한 작고 옹색한 아파트에서 '즐겁고 흡족한 기분'으로 생활을 하던 부부는 남편의 봉급날에 끔찍한 일을 경험하게 된다.

여교사인 아내 차희숙이 먼저 귀가해서 상추와 쇠고기 불고깃감을 준비하고 반주용으로 삼학소주 2홉들이 1병도 구비하는데, 갑작스레 초인종 소리가 울리면서 강도가 무단으로 침입한다. "우리는 신사들"이라며 칼과 권총으로 위협하면서, '물방울무늬의 넥타이', '네모턱의 사내', '무테안경의 사내' 등 익명의 3인 강도가 들어온 것이다. 이후 남편 충모가 들어온 뒤에도 두 사내가 무기를 들이대면서 경거망동하지 말라고 경고한다. 식사를 마친 강도들은 집 안을 뒤지면서 충모 부부를 "연민의 시선으로 일별"하지만, 나일론 빨랫줄로 부부의 양손을 등 뒤로 모아 결박하고 수건으로 입에 재갈을 물린다. 부부는 숨 막히는 고통보다 재난적인 현실 앞에서 더욱 깊은 절망감에 사로잡힌다.

강도들은 부부에게 약탈한 현금으로 술과 안주와 화투를 사 와 노름을 시작한다. 밤이 이슥해지면서 노름판이 끝난 뒤 '네모턱'이 "미인이나 차지해야겠군"이라면서 희숙 쪽을 돌아보고, '무테안경'은 "천재를 바라보듯 존경 어린 시선"으로 동료를 쳐다보다가 "기대에 찬 표정"이 되며, '물방울무늬'는 "이쪽을 향해 축복하듯 달콤하게 웃"음을 짓기까지 한다. 결국 네모턱이 희숙의 겨드랑이를 홱 잡아 일으키자, 충모의 눈에는 "그들 세 사내의 얼굴이 순간 하나같이 거무튀튀한 무쇠처럼 여겨"지는 것으로 작품이 마무리된다. 신혼부부의 살림집을 무단침입한 뒤 익명의 사내 3인이 뻔뻔하게 벌이는 '강도 행각과 노름판, 희숙의 성폭행 시도' 등은 성실한 소시민들에게 닥친 재앙을 형상화함으로써 '인면수심의 무쇠탈'을 뒤집어쓴 폭력의 시대를 풍자한다.

「무쇠탈 1」이 '단란한 신혼부부'에게 닥친 '잔혹한 폭력과 끔찍한 피해'를 다루고 있다면, 「무쇠탈 2」(1977)는 폭력적 가해자와 선의의 피해자의 양상을 뒤바꾸어 욕망의 전도를 통해 리비도가 과잉된 대도시의 성적 타락을 추적한다. 강도 변장호는 "참으로 야릇한 경험"을 통해 자신이 그동안 벌여온 강도 행각에 대한 "일말의 죄책감을 불식"시키게 된다. 한강 변 맨션아파트에 상수도 검침원을 사칭하고 침입한 장호는 방금 목욕을 마친 듯한 젊은 부인 앞에서 칼을 꺼내 들고 자신이 '강도'라고 위협한다. 처음에 놀라움과 두려움에 젖어 있던 부인은 맥주와 안주를 전해 주면서 장호가 "딴 목적"이 있는 모양이라고 짐작한다. 부인은 요즘에 무슨 재미있는 일이 없나 심심해하던 참이라면서, 장호를 자신을 뒤따라온 '치한' 정도로 오해하고 둘이 육체적 관계를 맺게 된다.

장호는 말쑥한 회사원 차림의 30대 남자인 남편이 귀가하자 양주까지 가져와서 함께 마시고, "우리들의 강도 선생을 위해서, 살살 털어 가시기를 빌면서, 두 분의 건강과 안녕을 위해서" 등의 건배사를 나누며 "마치 오랜 지기들끼리의 우정 어린 술자리처럼" 술을 마신다. 주인사내는 강도가 "주인이 보는 데서 빼앗는 게 본업"이라면서 자신 앞에서 아내와의 성관계를 맺을 것을 요청한다. 재차 권유해도 장호가 망설이자, "강도란 얼굴에 무쇠껍질을 쓴 사람"인 줄 알았더니 아닌 것 같다면서 다시 부추긴다. 결국 젊은 여주인의 자극적인 몸짓에 이끌리면서 "자기가 문득 강도질을 하고 있는 게 아니라 강도질을 당하고 있는 게 아닌가 하는 생각이 어렴풋이 들"게 되고, 주인사내는 "선생, 앞으로 우리 집 좀 자주 방문해 주지 않겠소?"라고 말하며 작품이 마무리된다. '나쁜 강도와 착한 피해자'라는 전형적인 관계의 역전을 통해 '육욕에 들뜬 피해자의 적극성'과 '육체적으로 겁탈되는 듯한 강도의 소극성'을 보여 주며 타락한 욕망의 노예가 된 산업화 시대 도시인의 모습을 풍자하고 있는 것이다.

「무쇠탈 2」가 무단침입한 강도와 피해자 부부의 관계를 뒤집어 전도된 욕망의 시대를 형상화하고 있다면, 「무쇠탈 3」(1985)은 '무쇠탈'이 벌이는 불특정 다수를 향한 '무자비한 살인'이 작품 말미에 '출판인=무쇠탈'로 확인되면서 결과적으로 '분열적 자아의 폭력 충동'이 만연한 사회가 1980년대 한국 사회임을 보여 준다. 「무쇠탈 3」에서 무쇠탈을 쓰고 무쇠 몽둥이를 휘두르는 정체불명의 괴한이 닥치는 대로 시민들을 해코지한다는 소문에 시민들은 "전율과 공포의 감정"에 빠져든다. '무쇠탈'과 '무쇠 몽둥이'라는 '어리숙한 구석'이 오히려 "이상야릇한 힘"이 되어 시민들에게 "일종의 원시적인 공포의 감정"을 불러일으킨 것이다. 목격자의 증언이 계속되면서, '젊은 아가씨, 태권도 사범 셋, 야구 선수들, 경찰관 몇 명' 등이 무쇠 몽둥이를 '가벼운 곤봉' 다루는 듯한 존재에게 당했다고 전해진다. 이후 희생자와 목격자가 기하급수적으로 늘어나면서, '40대 남자, 30대 주부, 30대 회사원, 여대생, 음악 애호가, 경영주의 부인, 충직한 목사, 중년 남성, 미혼 여성, 텔레비전 시청자' 등을 비롯하여 각종 다양한 시인과 소설가, 평론가 들이 희생된다.

그러던 중 출판사 대표인 ㅈ이 귀갓길에 자신 앞에 나타난 무쇠탈을 마주하게 된다. 그는 무쇠탈에게 쇠몽둥이를 내려놓고 대화를 해 보자면서 "중산층의 도덕적 타락을 벌주시러 오신 분"이 아닌지 묻는다. 이에 '무쇠탈'은 지금 이 사회가 "도덕적 타락이 아니라 도덕적 마비"를 넘어 차라리 "무도덕 상태"라고 대답한다. 또 무쇠탈은 "큰 뜻을 펴는 데는 그만한 희생쯤 따르는 법"이라는 '폭력의 사상'을 펼치며, 자신에게는 "목적이 수단이고 수단이 목적"이라면서 사람들을 죽이러 이 나라에 온 것이라고 말한다. 괴한이 ㅈ에게 눈을 뜨게 해 주겠다면서 무쇠 몽둥이를 내려놓고 탈을 벗자, 그곳에는 "매우 낯익은 얼굴"이자 "비루하고 겁많은 얼굴", "의심 많고 잔꾀 많은 얼굴"인 "그 자신의 얼굴과 똑같은 얼굴이 파리하게 탈바가지처럼 떠 있"다. 그리고 ㅈ은 사시나무처럼 온몸을 떨면서 "똑똑히 봤느냐? 똑똑히 봤으면 네가 본 것을 사람들에게 말하라"는 괴한의 말을 듣는 것으로 작품이 마무리된다. 이처럼 1970년대의 「무쇠탈」이 폭력과 욕망의 타락상을 직접적이거나 알레고리적으로 보여 준다면, 1980년대의 「무쇠탈」은 '무쇠탈'과 '무쇠 몽둥이'를 통해 중산층의 도덕적 타락이 불러온 아노미 사회에 대한 소시민의 폭력적 응징을 염원하는 타나토스적 충동을 보여 준다.

결국 「무쇠탈」 연작은 왜곡된 폭력과 타락한 욕망이 만연한 1970~80년대 한국 사회의 현실을 풍자한다. 폭력과 살인, 공포와 불안, 성욕과 충동 등을 교차시키면서 육체적 욕망을 탕진하는 산업화 시대 이래로의 욕망을 비판하고 있는 셈이다. 조해일은 현실적 대안을 말하지 않는다. 폭력의 무자비성과 주객이 전도된 욕망, 폭력이 낳는 살인 등의 양상을 제시함으로써 폭력이 지배하는 한국 사회의 아노미적 현실을 드러낼 뿐이다. 그리고 그러한 재현은 당대 사회의 폭력적 진실을 외화함으로써 문제의 심각성을 독자와 공유하는 비유적 기폭제가 된다.

3. 허구적 야사(野史)를 통한 벽초의 『임꺽정』에 대한 오마주—「임꺽정」 연작의 경우

총 7편까지 작성된 「임꺽정」 연작은 식민지 조선에서 1920~30년대 민중적 역사소설의 시원을 열면서 조선 최고의 역사소설로 평가받는 벽초 홍명희의 대하소설 『임꺽정』에 대한 오마주로서 '이야기 덧붙이기'의 힘을 보여 준다. 선배 작가의 대작에 대한 헌사로서 단편적인 에피소드를 덧붙인 것인데, 조선 왕조의 모순을 혁파하려는 민중적 이데올로기로서의 기존 '임꺽정'에 1970~80년대 한국 사회 현실의 우회적 독법으로 저항적 아이콘을 삽입함으로써 과거와 현재의 대화라는 역사 소설의 미덕을 발휘하고 새로운 의미의 파생을 가져온다.

먼저 「임꺽정 1」(1973)은 일곱 편에 달하는 '임꺽정 연작'의 일종의 프롤로그로서, 지식인이 지닌 '뜻의 결핍'을 자각한 임꺽정이 행동의 필요성을 절감하는 내용을 형상화한다. 이 작품은 작가가 임꺽정의 '인품과 의협의 편린'을 살필 수 있는 새로운 일화 한 가지가 자신의 손에 들어왔다며 "기왕의 임꺽정 이야기들"에 보태려는 목적을 밝히는 것으로 시작된다. 작품 속에서 꺽정의 나이 39세 때 조선 명종 시대에 학식 높은 선비 허순이 숨어 산다는 소문을 듣고 꺽정이 찾아간다. 허순의 방 안에는 선비 네 명이 자리하는데, 꺽정이 "임꺽정이우"라고 인사를 하자 양반 중 하나가 '반상의 차이'를 거론하며 예의가 아니라면서 불만을 표출한다. 하지만 꺽정은 "성품이 직접적이고 속을 잘 감출 줄 모르는 사내"인 허순의 말씀을 들으러 왔다고 전한다.

그러자 허순이 전라도 안냇골에서 기아에 허덕이던 산모가 자신이 낳은 신생아를 살진 암탉 한 마리로 착각하고 잡아먹은 이야기를 전해 준다. 더불어 마을 사람들이 "끔찍한 생각과 측은한 마음, 돌봐주지 못한 죄책감과 끓어오르는 분노로 뒤엉켜" 대장장이의 집에 불을 지른 이야기까지 전하자, 꺽정은 "아낙에 대한 측은한 정과 대장간 주인의 인정머리 없음에 대한 노여움"과 함께 지방 관속들과 "조정에 들어앉은 자들의 가렴주구에 대한 분노"로 가슴이 뜨겁고 머리가 후끈거린다. 그럼에도 허순이 분노를 표출할 것이 아니라 "세월을 기다리는 도리밖에 없다"고 하자, 꺽정은 무슨 세월을 기다리느냐고 반박한다. 이후 꺽정은 '힘의 결핍'이 아니라 "뜻의 결핍"을 극심하게 느끼면서, 허순이 자기가 찾으려던 사람이 아님을 확신하게 되는 것으로 이야기가 마무리된다. 이렇듯 「임꺽정 1」은 지식인 허순이 보여주는 우유부단한 태도와 꺽정의 저항적 활동을 대비시킴으로써 억압받는 민중의 현실을 돌파하려는 '신념에 찬 실천'의 중요성을 강조하고 있는 작품이다.

「임꺽정 1」이 『근기야록』이라는 허구적 기록의 작성자인 선비 허순과의 대면 속에 "뜻의 결핍"을 확인하며 지식인에 대한 회의와 함께 민중적 저항의 필요성을 형상화하고 있다면, 「임꺽정 2」(1974)는 미완의 결말을 보여 주는 벽초의 『임꺽정』에도 나와 있지 않은 '임꺽정의 최후'를 기록한다. 작품은 꺽정이 죽은 아비의 관짝을 옆구리에 끼고 산으로 묻으러 가는 부분이 벽초의 소설에서 잊기 어려운 대목이라고 말하면서 시작된다. 그 부분이 '꺽정의 힘과 사람됨'을 헤아릴 수 있는 적절한 대목이라면서, "생명의 죽음에 대한 살아남은 생명의 슬픔과 분노와 사랑이 감동적으로 집약 묘사된 예"라고 덧붙인다. 작가는 죽음이 "생명 가진 것에 가해지는 최악의 폭력"이며 죽음에 대한 "슬픔과 분노는 사람 목숨의 존귀함"과 "사랑을 확인하는 최대의 표현"이라면서 '임꺽정의 최후'를 기록한다.

임꺽정은 27대의 화살을 몸에 맞고 체포된 뒤 토포사 남치근과 일문일답을 진행한다. 남치근이 꺽정에게 기운을 왜 바르게 쓰려 하지 않느냐고 묻자 임꺽정은 기운을 바르게 쓰다가 죽는 것이라고 대꾸한다. 자신이 "옳은 인명"을 살상한 적이 없고 "바른 재물"을 빼앗은 적이 없다는 것이다. 하지만 남치근이 "임금이 하늘"이라면서 관군에 저항한 것을 지적하자, 꺽정은 임금이 귀신이냐면서 조롱한다. 그때 남치근이 "무식한 놈"이자 "큰 역적놈"이라고 덧붙이며 "반상의 구별"이 나라의 법으로 정해져 있다고 말하자, 꺽정은 국법이 너희 놈들 좋자고 꾸며 놓은 꿍꿍이속에 불과하다고 지적한다. 다시 남치근이 "불학무식한 놈, 배운 건 없는 놈, 아주 시꺼먼 역적놈"이라고 지적하자, 꺽정은 자신의 운이 다한 것을 알고 있지만 양반들을 벌주지 못하고 죽는 게 천추의 한이라고 말한다. 결국 남치근이 꺽정의 목을 베라고 말하는 것으로 작품은 마무리된다. 작가는 "기왕에 나온 기록이나 가설들에는 임꺽정이 왕권에는 전혀 도전할 의사나 도전한 흔적이 없는 것으로 되어 있는데, 허순의 『근기야록』은 그와 반대의 입장을 취하고 있다"는 사실이 드러났다면서, 조선이 하늘 같은 임금을 섬기는 '양반 사대부의 나라'가 아니라 평범한 사람들이 살아가는 '백성의 나라'임을 『근기야록』이 피력하고 있었음을 강조한다.

「임꺽정 2」가 '임꺽정의 최후'를 상상하며 왕권에 저항하는 꺽정의 이야기를 다루고 있다면, 「임꺽정 3」(1975)은 임꺽정과 엇비슷한 괴력의 소유자인 '피가'라는 인물을 상대한 이야기를 다룬다. 꺽정이 남소문안 장물아비 한온의 집에 머무를 때, 힘으로 짝이 될 만한 기운 있는 자가 탐관오리의 대명사인 '이량'을 호위하는 노복임을 전해 듣게 된다. 이후 꺽정이 피가를 만나 힘을 겨루는 대목은 두 마리의 황소가 서로 뿔을 맞대고 엉켜 돌아가는 모습처럼 그려진다. 생전 처음 만나 보는 강적에게 '왜 이량 같은 간신배의 종노릇을 하냐'고 꺽정이 묻자 피가는 종놈이 간신과 충신을 가리느냐고 되묻는다. 다시 꺽정이 세상의 법도라는 것은 하늘이 만든 것이 아니라 양반 벼슬아치들이 잇속을 차리려고 만든 것이라며 설득하지만, 피가는 이 대감댁 슬하에 와서 자신이 호의호식하고 있다면서 지금이 좋다고 말한다. 더구나 '헐벗고 굶주린 시골 백성'들 역시 저희들이 못나서 그런 것이며 어미와 아비가 천대받으며 평생 고생하다 죽은 것 역시 팔자소관일 뿐이라고 대답한다. 결국 꺽정은 피가더러 "못난 놈"이자 "창자까지 썩은 놈"이라면서 다시 그와 엉겨 붙어 땅거미가 질 때까지 싸워 이긴다. "일신을 버리고 싸우는 자"인 임꺽정에게 "일신을 위해서 싸우는 자"인 피가가 패배한 것이다. 결국 꺽정이 피가의 두 무릎을 망가뜨려 놓고 슬퍼하는 내용이 덧붙여지면서 작품이 마무리된다.

「임꺽정 3」이 힘은 비슷하지만 뜻이 다른 피가와 꺽정이의 싸움을 통해 '뜻의 힘'으로 피가를 제거하는 내용을 다루고 있다면, 「임꺽정 4」(1977)는 힘은 다르지만 뜻이 비슷한 '가짜 임꺽정'에 관한 이야기를 다룬다. 전라도 구례에 꺽정의 이름을 파는 자가 나타나는데 백성의 재물은 손대지 않고 관가의 재물만 털어 간다면서 신출귀몰한 솜씨라고 정탐꾼이 전해 온다. 꺽정이 가짜 임꺽정을 만나 봉도로 겨루기를 하다가 사내가 무릎을 꿇고 성님으로 모시겠다고 말하면서 싸움이 끝난다. 그때 가짜 임꺽정이 꺽정에게 일생을 '그냥 도둑'으로 마칠 생각이냐고 묻자, 꺽정이 그냥 '평범한 도둑'으로 일생을 마치지 않도록 도와 달라고 대답하면서 둘은 의형제를 맺게 된다. 꺽정은 그에게 질마재 마루에서 계속 임꺽정 행세를 하라고 당부하며, 곤궁한 형편이 생기면 도움을 청하라고 전하면서 작품이 마무리된다.

「임꺽정 4」가 힘은 다르지만 뜻이 비슷한 '가짜 임꺽정' 이야기를 전하고 있다면, 「임꺽정 5」(1980)는 한때 뜻을 같이했던 배신자 서림의 후일담을 전한다. 임꺽정 무리를 토벌하고 포살한 공으로 서림은 남소문 안에 널찍한 집 한 채를 장만하여 노비도 데리고 첩도 둘씩이나 거느리며 양반 벼슬아치의 살림을 하고 있다. 그런데 어느 날 저녁에 나그네 한 사람이 찾아와 '쌀 썩는 내'가 아니라 '사람 썩는 내'가

난다면서, “죽은 임 두령의 아우”가 아니라 “산 임 두령의 아우”가 찾아왔음을 전한다. 그리고는 서림에게 칼에 더러운 피를 묻히기 싫으니 스스로 자인하라고 전하며, 자인하지 않으면 부득이 구례의 임 두령이 와서 목을 베어 가는 수밖에 없다고 전한다. 서림은 두 첩인 매향과 계옥을 불러 황당한 일이라면서 비장한 당부를 한다. 이튿날 서림의 집에서 낭자한 곡성이 들리는데, 서림이 자인을 한 모양이라고 소문이 난 뒤 나흘째 되는 날 서림의 집에서 조촐하게 꾸민 상여 하나가 나간다. 작가는 허순의 『근기야록』을 언급하며 이후 서림이 자신의 집에 숨어서 천수를 누렸다는 이야기와, 어떤 사내에게 죽임을 당했다는 다른 버전의 이야기를 함께 덧붙이며 작품을 마무리한다.

「임꺽정 5」가 배신자 서림이의 마지막을 통해 임꺽정의 후일담을 기록하고 있다면, 「임꺽정 6」(1981)에서는 인명의 소중함을 강조한 선비의 이야기가 전해진다. 꺽정은 경상도 상주의 김청생이라는 비렁뱅이 서생이 ‘조선 땅이 좋은 세상’이라며 반어적으로 말하는 이야기를 듣는다. 선비는 임 장사의 속뜻이 자신이 보기에는 너무나 크다면서, 조정을 쥔 자들이 법제와 물자와 함께 ‘조련된 군사’를 쥐고 있으므로 저들을 꺾으려면 백성들을 모두 모아야 한다고 전한다. 하지만 백성을 모두 모을 수가 없고 인명은 재천이므로, 불의를 꺾기 위해 인명이 희생된다면 차라리 불의가 존재하는 편이 낫다고도 말한다. 꺽정이 불의를 참으면 불의가 인명을 더 해친다고 하자 선비는 무작정 인명을 해친다면 하늘이 가만두지 않을 것이라고 답한다. 그러나 꺽정은 자신의 목숨을 던져 다른 이들의 목숨을 건지려는 뜻을 전하며, 인명을 귀히 여기라는 선비의 말을 마음속에 잘 담아 두겠다고 말한다. 그리고 그날 저녁 차후로는 이 편이 목숨을 빼앗길 위급한 처지가 아니라면 절대로 인명을 빼앗는 일이 없도록 하라고 수하들에게 전한다.

「임꺽정 6」이 현실의 모순을 비판하면서도 직접적 행동은 거부하는 '인명재천을 따르는 선비'의 한계를 주목하고 있다면, 「임꺽정 7」(1986)에서는 꺽정이 언문을 배우게 된 이야기를 전한다. 기생인 여옥이 꺽정에게 진서라 일컫는 한문과 달리 깨치기가 아주 쉬운 글이라며 직접 언문을 가르친 것이다. 여옥은 "백성들로 하여금 쉽게 깨쳐 널리 쓰게 하기 위한 글"이 아직 널리 쓰이지는 못하고 있다면서 꺽정이 이것을 배워 산채의 수하에게 가르치면 어떻겠냐고 권한다. 글이란 사람을 속이는 요물단지라고 생각해 온 꺽정이에게 여옥이 종이 위에 스물여덟 글자를 적어 초성, 중성, 종성을 알려 주고, '강'과 '산'을 말하고 적으며, '강산'의 의미와 표기를 가르친다. 작가에 따르면 이후 허순의 『근기야록』에는 읽기와 쓰기를 배운 꺽정이 손수 쓴, '바른 생각과 말과 글의 필요성'을 강조한 글이 실려 있다. 그리고 이 꺽정의 글에 대해 허순이 "한낱 도둑의 글에 지나지 않으나 그 참됨을 가지고 의론할진대 그 어느 재상의 문장도 이에 미친다고는 할 수 없다"고 독후감을 적는 것으로 작품이 마무리된다.

이렇게 보면 「임꺽정」 연작 7편은 정사에서는 나오지 않는 이야기를 통해 1970~80년대 한국 사회를 비판적으로 풍자하기 위해 야사를 사후적으로 덧붙이는 형식을 취하고 있다. 그리하여 임금과 사대부 중심의 성리학적 질서와 반상의 차별이 엄연한 신분제 사회에서 기회주의적 지식인이 아니라 억압받는 백성의 기아와 궁핍을 넘어서는 저항적 행동으로 '백성의 나라'를 위해 헌신하는 민중주의적 상상력을 작동하는 이야기가 펼쳐진다. 작가가 1970~80년대 독재정권의 폭압 통치를 알레고리적으로 풍자하기 위해 조선 명종 조의 의적 임꺽정의 이야기를 활용하고 있는 셈이다.

4. 분단 시대의 적대적 공존을 넘어 아름다운 통일 시대 상상하기—「통일절 소묘」 연작의 경우

1970년대 초에 발표된 「통일절 소묘 1」(1971)는 분단된 한반도의 "모범적 재통일에 대한 성공담"을 상상한 이야기에 해당한다. 통일절 3주년 기념일에 한국의 통일이 세계인의 부러움을 사게 된 이야기를 전하면서, "최고의 도덕적 성취"로서 "자유와 평등과 평화의 실현"을 찬양하며 "참으로 훌륭하고 아름다운 일을 해내었던 것"으로 자부한다.

먼저 '서울'에서는 1970년 분신 자살한 전태일 열사를 연상시키는 아동복 제품 공장 재봉사인 김순희가 주인공으로 등장한다. 그녀는 '가벼운 걸음'으로 결혼을 약속한 평양 남자 그(박민수)를 만나러 사리원으로 향하는데, 3년 전 아동복 재단사 모임에서 만난 그는 합성섬유를 없애고 자연 섬유의 경제성과 후생성을 높여 "자연과 생명의 높임을 위한 일"들을 발의한 바 있다. 작가는 산업화 시대의 역군인 노동자가 존중받는 사회에 대한 착상 속에서 남북 노동자의 연대에 착목하고 있는 것이다. '평양'에서는 연 제작소 주인이자 민수의 부친인 박태석이 모란봉 자유공원에서 동네 아이들에게 연날리기 시합을 제안하는 내용이 그려진다. 연날리기 시합에서 박태석은 아이들의 연이 떠오를 때 "생명의 율(律)"과 함께 "자유의 이름"을 감지한다. 작가는 기아와 억압, 착취로부터 해방된 생명력의 자유로운 몸짓을 연날리기를 통해 우회적으로 형상화하고 있는 것이다.

'부산'에서는 박태석의 사위인 정치인 민남식의 이야기가 그려진다. 3년 전 지방의원 선거에서 당선된 그는 재선에 도전하면서 당시 정적이었던 최길규을 만나 3년 전보다 더 깨끗한 공정선거를 약속한다. 작가는 각종 투표 부정 사례를 언급하면서 1970년대 한국 사회에서 만연한 부정선거를 풍자하기 위해 상상 속에서나마 공명선거를 강조하고 있는 것이다. '원산'에서는 최길규의 아버지인 최한선 교장이 등장하여, "북쪽을 지배하고 있던 졸렬하고 무지한 정권"을 비판하면서 '적은 수의 사람들'로 조용히 시작된 "자기가 자기로 되자는 운동"이 "자랑스러운 운동"이었음을 전한다.

> 분단 시대의 역사를 배워서 너희들도 대충은 알 테지만 우리에겐 아주 부끄러웠던 시기가 있었다. (……) 한마디로 말해서 부끄러운 것들로 가득 찬 쓰레기통이었다고 해도 지나치지 않을 정도였지. 한데 이때 적은 수의 사람들로부터 조용히 시작된 자랑스러운 운동이 있었다. 그 적은 사람들이 시작한 조용한 운동은 차차 본래부터 어리석지는 않은 이 나라 사람들의 마음을 사로잡기 시작했다. 그것은 바로 자기가

> 자기로 되자는 운동이었어. 게으르고 염치없던 자기에서 본래의 부지런하고 명예를 존중하는 자기로, 약삭빠르고 가벼웠던 자기에서 본래의 공정하고 체통을 지킬 줄 아는 자기로, 남의 것만 돋보던 자기에서 제것을 바로 볼 줄 아는 자기로, 주먹이나 힘으로만 매사를 다스리던 자기에서 본래의, 경우 밝고 매사를 이치에 따라 다스리는 자기로, 옳은 것을 지킬 힘이 없는 자기에서 옳은 것을 지킬 힘을 갖춘 자기로, 돈으로서의 자기에서 사람으로서의 자기로, 겉만 차리려는 사치로운 자기에서 속을 갖추려는 근검한 자기로, 저만 잘 살려던 자기에서 함께 잘 살려는 자기로, 잘못된 편에 서서 편안히 하던 자기에서 본래의 옳은 것을 지키는 괴로움을 택하는 자기로, 숨을 못 쉬던 자기에서 본래의 숨 쉬는 자기로, 획일화된 자기에서 본래의 다양한 자기로, 그리고 두 동강이 난 자기에서 본래의 한 덩어리로서의 자기로 돌아가자는 운동이었다.

결국 "두 동강이 난 자기에서 본래의 한 덩어리로서의 자기로 돌아가자는 운동"에 많은 사람들이 가담하여 3년 전에 통일절이 마련되었으며, 결과적으로 "참다운 뜻에서의 자기로 출발"할 수 있게 되었음을 전한다. 작가는 '본래적 자기를 향한 회복 운동'이 분단 극복을 위한 통일 운동의 출발이었다고 진단하고 있는 셈이다.

이어서 '신의주'에서는 '동두천 위안부' 출신의 서애자 할머니의 양아들인 이인호 중위가 신의주 국경수비사령부에 복무 중인 이야기가 그려진다. 전원이 지원병으로 복무하는 '통일 한반도'의 군대에서, 장교들은 '중국'의 "맹목적인 팽창주의"에 종지부가 찍힐 것을 기대하며, 국경 수비병들은 "추한 이민족(異民族)으로부터 자국을 지키는 임무의 첨단에 선다는 자부심으로 가득 차" 있는 모습으로 그려진다.

이렇듯 「통일절 소묘 1」는 1970년대적인 한반도의 상황을 전제로 분단 체제의 한계 너머를 상상한다. 노동 존중의 경제 공동체 사회, 자유와 생명을 지향하는 평화 공동체, 공정하고 투명한 선거로 직접 민주주의가 실현되는 정치 공동체, 근면한 예지와 생명의 자율성을 옹호하는 교육 공동체, 통일 조국의 국토 수호에 자원입대한 자부심을 지닌 국방 공동체 등이 작가가 꿈꾸는 '통일 공동체'로서의 비전에 해당하는 것이다.

엽편소설(葉片小說)인 「통일절 소묘 2」(2017)는 「통일절 소묘 1」(1971) 이후 46년 만에 쓰여진 연작이다. 20세기의 「통일절 소묘 1」가 '서울과 평양, 부산과 원산, 신의주' 등 다섯 곳의 인물과 이야기를 통해 1970년대에 상상 가능한 통일 이후의 낭만적 세계를 형상화한 미래 소설에 해당한다면, 21세기에 쓰인 「통일절 소묘 2」는 연인인 소율과 하율의 시선을 통해 2034년 통일절 12주년을 상상하면서 '분단 시대의 질곡'을 응시하며 창작한 작품이다. 을밀대에 자리한 한반도의 '분단 시대 박물관' 중 남관을 방문한 두 사람은 1948년 '4 · 3실'에서 분단의 고통을 상징하는 선명한 인상을 받게 된다. 그리고 '6 · 25전쟁실'부터 '5 · 18민주항쟁실'을 거쳐 2016~2017년 겨울 광화문 광장을 기록한 '촛불 기념실'에 이르기까지 70여 년의 분단 시기 동안 남쪽에서 일어난 역사적 사건을 관람한다.

「통일절 소묘 2」에서의 시간적 배경은 2034년 5월 9일 12주년 통일절이다. 박근혜 전 대통령의 탄핵 이후 조기 대선으로 치러진 19대 대통령 선거일이 2017년 5월 9일이었다는 점을 감안할 때, 실현되지는 않았지만 20대 대선이 치러지는 2022년에는 '통일 한반도'가 구성되길 바라는 작가적 상상력이 녹아 있는 '통일절' 상상인 셈이다. "노동은 로봇이, 인간은 운동을"이라는 구호 아래 연인인 소율과 하율이 도착한 을밀대 공원의 '분단 시대 박물관'은 두 동의 커다란 3층 벽돌 건물이 마주 보는 형태로 지어져 있다. 역사학도인 소율은 '1948년 4 · 3사건'부터 보고 싶어 하는데, 남북 분단의 '시발'을 알리는 상징적인 사건이 제주도 4 · 3사건이라고 판단하기 때문이다.

1945년의 '해방실'을 지나 '4 · 3실'로 간 소율은 자세히 물건들을 들여다보지만, 수학도인 하율은 전시실 오른쪽 벽면을 가득 채운 사진 한 장에 못 박힌 듯 서 있게 된다. "몇 명의 산발한 사내가 손을 묶이고 눈을 천으로 가린 채 맞은편에 서 있고 이쪽에는 총을 겨눈 경찰관들이 왼발을 앞으로 내민 자세로 서 있는 모습"을 보며 하율은 "온몸이 싸늘히 식는 느낌"을 맛본다. 생명을 학살하는 현장을 생생히 기록한 사진이 충격적으로 다가왔기 때문이다. 소율은 더 끔찍한 사진도 많다면서 놀랄 필요가 없다고 말하지만, 하율은 이 사진 앞에서 아무 말도 할 수가 없다. 1945년 일제로부터 해방된 이후에도 미소 군정기를 거쳐 분단 초기에 좌우의 이데올로기적 대립에 의한 폭력과 학살이 공권력에 의해 자행된 역사를 '4 · 3실의 사진 한 장'이

명명백백하게 폭로하고 있기 때문이다. 그리고 그것은 분단 시대 한반도에서의 원초적 외상이 1948년 4 · 3 사건으로부터 시작되었다고 작가가 판단하고 있음을 보여 준다.

'남관'의 마지막 전시실은 '촛불 기념실'이다. 그곳에서 소율과 하율은 둘 다 10세 미만이던 2016년 겨울과 2017년 초에 부모 손을 붙잡고 광화문 광장을 걷던 기억을 떠올린다. 한 손에는 "LED 촛불을 쥔 채" 평화롭게 대통령의 하야와 정권 퇴진, 탄핵 가결을 외치며 걷던 추억을 회상하는 것이다. 작가는 분단 체제하에서 가장 빛나는 평화적 민주주의의 성취를 천만 촛불의 광장이 이뤄 냈다고 평가하고 있는 셈이다.

문학은 현실을 통해 현실 너머를 상상하지만, 역으로 상상을 통해 현실을 견인하기도 한다. 분단 시대 안에 갇혀 있던 1971년과 2017년에 각각 '통일절'에 대한 상상도를 그려 낸 작가의 서사적 의지와 노력은 눈여겨볼 대목이다. 문학은 억압적 현실 세계를 직시하면서 넘어선다. 제도적 한계를 넘어 새로운 공동체를 모색하기 위해 자유로운 비상을 이야기하는 장르가 문학이기 때문이다. 조해일에게 있어 분단 시대를 넘어서려는 1970년대적 모색이 「통일절 소묘 1」에 해당하고, 다시 슬프게도 2010년대적 모색이 「통일절 소묘 2」로 펼쳐진다. 이미 '통일절'에 대한 상상이 현실화되었어야 한다는 '낭만적 당위'에도 불구하고 여전히 분단 체제에 갇혀 있는 한반도의 한계 상황에 대해 작가는 비판적으로 풍자하고 있는 셈이다.

1970년대에 그려 낸 「통일절 소묘 1」가 이상적 유토피아로서의 한반도의 평화로운 풍경을 상상한 작품이라면, 2010년대에 그려 낸 「통일절 소묘 2」는 '학살과 전쟁과 폭력의 분단 시대'를 현재로부터 유리하여 과거로 박제화하려는 작가적 의지가 강조된 작품이다. 결국 작가는 '통일절 소묘' 연작을 통해 분단 시대의 극복과 평화 체제의 도래를 알레고리적으로 형상화하고 있는 셈이다. 「통일절 소묘」가 1970년대에 상상한 '통일 한반도'에 대한 낭만적 기대 지평의 최대치를 보여 준다면, 「통일절 소묘 2」는 2010년대에 상상한 2030년대 '통일 한반도'에서의 '분단 시대 박물관' 체험기에 해당한다. 2010년대의 상상은 분단 시대를 '과거의 박제화된 시공간'으로 요약하면서 20세기적 전쟁과 폭력에 대한 반대급부로서의 21세기적인 평화와 안정의 분위기를 연상하게 한다.

5. 정치적 억압과 비인간적 폭력의 시대 넘어서기—「1998년」(1973), 「자동차와 사람이 싸우면 누가 이기나」(1979) 등

1970년대는 유신 체제로 공고화된 박정희 군부 독재 정권의 시대이다. 1960년 4 · 19 혁명으로 자유당 정권의 부패를 종식시킨 지 불과 1년 남짓 만에 5 · 16 군사 쿠데타를 일으킨 군부 세력은 20년 가까운 시기 동안 독점적 지배 권력으로 민주주의를 억압했다. 특히 '반공'을 국시로 내세우며 자유로운 문제 제기를 용납하지 않는 국가 권력의 폭압으로 인해 '자유와 평등, 평화와 정의'에 대한 시민적 갈망이 질식될 지경에 이르게 된다. 이에 대항하여 작가는 알레고리적 상상력으로 숨막히는 유신 체제에 숨통을 틔우기 위해 노력한다.

「1998년」(1973)은 '대기권의 하강'이라는 기상 이변과 함께 '기상국의 행태'를 통해 유신 체제의 속성을 비판한다. 어느 봄날 아침에 주인공인 남궁동식이 '야릇한 악몽'에서 깨어나면서 작품이 시작된다. 7시에 일어나서 몸을 직립하려다가 머리를 강타당한 그는 동생 경식 역시 구부정하고 이상한 자세로 방 안으로 들어오자 뜻밖의 사태를 알게 된다. 경식이 똑바로 일어서면 어깨 위가 진공이라면서 대기권이 사람들의 어깨높이로 제한되었다고 말한다. '기상 대이변'이 생겨 대기권이 무서운 속도로 하강하고 진공권이 이상 팽창을 했다는 것이다. 동식은 일어서려다가 다시 내동댕이쳐지고, 학교 출근길에 깊숙이 머리를 숙인 채 걷고 있는 사람들을 보게 된다. 버스 정류장에서도 사람들이 모두 "저두굴신의 자세"로 말없이 걷고 있는데, 이들이 고개 숙이고 서 있는 모습은 마치 피고인들이 선고를 기다리는 자세처럼 그려진다.

학교에서 학생 희생자가 지속적으로 발생하면서 오열과 공포 분위기가 학교를 뒤덮게 되고, 직원 회의에서는 학교를 폐교하자는 이야기가 나온다. 하지만 동식은 "학생들이 정의와 자유, 똑바로 서는 법과 아름다운 것을 배워야 한다'고 생각하면서, 폐교가 자폭이며 자멸을 낳을 것이라고 지적한다. 흩어지면 절멸일 수밖에 없는 '시대의 야만성'을 알고 있기 때문이다. 이후 기상국 근무자가 동식을 데려가는데, 기상국 업무가 시민들을 위험으로부터 보호하는 일이므로 시민들에게는 상당한 정도의 인내가 요청된다면서, 부정적 태도는 여론을 오도할 수 있다고 협박한다. 또 좋은 일을 위해서는 다소의 희생이 필요하고 시민의 이름으로 희생을 요구할 준비도 되어 있으며, 연구부의 진공 실험실에 넣어 버리는 것이 아주 간단한 일이라면서 함부로 나불대지 말라고 위협한다. 더구나 선생이라고 해도 자유롭지 못하며, 기상에 관한 법률과 함께 어디에나 자신들이 존재한다고 덧붙인다.

소장 천문학자 오인명, 농업 경제사학자 김은식, 시인 목이균, 소장 사회학자 박성집 등이 함께 모여, 벌써 기상 이변이 일상화되었다면서 '무서운 적응력'이라고 말한다. 오인명은 '기상국 청년'을 만난 이야기를 전하면서, 기상이 호전될 가능성이 거의 없으며 지금 그들이 짓고 있는 죄가 무엇인지 모르고 있다며 울먹인다. 전국의 희생자 수가 얼마인지 묻지만, 자신들이 모든 정보로부터 차단되어 있음을 알게 된다. 자유라는 공기가 시민이 방심하는 순간 줄어든다는 사실을 알면서도 방심해 온 자신들을 비판하면서, 이제 '우리 일을 해야 한다'고 강조한다. "온갖 종류의 수난과 모욕이 가족들에게도 닥쳐올 테지"만, 그 수난과 모욕이 절멸보다는 작을 것이기 때문에 절멸을 택할 수는 없음을 주장하는 것이다. 1970년대 유신 정권의 폭압적 통치 분위기에 대한 풍자가 '기상국'과 '기상 이변'의 출현으로 드러난 셈이다.

「1998년」이 '갑작스런 기상 이변'과 '기상국의 감시와 억압'을 통해 1970년대 유신 독재를 비판하고 있다면, 「자동차와 사람이 싸우면 누가 이기나」(1979)에서는 '자동차 한 사람 한 대 갖기 협회'와 '걷기를 좋아하는 사람 협회' 사이의 반목과 갈등을 통해 폭력이 만연한 비인간적 현실을 강요하는 1970년대를 풍자적으로 비판한다.

「자동차와 사람이 싸우면 누가 이기나」는 '자동차 측'과 '걷기 측'의 해묵은 반목이 조직적 투쟁을 거쳐 전쟁 상태로 돌입한 이야기를 통해 시대를 풍자한다. 곳곳에서 자동차에 대한 산발적 테러 행위가 벌어지지만, 반대로 보행자에 대해서는 보다 조직적이고 무자비한 폭력이 감행된다. 사태의 발단은 '자동차 측'의 고의적 도발과 '걷기 측' 일부 과격분자들의 대응에서 비롯된다. '걷기 측'의 옥외 집회장에 '자동차 측' 청년 행동대원들이 7대의 승용차로 돌진하여 20여 명의 부상자와 두 명의 사망자가 발생하고, '걷기 측'의 성급한 과격분자들이 즉시 보복에 나서 자동차에 불을 지른 것이 사건의 단초가 된다.

행정 당국은 사회 세력간의 투쟁에 대해 엄정 중립을 유지한다는 입장이고, 전쟁의 양상은 '걷기 측'에 날로 불리해져 간다. 결국 '걷기 측'의 전국적 대의 기구인 '10인 위원회'가 소집되어 의장이 '단호한 결단'을 요청하는 회의에서 폭력에는 폭력으로 대항하는 길밖에 없다고 강경론자인 최형식 대의원이 입을 열고, 평소 온건론자였던 이인호 대의원도 지지하면서 대부분의 대의원이 비슷한 의견을 제시한다.

하지만 김영식 대의원이 모든 상황이 갑자기 너무 비현실적으로 느껴진다면서 자동차가 사람을 죽이고 총이 사람을 쏘고, 사람이 사람을 납치하는 상황에서 성냥개비가 뛰어 일어나 자신을 공격하더라도 놀라지 않겠다고 말한다. '걷기 측'에서 폭력 이야기가 나오는 것이 성냥개비가 뛰어 일어나는 것과 똑같다는 것이다. 모두 폭력 사용을 말하지만, 철로 만든 물건 앞에서 주먹은 폭력이 될 수 없다며, 비현실적인 상황에서는 비현실적으로 행동하는 것이 차라리 현실적인 행동이라면서, 싸우는 방법이 '걷기를 좋아하는 사람들다워야 한다'고 주장한다. 좋아하는 일을 계속함으로써 싸워야 한다며 '걷기를 계속하는 투쟁'을 강조하는 것이다. 의장이 우리의 본질을 잃지 않으면서 싸울 수 있는 방법이라고 동조하면서, 내일 정오를 기해 모든 시민이 통신이 가능한 모든 회원들에게 연락을 취해서 일제히 자동차 도로로 나와서 모든 곳에서 걷기로 결정한다.

> "모든 걷기 좋아하는 시민들이, 지쳐 쓰러질 때까지, 즐겁게, 행복한 마음으로, 좋아하는 일을 마음껏 할 수 있다는 행복한 마음으로, 전투적인 태도를 취하거나 긴장할 필요 없이, 보무당당할 필요 없이, 그저 유쾌한 걸음걸이로, 더러는 담소도 나누면서, 콧노래도 흥얼거리면서, 요컨대 걷기를 즐기면서, 모든 도로 위를, 강아지도 데리고, 아이들도 데리고, 유모차도 밀면서……."

인용문에서처럼 김영식 대의원은 평화로운 걷기 시위를 행복하게 수행하는 것을 상상한다. 그러자 다른 대의원 모두의 얼굴에도 달콤한 꿈을 꾸고 있는 듯한 표정이 떠오른다. 하지만 역설적이게도 김영식 대의원의 얼굴에는 '슬픈 듯 쓸쓸한 표정'이 감돈다. 이미 '자동차 측'의 무력을 예감하고 있기 때문이다.

다음 날 12시 정각에 김영식 대의원의 아내인 민숙자 부인이 생후 6개월 된 아들 웅이를 유모차에 태우고 집을 나선다. 골목골목의 집들에서 대부분 여인들과 노인들과 아이들이 가족끼리 가벼운 산책에 나서는 차림들로 나온다. 화창한 날씨에 한가하게 서두르지 않는 걸음걸이들로 큰길 쪽을 향하면서 사람들이 점점 불어나고, 온 시민의 걷기 잔치처럼 여겨진다. 마치 "걷는 사람들의 살아 있는 강"인 듯이 "천천히 흐르는 큰 강"이 형성된 것처럼 보인다. 더불어 자동차가 그림자도 보이지 않자 자동차 도로였던 사실이 까마득한 옛날 일처럼 느껴진다. 하지만 그로부터 1시간도 채 되지 않아 어디선가 먼 우뢰소리 비슷한 것이 들려온다. 하늘에서가 아니라 땅 저 끝에서 울려오는 소리의 주인은 큰길 저 앞쪽에 번쩍이는 모습을 드러내기 시작한 수백 수천의 자동차 무리들이다. 햇빛에 번쩍이는 금속 몸체를 드러낸 채 사람들의 강을 무너뜨리며 마치 "거대한 철갑군의 대진격"처럼 다가오는 것이다. 민숙자 부인이 역류하는 사람들의 물결에 떠밀려 한순간 유모차의 손잡이를 놓치는 것으로 작품은 마무리된다.

결국 「자동차와 사람이 싸우면 누가 이기나」는 '걷기'라는 평화적 시위 문화를 보장하지 않는 강력한 무력을 지닌 자동차 문화의 폭력 행태를 비판한다. 일종의 기계 문명이 지닌 폭력성을 비판하면서, 무자비한 폭력의 대항적 방편으로 기획한 '평화적 시위'가 얼마나 끔찍하게 진압될 수 있는지를 보여줌으로써 폭력의 시대인 1970년대에 평화적 저항을 서사화하려는 작가의 고민과 알레고리적 상상을 마주하게 한다. 「1998년」과 「자동차와 사람이 싸우면 누가 이기나」 등의 작품은 작가가 1970년대 유신 정권의 폭압적 상황을 정면으로 응시하여 자유와 평등, 평화와 정의를 갈망하며 빚어낸 일종의 '알레고리적 숨통'인 것이다.

6. 자전적 고백을 통해 환기하는 유년 시절의 내면 풍경—「1인칭 소설」 연작의 경우

「1인칭 소설」(2003) 연작은 '죽심거사'라는 이름으로 블로그 〈죽심방〉에 올렸던 작가의 1인칭 소설 일곱 편을 말한다. 미완의 소설적 실험으로 마무리되긴 했지만, 「통일절 소묘 2」(2017) 이전 경희대 재직 중에 작가의 의도를 선명히 밝히고 쓴 소설이라는 점에서 주목을 요한다. 미발표 유고작에 해당하는 「1인칭 소설」의 '서(序)'에서 작가는 대학의 '소설 창작 연습' 시간 강의실 수업에서 진행했던 이야기를 배치하면서 소설이 '꾸며 낸 이야기'로서 허구의 거짓말이지만 거짓말로서의 효용을 잃지 않기 위해 개연성을 담보하게 되어 있으며, '1인칭 소설'의 경우 신뢰할 만한 텍스트라는 점을 강조한다.

조해일은 '1인칭 소설'의 형식이 독자에게 "곧이듣게 하려는 목적 때문에만 선택되는 형식"일지에 대해 자문하면서 이 형식이 "개인의 내면 세계를 진술하기에 적합한 형식"으로도 선택되고, '자아에 대한 성찰과 반성'도 1인칭 형식을 통해 잘 작동한다고 말한다. 하지만 보다 근원적인 의문이 떠오른다면서 '1인칭 소설'이 반드시 꾸며 낸 이야기여야만 하는지를 묻고, 작가의 직접적 고백의 형식이 될 수 없을지를 다시 반문한다. 그리하여 명망가들이 펴내는 일종의 '참회록'이나 '고백록'처럼 쑥스러운 고백까지도 포함하는 '작가의 고백으로서의 1인칭 소설'을 쓰겠다고 자신의 집필 의도를 밝힌다.

「1인칭 소설 1」에서 '나'는 자신의 생애 최초의 기억으로 '붉은빛'

을 떠올린다. "주변이 온통 석양녘의 햇덩이처럼 빨갛게 물들어 버린 것처럼 느껴지던 붉은빛"의 기억은 논리적으로는 불가능하지만 '내'가 태어난 지 3개월 만에 발생했던 화재에 대한 잔상이다. 두 번째 기억은 '기차'로, 좀더 정확히 말하면 만주에서 개성까지 오는 데 두 달씩 걸리던 '기차의 지붕 꼭대기'다. 소련군이 아래의 객차에 타고 있고, 만주에서 귀국하던 조선 사람들이 지붕 꼭대기에 타고 있었는데, 5세였던 '나'는 이 기차에 아버지와 할머니와 고모(저자보다 열 살 위)와 함께 타고 있다. 아버지는 아들을 두고 먹을 것을 구하러 내려가곤 했는데, 저자는 벌판에서 "아득하고 막막한 어떤 공간감"을 느낀 기억을 떠올린다. 뿐만 아니라 아버지를 따라 기차 지붕 꼭대기에서 내려갔을 때, 아버지가 소련 군인과 몹시 화를 내며 이야기하는 모습을 곁에서 지켜보면서, 세상에 태어난 이후 처음으로 '공포'라는 감정을 맛본다. 그때 이상스런 군인들은 힘이 세 보여 '무서운 거인' 같고, 아버지는 작고 힘없어 보인다.

「1인칭 소설 2」에서는 서울에 오고 나서 5년 동안 10세가 될 때까지의 기억들을 떠올린다. 초등학교 3학년 때 6 · 25 동란을 맞은 이야기가 주로 드러나는데, '나'에게 6 · 25는 월요일에 시작된다. '나'는 오전 수업을 마치고 집으로 돌려보내지는데, 거리는 유난스레 햇빛이 환한 공일날 같고 어딘지 들떠 있는 것처럼 보인다. 군인들을 가득 태운 트럭들이 줄지어 지나가고, 행인들의 표정도 조금 상기한 것 같다. '나'는 6월 26일 앞당겨진 여름방학을 기뻐하며 놀러 나갔다가 노량진 쪽에서 하늘에 뜬 비행기가 떨어뜨리는 검은 물체를 피하기 위해 가로수 밑에 고개를 처박고 엎드리게 되는데, 그게 첫 번째 공중 폭격이다. 6월 27일 미국 대사관 어귀에 탱크와 함께 있던 새로운 군인들에게 미제 캐러멜 등을 얻은 아이들이 권총을 쏴 보라고 요구한다. 그때 권총 찬 군인이 국군의 철모인 '데스까부도' 낡은 것을 경기여고 축대 밑에 엎어 놓고 쏘면서, 군인들 중 한 사람이 "우리는 인민해방군이다. 또 우리는 어린 동무들의 벗이다"라고 말한다.

「1인칭 소설 3」에서는 6 · 25 이후 탱크 수십 대가 시가를 행진하는 모습을 보고, 비행기 편대가 기총소사를 퍼붓거나 로켓 포탄을 쏘아 대는 모습, 고사포탄의 아름다운 벚꽃 무늬 폭발운 등을 볼 수 있게 된 이야기가 그려진다. '나'는 처음에는 주로 탱크를 그리다가 나중에는 제트기를 더 많이 그리는데, 제일 좋아했던 것은 제트기를 그리는 일과 그 주위에 벚꽃 무늬 모양 또는 목화송이 모양의 대공포 폭발운을 그려 넣는 일이다. 미국 비행기들의 폭격이 더욱 사나워지고, '쌕쌕이'라고 부르던 제트기 말고도 나중에 '제비'라고 부르는 더 재빠르고 날렵하게 생긴 제트기들도 공중에 나타난다. '제비'가 할머니와 저자의 머리 위에서 로켓포를 쏘는 바람에 죽을 뻔한 기억도 있다. 이후 총을 가진 사람들 4~5명이 집으로 우르르 몰려와 낮잠을 자고 있던 아버지를 끌고 간다. 총부리로 아버지의 등을 밀면서 "이 빨갱이 새끼!"라고 욕을 하고, 할머니는 절망에 찬 표정으로 '모르고 한 짓'이라면서 한 번만 용서해 달라고 매달린다.

「1인칭 소설 4」에서는 아버지가 끌려간 뒤 할머니도 조사할 일이 있다면서 끌려가는 일이 종종 발생하는데, '나' 혼자 자는 밤이면 아버지가 총살당하는 장면을 상상하곤 한다. 그러던 어느 날 고모가 군복 차림으로 나타나서는 '국군'이 아니라 '종군 연예단원'으로 국군과 미군들을 위해 노래를 부르거나 춤을 춘다. 며칠 후 아버지가 귀가하지만 아버지의 얼굴은 보기 흉하게 부어 있다. 거의 다른 사람으로 보일 정도의 아버지가 하룻밤을 자고 떠난 뒤 다시 할머니가 붙들려 가고, 이튿날 저녁 할머니의 얼굴이 아버지의 얼굴처럼 보기 흉하게 부은 채로 돌아온다. 아버지는 다시 붙잡혀 들어갔다가 달포쯤 후 다시 풀려나오지만, 이미 병자나 다름없는 사람이 되어 있다. 이후 '내'가 새로 이사한 곳은 관훈동이고, 다시 문을 연 학교에서 '전우의 시체를 넘고 넘어 앞으로 앞으로, 화랑 담배 연기 속에 사라진 전우여' 같은 노래를 배운다. 아이들은 쉽게 구할 수 있는 소총 탄환이나 기관포 탄환들을 가지고 노는데, 탄환들 속에 들어 있는 화약을 꺼내서 땅바닥에 길게 늘어놓고 불을 붙이기도 한다. 겨울이 오고 한 해가 저물어 갈 무렵 아버지에게 '제2국민병 소집 영장'이 나온다.

「1인칭 소설 5」에서는 피난길 이야기가 나온다. 종군 연예단의 가족들을 실은 트럭을 타고, 조치원, 청주, 상주 등을 지나 대구를 거쳐 부산으로 향한다. 부산에서 바다를 처음으로 보면서, 그 굉장한 질량감에 압도당한다. 바다에 빠져 죽을 뻔한 일이 배 위에 있을 때 누가 '나'를 떠밀어서 발생한다. 잠시 허공에 떠 있던 허전함과 바닷물에 부딪칠 때의 두려움이 떠오르고, 바닷물이 저자를 한없이 끌어 내릴 때의 외로움을 '나'는 잊지 못한다. 눈을 뜨자 사방이 온통 깊이 모를 푸르스름한 물빛뿐이고, 깊이 모를 물속에서 아래로만 계속 내려가면서, '나'는 '천상천하 유아독존'이 세상에 홀로 던져진 자의 절대 고독을 뜻하는 말로 쓰인다는 사실을 온몸으로 생생하게 경험한다. 얼마 후에 딱딱한 것이 머리에 닿자, '나'는 바닥으로부터 본능적으로 손을 위로 치켜들어 바닥을 밀치면서 올라온다. 몸이 위로 떠오르고, 물빛이 밝아지는 것을 보면서 기뻐했던 기억이 또렷하지만, 고개가 물 바깥으로 내밀어질 때까지의 시간이 아주 길게 느껴진다.

「1인칭 소설 6」에서는 방문객과 죽심거사의 대화가 중심으로 기록된다. 방문객은 일종의 도플갱어로서 작가의 소설가적 자의식을 보여 주는 반성적 분신에 해당한다. 방문객은 소설이 내놓고 거짓말해도 깜빡 속아 주고 우러러봐 주는 물건이라면서 잘난 체하기 좋아하는 작자들에게 제격인 물건이라고 비판한다. 그때 죽심거사가 동업자인 소설가를 감싸지만 방문객은 알량한 동업자 의식과 패거리 의식을 버리라고 지적한다. 뿐만 아니라 소설이 허구를 통해 진실에 도달하는 장르라거나 거짓말을 가지고 참말을 해 보겠다는 태도가 웃기다면서, 악질적인 거짓말이 더 많다며 소설의 진정성을 비판한다.

「1인칭 소설 7」에서는 부산에서 남빈여관을 떠나 보수동과 영도를 거쳐 할머니가 남부민동 천마산 기슭에 판잣집을 지은 이야기가 그려진다. 조그만 공터와 소나무 두 그루가 있고 비탈 밑에는 식수를 얻을 수 있는 샘이 있으며, 샘 옆으로는 작은 개울이 흐르고 개울 너머에 꽤 넓은 보리밭이 펼쳐져 있는데, 이 집을 생각하면 '나'는 가슴속이 따뜻해지고 지금도 마음과 몸속이 환해진다고 말한다. 이 시기가 없었더라면 삶이 무척 메마르고 가난한 것이 되었으리라 생각하기 때문이다. 부산에서 '내'가 헤엄치는 법을 배운 장소는 송도해수욕장이다. 차츰 바다에 대한 두려움이 작아지고 깊이에 익숙해지면서 멀리 헤엄쳐 나가게 되고, 바다가 낯설고 두려운 어떤 것이 아니라 아주 친숙하고 우호적인 것처럼 여겨지고 바닷속에 있는 것이 편안하고 자유롭게 느껴진다. 헤엄을 치고 집에 돌아오면 할머니가 보리밥을 차려 주는데, 반찬은 고추장뿐이거나 된장과 대파 줄기가 고작이지만 늘 보리밥이 까끌까끌하니 맛있었던 것으로 기억된다. 이후 아버지가 여름이 끝나 갈 무렵 돌아오고, '고령 만기 제대'라는 어려운 말을 듣게 되는 것으로 '1인칭 소설 연작'은 미완으로 마무리된다.

「1인칭 소설」 연작은 1941년 만주 출생인 작가가 '붉은빛으로서의 불'에 대한 자신의 최초의 기억으로부터 부산 피난시절에 이르기까지를 '자전적 고백'의 형식을 빌려 소설처럼 작성한 기록이다. 공식적인 출판물은 아니지만, 작가의 자전적 기록이 지니는 작가론적 연구의 중요성이 있기 때문에 이 전집에 수록하게 되었다. 작가의 무의식에 자리한 '어머니의 부재'와 '여성의 몸에 대한 호기심', '남성의 몸에 관한 관심', 소설가적 자의식과 유년시절의 회고 등은 이 연작을 전집에 수록하게 된 배경에 해당한다.

7. 한국문학의 자산, 작가 조해일

작가 조해일은 『중앙일보』 신춘문예에 「매일 죽는 사람」(1970)이 당선되어 등단한 뒤, 「멘드롱 따또」와 「뻘」 등의 단편과 「왕십리」와

「아메리카」 등의 중편, 「무쇠탈」과 「임꺽정」 연작 등을 발표하고, 『겨울 여자』와 『갈 수 없는 나라』 등의 장편소설을 출간하면서, 객관적 묘사와 남성적인 문체로 산업화 시대를 살아가는 소시민들의 일상성을 주목한 작가로 평가받는다. 특히 도시적 근대화의 과정에서 야기된 근대적 폭력성에 대한 성찰과 더불어 장편소설에서 보여 준 연애 담론의 대중적 교감을 통해 대표적 대중 작가로 주목받았다.

문학사적 차원에서 조해일은 중편 「아메리카」(1972)로 미군 기지촌 풍경을 묘사하면서 제3세계적 시각의 획득과 반제국주의적 의식의 형상화를 성취한 작가라는 평가를 받고 있으며, 장편소설 『겨울 여자』(1976) 등은 대표적인 대중소설로서 상업주의적 코드 속에 파편화된 개인주의와 관능적 분위기 등의 대중적 요소를 함의하고 있다고 평가받는다. 또한 「뿔」(1972)의 지게꾼, 「1998년」(1973)의 우화적인 미래 공간, 「임꺽정」(1973~1986) 연작의 역사 공간, 「통일절 소묘」(1971)의 환상적인 꿈 등에서 드러나듯 새로운 소설적 기법과 비유적 장치, 주제 의식을 통해 함축적이고 다양한 세계를 주조한 것으로 평가받는다.

1970~80년대란 정치권력이 체제 유지 이데올로기의 정립 아래 권위주의적 경제개발로 독재 체제를 확립하면서, 이에 저항하는 민중들을 반체제 집단으로 몰고 간 사회로 일컬어진다. 이런 폭압의 시대에 대응하던 1970~80년대 문학은 체제 저항적일 수밖에 없었기에 체제의 폭력과 체제가 야기한 비합리주의와 비인간성을 폭로하고 그 극복에 초점을 맞추었던 것으로 파악된다. 그러므로 1970~80년대 문학

은 저항의 서사와 대안적 근대를 모색한 시기의 문학으로 평가된다. 1960년대 문학이 '성찰의 서사'로 요약되며 개인의 정체성에 대한 자각을 지향했다면, 1970~80년대의 문학은 노동자, 농민, 도시 빈민 등을 저항의 주체인 민중으로 발견하면서 '저항의 서사'를 그려 낸 것으로 평가되고 있는 것이다.

조해일의 문학을 평가할 때 『겨울 여자』를 중심으로 검토하면서 대중소설이 지닌 유의미성에만 착목해서는 안 된다고 판단된다. 그것을 포함하면서도 「매일 죽는 사람」으로부터 「아메리카」를 거쳐 『임꺽정에 관한 일곱 개의 이야기』에 이르는 조해일 문학의 숲과 나무를 꼼꼼히 되짚어 보는 작업이 필요하다. 작가는 도시적 일상으로부터 기지촌 여성 문제, 불합리한 폭력의 양상, 환상성의 활용, 역사소설의 전용 등을 거치면서 정치적 알레고리를 배면에 깔고 비인간적 현실에 대한 무기력한 지식인의 대응을 통해 1970~80년대적 체제 저항의 수사를 형상화한다. 탄탄한 서사성을 내장한 조해일의 문학은 1970년대를 넘어 지금에 이르기까지 현실과 가상의 경계를 넘나들면서 소외된 개인이 일상 현실을 벗어나 환상과 무의식의 세계로 탐닉해 들어가는 문학 내외적 현실을 성찰하게 한다. 이미 1970~80년대에도 일상 현실을 압도하는 방법적 환상의 이미지가 작동하고 있음을 '알레고리적 역설'의 표정으로 그의 작품이 선제적으로 보여 주고 있기 때문이다. 조해일의 문학은 여전히 한국문학을 대표하는 현재진행형인 우리 문학의 자산인 셈이다.

조해일 연보

1941 중국 하얼빈시 근처에서 아버지 조성칠과 어머니 김순희 사이에서 장남으로 출생. 본명 조해룡.

1945 가족들을 따라 귀국. 이후 서울에서 성장.

1950 6·25를 서울에서 겪음.

1951 1·4후퇴 시 부산으로 피난. 이때 바다를 처음 봄.

1954 서울로 돌아옴.

1961 보성고등학교 졸업. 경희대학교 국문과 입학.

1966 경희대학교 국문과 졸업. 육군 입대.

1969 육군 제대.

1970 단편 「매일 죽는 사람」이 『중앙일보』 신춘문예에 당선되어 등단. 단편 「멘드롱 따또」(『월간중앙』), 「야만사초」(『월간문학』), 「이상한 도시의 명명이」(『현대문학』) 발표.

1971 단편 「통일절 소묘」(『월간중앙』), 「방」(『월간문학』) 발표.

1972 단편 「대낮」(『현대문학』), 「뿔」(『문학과지성』), 「전문가」(『문학사상』), 「항공 우편」(『월간중앙』), 중편 「아메리카」(『세대』) 발표.

1973 경희대학교 대학원 졸업. 단편 「심리학자들」(『신동아』), 「임꺽정 1」(『현대문학』), 「내 친구 해적」(『월간중앙』), 「무쇠탈 1」(『문학과지성』), 「1998년」(『세대』) 발표. 숭의여전 강사로 출강.

1974 첫 소설집 『아메리카』(민음사) 출간. 단편 「애란」(『서울평론』), 「할머니의 사진」(『여성중앙』), 「임꺽정 2」(『한국문학』) 발표. 중편 「어느 하느님의 어린 시절」(『세대』) 발표. 중편 「왕십리」(『문학사상』) 연재.

1975 단편 「임꺽정3」(『문학과지성』), 「나의 사랑하는 생활」(『문학사상』) 발표. 중편 「연애론」(『서울신문』, '반연애론'으로 개제), 「우요일」(『소설문예』) 발표. '겨울여자'를 『중앙일보』에 연재. 소설집 『왕십리』(삼중당) 출간.

1976 단편 「순결한 전쟁」(『문학사상』) 발표. 장편 『겨울여자』(문학과지성사) 출간. '지붕 위의 남자'를 『서울신문』에 연재.

1977 단편 「무쇠탈 2」(『문학과지성』), 「임꺽정 4」(『문예중앙』) 발표. 단편집 『매일 죽는 사람』(서음출판사), 중편소설집 『우요일』(지식산업사), 장편 『지붕 위의 남자』(열화당) 출간.

1978 콩트·에세이 집 『키 작은 사람들』(삼조사) 간행, '갈 수 없는 나라'를 『중앙일보』에 연재.

1979 「자동차와 사람이 싸우면 누가 이기나」(『창작과비평』) 발표. 장편 『갈 수 없는 나라』(삼조사) 출간.

1980 단편 「도락」, 「비」, 「낮꿈」(『문학사상』), 「임꺽정 5」(『문예중앙』) 발표.

1981 'X'를 『동아일보』에 연재. 단편 「임꺽정 6」(『한국문학』) 발표. 경희대학교 국어국문학과 교수로 재직.

1982 『엑스』(현암사) 출간.

1986 「임꺽정 7」(『현대문학』) 발표. 『아메리카』(고려원), 『임꺽정에 관한 일곱 개의 이야기』(책세상) 출간.

1990 단편집 『무쇠탈』(솔), 중편집 『반연애론』(솔) 출간.

1991 장편 『겨울여자』(솔) 개정판 출간.

2006 경희대학교 국어국문학과 교수 퇴임. 경희대학교 명예교수 위촉.

2017 「통일절 소묘 2」 발표(손바닥 소설집 『이해없이 당분간』, 김금희 외 21명, 걷는 사람).

2020 6월 19일 경희의료원에서 지병 치료를 받던 중 이날 새벽 별세.

출전(저본) 정보

무쇠탈 1	『아메리카』(책세상, 2007)
무쇠탈 2	『문학과지성』 8권 2호(문학과지성, 1977)
무쇠탈 3	『무쇠탈』(솔, 1991)
임꺽정 1~7	『임꺽정에 관한 일곱 개의 이야기』(책세상, 2000)
통일절 소묘 1	『무쇠탈(솔, 1991)』
통일절 소묘 2	『이해없이 당분간』(걷는사람, 2007)
1998년	『무쇠탈』(솔, 1991)
자동차와사람이싸우면누가이기나	『무쇠탈』(솔, 1991)
1인칭 소설	〈죽심방 홈페이지(http://www.juksim.com)〉

조해일문학전집 4권

임꺽정

1판 1쇄 인쇄 2024년 6월 7일
1판 1쇄 발행 2024년 6월 14일

지은이 | 조해일

기획 | 조해일문학전집 간행위원회
책임편집 | 강동준
발행처 | 죽심
발행인 | 고찬규

신고번호 | 제2024-000120호
신고일자 | 2024년 5월 23일

주소 | (04029) 서울특별시 마포구 양화로 7길 84 영화빌딩 4층
전화 | 02-325-5676 팩스 | 02-333-5980

값은 표지에 있습니다.

ISBN 979-11-985861-6-2 (04810)
ISBN 979-11-985861-2-4 (세트)